【珞珈语言文学学术丛书】

解构批评的道与谋

中国现当代文学研究论集

叶立文◎著

珞珈学术

中国社会科学出版社

图书在版编目（CIP）数据

解构批评的道与谋：中国现当代文学研究论集／叶立文著．—北京：中国社会科学出版社，2012.11
ISBN 978－7－5161－1716－3

Ⅰ.①解… Ⅱ.①叶… Ⅲ.①中国文学—现代文学—文学研究②中国文学—当代文学—文学研究 Ⅳ.①I206.6

中国版本图书馆 CIP 数据核字（2012）第 263530 号

出 版 人 赵剑英
选题策划 李炳青
特约编辑 李 克
责任校对 孙洪波
责任印制 张汉林

出　　版 中国社会科学出版社
社　　址 北京鼓楼西大街甲 158 号（邮编 100720）
网　　址 http：//www.csspw.cn
中文域名：中国社科网　010－64070619
发 行 部 010－84083685
门 市 部 010－84029450
经　　销 新华书店及其他书店

印　　刷 北京新魏印刷厂
装　　订 廊坊市广阳区广增装订厂
版　　次 2012 年 11 月第 1 版
印　　次 2012 年 11 月第 1 次印刷

开　　本 880×1230　1/32
印　　张 11.25
插　　页 2
字　　数 270 千字
定　　价 40.00 元

序

这几年为人作序，大半是学生的专著。这回作序，不再是专著，而是叶立文的一本论文集。在我的为序生涯中，这不是唯一，也是个另数。但凡学者写文章，从论文到专著，是一个历史的进步。且不说容量的大小，水平的高低，单看字数的多少，就知驾驭的难易程度。所以先写了论文，再去写专著，也就是一件顺理成章的事。好比小说家写小说，正常的情况是，写过了中短篇，才敢写长篇。当然也有胆大的，破了这规矩，一上手就敢写长篇，而且有的还是多卷本。学者堆里规矩多，像这种贼大胆的人少，一般都是从论文到专著，按部就班、循序渐进地写下去。这当然说的是常态下，一个学者的著述成长经历，不是说，写了专著以后，就不能回过头去写论文，或者说，写了专著以后再回过头去写论文，或在写专著的过程中，也夹杂着写论文，就是一个历史的退步。但是，在这种情况下，再写论文，就该有个说道，有点讲究。如果这论文与专著是同一论题的话，它应该是专著的整体的提高和升华，或是专著某一方面的凝练和生发，而不该是专著章节的简单拆分，或将专著的边角余料敷衍成篇。我向来认为一篇好的论文足抵一部专著所论，相反，一部平庸杂凑的专著，三言两语已足，无须浪费笔墨。有人曾在专著论文中评骘高下，我意专著论文并无高下之分，以质高为尚，好而已矣。惜乎当今时潮，论文求多，专著求厚，穿靴戴帽，披袍挂甲，厨子抻面，博士卖驴，猪肉注水，绿豆掺沙，以艰深文浅陋，以瘠意托肥词，以此称学术繁荣，成果丰硕，吾未知其可也。

叶立文从教以来，在著述方面，堪称勤奋。唯于出版专著，惕惕怵怵，如履薄冰，未敢造次。记得他的博士论文通过答辩后，我曾劝他早日整理修改出版，他犹豫再三，推托再三，后经反复打磨，六年后才杀青付梓。其间及其后所写论文，虽仍有许多与这本专著的论题有关，但已日见其精。由此，我常叹立文为人，虽如鸟之飞，自由无拘，唯惜其翅翎，受之父母，成于修习，道心所托，文心所寄，不敢有所损污，是自爱也。现在他拣拾历年所作，结为一集，嘱我写上几句话，聊作弁饰。我想到了学如登山这句俗语，又念学者著述之艰，书山有路，学无止境，尽心而已。余未习近体，不谙平仄，胡凑一韵，与立文共勉：文章专著两昆仑，攀登道上苦行人。铁鞋踏破终不悔，我自额首山自横。

於可训

2011 年 10 月 21 日写于珞珈山两不厌楼

目　录

第二辑　当代重要作家作品研究

第三辑　现代主义文学传播史论

第四辑　五四文学及其他

第一辑

文学史写作与先锋小说

本质主义的迷思

——论当代文学史写作中的“知识共同体”与“文学谱系学”

自新时期以来，文学史写作始终是中国当代文学研究界的一个热门话题：无论是20世纪80年代的重写文学史热潮，还是21世纪以来有关文学史写作的各种讨论，均能折射出文学史家的观念差异。但就文学史自身的写作实践而言，却不得不说，通过对文学现象的删繁就简，20世纪90年代迄今的文学史家业已构筑了一个相对自足和稳定的文学谱系，并以评论、专著和教材的形式重构了我们关于当代文学的基本知识。然而，经由文学史写作所建立起来的文学谱系，能否真正承受历史的检验？它当真能在复杂的文学现象中提炼出不言自明的历史规律？而当代文学此起彼伏的创作潮流，是否恰如文学史家所言，“是由一代又一代新文学作家的文学活动构成的一个连续性的文学链条”？[①] 事实上，当我们在今天重新检视中国当代文学史时，却发现这种“连续性的文学链条”，仅仅还原和解释了文学史事实的某个侧

① 於可训：《中国当代文学概论》，武汉大学出版社2009年版，第5页。

面，而潜隐于文学潮流之外的边缘话语，甚至包括在“文学活动”中知识分子的主体性存在方式等问题，却均在当下的文学史叙述中付之阙如。那么，当代文学史写作对文学谱系学的建构究竟是基于一种怎样的理论认知？而这种理论认知又是如何构筑了当代文学的知识谱系？凡此种种，皆与当今文学史家因历史观念的相似性而组合起来的一个“知识共同体”密切相关。

一 虚构的文学谱系

在解释当代文学的历史流变时，文学史家通常认为，一种文学潮流的兴起是此前各种文学流派和思潮综合作用的结果。是它们之间彼此冲突、碰撞及融会之后的历史合力，造就了当代文学的不断演化。在不同历史阶段的文学潮流之间，始终存有一种或隐或显的连续性线索，而这种线索既是文学史家最为重视的文学史规律，也是他们构建文学谱系的逻辑起点。基于这一认识，文学史家确信任何一种文学潮流皆有其谱系学意义上的源头，“从文学到文学”的阐释框架已足以解答某种文学现象的历史由来。譬如，在论及当代作家的创作实践时，就有文学史家认为：“这些作家无论属于何种文学派别，持有何种艺术主张，他们之间，不但存在上下传承和相互影响的关系，而且，其创作成就和艺术经验，也因为这种传承和影响的关系，经纬交织，构成了一部完整的文学家族的谱系。”“即使是新时期以来迭起的文学新潮，也不难从这个传统中的某些文学派别，找到它的历史端倪。”[1] 循此逻辑，某些文学史上的“断裂”现象，也在文学史家的叙述中获

① 於可训：《中国当代文学概论》，武汉大学出版社 2009 年版，第 5 页。

得了一种谱系学意义上的“弥合”。例如，在讨论20世纪80年代的先锋文学时，就有文学史家从“文化大革命”之前的地下文学、人道主义精神的回归和现代主义的影响等多个角度弥合这种具有明显断裂性质的文学现象。在他们看来，先锋文学的文学谱系，其实正是此前现实主义文学多元化发展的结果，也是当代文学界实践其现代性诉求的某种历史性延续。至于这一判断是否符合80年代的文学史事实，下文将有专门论述。而在此之前有必要厘清以下两个问题，即文学史叙述中的文学谱系学有何理论依据？它的形成过程又与前文所谓的“知识共同体”有何关联？

如果深入辨析当代文学史家的历史观念，就会发现他们对于当代文学的谱系学阐释，其实来自于一种本质主义的思维方式。这种本质主义相信任何事物都具有唯一性的永恒本质，现象本身只不过为我们提供了一个切入本质的途径，而透过现象揭示事物的唯一本质，则是本质主义者对自身知识分子身份的内在规定和学术使命。有鉴于此，作为本质主义者的文学史家，在对文学现象的观察中便具有了一种整体性的文学史观，他们对于文学本质（文学规律）的提炼，即表现为对文学史中连续性概念的寻求。在此基础上，文学史家相信文学史可以在“文学”的话语范畴内被描述出来，或者说这种文学谱系可以从文学史内部被还原出来。毫无疑问，这是一种典型的在文学内部寻求规律演化的本质主义态度，其特点是对纷繁芜杂的文学史现象进行规律性整合。但问题在于，这种以先验的本质主义思维整合文学现象的做法，却不幸印证了反本质主义者的某种真知灼见，即“小说根据虚构的事实描写真实，历史搜集事实组合虚构”[①]。与小说家对真实的寻求不同，文学史家并不缺乏对各类史料的知识考古，但在

① ［日］沟口雄三、孙歌：《关于“知识共同体”》，《开放时代》2001年第11期。

总结和提炼规律的过程中，作为本质主义者的文学史家便会暴露出虚构文学谱系的叙述意图。关于这一点，法国哲学家米歇尔·福柯曾有具体说明，他认为："历史的首要任务已不是解释文献、确定它的真伪及其表述的价值，而是研究文献的内涵和制订文献，即：历史对文献进行组织、分割、分配、安排、划分层次、建立体系、从不合理的因素中提炼出合理的因素、测定各种成分、确定各种单位、描述各种关系。"① 历史（文学史）写作成为历史学家（文学史家）对文献的"组织"与"分配"。这其中自然有着历史学家（文学史家）作为一个本质主义者所特有的思想迷思，也正是因为这一点，当代文学史写作已在事实上构筑了一个以文学谱系学为表征的文学史神话。

值得注意的是，相较于文学史中的那些连续性概念，"不连续性的概念"反而"在历史学科中占据了显要位置"②。恰如某些论者所言，倘若沉迷于以时间为线索的现代性整体叙述中，诸如 20 世纪 80 年代文学之类的丰富性和复杂性就会被简单处理："在这样的叙述中，汪曾祺的小说常常必须'单列'；高晓声'陈奂生系列'之外的小说就不被重视；如果只把韩少功、王安忆、贾平凹的小说归属到'寻根文学'，他们的非'寻根'创作也常常被忽略。"③ 类似的不连续性显然会破坏文学史家精心构建的文学谱系。实际上，为了使事件的连续性显现出来，文学史家会主动回避、抑制和消除那些不连续性概念。汪曾祺等小说家在文学史中的暧昧身份，只不过是文学史家对于史料进行"组

---

① ［法］米歇尔·福柯：《知识考古学》，谢强、马月译，三联书店 1998 年版，第 6 页。

② 同上书，第 9 页。

③ 王尧：《"重返 80 年代"与当代文学史论述》，《江海学刊》2007 年第 5 期。

织”和“分配”的结果。然而，倘若要求文学史家在历史分析中重视那些不连续性概念和差异性问题，就势必会危及一个知识共同体的权力根基——“每当人们在历史分析中看到非常明显的使用不连续性和差异这类词……人们就会谴责说这是对历史的永不失效的权力和整个历史性基础的冒犯。但是不应被此所蒙骗：因为他们最痛心的，不是历史的消失，而是这种历史形式的被抹杀”①。对文学史家因历史观念的相似性而组合起来的知识共同体来说，再没有什么比反本质主义者的挑战更加令人痛心的事了：因为反本质主义者对历史边缘性话语（如不连续性概念）的重视，必将摧毁他们构筑起来的文学谱系。而文学谱系学这一“历史形式”，又偏偏在文学史家眼中是“历史”本身的代名词——在本质主义的迷思中，文学史家也许并不关心“史实”这一历史内核，反倒对文学谱系学这一“形式”念念不忘。倘若这一历史形式被抹杀，那么也就意味着一个由文学史家组合而成的知识共同体面临解体，毕竟反本质主义的文学史观，势必会釜底抽薪般地揭示出当代文学史写作的某种“虚构”本质。那么，这一知识共同体究竟是如何建构起来的？它对当代文学史事实进行组合虚构的叙述意图又具有怎样的理论考量？

二　从“启蒙共同体”到“知识共同体”

自20世纪80年代以来，随着新启蒙运动的逐步兴盛，在当代文学研究界也出现了一个以历史批判为主旨的“启蒙共同

---

① ［法］米歇尔·福柯：《知识考古学》，谢强、马月译，三联书店1998年版，第17页。

体”，其成员关于当代文学史的写作大多倾向于对文化专制主义的反拨。正是基于这样一种主观的启蒙诉求，20 世纪 80 年代的文学史家在描述当代文学的基本知识时，便往往以启蒙主义的激进风格展开论述，隐含其间的知识分子主体性意识，以及学术之外的思想追求，无疑会在涤荡文化专制主义的过程中，模糊、歪曲甚至篡改了当代文学的知识建构。换句话说，20 世纪 80 年代的文学史家在论述当代文学时，实际上有意无意地背离了知识学的求真原则。他们对当代文学中意识形态、人道主义以及自我意识等问题的论述，无一不指向对文化专制主义的批判。至于这些思想因素如何影响了当代文学的现代性追求等问题，却在这一启蒙共同体的文学史叙述中悄然退隐。因此可以说，在 20 世纪 80 年代的启蒙共同体中，由于受到时代风潮和个人学术心态的影响，文学史家大多在进行学术研究的同时，不忘表达自身念兹在兹的启蒙诉求。受这种启蒙学风的影响，许多当代文学研究者在高度关注社会思潮的同时，也完全遗忘了当代文学的学科意识，因此，这一共同体并未真正就当代文学的独立品格等问题展开深入思考。而此时“纯文学”概念的提出，无疑对 20 世纪 80 年代文学界的“启蒙共同体”构成了有力挑战。

作为一个文学概念，“纯文学”的提出首先与启蒙主义的“去政治化”思潮密切相关。因有感于政治对文学的钳制，20 世纪 80 年代前期的启蒙主义者极力鼓吹在去政治化中彰显文学的人道主义及美学品格。但启蒙运动本身也具有强烈的意识形态色彩，当代文学在挣脱极左意识形态束缚的同时，又沦为了启蒙主义者实践其政治诉求的工具。由此可见，在 20 世纪 80 年代中期以前，文学从来都是屈从于历史、政治或哲学的附属品。至重写文学史的浪潮兴起之后，如何将文学从知识的谱系中单列出来，如何在文学史内部寻求当代文学的发展规律，就成为了一批学院派文学史家的共同目标。在他们看来，当代文学已经深陷各类知识的包围，只有在与其他知识的不断区分中，只有在历史过程中不断分析和建构文学自身的知识谱系，“纯文学”才有可能被表述出来。诚如文学史家所言：“在20世纪80年代中期，‘回到文学自身’和‘文学自觉’是批评家和作家的热门话题……‘文学自觉’既是一种期待，也可以说是对已存在的部分状况的描述。”[①] 因此可以说，20世纪80年代中期“纯文学”概念的提出，尽管发轫于此前启蒙主义者的去政治化行为，但其成熟的标志，却是学院派文学史家对于文学自觉的理论期待。而“期待”一词，则生动地传达了文学史家对于中国当代文学进行知识重构的主观愿望。更堪回味的是，这种理论期待本身已然隐含了80年代文学史家对于中国当代文学学科合法性的某种现代性焦虑。在经历了20世纪80年代的文化启蒙之后，20世纪90年代以来的文学界迫切需要一种科学主义的认识论和方法论，希望通过本质主义的科学概括，提炼出当代文学的历史规律。倘若真能寻求到这一规律，那么“中国当代文学”就不再是一个从属于政治或历史的文化附属品，它会因为这种内在的规律性特征而独立于其他知识，并且在一种自足的文学谱系中获得当代文学学科的合法性品格。由是观之，无论是“纯文学”概念的提出，还是“文学自觉”这一理论期待的展开，抑或对当代文学学科合法性的现代性焦虑，均能证明文学史家已经具备了某种相似的文学史观，由此形成的知识共同体，自会在“组织”与“分配”文学史材料的同时，发挥其构筑文学谱系学的叙事意图。

从时间上来看，当代文学界这一知识共同体的形成大致在20世纪90年代中期以后。这个知识共同体的哲学基础是本质

---

① 洪子诚：《中国当代文学史》，北京大学出版社1999年版，第246页。

主义，方法论兼具社会学和文学谱系学，同时也将文学的现代性问题等同于文学的学科合法性问题。在这一知识共同体中，作为当代文学史写作中最具影响力的几位文学史家，洪子诚、於可训、陈思和诸位先生将其文学史观在《中国当代文学史》、《中国当代文学概论》和《中国当代文学史教程》[①] 等书中予以了详尽表述。尽管这些论著对文学史材料的理解、对作家作品的阐释均代表了当前文学史写作的较高成就，但毋庸讳言的是，其文学史观却无一例外地受到了本质主义思想的深刻影响。在他们描画的文学谱系中，中国当代文学成为了一条绵延不断的历史河流，即便是某些断裂的文学现象，也能在他们的整体性叙述中寻求到历史源头。文学史家的写作，与其说是为了再现奔腾不息的文学主流，倒不如说是对文学河床的重建。那些边缘性的文学支流，以及诸多非连续性的文学潜流，也只能在他们预设的文学河床中各寻其道了。

以 20 世纪 80 年代的小说史为例，在这一知识共同体对各类创作现象进行“组合”与“分配”的整体性叙述中，80 年代小说的文学谱系已具有了一种独立于其他知识的现代性品格。伤痕小说、反思小说、寻根小说直至先锋小说的文学谱系，不仅串联起了当代小说的历史主流，而且也在现代性的时间叙事中自成一脉。在这一文学谱系中，伤痕小说的兴起，是新时期之初中国作家“文化大革命”记忆的整体呈现，也是五四新文学中批判现实主义精神的回归；而反思小说的缘起，则是伤痕小说家愤怒情绪的理性升华；至于寻根小说，无疑得益于此前反思小说对文化问题的持续叩询。相较之下，在解释先锋小说这一明显断裂的文学潮流时，文学史家对其历史源头的

① 陈思和：《中国当代文学史教程》，复旦大学出版社 2008 年版。

追溯便显得十分谨慎，但无论是现实主义文学多元论，还是文学现代性的实验论，都不能掩盖这一知识共同体的整体性文学史观。他们确信，正是因为此前小说潮流对文化专制主义的反拨，才在文学内部催生了一种非政治化、反理想主义和反英雄主义的现代性文化，而这种现代性文化既促成了先锋小说的出现，也预设了先锋小说的美学风格。就此而言，先锋小说的形成恰是自伤痕小说以来中国文学追求现代性的结果，这一文学潮流与文学史家“预期的‘世界化文学’的想象是一致的”①。基于这一认识，文学史家在讨论先锋小说的现代主义因素时，便格外看重西方现代主义文学的影响。因为只有彰显这一异域文学的影响力，才能充分提炼出 80 年代小说致力于追求文学现代性的历史规律，也唯有遵循这一规律，才能构筑起从“伤痕”到“先锋”这一 80 年代的文学谱系。

三　重返文学史“事实”

但问题在于，文学史家对西方现代主义文学和先锋小说之间影响关系的考察，却因为对“现代性”历史规律的过度耽溺，以及从“文学到文学”的谱系学考量，从而忽略了在西方现代主义文学传播这一文学活动中知识分子的主体性问题。倘若深入追究先锋小说的缘起，就能发现这样一个显在的文学史实：因特定历史环境及自身受教育程度等因素的制约，当代先锋作家在学习西方现代主义文学时并不能直接切入“西方”语境，他们的学习过程，基本上依赖于一批国内的外国文学研究专家对西方现

① 洪子诚：《中国当代文学史》，北京大学出版社 1999 年版，第 335 页。

代主义文学的翻译、阐释和评价。正是这些知识分子通过大量的译介与评述性文本，才将现代主义文学的知识播撒至中国当代文学界。他们对西方现代主义文学主题范型的阐述，对其历史批判意识的整合，以及艺术形式的归纳，无不建立在自身的主体性意识之上。尤其是中国知识分子惯有的实用理性精神，使他们在讨论西方现代主义文学的内在品格时，往往重视其与中国现实问题之间的内在关联，至于现代主义文学所蕴涵的普世性价值等命题，却并未纳入新时期之初这些现代主义文学传播者们的研究视阈。这种在实用理性精神指导下的中国式误读，无疑深刻影响了当代先锋作家对于西方现代主义文学的认识水平。受此影响，在当代先锋作家笔下，对“文化大革命”创伤、历史批判以及国民性改造等具体中国问题的叙述，远大于对超越民族种族界限的人类普世性价值的思考。更为重要的是，这些外国文学研究专家对于西方现代主义文学的传播，甚至在一定程度上规约了先锋作家的形式实验。一个最极端的例子，便是《百年孤独》中译本对先锋小说的影响，那段“多年以后……”的翻译方式，因其对时间意识的自由表达而深受先锋作家的青睐，于是相应的句式便频频出现于莫言、李锐以及余华等先锋作家笔下。这说明对于当代先锋作家而言，柳鸣九、袁可嘉、王佐良等外国文学研究专家的影响力丝毫不逊于萨特、卡夫卡或马尔克斯等外国现代派作家。值得注意的是，这些外国文学研究界的知识分子其实大多属于 20 世纪 80 年代知识界的启蒙共同体，他们对于西方现代主义文学的传播，远非知识学意义上的原版引进，而是一个综合了自身学术志向与启蒙诉求的复杂结果。正是因为秉承了一种思想启蒙的传播初衷，这些外国文学研究者才会在新时期之初对西方现代主义文学进行了有意识的误读。而他们在文学传播这一活动中的主体性意识，在重塑西方现代主义文学基本面貌的同时，也促成了当代先锋小说的形成[①]。

然而，在20世纪90年代以来的文学史写作中，上述与知识分子主体性问题相关的研究领域却并未完全进入文学史家的写作范畴。对他们而言，倘若承认现代主义文学传播者对中国当代文学的“塑形”作用，就等于瓦解了他们业已构筑的“从文学到文学”的文学谱系，也会再度使中国当代文学混淆于其他学科。一旦先锋小说的知识来源逾越了“当代文学”这一整体性的文学谱系，那么就会动摇这个知识共同体的权力根基——毕竟过度的跨学科研究，势必会影响当代文学的学科规范性。日本学者沟口雄三在论及知识分子主体性问题时说：“就大陆知识界的状况而言，这几年里有关学科规范化的讨论进展得很快，但是根本性的问题，也就是情报的搬运和情报的处理之间的关系以及主体性的存在方式问题，却没有进入学科规范化讨论的视野。在这种情况下，其实最容易建立的是‘伪规范’。在形式上规范化了，在实际上却不过是某种寄生而已。”[②] 尽管沟口雄三的这番言论是针对20世纪90年代中国学界的知识共同体而发，但却同样适用于当代文学界。倘若遗忘文学之外的边缘性话语，以及在“文学活动”中的知识分子主体性问题，那么，当代文学界这个知识共同体就会在追求学科合法性、建构学术规范的过程中遗忘“文学史”自身。说到底，是“文学史”的“史实”，而非“文学谱系学”的“形式”，才真正构成了文学史的主要内容。

由此可见，若想破除当前文学史写作中的本质主义迷思，就有必要重新检讨和审视现有的文学谱系。而文学史家们也应在知

① 叶立文：《误读的方法：新时期初西方现代主义文学在中国大陆的传播》，中国社会科学出版社2009年版。

② 沟口雄三、孙歌：《关于“知识共同体”》，《开放时代》2001年第11期。

识共同体追求客观研究的范围之外，“参与到现在这样一个不断变动着的历史时间里，自觉到自己也是历史的一个部分，并依靠这种感受现在型的历史时间的感受力，充满着紧张感，与过去的时间相遇”[①]。也唯有如此，中国当代文学的历史真实才有可能被真正还原。

（原载《天津社会科学》2011 年第 2 期）

① 沟口雄三、孙歌：《关于“知识共同体”》，《开放时代》2001 年第 11 期。

论先锋作家的真实观

对于20世纪80年代的先锋作家而言，如何依靠叙事的力量去摆脱现实主义文学观念的困扰，无疑是一个必须面对的问题。事实上，压制先锋作家创新实验的重要因素之一，正是现实主义文学的真实观。这种真实观建立在认知主体对客观现实的坚定信念上。在现实主义作家看来，真实只存在于客观现实之中，它不以人的主观意志为转移，文学的任务就在于再现现实。这种以反映论为指导的文学观念其实是历史理性的产物。在历史理性面前，任何个体的生命印痕或是命运变故都得屈服于永恒不变的客观规律，而历史理性的铁血法则毫不在意个体生命孤苦无助的眼泪。然而，对于先锋作家来说，讲述纯然属己的生命故事，陪伴与呵护个体生命破碎感的叙事呢喃却远比历史理性的黄钟大吕更为动听。因此，反对客观现实，转向人类个体的内心世界便成了先锋作家共有的思维向度。在一定程度上，这种转向既表达了先锋作家反抗历史理性的启蒙叙事，也深刻影响了先锋小说的形式实验。

那么，先锋作家的真实观念到底是怎样的呢？大致而言，先锋作家并不认同现实主义者的真实观念。在他们的心目中，现实其实是“虚伪的现实”。余华说：“我觉得我所有的创作，都是在努力更加接近真实。我的这个真实，不是生活里的那种真实。我觉得生活实际上是不真实的。生活是一种真假参半的、鱼目混珠的事物。”[①] 在他的真实观念中，“真实是对个人而言的。比如说，发生了某一个事件，这个事件本身究竟是怎么一回事，并没有多大意义。你只能从个人的角度去看这个事件是怎么一回事……所以我宁愿相信自己，而不相信生活给我提供的那些东西。所以在我的创作中，也许更接近个人精神上的一种真实”[②]。毫无疑问，余华所说的真实其实是一种“精神真实”。这种精神真实已然否定了现实主义的真实观。在先锋作家看来，所谓的真实，只不过是认知主体对生活（现实）中客观事物的印象、感觉和记忆。“在我的精神里面，我甚至感到有很多东西都太真实了，比如一种愿望，一种欲望，那些很抽象的东西，都像茶几一样真实得可以去抚摸它。”[③] 那些存留于主体精神里面的愿望和欲望，反而比现实更为真实。显然，这种真实观念实际上就是“主观的真实”。从当代文学的发展历程来看，先锋作家真实观念的形成与小说叙事范型的转换密切相关。在20世纪80年代中期以前，现实主义文学曾长期受制于历史理性的束缚，其具体表征就是庸俗社会学和机械唯物论对作家主体精神的控制。在这种局面下，文学过分倚重历史理性的力量，一味强调再现客观现实，反而忽视了人物个体的生命体验。而先锋小说返回人物内心，倡扬精神真实都是对僵化的现实主义文学观念的反拨。这一小说叙事范型的转换，既是

① 余华：《我的真实》，《人民文学》1989年第3期。

② 同上。

③ 同上。

先锋作家关注人类个体存在问题的表现，也是对历史理性以客观规律压制个体生命的铁血法则的抗争。因此，先锋作家的真实观本身就具有表达小说主题的功能。而更为重要的是，这种真实观对现实主义文学真实观念的颠覆与反抗，又极大地影响了先锋小说的形式建构，从而推动着先锋小说的形式实验。

在20世纪80年代的先锋小说中，颠覆客观现实、重塑精神真实几乎成为先锋作家进行形式实验所遵循的首要叙事法则。马原、余华、洪峰、残雪等人的小说，往往以主观的精神真实营构着一幕幕超现实的叙事场景，并在其中考量个体的在世状况等问题。而如何描画人物个体在现实重重包围之下的存在困境，以及揭示个体真实的精神性存在，则始终是先锋作家强调关怀个体生命体验的叙事表征。对于一个信奉精神真实的先锋作家来说，现实真实无关紧要，重要的是他心目中的真实。而且，为了能够更加清晰地表现这种精神真实，先锋作家还必须在叙事中扫除现实织就的真实谎言。唯有透过现实的层层雾障，先锋作家才有可能逼近那种存留于精神世界中的真实。因此，先锋小说的形式实验便在这种独特真实观的指引下具备了两种实践层面：一是颠覆客观真实，即反抗现实主义作家笔下的现实真实；二是通过作家主体精神的强化，在感觉和理性分析的双重力量中迫使精神真实的自我现身。在先锋小说的形式实验中最能体现先锋作家真实观念的，便是小说叙事场景的超现实化。

对于许多先锋作家来说，“经验”这一主体感知现实的方式并非不可证伪。他们相信，经验不仅仅只对实际事物负责，它同样存在于超现实世界中。通常意义上的经验往往“使人们沦陷在缺乏想象的环境里，使人们对事物的判断总是实事求是地进行着"[①]。由于这种经验"只对实际的事物负责，它越来越疏远精神的本质。于是真实的含义被曲解也就在所难免"[②]。在先锋作家看来，经验的这种局限性导致了我们认识事物的肤浅。那么，如何才能摆脱"就事论事"的现实经验，从而进入事物本身广阔的内部空间呢？这就是脱离"常识的围困"。人们在常识的左右下判断事物、认识事物，常识紧密地依附在人物主体对现实真实的理解之上。因此，脱离一般常识的思考，是绝大多数先锋作家逼近精神真实的方式。对于他们来说，书桌的走动，药片从瓶盖拧紧的药瓶里自动跳出，以及"深夜月光下某个人叙述的死人复活故事"等有悖于常识，亦即违反日常经验的事件都是真实的。先锋作家对一般常识的怀疑必将诱发对精神现象的重视："当我不再相信有关现实生活的常识时，这种怀疑便导致我对另一部分现实的重视。"[③] 这"另一部分现实"无疑就是先锋作家的精神世界。在这个独立于外部现实的精神世界中，那些在日常经验看来不可思议的事物都将获得令人难以置信的勃勃生机。因此，先锋作家的书写对象，便会从客观实在的现实世界中抽身而退，转而步入了精神世界的广阔空间。马原认为，经验可以分为广义与狭义，"我们常说的经验只是狭义的经验，准确地说就是经历"[④]。这种狭义的经验完全建构在主体对客观现实的机械认识之上。但是，"作家这个行当的主要经验并非来源于直接经历（经验），间接经验占了他

---

① 余华：《虚伪的作品》，《上海文论》1989 年第 5 期。

② 同上。

③ 同上。

④ 许振强、马原：《关于〈冈底斯的诱惑〉的对话》，《当代作家评论》1985 年第 5 期。

全部经验的大部分”[1]。这种间接经验包含着作家的阅读、思索等诸多精神体验，它也就是马原所说的“广义经验”。因此，先锋作家对荒诞不经的传奇故事、神话和梦境的执著，以及对人物的潜意识、变态心理，甚至自残、乱伦等有违日常经验的伦理事件的描写最终都构成了先锋小说叙事场景的超现实化。这是先锋作家注重精神真实的结果。只有在这样一种超现实的叙事场景中，先锋作家的精神真实才能得以真实地呈现。

值得注意的是，尽管先锋小说超现实的叙事场景在文本外貌上疏离了现实主义文学对现实真实的再现，但这并不足以颠覆现实真实。为了表现精神真实，先锋作家就必须颠覆人们以现实为真实的日常经验。而且，先锋作家还必须在这种颠覆日常经验的叙事中重构他们心目中的精神真实。这两者实际上就是先锋作家进行形式实验的出发点。在一些先锋小说中，对超现实场景的直接叙述是一种较为单纯的叙事方法。这种叙事基本上排斥了现实世界的客观真实，而只在一个自足的超现实文本内去表现主体的精神真实。因此，那些叙述超验事物的先锋小说，都属于这类直接表现精神真实的作品。如残雪的《公牛》、《天堂里的对话》、《山上的小屋》，孙甘露的《信使之函》、《请女人猜谜》，格非的《褐色鸟群》，余华的《十八岁出门远行》，等等。由于这些作品对再现现实的叙事方式的遗弃，以及作品内部无处不在的超现实叙事场景，已然最为直接地表明了先锋小说注重精神真实的文本立场。在这些作品中，对梦境和潜意识心理等超现实对象的叙述，充分表达了先锋作家对客观世界的不信任态度。他们的叙事方式也同样建构在超现实的叙事逻辑中。这意味着，先锋小说

---

① 许振强、马原：《关于〈冈底斯的诱惑〉的对话》，《当代作家评论》1985年第5期。

的叙事方式已不再遵循客观世界的现实逻辑，无论是因果逻辑还是必然性都已不足以表现先锋小说的超现实对象。在先锋作家笔下，小说的叙事逻辑不再具有现实主义小说的必然性和因果律，它如同自身的描写对象——诸如梦境、潜意识等超现实事物一样，充满了主观性。因此，在许多先锋小说中，作家所采取的叙事方式主要由主体精神的存在形态而定，是精神存在决定了小说叙事，小说的叙事目的很大程度上是为了还原作家或是小说人物的精神现象。举例来说，残雪的部分作品，如《山上的小屋》、《雾》、《公牛》等叙述的就不是客观世界的实际存在，而是作家主体精神里面的真实，这种真实具有毋庸置疑的超现实性。因此，残雪写道："每次她盯着我的后脑勺，我头皮上被她盯的那块地方就发麻，而且肿起来。"（《山上的小屋》）"我正在敲那些紧闭的门，忽然发现敲的是潮湿的砖墙，一摸指关节，已经敲烂了。"（《布谷鸟叫的那一瞬间》）这种叙事方式所要达到的文本目的，就是试图还原主体的精神真实。虽然它对于客观现实是虚妄的，但对于残雪等先锋作家而言却是真实的。先锋作家这类完全排斥现实，纯粹在精神领域进行叙事的作品并不占主导地位。对于绝大多数先锋作家而言，表现精神真实往往与颠覆现实真实紧密相关，这两个书写层面的相互交织，才真正体现了先锋作家追求精神真实的叙事态度。换句话说，大多数先锋作家在表现精神真实的时候，都侧重从颠覆现实真实的角度出发，经过一系列自觉的叙事策略，从而达到重构真实（精神真实）的文本目的。比较而言，余华的一些创作极为典型地表现了由作家真实观所决定的叙述实验。

在余华的小说创作中，存在着三种颠覆现实真实、重构精神真实的叙事策略。在论及第一种叙事策略之前，首先来看看余华自己的说法。他说："人类文明为我们提供了一整套秩序，我们置身其中是否感到安全？对安全的责问是怀疑的开始。……秩序对人的规定显然是为了维护人的正常与安全，然而秩序是否牢不可破？事实证明庞大的秩序在意外面前总是束手无策。……秩序总是要遭受混乱的捉弄。因此，我们置身文明秩序中的安全也就不再真实可信。”① 对于现实而言，秩序不仅组织起了现实世界的理性结构，而且它还是现实真实的表征。而余华对现实秩序的怀疑，指向的其实就是现实本身。怀疑现实秩序，意味着对现实理性秩序的怀疑。当现实给人们提供了一套恒定秩序时，现实就会以普遍有效的秩序来显示自身井井有条的理性结构，而这种结构在我们的日常经验中常常被视为不可动摇的真实存在。但它每次面对混乱时都显得脆弱不堪，任何偶然的意外都会破坏秩序的普遍有效性。这表明现实的理性秩序令人怀疑。而余华用来戳穿“虚伪现实”的面具的武器，便是他的第一种叙事策略，即以“暴力叙事”打破现实提供的理性秩序。在余华的心目中，“暴力因为其形式充满激情，它的力量源自于人内心的渴望，所以它使我心醉神迷”②。余华小说中暴力事件来源于人物心中蠢蠢欲动的欲望。而欲望这一在余华看来“真实得可以去抚摸”的东西，无疑属于精神的范畴。因此，暴力本身便是人类主体精神自我出场的一种形式，而它的破坏性又极易造成秩序的混乱。因此，暴力叙事在破坏秩序的同时无疑直接颠覆了秩序所存在的现实真实。余华对此说得再明白不过了：“在暴力和混乱面前，文明只是一个口号，秩序成为了装饰。”③ 《十八岁出门远行》的“我”在搭顺风车的时候，莫名其妙地卷入了一场殴斗。当

---

① 余华：《虚伪的作品》，《上海文论》1989 年第 5 期。

② 同上。

③ 同上。

“我”为汽车司机的利益与人打架时，司机却对这件事漠不关心，甚至看着“我”被打坏的鼻子时的“表情越来越高兴”，最后司机跳上一辆拖拉机，“哈哈大笑”地离去了。在这部小说中，对暴力事件的叙述直接摧毁了现实存在的“文明秩序”，司机的行为无疑对现实真实构成了颠覆。同样，在《西北风呼啸的中午》中，“我”被一个从未见过的大汉强迫去见一个从未听说过的朋友。《现实一种》则将暴力事件建构在了亲人的血缘关系之间。从上述作品中我们可以发现，余华的暴力叙事往往与有违现实逻辑的叙事策略结合在一起。那么，这两者之间的结合有什么叙事功能呢？对于余华来说，暴力只有建构在超现实的叙事逻辑中才能充分展示它对于现实的破坏功能。在客观现实中，暴力事件的发生必定建构在一种因果关系上，必定有一些现实因素激发了暴力行为。但在超现实逻辑中，暴力行为的发生则完全源于人类主体的暴力欲望，它不受现实因果逻辑的束缚，在暴力面前，因果规律这一现实世界最重要的秩序支撑便会轰然坍塌。

另外，余华的小说在作家强调精神真实这一叙事法则的制约下，还出现了第二种叙事策略，即对超验事物的叙事还原。像其他先锋作家一样，余华只对精神现象感兴趣，他坦言：“我和现实关系紧张，说得严重一些，我一直是以敌对的态度看待现实。”① “当我认为生活是不真实的，只有人的精神才是真实时，难免会遇到这样的理解，我在逃离现实生活。”② 按照余华的说法，他的小说叙事应当远离现实。然而，在余华的作品中，我们

---

① 余华：《〈活着〉前言》，《余华作品集》第2卷，中国社会科学出版社1994年版。

② 同上。

却读到了许多与现实相似的叙事细节。这些细节的真实性令人恍惚觉得它就存在于我们身边的现实之中，甚至真实得可以去触摸它们。但是，这些所谓的“真实”细节，却只不过是余华对超验事物的叙事还原。可以这样理解，为了表现那些“真实得可以令人抚摸”的欲望和记忆，即作家心目中的精神真实，余华试图用叙事证明人类主体的精神，其实真实得如同可以触摸的客观现实。因此，在余华笔下，原本抽象的精神现象，虚无缥缈的超验事物就具有了实在的“物性”。例如余华对暴力细节的叙述就十分写实，那些“真实”细节发生的故事背景，始终都是作家精神想象的产物，如兄弟相残、卖人肉、自残，等等。这些事件的精神烙印显而易见，但是，余华却把它们用写实的手法加以表现。那些在现实看来荒诞不经的事物，却在余华笔下充满了质感，“真实”地矗立在我们身边。这种对精神现象的叙事还原鲜明地标示出先锋作家的真实观念，即精神现象也是一种真实的存在。用余华的话说，那些“欲望和美感、爱与恨、真与善在精神里都像床和椅子一样实在，它们都具有限定的轮廓，坚实的形体和常识所理解的现实性。我们的目光可以望到它们，我们的手可以触摸它们”[①]。但是，如果余华仅仅是在写实的笔法中突出超验事物的仿现实性的话，那么这些精神现象便会时刻以现实真实作为衡量自身的尺度：欲望和臆想难道必须表现出如椅子般的物性时，才可以证明自身的真实性吗？如果那些抽象的精神现象必须借助客观现实来确认真实性的话，岂不等于认同了现实才是真正的真实？因此，余华为了表现精神真实，就必须在叙事中强调超验事物的精神性质。这意味着余华在表现精神真实的时候使用了两步叙事策略：首先是对细节真实的追求，这种叙事策略上

① 余华：《虚伪的作品》，《上海文论》1989 年第 5 期。

文已经论及，它把精神现象通过叙事还原为可以感知的客观现实。其次余华还必须通过叙事表明这些仿真细节的精神性质。只有通过对细节真实的精神属性的描写，才可以证明精神比现实更为真实。在这里，对细节真实的精神属性的叙事，便构成了余华小说的第三种叙事策略。

我们注意到，余华小说的叙事场景大多具有明显的虚拟性质，它处处渗透着形而上的精神意念，那些逼真的细节叙述就在这种超现实的叙事场景中清楚地表明了自身的精神属性。《一九八六年》中疯子的自残场景在余华笔下被描写得细致入微，但疯癫本身特有的病理症候，却仍然将疯子的自残行为引向了在现实看来并不真实的超现实语境。《鲜血梅花》中仿武侠小说的叙事场景，处处颠覆着细节的真实。还有《四月三日事件》中屡次出现的“预见性叙事”，都把少年的臆想这一精神活动放在了现实事件发生的前面。现实对臆想准确而诡异地验证，充分表明了“臆想”的精神属性。因此，这种颠倒了现实因果律的预见性叙述便使小说中的细节打上了深重的精神烙印。《世事如烟》、《西北风呼啸的中午》、《难逃劫数》等作品同样如此。在余华的这些作品中，我们可以发现，无论小说的细节描写多么逼真，都会在整体的超现实叙事场景中展现出它难以抹去的精神属性。因此，余华小说对细节精神属性的叙事，展现的仍然是先锋作家注重精神真实的真实观念。而同样值得关注的叙事实验，则是余华对“精神事件”的叙述。

在余华的小说中，“事件”是构成小说肌体的重要因素，许多偶然和必然的突发事件都在推动着小说的情节的发展。诸如杀人、自残、绑架等事件充斥着余华小说的文本空间。甚至有些作品便直接以“事件”命名，如《四月三日事件》、《偶然事件》，等等。这些事件又往往是暴力事件。从某种意义上说，“事件”

是现实逻辑中因果规律作用的结果，不论事件的起因如何难以觉察，它都必定源于现实。因此，事件在现实主义者看来，其实应该是现实事件，它具有不同程度的现实必然性。初看上去，余华小说中的事件似乎也是一种现实事件。《现实一种》中兄弟相残的暴力事件起源于后代之死，《一九八六年》中疯子的自残事件则起源于他的“文革”记忆。而《古典爱情》中的杀人事件则是饥馑所致。但是，如果仔细考察这些事件的构成要素，则它的现实性却十分可疑。由于余华对暴力事件冷静的叙述态度，以及暴力事件构成元素的超现实性，使得余华小说中的暴力事件的现实真实性令人怀疑，它倒更像是作家或人物主体精神的产物。说到底，余华小说中的事件大多是一种“精神事件”，它的臆想性质显而易见。比如在余华《四月三日事件》和《西北风呼啸的中午》等作品中，事件的精神属性则完全来源于事件起因这一事件构成元素的缺失。《四月三日事件》中没有任何现实迹象可以表明少年遭遇的现实起因。只有少年的臆想这一精神活动指引着现实事件的发生。少年想到什么，现实便会发生什么，这种叙事逻辑不仅颠覆了现实真实，同时也悬置了事件的现实起因。因此，余华小说中的事件，主要是一种“精神事件”。而余华对这些“精神事件”的叙述，则充分表明了他的真实观念：“常理认为不可能的，在我作品里是坚实的事实，而常理认为可能的，在我那里无法出现。很多事实已经表明，常理并非像它自我标榜的那样，总是真理在握。”① 余华想说明的是，现实远远没有精神真实。他对精神事件的叙述，仍然是为了凸显那些看上去是现实事件的精神属性。

在其他先锋作家的创作中，类似于余华小说的叙事策略比比

---

① 余华：《虚伪的作品》，《上海文论》1989年第5期。

皆是。那种超现实的叙事场景广泛存在于各类先锋文本中，像残雪的《黄泥街》、《苍老的浮云》，格非的《褐色鸟群》等先锋经典都首先建构在一个超现实的叙事场景上。它们同样对精神事件进行了两个层面的叙事还原。首先是对精神现象的现实还原，如格非的《褐色鸟群》，将“我”在水边寓所的经历，以现实逻辑一一讲述，“我”的种种奇遇因此显得真实无比，这是对“我”臆想世界的现实还原，然后通过打乱时空的叙事迷宫以及人物身份的暧昧，又将“我”的遭遇这一现实事件还原为具有明显臆想性质的精神事件。《褐色鸟群》最基本的意图，就是“主体对世界的认知关系，以及主体对自身认知限度的质询”[①]。这显然是格非对精神真实的探求。而残雪的小说，无论是《黄泥街》、《苍老的浮云》等结构复杂的中长篇，还是《山上的小屋》、《雪》等比较简单的写法，都存在着一种如评论家所说的叙事方式：“（残雪）一方面是将精神活动物化，将抽象的意识附会在猥琐的污秽的丑陋的物体上……让我们具体可见；另一方面是将具体的人抽象化，使他们丧失个性，沦为一种‘类’，一种面容不清的人形傀儡……这种既充满具象又充满抽象类型的想象，和我们的日常感知正好背道而驰。”[②] 史铁生的小说也同样如此，《命若琴弦》以寓言的形式展开叙事，两个瞎子的命运明显具有象征意义，小说讲述的故事，因此成了具有形上性质的精神事件。而他的另一部作品《宿命》则更典型地展示了叙事还原的策略。主人公莫非对致残起因的步步追问，由于建构在一系列的假设倒推中，因此将致残这一现实事件导向了不无幽默感的

① 季红真：《众神的肖像》，人民文学出版社 1996 年版，第 181 页。

② 吴亮：《一个臆想世界的诞生——评残雪的小说》，《当代作家评论》1988 年第 4 期。

宿命论的结局，这篇小说也由此成为了一部对人主体精神探索的小说。史铁生或许比余华更早地意识到了现实的虚伪，他告诉余华，只要我们相信，药片也会从瓶盖拧紧的药瓶中跳出。它之所以不会发生，原因只在于我们的不相信。他认为，小说的形式完全取决于作家主体与外界的交往形式："你以什么样的形式与世界相处，你便会获得或创造出什么样的形式。"[①] 对于先锋作家来说，由于他们对精神真实的关注，从而在叙事中不断颠覆"虚伪的现实"，并试图在形式实验中重构他们心目中的精神真实。在这一层面上说，先锋作家的真实观无疑极大地影响了先锋小说的形式实验。

（原载《文学评论》2003 年第 1 期）

① 史铁生：《答自己问》，《作家》1988 年第 1、2 期。

延伸与转化

——论先锋作家的"文学笔记"

在经历了20世纪80年代中期的短暂辉煌后，20世纪90年代的先锋小说创作似乎已逐渐步入低谷。但近年来，随着余华、残雪、格非、马原等先锋作家一系列"文学笔记"的推出，却为渐趋保守的先锋写作另辟新途。[①] 从表面上看，先锋作家的"文学笔记"大多是对中外经典作品的解读，但在貌似批评的文字背后，却暗暗传递着80年代以来先锋作家自身的文学经验。这些潜在的文学经验，一旦被转换为批评的武器，便拓宽和延伸了批评对象的意义空间；相反，经过阐释的经典作品，又在为先锋作家提供崭新文学经验的同时，改变着先锋写作的原有面貌。因此，90年代中后期以来的"文学笔记"，就不仅仅是先锋写作

---

① 这些"文学笔记"包括：余华：《我能否相信自己》，人民日报出版社1998年版。马原：《阅读大师》，上海文艺出版社2002年版。格非：《塞壬的歌声》，上海文艺出版社2001年版。残雪：《灵魂的城堡——理解卡夫卡》，上海文艺出版社1999年版；《解读博尔赫斯》，人民文学出版社2000年版；《艺术复仇》，广西师范大学出版社2003年版；《永生的操练——解读"神曲"》，北京十月文艺出版社2004年版，等等。

从小说向文学批评的文体转换，而是对80年代先锋小说创作的某种延伸与转化：在先锋作家的“文学笔记”中，我们不仅看到了先锋作家对于现实一如既往的独特理解方式，也看到了他们对于现实主义文学思想的鼎力消解。但除此以外，“文学笔记”的更可观瞻之处，却是对于“写作”概念的重新理解。事实上，余华和残雪等先锋作家对“写作”的认识，业已突破了早年先锋试验的形式主义倾向，转而在对想象、比喻等叙述技巧的迷恋和对精神王国的探询中，展示着先锋写作的深刻变化。本文对于“文学笔记”的研究，即是通过对于先锋作家批评活动的理解，梳理当代先锋作家的创作转向。

作为一种新型的写作方式，“文学笔记”首先有别于传统意义上的文学批评。在先锋作家的“文学笔记”中，既没有对经典作品抽象的理论概括，也没有主观的概念游戏，他们的写作，其实就是“用写作者的感觉去追随别人的写作过程”①。在“追随别人”的写作过程中，先锋作家表达了对于“写作”的崇高敬意：他们试图以职业小说家的态度，通过对于“叙述”、“艺术”等问题的关注，让写作事业的神秘意义渐次敞开，最终令写作上升到和命运相关的境地，从而在写作过程中实践对人物乃至自身的叙事关怀。这一写作方式，实际上与早年先锋小说对人物存在问题的关注殊途同归，并在延伸先锋小说存在主题的同时，赋予了“形式”更高的意味。因此，先锋作家的“文学笔记”就不再是传统意义上的文学批评，而是对先锋小说创作的延伸与转化。在这种延伸与转化中，评论他人创作的“文学笔记”最终指向了评论者自身的写作。

---

① 汪晖：《我能否相信自己·序》，见余华《我能否相信自己》，人民日报出版社1998年版，第3页。

如果深入分析这些“文学笔记”，我们会看到，几乎每位先锋作家都在和自己的文学经验作斗争：他们既不可避免地动用自身的文学经验去分析经典作品，又同时在写作“文学笔记”的过程中自己反对自己。《我能否相信自己》、《阅读大师》、《塞壬的歌声》以及《灵魂的城堡》等“文学笔记”，无论就批评意图还是叙述方式而言，都体现了先锋作家对于自己文学经验的质疑和重建：他们从“我能否相信自己”的怀疑精神出发，在“阅读大师”的批评实践中谛听女妖“塞壬的歌声”，寻找“真实、平凡的世界是如何被巧妙地加以装饰，而这种事物又是如何为希望提供了保证”①，并努力靠近自我的“灵魂的城堡”——一个关于人类生存境地的卡夫卡城堡。这座城堡如同人的命运一样充满了悖论，希望与绝望并存。而开启城堡大门的钥匙，就掌握在仿如塞壬歌声一般扑朔迷离的写作手中——是写作巧妙地装饰了世界，并为希望提供了保证。这意味着从探询写作的奥秘中去认识人的命运问题，业已成为先锋作家创作“文学笔记”的共同思路。只不过每位作家的具体写作过程却有所不同。大致而言，以余华为代表的“文学笔记”创作，将小说的“叙述”问题放在了首要位置，而残雪却更加强调研究对象的“艺术”本性。两者虽然在具体的写作方式上有所不同，但最终对于写作和命运重叠关系的理解却殊途同归。

首先来看看余华的“文学笔记”。在《我能否相信自己》一书中，余华通过对博尔赫斯、海明威、罗伯-格里耶、陀思妥耶夫斯基等作家经典作品的分析，集中表达了自己对于叙述问题的看法：即叙述不只是一个单纯的技巧问题，在更高的意义上，叙述其实是展现写作与人物命运重叠关系的通道。借助叙述的力

① 格非：《塞壬的歌声》，上海文艺出版社2001年版，第185页。

量，作家可以穿越生活和艺术的界限，敞开虚无的内心，并指引笔下的人物和自己一道，超越时空，通达自由的生存境地。在余华看来，当作家笔下的人物陷入生存困境时，叙述艺术会挺身而出，担负起解救人物内心的重任。事实上，在《我能否相信自己》这本“文学笔记”中，余华通过对心理描写、叙述节奏等叙述技巧的关注，充分印证了写作如何在形式（叙述）层面实现了对人物命运的价值关怀。

《内心之死》提出了一个“叙述史上最大的难题”，即“心理描写的不可靠”[①]。对心理描写的质疑，表达的不仅是对文学规范的嘲笑，同时也昭示了作家余华如何自己反对自己的写作历程。早在1989年写作《虚伪的作品》的时候，余华就旗帜鲜明地反对了虚假的客观现实。他极力强调精神世界的真实，并在自己的小说写作中贯彻了类似的立场。但是，《内心之死》提出的这个叙述难题，却从叙述观念上表明了写作的两难：如果真实只存在于人物对客观世界的心理感受上，那么如何用并不可靠的心理描写去揭示这种感受呢？余华对此无可奈何地说：“我个人的写作曾经被它困扰了很久。”[②] 所幸的是，福克纳、海明威、罗伯－格里耶以及陀思妥耶夫斯基等人用他们的写作向余华展示了自由叙述的魅力——没有边界的叙述在他们笔下让心理描写不可能达到的地方变成了可能。在追随海明威和罗伯－格里耶的叙述的过程中，余华记住了“从巴塞罗那开往马德里快车上的声音”和“百叶窗后面的眼睛”。声音与眼睛揭示着作家对现实的观察方式——在这种倾听与注视下，现实散发着极为浓郁的精神气息。但是，这种具有心理内容的现实却并不依赖冗长的心理描

① 余华：《我能否相信自己》，人民日报出版社1998年版。

② 同上。

写，它经常建构在作家对人物言行的叙述之中。就像海明威在《白象似的群山》中所做的那样，没有心理描写，只有简单的对话和断断续续的沉默。在男女主人公简单明确的交谈“声音”中，“所暗示的却是强烈的和不安的隐私”①。海明威的叙述，让余华意识到了如何在确定性中窥测人物无法揣度的内心：不需心理描写，只有借助人物的言谈和行动，作家的叙述才能真正接近人物的内心。和海明威一样，罗伯－格里耶让叙述关闭了内心和情感之门，仅仅凭借百叶窗后面的眼睛，便引发读者无休止的回忆、揣测和想象。然后，当“他们重新经历的心理过程”会集成了作品以后，《嫉妒》便成为真正的嫉妒之海。同样，在《沃许》和《罪与罚》中，福克纳与陀思妥耶夫斯基也采用了殊途同归的叙述方式。他们让杀人之后的沃许和拉斯柯尼科夫的内心共同失去了思考的能力。当沃许举起镰刀砍死塞德潘之后，福克纳突然放松了紧张的叙述，杀人者沃许疲倦地坐在窗口，开始了漫长的等待，他复杂的内心被福克纳用平静的叙述表现了出来。而拉斯柯尼科夫在杀人之后无比紧张的内心世界，则被人物疯狂而冷静的举动展示得淋漓尽致——二者都证明了作家对心理描写不同程度的遗弃。

在追随了海明威等人的叙述之后，余华意识到“当人物面临突如其来的幸福和意想不到的困境时，对人物的任何心理分析都会局限人物的内心，因为内心在丰富的时候是无法表达的”②。“内心之死”在这个意义上指向的其实是心理描写的死亡。它也同时表明，内心世界其实无比宽广，它往往在最需要被叙述的时刻抗拒着心理描写，因为那样会令叙述远离内心，而不是接近。

① 余华：《我能否相信自己》，人民日报出版社 1998 年版。

② 同上。

因为任何心理描写都只是叙述者对于人物内心的揣测与想象，这样的叙述无法真实呈现人物的内心。相比之下，只有人物的言行，才能更为准确地揭示精神真实。

当余华将叙述锁定在对人物的言行描写时，写作与命运的神秘联系已渐渐浮出水面。在余华看来，写作对人物言行的关注，其实就是一种对生活过程的叙述，只有叙述出人物具体的生存状态，他们的命运才会自然呈现。因此，当沃许和拉斯柯尼科夫的心理活动在福克纳等作家笔下被终止时，他们的内心也因为过于丰富而走向了虚无：由于无力承受杀人之后的紧张与残酷，沃许和拉斯柯尼科夫的内心才会变得虚无起来。但是，虚无并非一无所有，在余华看来，虚无其实意味着内心的敞开。在这种敞开中，作家把人物的命运托付给了虚无。诚如余华所说："艺术家是为虚无而创作"的，因为"虚无就是从自身中解放了的内心"[①]。当沃许们的内心在福克纳等人的叙述中变得虚无起来时，他们也因为自己的虚无而获得了内心的解放。就像余华在这本"文学笔记"中经常引用的两个比喻一样，沃许的解放如同"水消失在水中"，他的恐惧与焦虑消失在了虚无当中，从而让自己的内心变得安宁与祥和起来。而拉斯柯尼科夫的混乱，则让人想起另外一个比喻，即"干渴和对干渴的恐惧"。这说明比干渴更令人忧心的，是对干渴的恐惧。拉斯柯尼科夫杀人之后的举动，其实仅仅是陀思妥耶夫斯基对"干渴"的叙述，而"对干渴的恐惧"这种更深层次的心理痛苦，则被作家轻轻放过。因此，拉斯柯尼科夫在陀思妥耶夫斯基的叙述中同样获得了部分程度的解放。从以上两个例子中，余华试图说明，写作就是叙述对人物

---

① 汪晖：《我能否相信自己·序》，见余华《我能否相信自己》，人民日报出版社 1998 年版。

内心敞开的过程，在这种敞开中，作家借助写作将人物的内心虚无化，从而令人物的内心获得解放。因此，叙述就不再是一个单纯的技巧问题，它变成了写作通向人物命运的途径。借助叙述，作家在写作过程中实现了对人物命运的叙事关怀，并将写作和命运重叠了起来。

似乎是为了更进一步说明写作与命运之间的重叠关系，余华在《三岛由纪夫的写作与生活》一文中，将作家之死归为写作。他说："（三岛由纪夫）将写作与生活重叠到了一起，连自己都无法分清。"[1] 三岛由纪夫不仅叙述了死亡和鲜血，最终也死在了自己的笔下：他"所迷恋的死亡和鲜血，终于站了出来，死亡和鲜血叙述了三岛由纪夫"[2]。值得注意的是，当余华谈到三岛由纪夫之死时，其实已经重申了写作和命运的联系：在余华看来，三岛由纪夫用"写作伸张了人的欲望，在现实中无法表达的欲望可以在作品中得到实现"[3]，同样，写作中无法亲身体验的欲望也可以在生活中得到完成。三岛由纪夫的自杀说明，写作其实是作家对自我生命的一种完成：通过写作，作家与笔下的人物一起经历了现实生活未曾给予的人生境遇，通过生活，作家完成了写作中虚拟的生命体验。从以上的例子中，我们可以看到作家如何把自己的命运托付给了写作——写作与生活不过是完成作家生命历程的两个方面。在这个意义上，写作就是命运。余华在《我能否相信自己》中对叙述问题的执著，仍然和他的小说创作一样，都是对人的命运的关注。

尽管写作与命运的界限已经如此模糊，但余华深信，写作仍

---

① 余华：《我能否相信自己》，人民日报出版社 1998 年版，第 87 页。

② 同上书，第 89 页。

③ 同上书，第 86 页。

然具有解放命运的力量。在《内心之死》、《布尔加科夫与〈大师和玛格丽特〉》等文章中，余华重点谈到了叙述节奏的问题。在他看来，叙述节奏的变化同样可以体现写作对人物生存困境的解放。

从对福克纳和陀思妥耶夫斯基作品的分析中，余华注意到了一种高潮之后的叙述方式，就像沃许杀人之后坐在窗口时的疲倦，拉斯柯尼科夫疯狂之中隐含的冷酷一样，用平静的叙述结束高潮，无疑更能表达人物的内心："在跌宕恢弘的篇章后面，短暂和安详的叙述将会出现更加有力的震撼。"[①] 当小说人物在承受着内心的紧张时，作家也与人物一道面临着困境。如何结束这令人忧心的内心之旅，不仅是一个叙述技巧的难题，同样也是作家如何帮助人物逃离生存困境的过程。每当作家和人物共同面临困境的时候，叙述便成为摆脱这些困境的方式。正如福克纳用平静的叙述解救了沃许紧张的内心：当平静的叙述出现在残酷的高潮之后，那种平和耐心的叙述进程其实缓解了人物内心的紧张。这一缓解，其实就是作家和人物对于生存困境的共同逃离。因此，在余华看来，类似于叙述节奏的很多技巧问题，都暗含着作家对人物的叙事关怀。

值得注意的是，余华在"文学笔记"中对于心理描写、叙述节奏等技巧问题的关注，最终指向的却是自身的写作：他通过阅读经典，时刻表达着对于自己过去写作方式的怀疑，并在这种怀疑中自己反对自己。在早年的先锋小说创作中，为了表达人物的精神真实，余华经常使用心理描写的叙述方式——那些旨在书写人物欲望的作品，无一不是为了说明精神比现实更加真实。但同时，余华也意识到心理描写无法穷尽丰富的内心。因此，余华

① 余华：《我能否相信自己》，人民日报出版社 1998 年版，第 203 页。

用对细节的重视来弥补心理描写的缺憾。在《一九八六年》、《现实一种》等作品中，余华对刑罚细节的叙述，对人物言行的展示，都是为了表达人物内心针对历史或是现实的复仇欲望。这一现象表明，心理描写在余华的创作过程中已被逐渐遗弃。到了写作《活着》和《许三观卖血记》的时候，余华的叙述意识其实已经变得更加自觉。他在"文学笔记"中所推崇的言行展示、叙述节奏的变化等叙述方式，都已得到了广泛使用。比如在《活着》这部作品中，每当福贵快要被丧失亲人的痛苦击垮时，他的内心并没有滔滔不绝。相反，余华借助叙述节奏的变化，让福贵在对"我"讲述亲人死亡故事的同时，悄然缓解了内心的痛苦。更加重要的是，由于余华领悟了写作和生活的一致性，所以，他放弃了早年用写作对抗生活的叙述方式，转而通过福贵坦然面对残酷人生的态度，表达了对生活的回归。在这里，余华向我们展示了一个优秀的作家自己反对自己的过程：他通过这部作品证明，写作永远不可能高于生活，它和生活一样，都是对命运的完成。当余华提出反对自己过去把写作置于生活之上的偏见时，我们才能理解为什么余华说"写作就是回家"：写作"不仅超越了作品与作者之间的时空，而且超越了仇恨、贫穷和欺骗，解放了写作者越来越阴暗的内心"。在这种解放中，写作者最终回到了自己的命运。因此，余华借助叙述的力量展示了"活着"的另一种方式，这种方式就是写作，并且是一种回到自身的写作："他将自己的人生掌握在叙述的虚构里，他已经消失在自己的写作之中，而且无影无踪。"① 写作解放了自己，将自己的生存困境化为了虚无。也只有在个人虚无化的状态下，作家才能深

① 汪晖：《我能否相信自己·序》，见余华《我能否相信自己》，人民日报出版社 1998 年版。

切理解笔下人物的痛苦与欢乐。所以余华对经典作品的阅读，其实就是考察写作如同命运的含义的过程。在这个过程中，余华用叙述维护了那些生活在自己笔下的不幸的人们。

同样，体现了余华上述文学态度的作品，还有他新近推出的长篇小说《兄弟》（上）。在这部余华自称是“望不到尽头的小说”中，叙述“统治”了他的写作。通过叙述，余华从李光头和宋钢两兄弟“狭窄”的生活中，写出了“一个中国人只需四十年”就可经历的宽广人生。实际上，引领读者走向宽广人生的途径，正是余华一再强调的叙述。而《兄弟》中的叙述，体现的仍然是余华对于心理描写的遗弃和对叙述节奏的重视。具体而言，余华在《兄弟》中用幽默叙述替代了传统的心理描写。小说开篇围绕李光头的偷窥事件，以一种充满幽默色彩的叙述写出了那个年代人们的集体性压抑。与张贤亮等习惯于心理描写的作家不同，余华借助幽默叙述，从人物夸张的言行中写出了他们极度匮乏的心理渴望。这一叙述方式其实正是利用幽默，讲述了那些生活在禁欲时代的人们，如何透过最粗鄙和最日常化的生活场景，以狂欢化的生活方式颠覆着专制对人性的禁锢，并曲折地表达了人们对自由的向往。因此，幽默所具有的叙述功能就具有了两重性：一方面，它是人物抗争荒诞现实的人生态度；另一方面，它也是作家余华利用写作舒缓人物紧张内心的一种叙述关怀。在这个意义上，《兄弟》中的幽默叙述仍然体现了余华对于写作和命运重叠关系的理解。此外，《兄弟》还继续深化着余华对叙述节奏的理解。每当小说叙述走向悲剧的高潮时，都有一些舒缓的段落适时出现，缓解着人物的悲剧性生存：就像深夜游走于小城中的李兰母子那样，人的命运往往在孤独徘徊中，会突然发现“广阔的田野在月光下有着神秘的壮丽”，人生悲剧也因此孕育了希望。在《兄弟》的“后记”中，余华说：“写作就是这样奇妙，从狭窄开始往往写出宽广，从宽广开始反而写出狭窄。这和人生一模一样，从一条宽广大路出发的人常常走投无路，从一条羊肠小道出发的人却能够走到遥远的天边。”写作和人生的命运再次重叠起来，《兄弟》也一如既往地重复了从《活着》到《许三观卖血记》正视苦难、抵抗绝望的主题[①]。

和余华相比，另一位先锋作家残雪的“文学笔记”则更为复杂。如果说余华在阅读大师的同时，还时刻以经典作品为标尺，检讨和反省着自身的写作，那么，残雪则完全将写作“文学笔记”的过程当做了“同幽灵交流的事业”。这一事业，即是残雪在早年的先锋小说创作中对于人类幽暗精神王国的探寻。

在残雪看来，幽灵其实就是人类精神的化身。她对人的精神结构的分析、对灵魂分裂的关注，以及对精神层次的步步深入，都标识出人类精神王国的深不可测。在向幽暗精神王国进军的同时，残雪有意混淆了自己和评论对象的界限，通过写作将自己融入了他们博大的心灵世界。在这个意义上，无论莎士比亚、但丁、卡夫卡，还是博尔赫斯和鲁迅，都只是残雪的灵魂通道。通过他们，残雪描绘了人类灵魂内部绽开的风景。那些不可思议的原始风景，在残雪笔下演化成了灵魂不同层次的争斗，由此形成的灵魂的撕裂与痛苦，便是残雪追求的“终极之美”[②]。这种美被残雪形象地比喻为“黑暗灵魂的舞蹈”，它以艺术的形式呈现着人类灵魂的矛盾。这意味着残雪的“文学笔记”，其实就是一种向人性矛盾纵深处挺进的写作。并且，写作向灵魂内部发掘愈深，就愈发促成了灵魂的分裂。因此，写作对于残雪而言，具有

① 余华：《兄弟》（上）“后记”，上海文艺出版社 2005 年版。

② 残雪：《永生的操练——解读〈神曲〉》，北京十月文艺出版社 2004 年版，第 229 页。

如同命运一般的含义：写作引领了作家向幽暗精神王国进军的方向，写作对于灵魂分裂的步步紧逼，逐渐迫使残雪心灵里的矛盾尖锐起来——写作最终铸就了她的灵魂[①]。

残雪曾经说过，她的小说“全都用不同的方式讲述着同一个故事——关于那个世界、关于灵魂或关于艺术王国的故事”[②]，同样，她的一系列“文学笔记”，仍然延续了同一主题。在她的所有创作中，残雪都始终关注着人类灵魂的自我斗争，并不断讲述人如何凭借艺术让灵魂获得永生的情形：那些生活在残雪笔下的人物，尽管不乏孤独与痛苦，但他们却从未在可怕的现实面前停止追求永生的希望。他们的希望，就寄托在人格表演般的艺术生活中。在残雪看来，人突破现实生存困境的唯一出路，就是这种艺术生活。

但是，残雪笔下的人物并非从一开始就懂得如何在死中求活。他们往往需要一个先知者的引领，只有在他的引领下，那些沉沦于污秽现实中的人们才能展开自己的“突围表演”。这表明在残雪的小说中，一种由先知者引领沉沦者展开生存表演的叙述模式已然成型：无论是《黄泥街》里的王光明、《苍老的浮云》里的虚汝华，还是《突围表演》中的 X 女士，都是一些相对于沉沦者的先知者，也是生存的艺术家。他们对沉沦者的引领，不是依靠干瘪的说教，而是先行到死中去的人格表演。比如虚汝华怪诞的生存方式，X 女士对性的津津乐道，都是凭借表演艺术展示着在死中求活的生存勇气。而且，从王光明这一人物形象的虚幻性，到 X 女士大张旗鼓地“突破周围人的误解、猜疑、妒忌、攻讦、歪曲和迫使就范的种种包围，以恶魔般的反抗精神‘反

---

① 残雪：《艺术复仇》，广西师范大学出版社 2003 年版，第 269 页。

② 同上书，第 270 页。

其道而行之’的表演”[1]，都说明了这些先知者对人类生存问题从模糊到清醒的认识过程。更重要的是，在“先知者/沉沦者”的叙述模式中，这两类人物其实已经代表了残雪对人的精神层次的划分。即在人的精神世界中，都存有向现实妥协与抗争的精神结构。而这一精神结构的矛盾性，则成为了残雪在“文学笔记”中探询人类幽暗精神王国的逻辑起点。

在《黑暗灵魂的舞蹈》一文中，残雪说自己的写作“具有非同一般的强烈的趋势和从渐渐明确到坚定不移的方向感”[2]，这一“趋势”和“方向”，就是残雪对人类精神结构矛盾性的揭示。如果说，残雪在早年的先锋小说创作中，还依靠“先知者/沉沦者”的叙述模式，从不同类型人物的对比中去揭示这一精神矛盾的话，那么，在她的“文学笔记”中，残雪则通过对K、哈姆雷特、浮士德等人物的分析，试图表明人类的精神矛盾并非外在于自身，它就潜伏在每个人的精神世界中：那些将精神矛盾集于一身的人物，就是具有丰富精神层次的生存的艺术家，他们对自我精神矛盾的关注，最终促成了灵魂的分裂。残雪对这些人物精神层次的解读，不仅表达了对于卡夫卡、莎士比亚和歌德等伟大艺术家的敬意，更在追随他们的写作中，用自己独特的文学经验，向我们展示了人类精神世界的浩渺无边，以及灵魂绽开之后的辉煌风景：从残雪的解读中，我们看到了K、哈姆雷特、浮士德等人物如何从现实生存的地狱出发，在惊心动魄的精神炼狱中追求永生的过程。在这个过程中，残雪不仅向我们揭示了伟大的艺术家如何向读者表演绝境中的“精神操练”，更在凸显灵魂

---

① 沙水：《表演人生——论残雪的〈突围表演〉》，《文学评论》1989年第5期。

② 残雪：《艺术复仇》，广西师范大学出版社2003年版，第268页。

张力、展示灵魂机制的写作中，不断深化自己小说创作的精神追求。

毫无疑问，那些将精神矛盾集于一身，最能体现人类精神层次的人物显然是残雪在写作过程中关注的重点。但除此之外，残雪在小说创作中所形成的“先知者/沉沦者”的叙述模式依然部分程度地存在于她的“文学笔记”中。比如她对博尔赫斯笔下人物秦寡妇的分析，就是对《突围表演》中X女士这一人物的意象性延伸。但是这一叙述模式所具有的先验的理念色彩，却不足以揭示人类精神结构的复杂性——说到底，虚汝华、X女士等人物，都只是作家生存意识的理念表达。或许是意识到了这种表达方式的虚幻性，残雪在“文学笔记”中逐步淡化了“先知者/沉沦者”的叙述模式，转而将精神矛盾浓缩于一个人物身上。这一转化，可以从残雪对鲁迅作品的解读中体现出来。

在《艺术复仇》一文中，残雪通过对鲁迅作品《铸剑》的分析，揭示了人类精神的层次和灵魂内部的斗争。在残雪看来，《铸剑》中的王、眉间尺和黑色人其实是一个人，他们只不过是人类不同精神层次的代表；王是所有世俗人物的代表，他的贪婪与欲望遮蔽了人的自我认识，眉间尺则是理性的化身，他从复仇的两难中感受到了生存的困境，而那个从“汶汶乡”走来的黑色人，则是洞察了人类生存困境的先知。他告诉眉间尺，由于人不可能永远处于善或恶的境地中，因此认识自我也不可能在世俗生活中完成。只有通过头换头的交易，在灵魂的分裂中，人才有可能真正成人。这三个人其实就是一个人不同精神层次的代表：他们头颅互混的结局，暗示的正是这种三位一体的精神结构。因此，当王和眉间尺、黑色人的头互相咬啮时，人类灵魂搏斗的景象也随之展开。在残雪看来，眉间尺以头换头的壮举，其实就是鲁迅向人类灵魂开刀的过程。他通过这三个人物之间的斗争，展示了复仇的真正含义："复仇是什么？复仇就是重演那个古老的、永恒的矛盾，即在人生的大舞台上表演生命。"① 人只有通过对自我精神层次的认识，才有可能在灵魂的分裂中揭示人性的精神矛盾。在这个意义上，"艺术复仇"就是用纯艺术的形式表达人的灵魂分裂，并进而以灵魂不同层次的自我搏斗去实现人的自我认识。

但是，人类的自我认识过程却是异常艰难，因为"人是不可能全身心地生活在纯精神之中的，因为我们身处的，是一个高度地粘连与渗透的世界，而纯精神的诞生地，就是我们那黑暗的肉体"②。这意味着，人几乎不可能在纯精神王国中去实现自我认识。只有回到黑暗的肉体，通过世俗生活的炼狱，人才有可能实现精神的腾飞。因此，残雪对哈姆雷特、K、浮士德等人的阅读，首先关注的就是他们在世俗生活中的精神炼狱。这些人物在残雪看来，就是将精神矛盾集于一身，最能体现人类精神层次的生存艺术家。他们对于生存问题的切身体验，以及向着精神王国不断进军的生存勇气，都是人类在死中求活的原始生命力的绽放。他们的精神之旅，首先源自于污浊不堪的世俗生活，因为"生活就是内心的两个对立面的厮杀"③。从那些世俗的爱与恨出发，哈姆雷特最终深陷于复仇事业的两难之中：原来世俗意义上的复仇只是表象，真正的复仇就是自身灵魂对肉体的复仇。然而消灭了肉体，灵魂也就无所依附。所以哈姆雷特在复仇事业中时时体会着一种精神的炼狱，他每杀死一个人，就是对自我的一部

① 残雪：《艺术复仇》，广西师范大学出版社 2003 年版，第 30 页。

② 同上书，第 276 页。

③ 同上书，第 28 页。

分毁灭。但哈姆雷特的“内心却没有死的冲动，只有求生的挣扎”[1]，他最终所做的事业，就是用“自己受难的躯体来为人们做出榜样”。通过倔犟的灵魂搏斗，哈姆雷特最终消灭了肉体的羁绊，成为了一个新生的幽灵。这个幽灵，就是莎士比亚所塑造的集合了人性全部矛盾的生命，他以灵魂分裂的形式达到了自我认识，最终消灭了世俗生活对心灵的囚禁，从而在精神层面实现了爱与恨的辩证统一。

这种精神之旅同样体现在残雪对《神曲》的阅读中，浮士德的精神腾飞，具有与哈姆雷特相似的过程：通过魔鬼的指引，浮士德在精神的炼狱中不断实践着自我认识的生存方式。如果说哈姆雷特和浮士德代表着人类通过自我认识追求永生的生存模式，那么，残雪则通过对《城堡》的解读，更进一步说明了所有伟大艺术的共同性，这就是对人类精神层次的步步深入，以及对人类追求永生的描绘。《城堡》中的K，尽管最初是一个被抛入生存困境的迷路者，但他却选择了对象征人类生存困境的城堡的探索：“你来它就接待你，你去它就让你走”[2]，城堡高深莫测的内部，如同神秘的命运一样牵引着K的步伐，他在走进城堡的同时又不断远离的过程，充分表达了人类认识自我的艰难。但在残雪看来，《城堡》之所以伟大，就在于写出了K面对命运时所展现出来的灵魂分裂，以及在此分裂过程中逐渐涌现出来的生存勇气。

这一展现灵魂分裂并追求自我认识的创作态度，在残雪的近作《最后的情人》中得到了更为隐秘的表达。与K、浮士德以及残雪自己塑造的其他人物一样，埃达毁灭性的现实经历，以及

---

① 残雪：《艺术复仇》，广西师范大学出版社2003年版，第31页。

② 同上书，第278页。

那种在吞没一切的虚幻感中的坚持，都处处证明了残雪对人物自我认识的关注。通过埃达的精神之旅，残雪试图描绘人类突破生存困境的勇气：即使现实让人陷入绝境，也有必要站出来表演，因为“如果不站出来表演，我们永远不会知道自己的肉体变成的盔甲有多么的坚固，自由的运动又是多么的不可能”。为了摆脱绝望，人必须踏上自我认识的精神旅程，“即使是死也要死个明白”。因此，这部作品依然是对“来自深渊的那些痛苦和人为了对抗它们所做出的努力”的描绘①。

从残雪的“文学笔记”到小说创作，我们看到了人类灵魂内部逐渐绽开的风景：那些死中求活的生存艺术家，首先在世俗生活中经历着精神的炼狱，通过灵魂的分裂，他们意识到了躯体内不同的精神自我，而不同精神层次之间的冲撞、纠缠，又促使他们在灵魂的搏斗中走向了自我认识，这就是他们在追求永生的精神之旅中共同的命运。对于创造这些精神盛宴的作家而言，写作就是一种特殊的“精神操练”：“它的触角伸向灵魂的内部，它所描绘的是最普遍的人性。”② 在这个意义上，残雪不仅通过写作探寻着人类幽暗的精神王国，也通过写作，重塑了所有艺术家的命运：“自觉地生活在刀锋上的诗人，代表全人类揭示着人的真实处境，其高贵的感知风度久久地感动着读者的心，激励着他们在暗夜里孤身起程。”③

综上所述，在经过了 90 年代的时间延宕后，先锋作家的“文学笔记”不仅是对 80 年代小说创作的一种总结，也成为了

---

① 残雪：《最后的情人》序言，花城出版社 2005 年版。

② 残雪：《永生的操练——解读〈神曲〉》，北京十月文艺出版社 2004 年版，第 1 页。

③ 残雪：《艺术复仇》，广西师范大学出版社 2003 年版，第 157 页。

他们后来进行小说创作的理论资源。通过“文学笔记”的写作，先锋作家更加明确了写作和命运的重叠关系。无论是自己反对自己，还是不断深化自己过往的写作，他们都把写作看成了是对命运的寻求。因此，当代先锋作家的“文学笔记”，其实是对自己小说创作的某种延伸与转化。这种延伸与转化，不仅拓宽了早年先锋小说的创作内涵，也在对写作概念的重新理解中将笔触转向了作家自身的命运。在这个意义上说，先锋作家在90年代中后期开始创作的“文学笔记”，既改变了当代先锋写作的原有面貌，也为当代文学对人类精神空间的探索作出了自己的独特贡献。

（原载《文学评论》2006年第1期）

当代先锋作家生存哲学的价值变迁

对于20世纪80年代的先锋作家而言，形式主义几乎是一个无所不能的魔法师。只要现实主义的文学规范没有被彻底颠覆，那么先锋作家便可凭借永不消歇的创新欲望，在小说的叙事王国中为所欲为——无论以精神真实替代现实再现，抑或以心理感觉消弭时间秩序，先锋作家均倾向于表达生命个体的自我意识。而在实践这一叙事理念的形式实验中，小说叙事视角的革新尤为关键。只有使用第一人称叙事，“我”的生命体验才能在故事进程中被和盘托出，“我”才能从现实主义文学全知视角的叙事压迫下解放出来，不再沦为历史之一物。然而，先锋作家执持甚久的第一人称叙事，却在90年代不复多见，取而代之的，则是多重叙事视角的出现。

先锋小说叙事视角的这种变化，其实与先锋作家生存哲学的价值变迁密切相关。使用何种人称进行叙事，大多取决于叙事者与周围在者的交往模式，不同的交往模式规划和制约了人物不同的存在状况：如现实主义作家为达到再现历史规律的创作目的，常常以全知叙事主宰和控制了小说人物的存在状态，小说人物自失于客观现实的历史进程之中，由此沦为叙述者的工具；而80年代先锋小说对“我”之叙事的张扬，则处处表达了先锋作家反抗现实主义文学规范的努力。唯有通过讲述“我”的生命体验，使周围在者皆成为“我”的感觉产物，叙述者“我”才能以书写精神现象的方式反抗客观现实；而后，在90年代先锋小说的多重叙事视角中，小说叙事者与周围在者的交往方式逐步趋于平等。这三种不同类型的交往方式，恰恰反映了先锋作家从80年代中期直至90年代后期生存哲学的某种变化。本文以当代先锋小说叙事视角的变化为研究对象，试图从中一窥先锋作家的生存哲学究竟发生了怎样的价值变迁。

一

尽管当代先锋小说的形式实验纷繁芜杂，但一切颠覆与破坏的艺术行为却都其来有自：80年代中期先锋小说的发生，源于先锋作家对现实主义文学规范的反抗。在以历史理性为哲学依据的现实主义者看来，历史是存在于人类主体之外的自在之物，而文学的使命就是再现历史规律。为达此目标，现实主义作家往往采用了全知叙事的叙事视角。这种第三人称叙事可以让作家通过叙事者自由控制人物的言谈、行动与思想，使其服务于再现历史规律的创作目标。然而，真正促使现实主义作家使用全知叙事的深层原因，却是一种可被称之为“自失”的生存哲学。

德国宗教哲学家马丁·布伯在论及人与周围在者的交往方式时，曾将其概括为“我—它”模式和“我—你”模式。“我—它”模式乃是现代人最为基本的价值观，将“它”（包括人与自然）视为“我”以外的在者，即“我”筑居于“它”之世界时必然会形成这样一种生存哲学：“我”之外的在者全都成为

"我"利用的对象，布伯称之为"我—它"关联。[①] 在现实主义文学中，"我"就是那个无所不能的全知叙事者，"它"则包括了"我"之外的所有在者。当历史理性规划了现实主义文学再现历史规律的创作理念后，小说人物与作为全知叙事者的作家本人都不过是历史的附庸。在这种"历史/人"等级森严的文学秩序中，人如何才能实现超越？毕竟文学创作不等同于历史记录，现实主义作家一定会在再现历史的同时寻求自我超越。由是便产生了自失的生存哲学：只有投身于至大无外的历史，人才能通过把自身的有限性投入到历史的无限过程来获得自我超越，实现生命的不朽。这就是说，自失源于人对自身意义的渴求，唯有将"我"置身于永恒之历史，人才能获得自我价值的超越。在这个意义上的自失哲学，只不过是人对自我生存价值的一种确认方式：当人无法凭借自己的主体意识去追问生存价值时，就只能通过消解自我的主体意识，在投身自我之外的永恒事物中去寻得精神慰藉。具有讽刺意味的是，尽管自失哲学发端于人对无意义的反抗，但其后果却是对现有价值秩序的肯定与维护，因为在自失的生命进程中，"我"投身于浩瀚无垠的历史，"我"以及他人皆成为实现历史进程的工具。就现实主义作家而言，使用全知叙事可以将叙事者与周围的在者完全投入历史，因为叙事者的无所不能，小说的每一人物才能在历史的客观规律中顺者昌、逆者亡，并由此彰显历史进程的不可逆转性。而且，使用全知叙事对于现实主义作家亦能起到心理代偿的作用：尽管作家无力干预历史的发展进程，但凭借叙事者洞悉历史规律、任意安排人物命运的方式，却可在部分程度上实现作家对于生命价值的自我认同。

---

① 参见［德］马丁·布伯《我与你》，陈维纲译，三联书店 2002 年版，第 3 页。

不过，在现实主义文学全知叙事所代表的“我—它”交往模式中，由于“我”自失的存在状态，作为叙事者的现实主义作家早已深陷于历史神话的权力牢笼。在历史神话面前，任何个人的生命印痕或命运变故，都得屈服于永恒不变的客观规律，人沦为了历史的附庸。这一局面直至 80 年代中期的先锋小说实践才开始有所改观。

二

对于 80 年代中期的先锋作家而言，讲述纯然属己的生命故事，陪伴与呵护个体生命破碎感的叙事呢喃，远比历史理性的黄钟大吕更为动听。因此，反对客观现实与表达人物的生命感觉，便成为先锋作家共有的创作理念。这种以生命体验颠覆历史理性的文学潮流，恰恰反映了 80 年代先锋作家的启蒙哲学。受此影响，限制叙事往往成为先锋作家乐于采用的叙事视角。因为限制叙事，特别是第一人称叙事（“我”之叙事），可以充分讲述“我”纯然属己的生命故事，揭橥那些蜷缩于历史边缘的个人话语，进而在反抗历史规律的叙述进程中重新树立“我”之价值。因此，那些人之为人的本质，诸如欲望、梦想与记忆，便成为先锋作家不懈书写的客观对象。换言之，先锋作家采用限制视角的真正用意，无非是借助叙事者的心理体验，去张扬远比历史规律更为重要的人之主体性。在这一叙事实验中，曾经作为历史客体的人得以返归本源，成为文学表现的真正叙事主体。不过，先锋小说对人之主体性的提升，却大多局限于那个自由讲述生命体验的叙事者“我”。除此以外，“我”周围的在者全都面目混沌、举止无常，“我”之叙事依然没有改变周围在者饱受压迫的生存状况。那么，这一与张扬人之主体性相悖的叙事现象究竟因何而来？

如果深入体悟先锋小说的限制视角，就会发现一种与现实主义文学相同的“我—它”模式。“我”作为叙事者，为证明“我”的精神真实，必然会借助欲望、记忆与想象去书写客观现实。那些看似荒诞不经的客观现实，只不过是“我”生命体验的产物。在这个意义上说，“我”所经验到的对象化世界，亦即“它”之世界，仍然是张扬“我”之主体性的工具。这也表明先锋小说与现实主义文学尽管在表现对象和叙事理念上互相冲突，但二者却在交往模式中同属于“我—它”关系。更为重要的是，在先锋小说的“我—它”关系中，还滋生出了一种可被称为“自圣”的生存哲学。

与自失的生存哲学不同，作为启蒙运动的思想产物，自圣哲学认为人之主体性至高无上，人完全可以凭借自身的主体意识去实现自我价值。然而，启蒙运动对人类主体性的无限夸大势必会造成一种启蒙神话，“它”与历史神话并无本质不同，两者都将“它”之世界视为张扬人或历史主体的工具。受此影响，先锋小说的“我”之叙事仍然深深压制了它者的存在价值。在先锋小说的“我—它”关系中，叙事者“我”将“我”之外的在者降为物中之一物，表面上是为了彰显小说人物所受到的历史压迫，借其异化状况颠覆历史理性，但就在那些人物诡异莫测的变态存在中，却分明可见“我”之主体性的无限强大：叙事者“我”自由穿行于它者的内心世界，不仅可以俯视芸芸众生的悲苦不幸，亦能任意左右它者的命运结局，“我”成为了主宰一切的上帝。在这个意义上说，先锋作家自谓的限制叙事，实际上仍然是一种全知叙事，余华将此叙事现象称为“叙述的暴政”。[1] 显然，

---

① 参见余华《虚伪的作品》，《上海文论》1989 年第 5 期。

这种囚居于自圣藩篱的生存哲学，由于将“我”筑居于它者之上，同样无法改变“我—它”关系中人物的异化状况，人之价值依然无所栖居。

然而，如果人的价值既不在于人之外的历史中，又不存于人之主体性内，那么它应当栖居何处？在马丁·布伯看来，真正的人生理应存在于“我—你”关系中，因为“凡称述‘你’的人都不以事物为对象。……诵出‘你’之时，事物、对象皆不复存在。‘你’无待无限。言及‘你’之人不据有物。他一无所持。然他处于关系之中”①。马丁·布伯所称颂的“我—你”关系，实则是一种相遇哲学，它要求人投身于彼此的生活关系，在人与人的相遇中去领悟“我”之价值。由此可见，相遇哲学将人生价值的实现寄托于“我—你”关系，当人不再利用他人、将他人物化时，“我”与“你”皆可在人生相遇的契机中，去领悟自我的生命价值，这其实是一种平等相待的人生哲学。事实上，在90年代的先锋作家笔下，这种“我—你”关系的相遇哲学，业已借助叙事视角的变化悄然出场。

三

在90年代的先锋小说中，叙事视角开始呈现出第一和第三人称叙事共存的多重叙事景观。但与现实主义文学的全知叙事和早年先锋小说的第一人称叙事相比，90年代先锋小说的叙事视角却是一种真正意义上的限制叙事：无论是余华的《活着》、《许三观卖血记》和《兄弟》，抑或史铁生的《务虚笔记》和

① ［德］马丁·布伯：《我与你》，陈维纲译，三联书店2002年版，第2—3页。

《我的丁一之旅》，又或是残雪的“文学笔记”，等等，都是以第一或第三人称进行叙事的限制叙事。而限制叙事的广泛采用，反映的正是“我—你”关系的生存哲学。这就是说，从 80 年代中期至 90 年代，先锋作家的生存哲学发生了一个从“我—它”关系向“我—你”关系的转变。其中，余华的长篇小说《活着》可被视为这一转变的界标。

在《活着》中，小说叙事者“我”原本无所事事，但与福贵的相遇，却彻底改变了“我”空虚无聊的生存状态。通过倾听福贵的生命故事，“我”在经受残酷死亡体验的同时，也逐步领悟了生命的存在价值。作为“我”的经验对象，福贵不再是一个被叙事者“我”加以利用的物中一物，反倒成为“我”所称颂的“你”，一个“无待无限”的“你”。凭借“我”与福贵的相遇故事，余华告别了早年的“叙事暴政”，转而在“我—你”关系中去思索人之价值。值得注意的是，由于余华对“我—你”关系相遇哲学的描写，《活着》才成为一部恪守限制视角叙事规范的作品：每当余华写到人物的内心世界时，总会用描写人物言谈与行动的方式去替代心理描写。这种“让人物发出自己的声音”[①] 的叙事方式，完全来源于作家的相遇哲学，因为在“我—你”关系的生存哲学中，“我”不再是那个可以自由穿行于人物内心的叙事上帝，“我”与“你”只是人生路途上两个偶然相遇的在者，“我”无权凭借叙事的暴政去描画“你”、主宰“你”。因此，采用限制叙事充分传达了先锋作家对“我”与“你”平等关系的认识。这一认识在余华笔下具体表现为作家对世俗生活合法性的证明：既然人之价值存留于“我”和

① 参见余华、杨绍斌《我只要写作，就是回家》，《当代作家评论》1999 年第 1 期。

"你"的相遇，那么，人若要追寻自我的生命价值，就必然将希望寄托于和他人的交往之中。这就意味着"我"的生命价值，从此不再存留于神圣化的彼岸世界，而是栖居在人与人的关系，亦即此岸的生活世界中。从这个意义上说，"我—你"关系的相遇哲学本身就是一种具有世俗性质的生存哲学。《活着》如此，《许三观卖血记》亦复如是：倘若余华没有在王府井大街上和那个泪流满面、旁若无人的中年男子相遇，他也不会写出许三观卖血生涯中所隐含的生命价值，[①] 许三观也不会在平凡的现实生活中成为一个值得称颂的"当代英雄"[②]。

与上述两部作品相比，余华在新作《兄弟》中对"我—你"关系的描写则更加耐人寻味。小说从李光头遥远的记忆开始，利用叙述者时断时续的倾诉，渐次勾连起了两个孤单在者的生命故事。尽管李光头和宋钢生不同根，但双方父母的结合却令他们从此命运相连。在李光头和宋钢之间，仿佛有一条命运之索将他们紧紧缠绕：无论患难与共还是分道扬镳，两人都无法摆脱彼此依附、相生相克的命运谶语。在这两个人物的偶然相遇中，余华不仅延续了此前对"我—你"关系的书写方式，甚至还近乎偏执地耽溺于相遇哲学：假若没有那条命运之索，李光头和宋钢的人生就会波澜不惊，只能在各自的命运旅途上且行且远；相反，一旦他们唇齿相依命运交集，就会在彼此的人生相遇中活出"我"之价值。事实上，不管后来的李光头如何为人所不齿，也不管宋钢有多么忠厚愚钝，他们都选择了自己的人生道路和生存哲学，而这一切莫不与他们之间的人生相遇密切相关。在这个意义上说，《兄弟》其实传达了"我—你"关系如何催生人之价值的相

① 参见余华《我能否相信自己》，人民日报出版社1998年版，第244—245页。

② 王安忆：《王安忆评〈许三观卖血记〉》，《当代作家评论》1999年第3期。

遇哲学。由此也不难理解余华在《兄弟》这部作品中对于世俗生活价值的鼎力颂扬，因为只有在世俗生活的相遇中，李光头和宋钢这两个被抛入此世的孤单在者，才能凭借彼此的命运交集活出自己的人生价值。

与现实主义小说的历史神话和早年先锋小说的启蒙神话相比，90 年代先锋小说中具有世俗性质的“我—你”关系不仅昭示了神话思想的破灭，而且也反映出先锋作家对自我生存哲学的重新体认。在这方面，史铁生的《务虚笔记》同样具有典型性。比起余华因“内心之死”而发生的叙事转向，史铁生在《务虚笔记》里的限制叙事更为隐秘地传达了具有世俗性质的“我—你”关系。表面上看，这一判断似乎有悖于史铁生固有的宗教精神，但若深入领悟《务虚笔记》的限制叙事，却可发现史铁生在作品中所描绘的“我—你”关系，不但没有遮蔽上帝的神恩，反而在一种具有强烈现世色彩的相遇哲学中颂出了人之价值。

作为一部“务虚”的人生“笔记”，史铁生在这部作品中却并未以“务虚”的方式去思考人之价值。因为所有牵涉到这些问题的抽象哲理，都被史铁生在他的“写作之夜”里，编织进了一个个令人百感交集的情爱故事：残疾人 C 与女知青 X、医生 F 与女导演 N、画家 Z 与女教师 O 等等，均在聚散离合的人生路途上，演出了一幕幕悲喜交加的相遇故事。小说其实就是对“我—你”关系的隐喻书写。值得注意的是，小说不仅通过这些恋人的情爱故事苦苦思索着人之为人的存在价值，也在限制叙事的目光下隐秘呈现了史铁生的生存哲学。就前者而言，人与人的情爱故事最能体现“我—你”关系。当那些恋人们在灵魂相遇的瞬间迸发出强烈的爱欲体验时，“我”便与“你”水乳交融，生命价值亦因此而生。这一近乎灵魂出窍的生之体验，足以在那一瞬间对抗命运的艰险，恋人们亦能借助“我”与“你”的相遇，去成全自我生命的存在价值。就后者而言，尽管限制叙事决定了作家的退场，但史铁生却能以写作的方式与自己的人物相遇。在《病隙碎笔》中，史铁生说：“写《务虚笔记》的时候，我忽然明白：凡我笔下人物的行为或心理，都是我自己也有的，某些已经露面，某些正蛰伏于可能性中伺机而动……作家绝不要相信自己是天命的教导员，作家应该贡献自己的迷途。”① 史铁生此语不仅是对自我灵魂的剖析，也是对自圣哲学的警醒与反思。因其对生命和上帝怀有深深敬畏，史铁生才不会以叙事上帝的面目侵入人物内心，但他也不会无所作为，任由命运假上帝之名去决定自己的人生。相反，他只能在限制叙事的有限知觉中，在迷途的人生路途上期待与它者的相遇。这就是说，史铁生希望人们既非以自失安于命运，亦非以自圣亵渎上帝，而是一种在“我”与“你”的相遇哲学中，去期待人生迷途的得救。由此出发，我们才能理解史铁生的限制叙事为什么会在世俗情爱故事的讲述中，始终传达着一种沐浴了神性光辉的价值关怀。

而在史铁生的近作《我的丁一之旅》中，“我”与“你”的相遇故事则在表现形式上显得更为复杂。小说通过“我”的叙述目光，讲述了丁一坎坷的人生之旅。但丁一于“我”，却不过是永恒灵魂的暂驻地。在经过无数的生命轮回后，“我”偶然栖居于丁一。在这个意义上说，“我”和丁一其实就是一个人。然而，史铁生为何要大费周章，借丁一之名曲为比附自我的生命历程呢？如果以《务虚笔记》为标尺，就可发现这部形式奇特的作品其实是对《务虚笔记》中相遇哲学的叙述延伸。与《务虚笔记》中那些发生在别人身上的情爱故事相比，《我的丁一之

---

① 史铁生：《病隙碎笔》，陕西师范大学出版社 2002 年版，第 15 页。

旅》依然讲述了"我—你"关系的生存哲学。极为不同的是，史铁生在这部作品中选择了抽身而退，退出了丁一这个鲜活生动的肉身之所，转而以"我"之名，或冷眼旁观，或嬉笑怒骂，在与丁一的种种灵魂撞击中完成了生命的价值体认。这就是说，史铁生用一个人的灵魂分裂，写出了"我"与"你"的人生相遇。尽管"我"和丁一本就是一个人，但通过灵魂分裂的方式，"我"与丁一可以各为自我，也可以融洽无间，双方均可在彼此身上寻求"我"之价值。这种我中有你、你中有我的关系模式，恰恰体现了作家史铁生对于相遇哲学的深刻体认。

与上述两位作家相比，残雪在90年代的先锋写作更为复杂，这主要体现在她将小说形式与文学批评的文体混合上。尽管如此，残雪依然能从复杂晦涩的"文学笔记"中演绎出"我"与"你"相遇时的灵魂风景。进入90年代以后，残雪创作了一系列解读中外经典作品的"文学笔记"。[①] 从表面上看，这些"文学笔记"就是一种文学批评，但在貌似批评的文字背后，却暗暗传递着残雪对"我—你"关系相遇哲学的思考。和余华、史铁生等人不同的是，残雪并未将"我"与"你"的相遇事件仅仅视为一种生活现实，相反，她往往借助人物精神层次的划分，将"我—你"关系视为一个人不同精神层次之间的相遇。在《艺术复仇》一文中，残雪通过对鲁迅作品《铸剑》的分析，揭示了人类精神的层次和灵魂内部的斗争。在残雪看来，《铸剑》中的王、眉间尺和黑色人其实是一个人，他们代表了人类不同的

---

① 残雪的这些"文学笔记"包括：《灵魂的城堡——理解卡夫卡》，上海文艺出版社1999年版；《解读博尔赫斯》，人民文学出版社2000年版；《艺术复仇》，广西师范大学出版社2003年版；《永生的操练——解读〈神曲〉》，北京十月文艺出版社2004年版，等等。

精神层次：王是所有世俗人物的代表，他的贪婪与欲望遮蔽了人的自我认识；眉间尺则是理性的化身，他从复仇中备感生之困境；而黑色人代表了洞察了人类生存困境的先知。他告诉眉间尺，由于人不可能永远处于善或恶的境地中，因此认识自我也不可能在世俗生活中完成，只有通过头换头的交易，在灵魂的分裂中，人才有可能真正成人。这三个人其实就是一个人不同精神层次的代表：他们头颅互混的结局，暗示的正是这种三位一体的精神结构。因此，当王和眉间尺、黑色人的头互相咬啮时，人类灵魂搏斗的景象也随之展开。人只有通过对自我精神层次的认识，才有可能在灵魂的分裂中揭示人性的精神矛盾。[①] 在这个意义上说，《艺术复仇》用一种寓言形式诠释了“我”与“你”相遇时的灵魂风景：“我”就是王和眉间尺，象征着不知自我生命价值为何物的凡俗众生，“你”则是黑色人，那个筑居于纯精神王国的本真存在。当“我”与“你”相遇时，尽管双方因灵魂层次的不同而迸发出相互咬啮的搏斗景观，但“我”与“你”却通过搏斗合二为一，“我”充分进入了“你”的世界，理解融化于“你”之生命，“我”也因此生有所系、死有所归。作为一个始终沉浸于精神王国的先锋作家，残雪在她的“文学笔记”中将“我”与“你”的相遇导向了内心世界：一个人成为了宇宙的缩影，在黑暗的内心王国，“我”与“你”分别代表的精神层次彼此相遇，通过“我”承领“你”灵魂痛苦的方式，实现了人对自我生命价值的确认。因此，残雪在其90年代的“文学笔记”创作中，依然传达了一种“我—你”关系的生存哲学。

由上述分析可见，当代先锋小说的叙事视角实与先锋作家的生存哲学关联甚大：从反对现实主义文学全知叙事所代表的自失

---

① 参见残雪《艺术复仇》，广西师范大学出版社2003年版，第233页。

哲学起步，先锋作家利用第一人称的全知叙事，高扬起了人之主体性的旗帜。然而，这种自圣哲学却因其对小说人物的叙事压迫，最终在90年代转向了“我—你”关系的相遇哲学。其间隐含的价值变迁，充分证明了当代先锋小说的渐趋成熟。

（原载《天津社会科学》2009年第3期）

神话思想的消解：从“伤痕小说”到“意识流小说”

一

在新时期之初的文学格局中，尽管由于中国作家的“文革”记忆而引发的历史批判已成为当代文学的一种集体写作行为，但各种文学样式的发展却显得极不平衡。在诗歌界，当代诗歌已从单一的“颂歌”形式中走出，出现了文学史家指称的“朦胧诗”创作。由于20世纪60到70年代中期“地下诗歌”的艺术积累，“朦胧诗”从一开始就在反思“文革”、呼唤人性的深度方面超越了同时期的“伤痕小说”：“朦胧诗”不仅呼应了当时社会思潮中要求人性复归、重建社会正义的启蒙运动，而且还以自身的创作实绩，在一定程度上推进了这场运动。相比之下，当代小说在20世纪70年代末、80年代初则面临着尴尬的局面：尽管《伤痕》、《班主任》等“伤痕小说”造成了巨大的社会轰动效应，但是从小说艺术自身的发展来看，“伤痕小说”仍然停留在从“十七年文学”初期就已开始的，“且已日益变得褊狭而异化了的‘现实主义’”阶段[1]。“伤痕小说”的“文革”叙述仅仅停留在“控诉”的层面，虽然提出了许多重大的社会问题却无法给出合理的答案，这一点与五四时期的“问题小说”颇为类似[2]。这两类小说都以作者主体的情感经验为叙述基调，表达方式则以独白为主，议论往往大于叙事。如果从文学批评的角度看待这两类小说，直白浅薄是它们难以克服的共同缺陷。但从文学史的角度看，“问题小说”作为新文学草创时期的一个小说流派，其文学史意义乃是对传统文学的反拨，称得上是一场“文学革命”。而“伤痕小说”则仍然没有摆脱此前文学观念的影响，因此还显得较为幼稚。与“朦胧诗”侧重从地下诗歌和西方现代主义文学中汲取创作因素不同，“伤痕小说”主要承继了当代文学中已被异化了的“现实主义”传统。如何走出这种“现实主义”传统，改变小说创作的落后局面，成了70、80年代之交作家们面临的一个重要问题，而此时西方现代主义文学的广泛传入，也为当代小说的复苏提供了一个新的发展契机。

1979年和1980年是当代小说发生重大变化的两个年份。在短短的两年时间内，王蒙、宗璞、张洁、谌容、茹志鹃、张辛欣等一批作家开始尝试“意识流小说”的创作。其中，王蒙“老六篇”（《春之声》、《布礼》、《蝴蝶》、《夜的眼》、《海的梦》、《风筝飘带》）的连续推出，对于“意识流小说”产生了重大的影响。相较于“伤痕小说”及此前的文学创作，“意识流小说”汲取了西方意识流小说新颖的创作手法，为改变当代小说的创作面貌起到了“先锋”的作用。仅从这个角度来说，“意识流小

---

① 张清华：《中国当代先锋文学思潮论》，江苏文艺出版社1997年版，第71页。

② 王蒙直接把1977—1979年刘心武等人的创作称为“问题小说”（参见《王蒙文集》第7卷，华艺出版社1993年版，第537页）。

说”的文学史意义便不容小觑。但除了创作方法的革新，“意识流小说”的更可观瞻之处，却是对“文革”神话思想的鼎力消解。

在《国家的神话》开篇，卡西尔写道：“在当代政治思想的发展中，也许最重要的、最令人惊恐的特征就是新的权力——神话思想的权力的出现。在现今的一些政治制度中，神话思想显然比理性思想更具优势。在一场短暂而猛烈的激战之后，神话思想似乎赢得了一次确定无疑的胜利。”① 这段论述中提及的“神话思想的权力”，即“神话思想”无疑是20世纪政治哲学和历史学所面临的全新的课题。巧合的是，20世纪后半叶中国的历史进程恰恰验证了卡西尔的判断：从共和国成立到“文革”结束的27年中，当代中国一个突出的历史特征便是神话思想的形成，“文革”政治神话的出现正是“神话思想”一次确定无疑的胜利。卡西尔认为，了解神话首先要从研究宗教仪式入手，而分析“神话”思维的语言系统则是理解“神话”的必要手段。这样，卡西尔就在仪式与语言两方面打开了通向理解“神话”的道路。而卡西尔的启示意义在于，以语言和仪式作为分析“神话”的方法，有助于我们了解“文革”神话思想的表征，并以此明确“意识流小说”的解构对象。

尽管“文革”神话思想的表征十分复杂，但就其建构过程而言，仍有规律可循。除了法律和道德伦理的支撑，泛政治化的语言系统无疑也为“文革”神话思想的建构起到了巨大的作用。在“文革”时期，神话思想的表述不仅涵盖了意识形态话语本身，同时也指涉了许多日常语言。它常常以判断句式排斥受众群

---

① ［德］恩斯特·卡西尔：《国家的神话》，范进等译，华夏出版社1999年版，第3页。

体的理性质疑。似乎这套语言系统发展得越完备，“文革”神话思想的基础便越牢固。从某种意义上说，在“文革”神话思想控制下的人们已经深深陷入了语言形式与宗教仪式的包围之中：人们一开口，必先引用“毛主席语录”，而且“早请示，晚汇报”及“忠字舞”等名目繁多的仪式也禁锢了人的行为。这种日常生活场景反映的情况表明，“交流”这种语言最基本的语义功能在神话语言中已经降到了次要地位。卡西尔在分析现代神话思想时指出，“新的神话思想不是自由生长的，也不是丰富想象的野果，它们是能工巧匠编造的人工之物”①。这种“人工之物”的编造，所采取的第一个步骤就是改变语言的功能。如果仅从语言功能产生的效应来看，“文革”神话思想的语言与巫术语言具备同样的效果，它不仅从人的情感领域和潜意识深处唤起了一种迷狂情绪，而且，还利用这种情绪排斥理性，使得信奉政治权威和意识形态中一切超验事物的人们深受神话语言的控制。在神话语言的巫术功能中，语言“不对事物或事物的关系进行描述，而是试图产生效果和改变自然的进程”②。像“文革”中“文化大革命就是好，就是好”之类的语言，其功能正在于试图产生效果，而对于“文革”自身的反思与评判，则属于“描述”的范畴被排挤出了神话思想的语言系统。因此，在以“文革”语言为代表的神话思想的语言系统中，巫术性质的言语重于语义的言语。而在将政治“美学化”的“文革”文学中③，语言的巫术功能无疑得到了更为充分的发挥。

---

① ［德］恩斯特·卡西尔：《国家的神话》，范进等译，华夏出版社 1999 年版，第 27 页。

② 同上书，第 343 页。

③ 洪子诚：《中国当代文学史》，北京大学出版社 1999 年版，第 184 页。

以“文革”文学的语言为例，它首先在人们的情感领域中唤起了一种宗教般的迷狂情绪，人们被一些先验的信念所控制，在盲从中丧失了理性，个体的价值判断逐渐消融于群体的信仰之中，似乎一切信仰都是不言自明的。由此造成的后果便是个体价值与尊严的丧失，这无疑与神话语言的巫术功能有着紧密联系。同时“文革”神话思想还利用“文革”文学，将自身造成的许多灾难性历史事件表述为不可避免的自然法则，并以此使人们相信自己所做的一切都是符合历史规律的。这种将“自然”和“历史”混淆的方式最终造成了“神话思想”这一“有待揭露的错觉、谬见”[①]。按照罗兰·巴特的说法，人们置身的现实无疑是历史决定的现实，试图将“历史决定”形容为“自然法则”，其间往往隐含了意识形态的权利策略——“自然法则”显然无可非议，同时不可更改。如果将“历史决定”表述为“自然法则”，那么这种人为的“历史决定”便排除了人们理性怀疑的可能。巴特将“历史决定”与“自然法则”的混淆称之为“神话”。“这里的一切……都旨在把历史的那种起决定性作用的力量压下去”，“神话是一种语言”[②]，换言之，这种语言的目的即是将“历史”表述为“自然”。例如在“文革”文学的代表作《虹南作战史》和《西沙儿女》中，作者将保卫西沙群岛等历史事件作为一种“自然法则”予以表述，即肯定它是无产阶级革命事业的组成部分，而这种“神圣事业”属于共产主义必将胜利的客观规律，它不以人的意志为转移。至于隐含其后的真正目

① ［美］乔纳森·卡勒：《巴尔特》，孙乃修译，中国社会科学出版社 1992 年版，第 36 页。

② ［法］罗兰·巴特：《神话——大众文化诠释》“初版序”，许蔷蔷、许绮玲译，上海人民出版社 1999 年版，第 2 页。

的——“四人帮”的极左政治阴谋则被掩藏起来。这一历史决定最终被“无产阶级革命事业”的自然法则所替代，进而构成了一种“神话思想”。在这一神话思想中，人们看不到“四人帮”人为的历史决定，反而将其当作“自然法则”予以接受，并由此使得人们对于历史事件的反思和批判丧失了逻辑起点。

而另一方面，神话思想的语言系统也造成了文学语言的异化。在“文革”文学中，口号式的宣言替代了“描述”性的语言，即神话语言不去描述事物之间的关系，反而侧重达到某种效果和激起某种感情。“描述”意味着用语言的语义功能再现客观事实，它的缺失表明，“文革”文学的现实主义精神已不复存在，它所面对的只是神话思想的语言异化。这无疑是“文革”神话思想在加强自身力量的同时所造成的恶果：尽管这种语言异化只是时代的表征，但它所产生的神话意义却在无形中践踏了社会正义与人性价值。因此，在新时期启蒙主义的浪潮涌起之际，清除“文革”神话思想的影响便成了启蒙主义的一项重任。

但是，在新时期文学的“伤痕小说”中，我们仍然看不到文学的“解神话”功能。“伤痕小说”尽管以批判“文革”的姿态出现，但它所采用的语言却仍旧属于“文革”神话思想的语言系统。以“伤痕小说”的代表作《班主任》为例，作者刘心武通过对宋宝琦和谢惠敏两个人物形象的塑造，力图揭示“文革”对青少年心灵造成的深重毒害。这既是刘心武的文本目的，也是他的政治目的。二者的同构关系表明，“文革”文学将“文本自足”这一原初意义上的文本目的异化为政治目的的结构特征在“伤痕小说”中依然存在。更重要的是，《班主任》中的语言尽管充斥着对“四人帮”的批判之声，但其语义功能却仍然从属于神话思想的语言系统，即语言用以“描述”的语义功能始终处于受压制的地位。相反，倒是作者为了唤起读者对“四人帮”的痛恨之情，大量使用了诸如“资产阶级、修正主义的白骨精”等煽动性的语句。这类语言激起了人们心中的愤怒情感，达到了控诉“四人帮”的政治效果，因此作品的语言便充分具备了神话语言的巫术功能。从本质上讲，这种语言远非理性思考的表达，而是“愤怒”情绪的非理性宣泄，故而小说中以激昂的呐喊替代了客观的描述。“对丑类的恨加深着对人民的爱，对人民的爱又加深着对丑类的恨。当爱和恨交织在一起的时候，人们就有了为真理而斗争的无穷勇气，就有了不怕牺牲去夺取胜利的无穷力量”。在这一语句中，“爱”与“恨”并无逻辑上的联系，但作者却从“爱和恨交织在一起的时候”，非逻辑性地推断出人们“不怕牺牲的勇气”，其中所隐含的正是作者一个重要的思想预设，即在“真理”一词的语义尚处于晦暗不彰的时候，“人们”便要具有为之献身的“勇气”，这无疑是“文革”神话思想的语言系统对历史理性的遗弃。而且，唯有如此，才能充分发挥语言的巫术功能，煽动人们为某些未经理性证实的“真理”去奉献个体的价值与尊严，甚至生命。作者的这种信念可谓其来有自，在“文革”的神话思想中，“理想主义”和“英雄主义”这种人为的“历史”经常被表述为理所应当的“自然”。因此，从作品中可窥见巴特意义上的神话学色彩。难怪在以《班主任》为代表的“伤痕小说”出现不久，就有许多读者认为这些作品“政治上是反对‘四人帮’的，艺术上是模仿‘四人帮’的”①。

值得注意的是，“伤痕文学”的作家在新时期的启蒙运动中多以启蒙者自居。然而，他们在倡导思想解放的同时，所使用的

① “本刊评论员”：《为文艺正名——驳“文艺是阶级斗争的工具说”》，《上海文学》1979 年第 4 期。

语言却仍未冲破“文革”神话思想的语言牢笼。这表明“伤痕小说”的作者在认识“文革”和反思“文革”的层面上尚未达到启蒙主义者的高度。从启蒙者操持的话语方式来看，“伤痕小说”中的“启蒙”话语在本质上仍属于“文革”神话思想的语言系统，其中的非理性色彩依然浓烈。新时期之初的启蒙者在自身的主体人格和独立意识尚未觉醒之时，便毅然将启蒙重任扛于肩上，但由于他们的言说方式仍然是缺乏主体性的政治话语，因而往往在言谈中被语言遮蔽了自身的存在，由此导致的后果便是启蒙者主体性的模糊，即启蒙者仍然可能是“蒙昧者”。问题在于，如果启蒙者尚无从寻觅自身主体人格的存在方式，又如何开启民众的蒙昧心智呢？因此，新时期之初的启蒙主义运动多少具有“幻想”的神话特征，它并未从个体的主体性这一启蒙运动的根本点上生发开来。在这种情况下，当代中国以启蒙者自居的新时期作家们要想在理性的层面上反思“文革”，推进启蒙主义运动就必须认清自我，即探询个体的存在状况。而70年代末出现的“意识流小说”，无疑是这场文学革新风暴的始作俑者。

二

在这一时期的“意识流小说”中，王蒙的作品因其反思“文革”的独特视角和新颖多变的意识流表现手法而备受瞩目。回顾20世纪70年代末特定的社会语境，文学始终与社会思潮相伴相生，任何一部文学作品都是社会思潮的反映，“意识流小说”也不例外。具体而言，王蒙的“意识流小说”只有接续了启蒙主义的思想传统，其新颖的意识流表现方法才有“内容”的坚实支撑。反之，对于“文革”神话思想的反思，也只有凭借“意识流”这一独特的表现方式才会获得“内向”反思的理性深度。在王蒙的小说文本中，“意识流”是作为一种表现技巧而被采用的，但这一形式是“有意味的形式”，它首先在语言层面上解构了“文革”神话思想的语言系统。为实现这种“解神话”的文本目的，王蒙在小说中普遍使用了反讽的语言策略。

蓄意制造语言狂欢的叙事效果，利用纷繁芜杂的长短句和排比句对读者进行语词轰炸，无疑是王蒙最为擅长的叙事策略。用王蒙自己的话说，就是“我喜欢语言，也喜欢文字，在语言和文字之间，我如鱼得水，语言和文字是我的比人民币和美金更重要的财富，我要积累它们，更要使用经营——有时候要挥霍浪费它们”①。这种“挥霍”和“浪费”隐含着语言解放的冲动，它试图解放的是被“文革”神话思想牢牢控制的语言。通过语言的解放，进而解放被神话语言包围的人，从而实现人的解放，这是王蒙作为一位启蒙作家的启蒙策略。因此，王蒙小说的语言特色就不再仅仅是一个作家的用语习惯问题，它还关涉作家本人对“文革”神话思想的语言反抗。综观王蒙的“意识流小说”，反讽是王蒙解构“文革”语言的常用手法。美国解构主义批评家德曼称反讽是“对理解的有系统的破坏”，它以“佯装”的面目出现，对已被人们普遍接受的“成见”加以讽刺②。因此，反讽语言的能指符号同所指意义不符或相反。王蒙小说中的“语言之流”，正是在反讽的层面上对

① 王蒙：《王蒙文集》第1卷，华艺出版社1993年版，第1—2页。

② 参见王先霈、王又平主编《文学批评术语词典》，上海文艺出版社1999年版，第207页。

“文革”神话思想的语言解构。如果就上下文的关系来看，王蒙小说中冗长的修辞格后面常常是典型的“文革”神话语言，而与之相对的则往往是另一套理想主义的语言系统，它就是最能反映王蒙“少年布尔什维克”情结的语言系统。这两套语言系统的对立极易造成反讽的效果。举例来说，《布礼》在描写红卫兵时写道：“红袖章的火焰燃烧着炽热的年轻的心，响彻云霄的语录歌声激励着孩子们去战斗。冲呀冲，打呀打，砸烂呀砸烂，红了眼睛去建立一个红彤彤的世界，却还不知道对手是谁。”这段语句的前半部分使用了许多“文革”语言，如“红袖章”、“语录歌”、“战斗”等词语，加上充满激情的修辞格，典型地展现了“文革”语言试图激起人们“革命”情感的神话色彩。而结尾的一句“却还不知道对手是谁”，又将这种“革命”精神进行了戏谑式的嘲讽，反讽效果就存在于这一先扬后抑的语言情境中。这种语言的解构功能足以揭示“文革”的荒谬性：在敌我不分的情况下进行“战斗”，无异于非理性的疯狂举动。而利用“意识流”，从事物之间的自由联想中推进反思行为的深度，则是王蒙小说中常见的叙事手法。在《布礼》中，当钟亦成意识到自己是一个“分子”时，他想道：“走过早点铺我不敢去买一碗豆浆，我怎么敢、怎么配去喝由广大热爱党热爱社会主义的农民种植的黄豆，由广大热爱党热爱社会主义的工人用这黄豆磨成，而又由热爱党热爱社会主义的店员把它煮熟、加糖、盛到碗里、售出的白白的香甜的豆浆呢?”王蒙以夸张的笔调强化了反讽的效果。钟亦成对于日常生活（喝豆浆）的恐惧在造成喜剧效果的同时表明，“文革”神话思想对人的迫害，不仅仅是肉体的摧残，它还渗入人们的日常生活，从而在神话思想的强权下造成了人性的异化，这才是“文革”带给人们最大的伤害。

借助意识流，王蒙反思“文革”的视角发生了心理学意义上的重大转向。这一转向在当代文学发展进程中具有决定性的作用。从以前的反映论、阶级论、历史决定论转向人的内心，不仅仅体现了关怀人的人道主义思想，而且还引发了当代作家心理认知模式的革命性变革。从王蒙开始，作家反思“文革”的方式开始走出社会学和政治学的狭小视野，转而在更为广阔的人的心理空间中获得了“知识分子”式的独立品格。在《蝴蝶》中，作家借助“庄生梦蝶”的故事，提出了以后先锋小说不断涉及的一个经典命题：我是谁？这一命题的现实背景无疑是“文革”神话思想对于人性的异化，人的自我迷失正是后“文革”时期的知识分子寻找自我的逻辑起点。通过对“我是谁”的追问，王蒙对“文革”神话思想取消个体存在独异性的危害有了清醒的认识。而“意识流”仍然是这种解构“文革”神话思想的话语实践者，只有凭借“意识流”赋予的自由联想，将过去与现实的时空交错和不断拼贴，才能让身份不断变化的张思远质疑自己存在的非本真面目。在这个意义上说，意识流在王蒙小说中不仅起到了解构“文革”语言的话语功能，它还在“内省”的心理角度上促成了人物自审意识的形成，进而在哲学层面触及了人的存在问题。从反思“文革”到认识自我，王蒙在新时期初的创作中展现了一个启蒙主义作家勇于探索的先锋气质。

值得注意的是，“意识流小说”在70年代末兴起的时候，正是西方现代主义文学在中国广泛传播的时期。存在主义、新小说派、魔幻现实主义等现代主义文学流派都已被广泛介绍。但为什么偏偏是“意识流”首先承担了消解神话思想的历史重任呢？70年代末的中国作家在借鉴西方“意识流小说”时，首先把意识流视为小说的一种创作方法。王蒙说：“我承认我有意识地用各种不同的手法写小说”，“我也承认我前些时候读了些外国的

‘意识流’小说，……但它给我一点启发：写人的感觉。”[①] 将意识流作为一种方法，这不仅仅是王蒙等“意识流小说”作家的观念，也是当时西方现代主义文学介绍者们的观点：“意识流不是一个流派，而是一种方法……它之所以不是一个流派，不仅因为它既无统一的理论纲领，又无具体的组织形式，甚至连运用了意识流的作家们之间起码的横向联系也不存在。”[②] 如果从文学史的发展来看，意识流的确是作为一种方法被欧美的现代派作家们所广泛采用的。但是，如果从意识流的心理学背景看，它又不仅仅是一种创作方法，而是借助自由联想、内心独白等手法所表现出的一种“心理内容”。这种心理内容经过意识流的筛选、改造，将人类某种悟性的东西还原为活生生的感性经验。尤其随着弗洛伊德对人潜意识领域的发现，意识流得到了生理学和哲学观念的支撑。由于人大脑中意识流活动的无序性和朦胧性，小说家在表现这种意识流时不惜通过时空跳跃、剪接、拼贴等手法将“意识流”的心理流程仿造成可见的“语言流”。但无论方法多么新奇，“意识流”都是作家力图表现的“内容”。至于王蒙等人为何把意识流作为表现方法而采用，其中的原因主要是为“意识流小说”获取意识形态许可的合法性：只有剔除“意识流”描写人们潜意识内容的特质——这些内容在70年代末往往被视为腐朽和没落的“资产阶级思想”而为意识形态所不容，强调意识流作为超意识形态的“形式”存在，才能为意识流手法的借鉴获得意识形态赋予的合法性。因此，在70年代末意识形态的话语力量还很强大的时候，中国作家选择意识流小说，实际上是逃避意识形态规约的本能举动，但颇具历史意味的地方也

① 王蒙：《关于“意识流”的通信》，《鸭绿江》1980年第2期。

② 柳鸣九主编：《意识流》，中国社会科学出版社1989年版，第2页。

正在于此：中国作家选择“意识流小说”作为冲破意识形态牢笼的无奈之举，却最终成就了“意识流小说”消解“文革”神话思想的“先锋”之名。

（原载《天津社会科学》2004 年第 6 期）

祛魅现代性与重写文学史

——论以道家文化为中心的文学谱系学

发轫于20世纪80年代中期的重写文学史热潮，是中国现当代文学研究界学科意识逐步苏醒的一个重要标志，从中颇能折射出文学史家以现代性视野重塑新文学的叙事努力。但也正是因为这种学科意识和现代性视野，却造就了一种文学史写作的奇特现象，即通过对文学现象的删繁就简，20世纪80年代的文学史家精心构筑起了一个相对自足和稳定的文学谱系，并以评论、专著和教材的形式重构了我们关于20世纪中国文学的基本知识。然而自进入20世纪90年代以后，经由文学史写作所建立起来的这一文学谱系却随着国学热的兴起而渐趋消解。那种以文学史家自身现代性诉求为标志的文学史写作，尽管厘清和还原了新文学从启蒙到革命的现代性历史脉络，但却因其明显的西方中心主义立场而备受学界质疑。在此背景下，祛除20世纪80年代文学史写作中的启蒙现代性神话，重新发掘新文学与传统文化之间的内在关联，便成为20世纪90年代以来文学史写作中的一个新趋势。

从表面上看，这一对新文学史的重写方式，不过是学界由西入中的研究范式之转换，但潜隐其中的一个理论预设，却是对西学背景下“启蒙—理性”这一现代性神话的深刻质疑。而以传统文化的视角反观新文学，不仅有助于我们在西学视阈外重提新文学的传统价值，而且也能对现代性神话做出极具民族经验的历史反思。在这当中，道家文化以其任性逍遥、崇尚自然的文化特质而备受青睐。作为先秦诸子中最具文学气质的一种文化类型，道家文化“赐福于中国文学者甚多”。[①] 即便是充满功利主义色彩的新文学，亦因了道家文化的内在浸润而不失自由浪漫之品格。更为重要的是，道家文化所蕴涵的自然哲学、人生哲学及社会哲学思想，尽管以其出世的面貌为入世的启蒙文学所不容，但恰恰是这种文化品格的内在反差，才使得道家文化成为了知识界在 20 世纪 90 年代以来祛魅现代性神话的一个思想利器。有鉴于此，文学史家在反思 20 世纪 80 年代的文学史写作时，便格外重视新文学与道家文化之间的内在关联。因此带来的一系列研究成果，也最终在新文学史内部催生出了一个以道家文化为中心的文学谱系。那么，这一文学谱系究竟从何而来？它是否真如文学史家所期待的那样，能够祛除 20 世纪 80 年代文学史写作中的现代性神话？若想回答这些问题，就不得不从 20 世纪 80 年代的文学史写作说起。

一

从 20 世纪 70 年代后期开始，随着新启蒙运动的逐步兴盛，

① 杨义：《道家文化与中国现代文学》，《中国社会科学》1997 年第 2 期。

在中国现当代文学研究界出现了一个以历史批判为主旨的“启蒙共同体”，其成员关于新文学史的写作大多都倾向于对文化专制主义和传统文化的反拨。正是基于这样一种主观的启蒙诉求，20世纪80年代的文学史家在描述新文学的基本知识时，往往以启蒙主义的激进风格展开论述，隐含其间的知识分子主体性意识，以及学术之外的思想追求，无疑会在涤荡文化专制主义的过程中，模糊、歪曲甚至是篡改了新文学的知识建构。换句话说，20世纪80年代的文学史家在论述五四以来的新文学时，实际上有意无意地背离了知识学的求真原则。他们对新文学中意识形态、人道主义以及自我意识等问题的论述，无一不指向对文化专制主义的批判。在他们看来，传统文化中的儒道释三家，实际上已经成为了文化专制主义的文化温床，反传统也即意味着反封建。在“重返五四”等启蒙口号的召唤下，20世纪80年代的知识分子，自然也包括文学史家，几乎无一例外地陷入了一种绝对主义的历史迷思。在这种绝对主义思想的影响下，传统文化被视为铁板一块，儒家传统伦理所滋生的迷信权威和个人崇拜等罪名，同样被嫁接于道家文化之上。颇具吊诡意味的是，道家文化对个人心性的重视、对自然之境的向往，以及对人格独立的渴慕，原本与儒家伦理的集体意识两相对立，但却在封建主义的罪名下成为了儒家文化的代罪羔羊。这种对传统文化不加辨别，统一将其视为现代性对立面的做法，无疑体现了20世纪80年代知识分子二元对立的思维方式。这种思维方式“在处理文学史不同时期的文学现象时所采用的现代性尺度，也表现出强烈的等级制观念：凡是不符合现代性论点的便予以嘲弄和摈弃，甚至受到严厉的谴责，直至被扔进‘历史的垃圾堆’”①。由此造成的一个

① 董之林：《盈尺集》，河南大学出版社2009年版，第185页。

后果，便是传统文化在20世纪80年代文学史写作中的被边缘化。譬如在论及“寻根文学”时，20世纪80年代的文学史家往往将汪曾祺的小说予以“单列”①。何以如此？皆因汪曾祺小说中的道家文化因素实在是太过明显，倘若将其整合进以启蒙思想为指导观念的文学史叙述，就会破坏文学史家精心构筑的现代性主脉。同样的道理，鲁迅、郭沫若、沈从文等现代文学大家也从来都被视为启蒙文学的代表人物，至于其所受道家文化的影响，则在文学史家的现代性叙述中付之阙如。

与此同时，为防止传统文化在新的历史语境下“故鬼重来”，20世纪80年代的文学史家还精心构筑了一个以现代性诉求为标志的文学谱系。他们认为，一种文学潮流的兴起是此前各种文学流派和思潮综合作用的结果，是它们之间彼此冲突、碰撞及融会之后的历史合力，造就了新文学的不断演化。在不同历史阶段的文学潮流之间，始终存有一种或隐或现的连续性线索，而这种线索既是文学史家最为重视的文学史规律，也是他们构建文学谱系的逻辑起点。基于这一认识，文学史家确信任何一种文学潮流皆有其谱系学意义上的源头，“从文学到文学”的阐释框架庶足以解答某种文学现象的历史由来。循此逻辑，五四新文学实际上成为了解释一切文学思潮及流派的历史原点。而文学史家对五四新文学启蒙本质的反复强化，无疑会构筑起这样一个文学谱系，即五四新文学作为中国新文学的起点，规约和影响了嗣后文学潮流的发展方向：30年代的自由主义文学，40年代的国统区文学，以及20世纪80年代的新时期文学，皆是五四启蒙文学的流风遗绪；即便是20年代的革命文学和30年代的左翼文学，

---

① 王尧：《“重返1980年代”与当代文学史论述》，《江海学刊》2007年第5期。

也被解释成了启蒙文学在救亡背景下的一种历史变异。由此也不难理解，为什么十七年文学和深受传统文化浸润的其他文学流派会在现代性的历史叙述中命运如此多舛：盖因十七年文学对政治的服膺，以及某些作家对传统文化的接受，皆远离了启蒙文学的国民性改造主题，故而这些文学潮流的历史地位也在文学史家的历史叙述中愈发趋于边缘。

但问题是，20 世纪 80 年代的文学史叙述因其对文学现代性的偏执与耽溺，却与维系自身学术合法性的社会思潮之间产生了某种微妙的背离关系。就当时的知识界和思想界而言，新启蒙运动发展至 20 世纪 80 年代后期，随着后现代主义思潮的广泛涌入，已经出现了一股反思现代性的思想潮流。如果抛开其中一些狭隘的民族主义情绪，则不难发现这股反思现代性的思想潮流其实与现代社会的种种危机密切相关。就启蒙运动这一现代性思潮的滥觞来说，它的形成与发展，本意是要祛除欧洲中世纪宗教势力对人类价值的践踏与侮辱，但在上帝已死、人权当立的历史实践中，启蒙运动对人之主体性的高扬却渐渐演变成了一种人类中心主义。尤其是进入 20 世纪以后，随着现代民族国家的普遍建立以及科学技术的日新月异，人类越来越对自然和上帝之类的超验事物失去了敬畏之心，由此招致的生态危机、社会危机及伦理危机等恶果，自然会引起人们对于现代性思潮的普遍反思。这就是说，原本祛魅宗教神话的启蒙思想，却在自身现代性诉求的不断驱使下，演化成了一个同样需要被祛魅的现代性神话。可以设想，假若中国新文学的文学史写作仍旧停留于这样一种神话学，那么就不可能真正洞察新文学自身在历史演进中所呈现的诸多复杂特征。由此可见，20 世纪 90 年代文学史写作对传统文化的重视，其实有着借其力量祛魅现代性神话的思想取向。

二

如果从文学史写作自身的历史来看，部分学者早在20世纪80年代就对道家文化予以了高度关注，比如胡河清、苏丁、仲呈祥等学者，就分别从道家思想和美学趣味等层面辨析了新时期文学所受道家文化的影响。[①] 但上述学者的研究并不具备自觉的文学史反思意识，他们对于道家文化的讨论，也还停留在对作家作品常见的价值判断上。不过这些颇具开创性意义的研究成果，却为20世纪90年代的文学史写作提供了某些必需的个案基础。随着时间的推移，从20世纪90年代开始，越来越多的学者倾向于发掘道家文化对中国新文学的深刻影响。樊星甚至在纷繁芜杂的当代文学现象中提炼出了一条自足的文学史线索，这是一条在道家文化影响下所形成的"文艺红线"："从80年代初的'汪曾祺热'、'沈从文热'到80年代中的'寻根文学热'、80年代末的'伪现代派'争鸣直到90年代初的'国学热'，民族传统文化精神的回归与复兴也是随着时代精神的演进而不断显出新意的。其中，道家精神的回归与复兴又是格外引人注目的一股大潮。"[②] 在这一判断下，"新道家"成为了一股与"新儒家"并驾齐驱的文学思潮。值得重视的是，樊星对当代文学中新道家思潮的研究，本身已具备了一种自觉的谱系学意识。尽管在文章

---

① 参见胡河清《论阿城、马原、张炜：道家文化智慧的沿革》，《文学评论》1989年第2期；苏丁、仲呈祥：《〈棋王〉与道家美学》，《当代文学评论》1985年第3期。

② 樊星：《当代新道家——"当代思想史"片断》，《文艺评论》1996年第2期。

中，论者尚未明确提出对现代性神话的祛魅问题，但重申以道家文化为代表的传统文化和传统价值，却意味着在20世纪80年代现代性的文学史叙述之外，还存在着一条自足的“非现代性”文学史脉络，从汪曾祺、贾平凹、阿城、韩少功、李杭育等作家的文学传承关系上，不难一窥研究者重构文学谱系的叙事冲动。但值得注意的是，樊星在讨论当代文学的“新道家”问题时，却处处受制于20世纪80年代文学史写作中的现代性神话。掣肘之处首先体现为对“新道家”的命名方式：“新道家”之“新”，意在说明传统文化如何在现代性语境下发生了一种创造性转换。在樊星看来，道家文化在现代性语境中，已经具备了一种“改造国民性”的现实意义。这就是说，尽管有些研究者已经从20世纪80年代的文学史叙述中鉴别出了一条以道家文化为中心的文学谱系，但这种鉴别态度的理论预设，却仍旧受困于20世纪80年代文学史写作中的现代性神话。不过话说回来，这种以现代性之名反思现代性的做法，本身也是走出现代性藩篱的起步之举。

继樊星之后，杨义在《道家文化与中国现代文学》一文中再度重申了新文学史上的道家文化传统。这篇文章的特殊之处，首先在于论者对五四新文学原点的某种价值重估。如认为“五四新文化运动作为一个运动的统一性，只存在于借助外来文化以革新传统文化这个基本点上。至于在纷繁复杂的外来文化之中借助何者，对博大庞杂的本土文化如何革新，他们往往没有统一的逻辑，言人人殊，众声喧哗，未能建立起相对完整的理论认知体系”①。这与20世纪80年代文学史家对五四新文化运动和新文学的判断显然有云泥之别，那种

① 杨义：《道家文化与中国现代文学》，《中国社会科学》1997年第2期。

将五四视为中国新文学现代性起点和正宗的看法，在杨义笔下受到了尖锐挑战。按照这一论点，胡适、鲁迅等五四新文学家对于传统文化的价值认同，其实在某种程度上成为了论者构筑道家文化之谱系的重要前提。从鲁迅、郭沫若、梁实秋、林语堂等作家的创作实践中，庶几可见道家文化如何游走于启蒙叙事的历史夹缝之间。这其中，杨义对周作人、废名及京派作家的分析尤为用心。例如周作人对新文学和晚明文学之间关系的考察，废名对老庄哲学的现代阐释，京派作家诗学趣味的道家神韵，皆成为道家文化影响中国新文学的重要例证。由此推论，论者认为“尽管道家文化有着不少消极面，但它确实给中国现代文学文化带来了丰富的智慧和独特的魅力，丰富了剧烈变动中的中国现代文学文化的精神素养和艺术表现形式，并以其自身文化品格的柔韧性和弹性使中国现代文学文化熠熠生辉”①。不过略感遗憾的是，论者有关道家文化与中国现代文学之关系的理论考察，尽管已经具备了一种明确的文学谱系学意识，但这种重构文学谱系的叙事努力，却未能实现对既往文学史神话的颠覆与消解。个中原因，显然与论者根深蒂固的辩证法思维有关，那种面面俱到式的求全之论，只能再度证明文学史写作中现代性神话的强势。因为论者的研究方式，始终立足于现代作家对道家文化的创造性转换上，即胡适、鲁迅等人对道家文化的思考与叙述，无非是想用启蒙—理性的现代性精神去改造传统文化，而在这一前提下构筑起来的文学谱系，焉能证明自身对于现代性神话的祛魅功能？说到底，这种在文学史现代性叙事中重构道家文化谱系的研究方式，本质上是对道家文化身份合

① 杨义：《道家文化与中国现代文学》，《中国社会科学》1997年第2期。

法性的谋求，即在现代性语境中，道家文化通过自身的创造性转换，业已谋得了现代性神话的合法性承诺。更进一步说，这种在现代性语境中争取道家文化合法性的研究方式，甚至与当时“国学热”中大陆知识界的文化态度密切相关。

就20世纪90年代“国学热”兴起的历史背景而言，是“海外新儒学”促成了大陆知识分子对国学的再度重视。海外新儒家以传统文化和传统价值补救现代性恶果的做法，在被大陆知识界竞相效尤的过程中却处处彰显了我们民族的某种文化自卑感：即在面对全球化的现代性热潮时，我们始终坚持对传统文化进行某种创造性转换，似乎只有经过现代文化的洗礼，传统文化才能存活于世，才能真正起到补救人心的道德或伦理效用。这种文化态度无疑在体现我们文化自卑感的同时，也间接印证了现代性神话对于人类社会的魅惑功能。有论者认为，当前有关中国新文学和道家文化问题的研究已经陷入了某种既定的思维模式，即“在回答作家作品的道家精神来源这个问题时，一般认为，一是作家对道家思想文化的认同；二是个人生活对作家的影响或启示；三是作家的性格、气质与道家精神有关联。在宏观研究方面只有极少数的轮廓式描述。由此可见，目前学术界还缺乏对这个问题领域的宏观、深入和广泛的研究，题域有待拓展、延伸”①。其实这一判断在指出种种研究困境的同时，也忽略了造成上述局面的真正原因，而这一原因即为研究者在研究目标和研究手段之间所存有的悖谬现象。

---

① 刘小平：《中国当代文学与道家文化研究综述》，《山西师大学报》（社会科学版）2005年第32卷第5期。

三

如果仅就研究目标而言，20 世纪 90 年代的文学史家和其他研究者，之所以对传统文化中的道家文化如此重视，盖因道家文化自身的文化品格使然。以老庄为代表的道家经验是一种以思辨方式去探索和把握宇宙本体、宇宙生成等问题的智慧体系。老子主张的“道法自然”，庄子强调“天而不人”，是一种不受人为操作、干扰和改变的性质，具有自足和封闭的内在体系。他们对自然的崇尚，恰恰与现代性所强调的工具理性相异其趣。而文学史家对道家文化的重视，正是看重了道家文化对工具理性的祛魅功能，那种通过“致虚极，守静笃”、“若昏”、“若遗”等方式达成生命尊严和实现个体价值的做法，显然能在道法自然中消解工具理性的秩序与规范。就此而言，重申新文学中的道家文化传统，就不仅仅是出于一种重写文学史的需要，同时也是一种祛除现代性神话的价值诉求。但在具体的研究方式中，20 世纪 90 年代的文学史家之所以陷入现代性神话的藩篱而无法自拔，皆因其反思现代性的理论视角晦暗不彰。对他们而言，重申新文学中的道家文化谱系，本意是想借此祛除新文学的功利色彩，强调在启蒙—理性之外人与自然的融洽和谐，希望能够以道家文化为契机，走出启蒙思想在文学史叙述中所织就的现代性神话。不过事实却是，20 世纪 90 年代文学史家的历史叙述方式，仅仅在构筑以道家文化为中心的文学谱系学方面，显示出了祛魅现代性的研究意图，但在具体的研究手段，即历史叙述层面却仍旧属于一种现代性叙事。

如果深入辨析 20 世纪 90 年代以来文学史家的历史观念，就会发现他们对于道家文化的谱系学构筑，其实来自于一种本质主义的思维方式。这种本质主义相信任何事物都具有唯一性的永恒本质，现象本身只不过是为我们提供了一个切入本质的途径，而透过现象揭示事物的唯一本质，则是现代性神话为本质主义者所预设的一条必由之路。有鉴于此，作为本质主义者的文学史家，在对新文学与道家文化关系的考察中便具有了一种整体性的文学史观，他们对于文学本质（文学规律）的提炼，即表现为对文学史中道家文化之间内在连续性的寻求。在这种研究方式中，那些受道家文化影响的现当代作家，便被文学史家整合进了一个以道家文化为中心的文学谱系。其中从周作人、废名、沈从文、汪曾祺直到阿城和贾平凹等寻根小说诸家的连续性线索，是目前公认的最具影响力的道家文化谱系。但值得注意的是，在 20 世纪 90 年代文学史家的这种历史叙述中，上述作家受道家文化影响所生成的个人心性却蜕化成了文学史家构筑文学谱系时亟须的重要论据，从个人心性的分析到文学谱系的整合，20 世纪 90 年代以来的文学史家在其本质主义思维中深深遮蔽了道家崇尚个人修养的文化品格。而这种秩序化的文学谱系，也无疑成为了现代性文学史观的一个变种。但问题在于，这种以先验的本质主义思维整合文学现象的做法，却不幸印证了反本质主义者的某种真知灼见，即“小说根据虚构的事实描写真实，历史搜集事实组合虚构”①。与小说家对真实的寻求不同，文学史家并不缺乏对各类史料的知识考古，但在总结和提炼规律的过程中，作为本质主义者的文学史家便会暴露出虚构文学谱系的叙述意图。关于这一点，法国哲学家米歇尔·福柯曾有具体说明，他认为在现代性神话中，“历史的首要任务已不是解释文献、确定它的真伪及其表

① 沟口雄三、孙歌：《关于“知识共同体”》，《开放时代》2001 年第 11 期。

述的价值，而是研究文献的内涵和制订文献，即：历史对文献进行组织、分割、分配、安排、划分层次、建立体系、从不合理的因素中提炼出合理的因素、测定各种成分、确定各种单位、描述各种关系”。历史（文学史）写作成为历史学家（文学史家）对文献的“组织”与“分配”。这其中自然有着历史学家（文学史家）作为一个本质主义者所特有的思想迷思，也正是因为这一点，1990 年代以来的文学史家对道家文化所进行的文学谱系学叙述，已然陷入了另一种意义上的现代性神话。

就当前文学史写作对道家文化的研究来说，最大的一个问题乃是文学史家在研究目标和研究手段上的本末倒置。对道家文化的文学谱系学描述这一研究手段，自 20 世纪 90 年代初开始就一直凌驾于祛魅现代性神话这一研究目标之上。不少论者执持于对新文学史中道家文化线索的持续叩询，却深深遗忘了这种做法究竟所为何来？倘若仅仅是还原新文学史上所受道家文化影响的文学流派与思潮，那么显然不足以警醒我们对 20 世纪 80 年代文学史写作中现代性神话的深入反思。更何况以道家文化为中心的文学谱系学究竟能否成立仍有待时间检验，因为我们知道，在文学史家的历史叙述中，“当历史叙述以恢复历史本来面貌而自诩的时候，新历史主义使人们突然意识到，现存的历史其实是人们叙述中的历史，必然多少带有叙述者的烙印，标志着一定话语权力对写作的影响，而不可能还原于历史自身”①。既然历史真实在文学史家的叙述中无迹可循，那么何妨在发扬道家文化对现代性神话的祛魅功能上大做文章？假若当今的文学史家，不再过度拘泥于对文学谱系这一类所谓“历史真实”的叙述，而是将自己投身于传统文化的精神

---

① 董之林：《盈尺集》，河南大学出版社 2009 年版，第 185 页。

世界，在秉承道家文化的怀疑和否定精神前提下，方有可能真正实现对既往文学史神话的祛魅与重写。

（原载《黑龙江社会科学》2011年第1期，收入本书时略有删节）

第二辑

当代重要作家作品研究

言与象的魅惑

——论韩少功小说中的语言哲学

作为一位思想者，韩少功对于语言哲学的执著与沉溺可谓是尽人皆知。尽管其早年的寻根小说，如《爸爸爸》和《归去来》等作品殊少对语言问题的直接书写，但隐含其间的文化寻根意识，却为作家嗣后的长篇小说创作奠定了思之路向：从《爸爸爸》中丙崽的失语，到《归去来》中主人公自我意识的迷失，韩少功借助文化寻根的创作理念，倾力呈现了语言与存在之间的病象关系。而对此病象做出剖析和反思的作品，则是他自20世纪90年代以来所写就的《马桥词典》和《暗示》这两部长篇小说。在这两部作品中，韩少功不仅考量了语言对人存在的限定性问题，而且还在“用语言反对语言”的运思过程中，深入揭示了语言、具象和存在之间所具有的复杂关系：无论是言对象的压制，还是象对言的反抗，均能显现出语言对人存在状况的深刻影响。就此而言，倘若能够澄清韩少功小说中语言哲学的发展逻辑，当有望理解其跨文体写作究竟具有怎样的思想价值。

一

在20世纪80年代的寻根文学阶段，韩少功曾以一篇《爸爸爸》率先开创了“文化寓言”的书写形式。尽管这部作品意在揭示国人的文明危机与精神病苦，但韩少功的叙述重点却是对语言与存在之间病象关系的考察。比附其他寻根作家对于地域文化的发掘，韩少功显然更早醒悟到了语言对人存在的限定性问题。作品主人公丙崽是个永远也长不大的白痴，他生活在愚昧龌龊的环境里，不仅长相丑陋、思维混乱，而且还言语不清、行为猥琐。对于只会说“爸爸爸”和“X妈妈”的丙崽而言，语言已成为了落后文明的符号化象征。与此同时，丙崽的失语症还是决定他自身存在状况的关键性因素：毕竟这一人物的具体形象，主要来自于山民的“观看”行为。[①] 而在山民看来，丙崽的个人形象则完全取决于他所操持的语言。因此，当丙崽咕哝着“爸爸爸”和“X妈妈”这两句话时，他的白痴形象也自然招致了山民的无情嘲弄。在这个意义上说，丙崽的“言”，最终规划和限定了他的“在”。韩少功借此证明了语言其实是一种决定人存在状况的权利体系，是语言借其无上威权，异化了人自身的存在。就像无辜的丙崽一样，作为一个低能儿，他其实并不具备明确的自我意识，因此也缺乏对善与恶的价值判断力。然而，当鸡头寨大难临头之际，山民们却又将丙崽作为了顶礼膜拜的神祇，希冀通过揣测“X妈妈”和“爸爸爸”的“深刻”含义，来决定鸡头寨文明的最终归宿。丙崽随意咕哝的一句“爸爸爸”，被鸡头

① 参见李庆西《说〈爸爸爸〉》，《读书》1986年第3期。

寨山民认定为“胜卦”，由此才加入了与邻村的混战，结果却招致了鸡头寨文明的灭亡。这一情节再次印证了语言的强大力量，它不仅可以限定人自身的存在状况，甚至还能左右人类文明的发展轨迹。而丙崽从白痴到神祇的地位变化，则充分说明了“言”与“在”之间实际上并不具备一种一一对应的理性秩序。更为重要的是，既然“爸爸爸”可被视为白痴妄语与神圣天谕的奇妙混合，那么丙崽的语言能指与其所指之间也就发生了无法弥合的断裂。就此而言，《爸爸爸》这部作品通过考察语言能指与所指之间的断裂后果，形象演绎了语言和存在之间所具有的病象关系。在韩少功笔下，这一病象的实质即为一种语言中心主义：语言不仅限定了人的存在，亦能左右文明的进程。语言所具备的这种无上威权，已然对人类生活造成了巨大困扰。值得注意的是，在描绘语言权力的同时，韩少功也在这部作品中表达了人类对于语言中心主义的本能反抗。那些鸡头寨山民对丙崽语言的揣测行为证明，尽管语言可以决定人的存在，但人天生就具有寻求言外之意、突破语言牢笼的生命本能。即便这一举动可能会招致毁灭性的后果，但语言中心主义对人存在的限定，终将会引发一场反对语言的语言革命——韩少功在90年代所完成的《马桥词典》，便是这样一部用方言反对语言中心主义的作品。

相较于《爸爸爸》对语言和存在之间病象关系的考察，韩少功在同时期的另一部寻根力作《归去来》中，则以文化寓言的形式阐发了一种魅惑人心的语言政治学。作品主人公“我”在重返当年的插队故地时，竟愕然发现了自我记忆乃至自我身份的丧失。不知是何缘由，凡“我”所遇之人，皆对“我”表示了不同程度的熟稔。但颇为吊诡的是，“我”却并不认识这些村民，任凭“我”绞尽脑汁，也回忆不起自己当年的插队生活。而村民们对“我”的称呼，显然和自己的真实身份迥然相异。

于是，“我”就在这种惚兮恍兮的错乱记忆中迷途难返：到最后，“我”甚至无法判断自己是否来过此地，“我”究竟是不是村民们所说的“马眼镜”。凡此种种，皆令“我”重返插队故地的怀旧之旅戛然而止，“我”只能发出一声徒劳的喟叹：“我累了，永远也走不出那个巨大的我了。妈妈!”从表面上看，这部作品意在揭示历史迷魅对人性的异化：“我”记忆的丧失，主要是荒谬历史抹杀人之主体性的结果。而韩少功也借此表达了一种历史批判的启蒙主题。然而，在韩少功除魅般的历史叙述中，却分明可见语言与存在之间的复杂关系：村民对“我”嘘寒问暖般的言辞，不仅未能勾起“我”的相关记忆，反而却扰乱了“我”的心智，最终导致“我”在村民的言谈中丧失了自我意识。很显然，在这一叙事情境中，是村民的“言”抹去了“我”本来清晰的“在”。作品揭示的仍然是语言与存在之间的病象关系。但在历史除魅和语言病象的叙述之外，《归去来》的更可观瞻之处，却是一种语言政治学的思想萌芽。尽管这一思想集中体现于后来的《马桥词典》中，但《归去来》却用“言”对“在”的异化，表达了作家对于历史权力的某种语言学思考。在韩少功看来，中国人总是“忽略了‘制度’与‘权力’对语言的介入”，因此也总是对语言所暗含的政治权力习焉不察。[①] 可以这样理解，作为政治文化的符号载体，语言不仅担负起了宣传和建构意识形态的话语功能，而且还深刻影响了人们的存在状况，由此也造成了语言对人的异化。例如“文革”期间的泛政治化语言系统便对人们的日常生活造成了巨大影响。[②] 而《归去

---

① 韩少功：《暗示》，人民文学出版社 2002 年版，第 348 页。

② 参见叶立文《神话思想的消解：从“伤痕小说”到“意识流小说”》，《天津社会科学》2004 年第 6 期。

来》中的“我”之所以陷入迷思，固然是历史权力的强大压迫所致，但唯有通过村民的言辞，“我”才能够真正洞察自我意识的丧失。这就意味着语言其实是“我”警醒历史权力危害性的开端，村民的言辞成为了历史权力的隐喻，也只有透过那些看似平常的言辞，“我”才有可能真正领悟历史权力对自身的深重异化。就此而言，语言实际上已成为了作家反思历史的入口，而语言与历史权力之间所具有的内在关联，也为作家日后的语言政治学思考奠定了基础。由此可见，无论是《爸爸爸》对语言和存在之间病象的揭示，抑或《归去来》对历史权力的语言学反思，韩少功都集中表达了对言与在之间病象关系的切身感悟。更为重要的是，这两部作品事实上也成为了《马桥词典》和《暗示》的创作先声。进入90年代以后，韩少功已不满足于对语言和存在之间病象关系的现象揭示，而是试图通过对小说文体的艺术创新，在摆脱情节束缚的前提下，真正从理性层面展开他的语言之思。

二

作为一部在20世纪90年代引起过巨大反响的作品，《马桥词典》的成功之处，首先在于其文体的艺术创新。尽管以词典的形式结构小说是否属于作家原创仍存有争议，① 但不可否认的是，用词典讲述语言自身的历史，乃至人在语言包围之下的生存

---

① 1996年评论家张颐武撰文，称《马桥词典》是对塞尔维亚作家帕维奇《哈扎尔辞典》的“拟作或仿作”，由此也引发了一场文学论争。详见孔见《韩少功评传》，河南文艺出版社2008年版。

境况，却不能不说是韩少功的一大创见。与早期对言与在之间病象关系的单纯揭示不同，《马桥词典》不仅更为生动地描绘了语言的权力体系，而且还集中表达了作家对于普通话中心主义的颠覆立场。至于隐含其间的语言政治学思想，则同样具有较高的启蒙价值。

如果从文学流派的角度来看，《马桥词典》仍然属于严格意义上的寻根文学。只不过与早年对传统文化的批判和反思不同，韩少功在这部作品中明确意识到了语言，尤其是普通话对于人存在的异化。在他看来，我们身处的这个时代，其实是一个被普通话化了的时代。作为一个“进入现代化”的必需品，普通话已从普适性的交流工具转变为一种强大的权力体系，它不仅同一化了这个世界，而且还以语言滤洗的方式，重新编制了这个世界的话语秩序。由此带来的严重后果，便是语言对人存在原初性的遮蔽。在这个意义上说，韩少功创作《马桥词典》的初衷，其实是在除魅普通话中心主义的基础上，对人原初性存在的敞开。为了达到这一创作目的，韩少功在看似散乱的词典形式中暗暗编织了一个自足的叙事逻辑：作品在排列词条的先后顺序时，有意遵循了地点、时间、人物和事件等小说常见的叙事要素。比如开篇的“江”、“罗江”、“马桥弓”等词条是对地理环境的铺叙，“老表”、“同锅”等词条则是对人物的介绍，而若干散乱的故事情节则以穿插其间的“乡气”、“发歌”等词条展开。从地理环境到人物介绍，再到故事情节的铺排，韩少功为词典巧妙地披上了小说的外衣。而作家之所以在词条的排列上如此大费周章，其用意显然不止于对“词典”之“小说”属性的界定。更为重要的一点，恰在于作家借此搭建起了一个语词的世界：马桥人的日常生活与命运起伏皆被这些词条囊括其中。而马桥人也就生活在这个语词的世界中——语言成为了马桥人的存在之家。如果说

《爸爸爸》和《归去来》等作是从抽象整体的文化寓言形式去揭示言与在之间病象关系的话，那么《马桥词典》就是一部微观具象的语言哲学书。在这部作品中，韩少功借助对马桥方言的阐释，用一些小人物的生命故事述说了言对在的限定。

这种限定关系主要表现为两个方面：其一是语言对人命运的规约。譬如在词条“嘴煞”中，复查无意间咒骂了罗伯一句“翻脚板的”，虽说言者无意，却不料一语成谶：“第二天，罗伯就被疯狗子咬了，走上了归途。”复查因此备受煎熬，此后的人生旅途更是尘嚣危惧、歧路频频。按马桥方言，嘴煞是一种忌语，不可随口说出，否则必受劫难。复查所说的“翻脚板”，即为诸多忌语中最为严厉的一种。他的际遇表明，“语言的力量，已经深深介入了我们的生命”。一旦人违背了这种力量，在说出那些不可说之词的同时踏入语言禁区，便会遭遇劫难与惩罚。在这一点上，“语言也使人变得比狗还要脆弱”。[①] 类似的状况并不只此一例，在“结草箍”中，许多马桥的女子结草为盟，发誓谁也不许嫁给高傲的复查。但令人意想不到的是，那些原本有机会嫁给复查的女子，也怀着“对往日言词的忠诚”，[②] 毅然决然地拒绝了复查的提亲。而后她们草草出嫁的悲剧命运，再次印证了语言暴政的强大力量。其二，语言不仅可以表述事实，而且也能再造事实。作为一种交流工具，语言的一个基本职能便是对事实的表述。这当然是一种言对在的客观性揭示。但在很多时候，语言不仅不能揭示所谓的客观事实，而且还往往凭借着自身的力量，歪曲、篡改乃至再造了事实。譬如“晕街”一词，和普通话中的晕车、晕船之类相仿，马桥人一旦离开村庄去往街市，就

---

① 韩少功：《马桥词典》，人民文学出版社 2004 年版，第 263 页。

② 同上书，第 266 页。

会面色发青、耳目昏花，以至于马桥一带的郎中专门有治疗晕街的药物。但问题是，马桥人真的晕街吗？韩少功认为，晕街不过是马桥人的某种心理暗示，是出于对城市文明的本能抗拒，马桥人才制造了“晕街”一词，继而这一词汇在被言说的过程中不断散发出魅人的魔力，以至于马桥人一踏入城市，便会在这一语词的心理暗示下病痛缠身。在这个意义上说，语言其实通过对事实的再造，实施了对人存在的权力控制。这种以言辞制造再生性事实的案例说明，语言对存在的异化早已渗入了人们的日常生活。而一些马桥人的命运也因为言辞发生了戏剧性的转变。譬如本义，他要不是因为晕街，早已当上了国家干部，若果真如此，那么马桥的历史就会被重新书写。以上种种，皆可被视为言与在之间所存有的病象关系。

值得注意的是，作为一种相对于普通话的边缘话语，马桥方言固然和其他语言一样具有限定人存在的话语功能，但另一方面也因其对普通话的疏离，从而具备了一种强大的颠覆性力量。对于马桥人而言，不论街市、普通话，抑或科学等物，皆为现代文明的象征。而他们对此类事物的拒绝，既是马桥人乡土意识的反映，亦是其不甘幽闭于语言之牢笼的生动写照。在这个意义上说，马桥人不仅仅存在于语言之中，他们同时还具有一种冲破语言禁闭的本能冲动。在描绘这一现象时，韩少功体现出了一种较为明确的语言政治学思想。如果说《归去来》是作家从言辞角度思考历史权力危害性的开端，那么《马桥词典》中的大量词条，便是韩少功对自己早期语言政治学思想的具化。譬如在“发歌”这一词条中，韩少功讲述了马桥人鬼祟的歌风。何以如此？一方面固然是由于民间艺术的历史传承，而另一方面则是马桥人的发歌大多具有一种不良内容，譬如“觉觉歌”就是一种调情的歌曲。这种活跃人肉身感觉的情歌，显然和革命歌曲背道而驰。更有意味的是，马桥人的发歌总是从国家大事开始，但在看似宏大的言辞背后却总是隐含着马桥人调笑戏谑的游戏态度。不仅此也，即便“科学”一语，也在马桥方言中被赋予了偷懒和邪恶的含义。按福柯的理解，当人们“把合适的名词赋予给每个被表象的物，并在整个表象领域上布置精心制作的语言网络时，它就是科学——命名法和分类学”[①]。在这个意义上，科学就是一种维护等级秩序的工具，它本身便具有意识形态内涵。但马桥方言对于科学的理解却表现出了一种反智主义倾向，这不能不说是马桥人敌视理性秩序的本能表现。至于普通话中的“监狱”一词，马桥人更是谓之曰“民主仓”。由是观之，在马桥方言中，那些被普通话所表述出来的意识形态及国家机器，其无上权威皆可被马桥人的调笑戏谑一一化解为无形。而这种对权威话语的颠覆性姿态，正是一种“用语言反对语言”的语言政治学。就此而言，韩少功对于方言的耽溺，与其说是为了还原语词的历史，毋宁说是对其早年颠覆历史理性的启蒙精神的承继。

然而，倘若仅凭方言便可实现对普通话中心主义的颠覆，那么也未免小视了语言自身的力量。事实上，韩少功在解释马桥方言时不可避免地陷入了一种解释的循环：他用普通话去解释马桥方言的行为，本身就是对方言的普通话化。其中隐含的语言陷阱，自会在有意无意间抹平方言本身所具有的革命性力量。从这个意义上说，除非有一种超越语言自身的表意符号存在，否则作家对于方言的普通话解释，就永远也无法走出语言的牢笼。对韩少功而言，这一表意符号就是具象。尽管直到《暗示》的写作，

① ［法］米歇尔·福柯：《词与物》，莫伟民译，上海三联书店 2001 年版，第 164 页。

韩少功才全面揭示了具象所暗含的表意功能，但在《马桥词典》中，以具象替代语言进行表意的思想倾向已经出现。譬如在词条“马疤子”（以及“一九四八年”）中，马桥人在表述时间时并不采用公元纪年，而是强调一九四八年是“长沙大会战那年”、“茂公当维持会会长那年”，或“张家坊竹子开花那年”，等等。倘若以主流历史的叙述视角观之，那么马桥人的历史便会是另外一番模样，因为他们的许多表述都不符合历史事实。但在马桥人看来，一九四八年那年却的确可由上述时间称谓替代。这就意味着在马桥人的心目中，其实有另外一种历史。在这个词条中，深刻隐含了两种相互对立的表意方式：公元纪年的一九四八年，可被视为普通话的表述，指代一个客观时间，这一时间是普通话化了的关于历史的陈述，是“言”（“一九四八年”的称谓）对“在”（一九四八年的历史事件）的陈述和限定。但在马桥人那里，言与在的关系恰恰颠倒了过来：“茂公当维持会会长那年”之类的表述，其实是基于马桥人的存在经验而发，是老一代马桥人依据自身经历口口相传的结果。因此，即便在日本人投降以后，由于马桥的闭塞，茂公还是依旧在这一年当上了其他地方早已不存在了的“维持会会长”。在这个意义上说，马桥人用自身的存在经验表述了历史，是他们的“在”决定了“茂公当维持会会长那年”之类的“言”。由此可见，马桥人在颠覆普通话中心主义的历史叙述中，充分表达了一种颠覆主流话语的语言政治学倾向。此外，马桥人在描述时间时还大量借用了“张家坊竹子开花”等可感可知的具象。这表明韩少功在创作《马桥词典》时，业已意识到了具象这种超越语言自身的表意符号其实同样具有颠覆性的话语力量。有鉴于此，他才会在2002年出版的长篇小说《暗示》中，深入揭示了具象对于语言中心主义的颠覆功能。

三

如果说《马桥词典》讲述了语言对人存在的限定，那么《暗示》则是对具象和语言，以及存在之间复杂关系的考察。尽管这部作品在文体创新上已达长篇小说之极限，甚至连韩少功本人也承认其更接近于理论，[①] 但《暗示》仍是一部隐含了诸多故事情节和人物的小说，“几乎每一个小节，都能发展出一个相对完整的短篇小说”[②]。在这部作品中，韩少功试图阐明语言未曾抵达的具象世界其实同样具有表意的话语功能，它不仅可以反映语言之外的存在暗区，而且亦能和语言一样影响人的存在状况。那么，何谓具象？它对语言禁区的揭示，对语言中心主义的反抗如何展开？而具象对语言和存在的影响又如何体现？凡此种种，皆成为了韩少功在《暗示》中的书写对象。

在作家看来，“一个眼神，一顶帽子，一个老车站，一段叫卖的吆喝”都是我们置身其间的“具象”，它常常在“人们的言说之外，是生活分泌出来的隐秘信息”。[③] 因此可以说，具象是指包括了自然之象和文化造象在内的一种“意象形态”，也是一种超越了语言的表意符号系统。从这一解释出发，韩少功借助许多小人物的生命故事，试图言说具象所隐含的意义内涵。譬如在“场景”一节中，韩少功就讲述了以象代言的奇妙功能：“我”为了请求书记在招工推荐表上签名，斗胆来到了书记家中，结果

① 参见韩少功《暗示·前言》，人民文学出版社 2002 年版。

② 蔡翔：《日常生活：退守还是重新出发》，《文学评论》2003 年第 4 期。

③ 韩少功：《暗示·前言》，人民文学出版社 2002 年版。

由火光、油灯、女人和姜茶等具象构成的家庭场景，居然使平日总是黑着脸的书记变得和善了许多，对我的请求也满口应允。在这一场景中，具象不仅决定了言辞，甚至也改变了“我”的命运。由是观之，在某些场景下，具象其实具有比语言更为强大的力量。事实上，不仅是处所，就连着装、体态、面容和声调等其他具象也都有上述暗示心灵的神秘力量。而在另外一些生活场景中，具象甚至具有颠覆语言权力的话语功能。譬如在“忠字舞”一节中，人们一方面沉迷于意识形态的语言权力，另一方面却用种种异端的意象形态，诸如芭蕾、秧歌和民族舞蹈丰富了自我的肉身感觉，这种借革命语言所展开的具象化生活，显然颠覆了意识形态的语言体系。此外，“乡戏”一节亦揭示了具象对于革命语言的颠覆功能：那些革命样板戏在一片乱哄哄的演出环境下已完全走样，群众不仅对剧情和台词毫不在意，而且还在嬉戏打闹中与台上的演员合力制造了一场嘉年华会。说到底，他们“只是把看戏作为一个借口，纷纷扛着椅子来过一个民间节日，来参与这么热闹的一次大社交，缓解一下自己声色感觉的饥渴”。毫无疑义的是，这些围观革命样板戏的群众，实际上用一种观看娱乐表演的游戏心态，用孩子的喧闹、后生和妇女们的打情骂俏等生活具象，无形中消解了意识形态为革命样板戏所赋予的政治学内涵：“在这样一个乱哄哄热腾腾的戏场里，什么样的意识形态不可接受而且什么样的意识形态不可消解？”[①] 因此可以说，这实际上是一种以具象符号编织而成的“意象形态”对语言所制造的“意识形态”的消解——具象在反对语言中心主义的过程中既魅惑了语言自身，同时也除魅了语言中心主义的强大威权。

---

① 韩少功：《暗示》，人民文学出版社2002年版，第63页。

不过尽管从表面上来看，韩少功对于具象符号表意功能的揭示是为了敞开语言对人存在的遮蔽，但与此同时，他也讲述了具象对人存在的限定性功能。譬如“座位”里的小王，尽管平日是一个无比和善的人，但“一坐到那个司机座上就脾气大了好几十倍”[①]。再如“军装”，在那个年代里不仅代表了秩序和权威，而且也在转化为时尚符号的同时，无形中改变了着装者的身份意识：就像老木穿上了军装之后，顿感可以和那些根正苗红的红卫兵平起平坐，全然遗忘了自己作为资本家孝子贤孙的卑微。待失去军装之后，老木几乎痛不欲生。一件衣服的魅惑力量何以至此？显而易见，军装作为具象符号不仅代表了某种政治权力，甚至也会在心理暗示的层面限定人之存在。而这一点也足以证明，有时具象对人存在状况的影响更甚于语言。值得注意的是，既然具象具有除魅语言权力和魅惑存在自身的双重力量，那么韩少功对于具象的揭示就同样陷入了一种难言的悖论：作为除魅语言中心主义的表意符号体系，具象毋庸置疑地在魅惑语言权力的同时除魅了人的存在，但另一方面，具象也会深刻影响人的存在状况，它无疑具有比语言更为强大的魅惑力量。而韩少功以语言解释具象的行为，与其说是为了呈现具象的隐秘内涵，倒不如说是在“说不可说之神秘”的过程中，再次印证了语言的权力——语言成为了所有表意符号中的元符号，唯有通过语言的解释，那些魅惑人之存在的种种符号系统，诸如语言和具象才能显现自身：不论是《马桥词典》用语言解释语言，还是《暗示》通过语言的解释行为用具象反对语言，都最终证明了语言的永远在场。这意味着“‘言词未曾抵达的地方’其实并不存在，严格

① 韩少功：《暗示》，人民文学出版社2002年版，第145页。

地说，那只是一些言词偷偷潜伏的地方”[①]。《暗示》实际上在用具象反对语言的过程中，再次印证了语言无所不在的魅惑功能。也正因如此，我们才会说韩少功自始至终都耽溺在他的语言之思中。

从早年《爸爸爸》和《归去来》对语言与存在之间病象关系的考察，到《马桥词典》对语言中心主义的反思，再到《暗示》对诸象魅惑的描绘，韩少功一直坚守着自己对于语言哲学的理性思考——为此他甚至不惜以牺牲故事情节为代价。但偏偏就是这样一种横跨小说、词典和理论著作的艺术创新，才能恰切表达韩少功对于启蒙文学的深刻思考。如果检视当代文学的启蒙主潮，毋宁让人充满喟叹：原本以颠覆历史极权为表征的启蒙文学，最终却因对人之主体性的无限张扬，从而造就了启蒙神话的迷魅。而那些以呼唤人性为旗号的启蒙写作，也不幸沦为了放纵欲望的合法化工具。相形之下，韩少功这位永远的启蒙者，却不单纯地以人性解放为诉求，反倒是以更平和的理性姿态，在萦绕于生活周遭的符号体系中去挖掘历史真相。如此方式，自会在揭示言与象魅惑功能的同时，敞开国人更为真实的存在。在这个意义上说，韩少功小说中的语言哲学，不仅规避了以往习见的创作模式，而且也为启蒙文学开辟了新的写作方向。

（原载《文学评论》2010 年第 3 期）

① 韩少功：《暗示》，人民文学出版社 2002 年版，第 300 页。

从迷途到“相遇”

——史铁生小说的宗教哲学

作为一位思想者，史铁生从不讳言自己的精神痛苦和信仰危机，他在“写作之夜”所编织而成的那些叙事纬语，不仅记述了存在的残缺与苦难，而且也通过考量生命价值的书写方式，向世人呈现了自我灵魂的无尽迷途：从早年《我的遥远的清平湾》的清新淡泊，到20世纪90年代《务虚笔记》的深沉内敛，再到21世纪《我的丁一之旅》的挣扎与质询，史铁生的写作似乎正越来越趋向于宗教救赎的思想路径。尽管“我”如何在场、如何活出价值来等具有世俗意义的人生哲学，依旧是史铁生念兹在兹的书写对象，但诸如“我”为何而来、去往何方，以及“我”如何承领上帝的恩泽等宗教哲学思想，却已成为他近年来小说创作的核心命题。甚至可以认为，正是由于上述宗教思想的存在，才令史铁生的写作有别于普世意义上的人道主义，[①] 并使他在纷繁芜杂的灵魂之旅中，展开了关乎生

① 参见史铁生《写作的事》，东方出版中心2006年版，第44、45页（在史铁生看来，人道主义不应被泛道德化，救死扶伤、周贫济困、怜孤恤寡等善行固然可以体现人道主义的核心精神，但却不能涵盖人道主义的全部内容。由于生命的归

命本原的存在之思。在他近年来的作品，尤其是《务虚笔记》与《我的丁一之旅》这两部长篇小说中，史铁生集中呈现了宗教与生命的同构关系：他越是对自己尘嚣危惧、歧路频频的灵魂之旅心无旁骛，就越发感受到了人性的软弱和无助。而逃离存在深渊的救赎之光，不仅来自于上帝对人类命运的引领，亦得力于生命个体和他者的相遇。正是在这种宗教意义上的相遇哲学中，人才能摆脱主体性神话的狂妄与无知，并在奉献自己人生迷途的过程中，去重获存在的明朗与欢乐。在这个意义上说，史铁生作品中从迷途到相遇的宗教哲学既代表了他的思想转向，亦能折射出作家对于人类所处境遇的警醒与关怀。那么，隐含于史铁生小说创作中的宗教哲学，究竟具有怎样的思想内涵？而从迷途到相遇的思想转向，又如何发生于作家的灵魂之旅？凡此种种，皆是理解史铁生小说创作的关键之所在。

一

在20世纪80年代的知青文学阶段，史铁生曾以一篇《我的遥远的清平湾》“率先摆脱了对‘知青’生活的苦难化和神圣化叙事，转而以一种审美静观的态度，在被回忆所净化（诗化）

宿皆为虚空，人生只是一个过程，因此真正的人道主义就必须为存在本身设置生命的目的，否则人生的过程也不知通向何方。正是基于这一认识，史铁生才将那些具有宗教精神的人道主义称之为“极好的人道主义”。而他在小说创作中所体现出来的宗教精神，无疑就是对这种人道主义思想的吸收与升华）。

了的一种田园牧歌式的乡村生活中，寻找心灵的栖居地”①。比附其他知青作家对插队生活的记述，可以说史铁生的清平湾记忆，大大超越了知青文学在“文革”叙述中所隐含的政治历史意图。作为一个与现实生活相对照的彼岸世界，“清平湾”不仅具备地理学意义，它更代表了作家所向往的生活价值之源头。当史铁生津津乐道于“清平湾”的人事风华时，其实已传达出了一种与自我存在相关的人生哲学。对于史铁生而言，《我的遥远的清平湾》就是一部思考“我”如何在场和如何活出价值来的作品：唯有投身于至大无外的自然，人才能通过把自身的有限性投入到自然的无限过程来获得自我超越，从而实现生命的不朽。这种人生哲学源于人对自身意义的渴求，在将“我”置身于永恒之自然的过程中，人才能以消泯自我主体性的方式去解决现世的苦痛。值得注意的是，尽管这部作品以其田园牧歌般的诗意情调遮蔽了作家寻找人生价值的哲学思考，但将“我”消融于自然（乡村）之中的这种审美叙事，却因其对彼岸世界的憧憬与想象，从而开启了作家嗣后对于相遇哲学的神性言说。

不过在此之前，史铁生似乎并不完全清楚人自身的有限性其实毋须克服，恰恰相反，这种有限性反而会成为人类去承领上帝之恩泽的唯一途径。在这个意义上说，史铁生写于20世纪80年代的许多作品，尤其是那些有关自我得救的人生寓言故事，莫不折射出了作家在世俗层面的哲学思考。比如在《命若琴弦》这部作品中，史铁生就通过两个盲人说书者的生命故事，讲述了自己坚强达观的人生哲学。当作品中的老瞎子满怀期待地弹断第一千根琴弦之时，曾经预料中的复明却仍未到来。在经历了漫长的

① 於可训：《中国当代文学概论》，武汉大学出版社2003年版，第342页。

痛苦与等待之后，老瞎子终于明白了命运本身的无目的性：“人的命就像这琴弦，拉紧了才能弹好，弹好了就够了。”生命的目的本来就是无，而意义则在于过程本身。那个弹断一千根琴弦便能复明的美丽谎言，支撑起了老瞎子的全部生命意义。这显然是一则劝诫世人“我”该如何在场的人生寓言故事，“生命在于过程”这一小说主题所隐含的教化寓意，充分说明了作家对于存在价值的现实体认。然而，不论是《我的遥远的清平湾》向自然的回归，还是《命若琴弦》所宣扬的人生苦斗，都不过是一种世俗意义上的人生哲学，因为作家并未真正明了人自身的有限性，他对生命意义的寓言说教，始终纠结于人类的一种主体性神话——正像他后来在《我的丁一之旅》中所言：“你在你的时空之维坐井观天，自以为是地观察呀，实验呀，猜想呵，思辨呀”，却不知“作家绝不要相信自己是天命的教导员，作家应该贡献自己的迷途”①。

二

进入20世纪90年代以后，史铁生的小说创作开始远离了对于现实人生的道德说教，取而代之的，则是一种以奉献生命迷途为标志的相遇哲学。相比于早年的人生哲学，史铁生也逐步走向了宗教之维的神性言说。那么，何谓宗教意义上的相遇哲学？在论及人与周围在者的交往方式时，德国宗教哲学家马丁·布伯曾将其概括为“我—他”模式和“我—你”模式。“我—他”模

① 史铁生：《病隙碎笔》，陕西师范大学出版社2002年版，第15页。

式乃是现代人最为基本的价值观，将“他”（包括人与自然）视为“我”以外的在者，即“我”筑居于“他”之世界时必然会形成这样一种生存哲学：“我”之外的在者全都成为“我”利用的对象，布伯称之为“我—他”关联。[①] 这其实就是一种思考“我”如何在场的人生哲学，在“我—他”关系中，人为了实现自我的生命价值，势必会借助“别人”或是自然的存在去确认自己的生命价值。体现在文学创作中，即为自失与自圣这两种人生哲学的形成：前者以现实主义文学为代表，通过将人物消融于历史或自然的方式，以“为……而活”的创作理念去追求对人类自身有限性的克服，不论是为任何身外之物而活，“我”都以消泯主体性的方式去追寻生命的无限，由此便形成了自失的人生哲学；后者则以 20 世纪 80 年代的先锋文学为代表。对于先锋作家而言，讲述纯然属己的生命故事，陪伴与呵护个体生命破碎感的叙事呢喃，远比历史理性的黄钟大吕更为动听。因此，反对客观现实与表达人物的生命感觉，便成为先锋作家共有的创作理念。这种以生命体验颠覆历史理性的文学潮流，恰恰反映了 20 世纪 80 年代先锋作家的启蒙哲学。受此影响，限制叙事往往成为了先锋作家乐于采用的叙事视角。因为限制叙事，特别是第一人称叙事（“我”之叙事），可以充分讲述“我”纯然属己的生命故事，揭橥那些蜷缩于历史边缘的个人话语，进而在反抗历史规律的叙述进程中重新树立“我”之价值。因此，那些人之为人的本质，诸如欲望、梦想与记忆，便成为先锋作家不懈书写的客观对象。然而，先锋作家的这一自圣哲学却是一种启蒙神话的产物，在张扬“我”之主体性的同时，也造成了周围在者的面目混沌与举止无常——所谓的自圣哲学，依旧没有改变其他人物

---

① ［德］马丁·布伯：《我与你》，陈维纲译，三联书店 2002 年版，第 3 页。

饱受压迫的生存状况。[1] 相比之下，真正的人生理应存在于“我—你”关系中，因为“凡称述‘你’的人都不以事物为对象。……诵出‘你’之时，事物、对象皆不复存在。‘你’无待无限。言及‘你’之人不据有物。他一无所持。然他处于关系之中”[2]。马丁·布伯所称颂的这种“我—你”关系，便是一种宗教意义上的相遇哲学，它视万物平等，要求“我”不再以利用的方式筑居于他者之上，而是要人投身于彼此的生活关系，在奉献自我生命迷途的过程中，借助人与人、人与上帝的相遇，去重获存在的明朗与欢乐。那么，这种宗教意义上的相遇哲学，究竟如何体现于史铁生20世纪90年代以来的小说创作？

在《务虚笔记》这部作品中，史铁生通过讲述残疾人C与女知青X等人物的情爱故事，集中表达了对于启蒙哲学的深刻怀疑。在他笔下，存在的有限性问题始终困扰着人物的精神世界，作品也因此褪去了启蒙文学中常见的自信与坚强，转而陷入了一种难言的柔弱与无助。饶有深意的是，史铁生在《务虚笔记》里所呈现的这种生命迷途，却成为其告别启蒙哲学、转向神性言说的逻辑起点：正是因为直面了自身的有限性，那些人物才不会以自圣的启蒙哲学去期望自我得救。与此同时，史铁生在《命若琴弦》中所体现出来的宿命论思想，也在这部作品中有了更进一步的发展。就像作品中的残疾人C一样，尽管史铁生并不打算向命运低头，而且还时时以启蒙者的思想标准要求自己，但残疾的生理事实，以及对残疾的忧心恐惧，却渐渐吞噬了作家

① 叶立文：《当代先锋作家生存哲学的价值变迁》，《天津社会科学》2009年第3期。

② ［德］马丁·布伯：《我与你》，陈维纲译，三联书店2002年版，第2—3页。

内心残存的斗士意识。他逐渐领悟到命运的不可抗拒，与其一味张扬个人的奋斗，倒不如静下心来，且听听那冥冥之中的万物主宰，究竟会如何安排自己的人生旅途？于是在《务虚笔记》中，我们便看到了这样一种看似无奈实则彻悟的精神历史，而作家也从坚强逐渐走向了软弱。如果说坚强常常会混同于盲目和自大，那么软弱则意味着忍耐与谦逊。对于史铁生而言，软弱不仅是一种人格标记，更是一种价值选择。因为在告别了“坚强达观”的启蒙哲学之后，史铁生也越来越感受到了存在的无助与卑微。但就是这样一种生存经验，却为史铁生和他笔下的人物一道，开启了一扇承领上帝神恩的救赎之门。更为重要的是，因为无助和卑微，史铁生才会在《务虚笔记》中试图寻求一种超越了人类自身的更高力量。他的寻求方式，就具体表现为故事情节的弱化与思辨色彩的增强。

对于作家而言，弱化故事情节固然大大降低了《务虚笔记》的可读性，但却由此为史铁生的神性言说拓展了叙事空间。在这部作品中，史铁生作为小说的叙述者，基本上处于一种半隐匿状态：一方面他好似一位睿智理性的旁观者，默默地注视着笔下人物的爱恨情仇；但另一方面，他却借助议论与随想展开了诸多广袤深邃的存在之思。如果仅从作品的文体艺术上来看，史铁生因个人存在经验所形成的宗教思想，业已影响到了小说自身的叙述形式。一般而言，叙述者在故事进程中的身份隐匿，以及不加议论的零度叙事，往往被认为是现代小说一个最为基本的叙述形式，但史铁生对此艺术规范的突破，却在形式主义的叙事革新之外，传达了一个与宗教哲学相关的思想认识，即以残疾人 C 为代表的那些小说人物，他们所遭受的情感纠葛与生活磨难，其实本身就是命运对人的历练，而你我皆有幸参与其中，因为“谁也都可能是 C。C，可以与我印象中的每一个人重叠、混淆”。[①] 关键就在于，倘若你我皆是 C 在现实生活中的变身，那么你我会不会像 C 一般去倾听与承领神恩的呼唤？是否会敢于正视自己的残缺，并在对有限性的接纳与臣服中领悟神恩降临的时刻？其实若想懂得此类宗教哲学上的思想追问，人就必须首先正视自己的生命迷途，因为只有认识到自己的软弱与无助就是人性本身，人才能放下自大的主体意识，进而通过忍耐现世的苦痛，在谦卑与信仰中期待得救。而史铁生所做的议论与随想，其实就是以人（譬如 C）度己，又或是以己度人式的神性言说——他向世人揭示残酷现实中的诸般天启，并耐心等待神恩的降临。从这个角度说，史铁生已然在生命迷途的倾诉中，从启蒙文学的道德训诫转向了宗教维度的神性言说。

三

在史铁生的近作《我的丁一之旅》中，这种有关相遇哲学的神性言说则在表现形式上显得日益复杂。如果说《务虚笔记》仅仅是作家对自我生命迷途的呈现和对人与人之间相遇哲学的向往，那么《我的丁一之旅》便是一部述说“我”如何与“别人”、如何与上帝相遇的作品。倘若以《务虚笔记》为标尺，就可发现这部形式奇特的小说其实是对《务虚笔记》中相遇哲学的叙述延伸。与《务虚笔记》中那些发生在别人身上的情爱故事相比，《我的丁一之旅》依然讲述了“我—你”关系的相遇哲学。极为不同的是，史铁生在这部作品中选择了抽身而退，退出了丁一这个鲜活生动的肉身之所，转而以“我”之名，或冷眼

① 史铁生：《务虚笔记》，春风文艺出版社 2006 年版，第 357 页。

旁观，或嬉笑怒骂，在与丁一的种种灵魂撞击中完成了生命的价值体认。这就是说，史铁生用一个人的灵魂分裂，写出了“我”与“你”的人生相遇。尽管“我”和丁一本就是一个人，但通过灵魂分裂的方式，“我”与丁一可以各为自我，也可以融洽无间，双方均可在彼此身上寻求“我”之价值。这种我中有你、你中有我的关系模式，恰恰体现了作家对于相遇哲学的深刻认识。

在散见于各节的“标题释义”中，史铁生具体解释了何谓“我的丁一之旅”：“‘丁一’，既可入乡随俗地认作我一度的姓名，亦可溯本求根，理解为我所经历的一段时期，经过的一处地域，经受的一种磨难抑或承受的一次负担。这么说吧，在我漫长或无尽的旅行中，到过的生命数不胜数，曾有一回是在丁一。”如此说来，“我”就是一个永恒的行魂，它辗转千回，徜徉于数不尽的人形之器中，丁一于“我”，只不过是永恒灵魂的暂驻地。在经历了无数的生命轮回后，“我”偶然栖居于丁一。然而，当“我”身处史铁生之旅时，“张望时间之浩瀚，魂梦周游，常仿佛又处丁一”。何以如此？皆因“我”的丁一之旅“纷繁杂沓，尘嚣危惧，歧路频频”，从“我”初到丁一之日起，便开始了一段上下求索的灵魂之旅。“我”试图借助丁一这位天生的情种，去寻求魂牵梦萦的夏娃芳踪。如果参照作品中的“引文与回想”一节，当可知晓史铁生的标题释义，其实具有为整部作品开宗明义的叙事功能：“我”作为一个永恒的行魂，归根结底来自于上帝创造生命的太初世界。史铁生也借此在阐发《旧约·创世记》的基础上，解答了“我”从何而来的生命本原性问题。很显然，这部作品对于人类的存在之思，已然超越了“我”如何在场的人生哲学，转而在宗教哲学的范畴重新考量着人类的生命缘起与存在境遇性问题。既然如此，那么“我”的存在价值也不言而喻："我"就是上帝的仆人亚当，在无法抵御蛇的诱惑下偷吃了禁果，从此便与夏娃天各一方，"就这样，我们从亚当和夏娃分头出发，像迁徙的鸟儿承诺着归来，我们承诺了相互寻找。就这样他们不得永生，故而轮轮回回，以自称'我'的心流生生相继，走在这漫长或无尽的旅途中"。于是，《我的丁一之旅》讲述的便是"我"这个永恒的行魂在丁一之所寻找夏娃的故事。

从表面上看，这不过是一部形式奇特的爱情小说，史铁生用洁净优美，富于诗意的文字讲述了丁一的种种情爱故事。然而，透过那些动人心魄的诗意抒情和理性思辨，却分明可见史铁生对于相遇哲学的神性言说。在他看来，人若有情，便不再是一个情思沉荒和爱欲凋敝的无魂之器，他才会在重返乐土（伊甸园）的愿念驱使下，极度渴望与夏娃的人生相遇。在这个意义上说，史铁生其实通过亚当寻找夏娃的故事，解答了"我"为何而来以及往何处去的人生命题：就前者而言，尽管"我"的丁一之旅歧路频频，但"我"始终在丁一之处张望夏娃的可能居所，即便丁一这个天生的情种屡屡会任性胡来，但"我"却永难割舍对于夏娃的思念，因为"我"知道"我"正是为寻找夏娃，才会轮回于种种的人形之器，这即是史铁生对"我"为何而来的神性解答；就后者而言，"我"倘若有幸寻获夏娃的缥缈芳踪，就有可能在重归伊甸乐土的明朗与欢乐中去领悟上帝的安排——因为"上帝说，人单独生活不好，我要为他造一个合适的伴侣"。（《旧约·创世记》）寻找夏娃，便是承领上帝之恩泽的神圣开端，也是"我"生命迷途的最终方向。史铁生对于这两个存在命题的解答，显然反映了他在神性之维对于生命价值的终极追问。然而，亚当与夏娃的相遇却充满了艰难险阻，莫说"我"在丁一之所要和此丁的种种欲念相抗争，此外就算是碰巧遇到了夏娃的可能居所，却也未必算得上是一种真正的“相遇”：“比如一具人形，你跟他谈情论爱，他却呼吃唤喝，你算遇到他了吗?”那么，“我”与夏娃的相遇究竟如何发生?“我”这个永恒的行魂，又是如何在丁一之所领悟了上帝对于人类命运的引领？凡此种种，皆成为史铁生在这部作品中所欲回答的宗教问题。

在讲述“我”寻找夏娃的故事中，史铁生首先借助“我”这个行魂向憨直愚钝的丁一提出了三点警告：“第一，唯当你找到夏娃，你才能认出她不是别人，而此前她与别人毫无二致。第二，你不能靠展示上帝赋予你的信物去昭告她，不能滥用那独具的语言来试探她——就譬如，人是不可以试探神的!”“第三，丁一你听着：最终我们又必须靠这信物，靠这独具的语言，来认定那伊甸的盟约!”毫无疑问，这三点警告既是“我”对丁一任性妄为的劝诫，也隐含了灵魂对于人形之器（肉身）的某种宗教启示。缘何如此？盖因在“我”的丁一之旅中出现了世人皆要面对的身魂抵牾现象：“我”作为一个永恒的行魂，深知存在之意义全系于寻找夏娃，然而生性风流的丁一却只顾在欲望的驱使下鲁莽行事，因此“丁一看上了某一美轮美奂之身，而我却发现，其实那里面并无夏娃”。“我”与丁一的这种貌合神离即为身魂抵牾。而在史铁生看来，这种现象其实是人类存在的一种普遍境遇：因为自从被上帝赶出了伊甸园之后，我们每一位孤单的生命个体便成为了“别人”，这种无处不在的“别人”，隔离、遮蔽和阻挠着“我”对夏娃的寻找。由于夏娃在被“我”找到之前“与别人毫无二致”，偏偏丁一这个人形之器却只又爱那美轮美奂之身，因此身与魂的抵牾便在所难免。有鉴于此，“我”才会以魂的名义向身（丁一）告诫，告诫此丁可不要在欲壑难填中遗忘了“我”为何而来的生之意义。与此同时，寻找夏娃更不能滥用“性”这一上帝赋予的特殊信物，它只是牵引“我”寻觅夏娃的“独具的语言”，因为伊甸的盟约，恰恰就存在于亚当和夏娃的两性相吸之中。值得注意的是，史铁生有关性的哲理思考并非是一种单纯的道德告诫，他向丁一和所有世人阐明了“性”所具有的神圣光辉：除却生物学和伦理学的一般意义，性更是上帝赐予人类的一种恩泽——因为上帝垂怜于亚当的苦苦寻觅，所以才会用这个特殊的信物，指引“我”如何在孤单的行旅中与夏娃相遇。在这个意义上说，“我”首先在身与魂的抵牾中渐渐领悟了上帝赐予人类的无尽恩泽。

然而极具吊诡意味的是，尽管小说中的“我”作为一个思想者，可以不断地对丁一提出诸般告诫，但“我”对夏娃的寻找，甚至包括在此迷途中对于上帝恩泽的领悟，却都要寄希望于丁一的爱情实践：倘若不是丁一凭着一股子胡搅蛮缠的劲头去拈花惹草，“我”又怎能辨别出“她”不是夏娃？我又怎能借助丁一去张望夏娃的可能居所？因此可以说，“我”和丁一在寻找夏娃的人生迷途中，尽管有着这样或那样的身魂抵牾，但丁一于“我”，却始终是一位值得信赖的朋友，甚至在某些境遇下，丁一的任性妄为反倒试探出了人心的蒙昧。比如在寻找夏娃途中遇到的那些“别人”，他们对“我”而言意味着阻挠和遮蔽，但对于丁一呢？“别人”却是上帝有意为亚当和夏娃设下的重重考验：“在接受惩罚的同时，他们也接受了上帝温柔的嘱托：不同，构筑起差别；遮蔽，呼唤着寻找；禁忌，隐喻了敞开；这样你们才可能成就一条牵魂动梦的道路。”这就是说，唯因“千千万万的别人，所以夏娃她在”。上帝正是用“别人”证明了夏娃的存在，也为“我”的灵魂之旅确定了可期的归途——毕竟只要敞开自己的心魂，“我”便终究会与夏娃相遇在茫茫人海。如此一来，魂之所牵就必得托付于身之所求。在这个意义上说，

"我"与丁一的这种复杂关系，其实深刻揭示了史铁生有关灵与肉，以及世俗生活与宗教关系的思考。在他看来，尽管世俗生活混浊不堪，但因其对人类灵魂的层层压制与不断锤炼，反而促使其成为了世人承领上帝之恩泽的生命动力。这意味着人必得通过世俗生活的磨难，方有可能在生命的迷途中敞开自身，从而在实践伊甸盟约的过程中去重获存在的明朗与欢乐。

综上所述，可以说《我的丁一之旅》其实是一部充分体现了史铁生宗教哲学思想的作品：从敷衍《旧约·创世记》中亚当与夏娃的故事出发，史铁生在向世人奉献人生迷途的过程中，生动描绘了"我"与上帝相遇的生命故事。那些柔软的情感与坚硬的哲理，莫不折射出作家对于世人的宗教关怀意识，而他所向往的相遇哲学，尽管具有形而上学的思辨色彩，但已足以照亮我们日益幽暗的内心。从讲述"我"如何在场的人生寓言，到表达宗教关怀的神性言说，史铁生用他独具特色的思想与言辞，在成全自我生命的同时，也唤起了我们对自身所处境遇的警醒与关怀。

（原载《甘肃社会科学》2010 年第 4 期）

经典的复述与重写

——论残雪的“文学笔记”创作

近年来，随着残雪、余华、马原和格非等先锋作家一系列“文学笔记”的推出，曾经式微的先锋文学似乎又重现生机。[①]从表面上看，先锋作家的“文学笔记”大多是对中外经典作品的解读，但在文学批评的表象背后，却暗含着20世纪80年代以来先锋作家自身的文学经验。这些潜在的文学经验，一旦被转换为批评的武器，便拓宽和延伸了批评对象的意义空间；相反，经过阐释的经典作品，又在为先锋作家提供崭新文学经验的同时，改变着先锋写作的原有面貌。因此，20世纪90年代中后期以来的“文学笔记”，就不仅仅是先锋写作从小说向文学批评的文体转换，更是先锋作家对80年代先锋小说创作的某种延伸与转化。

---

① 这些“文学笔记”包括：残雪：《灵魂的城堡——理解卡夫卡》，上海文艺出版社1999年9月版；《解读博尔赫斯》，人民文学出版社2000年6月版；《艺术复仇》，广西师范大学出版社2003年8月版；《永生的操练——解读“神曲”》，北京十月文艺出版社2004年4月版。余华：《我能否相信自己》，人民日报出版社1998年12月版。马原：《阅读大师》，上海文艺出版社2002年1月版。格非：《塞壬的歌声》，上海文艺出版社2001年11月版，等等。

但除此以外，“文学笔记”的更可观瞻之处，却是对于现代小说艺术本源性问题的重新理解。事实上，以残雪为代表的“文学笔记”创作，业已突破了早年先锋试验的形式主义倾向，转而在“复述”与“重写”文学经典的基础上，检讨和总结了先锋小说的创作经验。如果说残雪20世纪80年代的先锋小说重在对现实主义文学的“破坏”，那么她在20世纪90年代的“文学笔记”创作则具有了“重建”文学秩序与经验的意味。就此而言，倘若能够澄清残雪“文学笔记”的艺术特点，当有望理解其跨文体写作究竟具有怎样的历史价值。

一

作为一种新型的写作方式，残雪的“文学笔记”与传统意义上的文学批评大相径庭，其中既没有抽象的理论概括，亦缺乏主观的概念游戏。她的写作方式，其实就是用写作者的感觉去追随别人的写作过程。这一方式首先表现为残雪对经典作品的复述：在追随莎士比亚、但丁和卡夫卡等文学大师的写作过程中，残雪通过对上述作家经典作品的情节复述，以自己的叙事方式重组了故事进程。值得注意的是，这种复述并不以完整还原作品的故事情节为重点——毕竟残雪创作“文学笔记”的本意远非普及名著，读者亦无望借其速读经典。而是通过提取其中的若干叙事情境为契机，适时插入残雪自身的思想感悟与经验体会。就此而言，残雪对于文学经典的复述过程其实也是一种重写。在这种以写作者自身文学经验为蓝本的重写过程中，文学批评常见的过度阐释与思想误读自会比比皆是。但对于残雪来说，复述与重写仅仅是体现自己和文学大师之间对话意识的一种手段，知识学层面的求真目标也远非残雪耽溺于“文学笔记”的创作初衷。她的真正目的，其实是想通过对经典作品的复述与重写，在审视和检讨中国当代文学方向性问题的同时，深入揭示现代小说的艺术本源。那么，如何复述？怎样重写？现代小说的艺术本源究竟如何？凡此种种，皆与残雪早年的文学经验密切相关。

在谈到自己写于20世纪80年代的先锋小说时，残雪称这些作品“全都用不同的方式讲述着同一个故事——关于那个世界、关于灵魂或关于艺术王国的故事”[①]。而在《黑暗灵魂的舞蹈》一文中，残雪则更为具体地谈到了文学的方向性问题，她说自己的写作“具有非同一般的强烈的趋势和从渐渐明确到坚定不移的方向感”[②]。这一“趋势”和“方向”，即为残雪对人类如何实现自我认识这一精神之旅的持续叩询：那些生活在残雪笔下的人物，尽管不乏孤独与痛苦，但他们却从未在可怕的现实面前停止追求永生的希望。在此进程中，人类纯然属己的精神矛盾是促成其实现自我认识、走出沉沦境地的关键之所在。若是注意到了这一点，便能明了残雪为何在嗣后的文学笔记创作中，始终执持于对经典作品中人物精神矛盾性的揭示。在她看来，人类追求永生、实现自我认识的唯一出路，首先就是对自身存在困境的深切体悟。但在早期的先锋小说中，残雪笔下的人物却非从一开始就懂得去追求永生，他们往往需要一个先知者的引领，只有在他的引领下，那些沉沦于污秽现实中的人们才能展开从沉沦到精神觉醒的“突围表演”。这种艺术化的人格表演方式，正是人们摆脱沉沦境地、追求自我认识的唯一途径。这意味着在残雪的先锋小说中，其实隐含着一种由先知者引领沉沦者展开生存表演的叙述

① 残雪：《艺术复仇》，广西师范大学出版社2003年版，第270页。

② 同上书，第268页。

模式：无论是《黄泥街》里的王子光、《苍老的浮云》里的虚汝华，还是《突围表演》中的 X 女士，都是一些相对于沉沦者的先知者，也是生存的艺术家。他们对沉沦者的引领，不是依靠干瘪的道德说教，而是先行到死中去的人格表演。比如虚华怪诞的生存方式，X 女士对性的津津乐道，都是凭借艺术表演向沉沦者展示着在死中求活的生存勇气。而且，从王子光这一人物形象的虚幻性，到 X 女士大张旗鼓地“突破周围人的误解、猜疑、妒忌、攻讦、歪曲和迫使就范的种种包围，以恶魔般的反抗精神‘反其道而行之’的表演”①，都反映了这些先知者对人类生存问题从模糊到清醒的认识过程。更为重要的是，在“先知者/沉沦者”的叙述模式中，这两类人物其实已经代表了残雪对人的精神层次的划分，即在人的精神世界中，都存有向现实妥协与抗争的精神结构。而这一精神结构的矛盾性，则成为了残雪在“文学笔记”中复述和重写经典的逻辑起点。

二

毫无疑义，为使文学经典更加符合自己的创作方向，彰显其中有关精神矛盾性的书写内容，残雪在复述与重写经典的过程中，有意实施了一种误读策略。这一策略的实质，即为残雪对经典作品精神属性的强调。尽管在莎士比亚、但丁和卡夫卡等人笔下，普遍存有对世俗生活的深刻观察和细腻描摹，但在残雪看来，这些文学经典所描绘的世俗生活，不过是小说人物摆脱沉沦困境、实现精神腾飞的垫脚石。由于“人是不可能全身心地生

① 沙水：《表演人生——论残雪的〈突围表演〉》，《文学评论》1989 年第 5 期。

活在纯精神之中的，因为我们身处的，是一个高度地黏连与渗透的世界，而纯精神的诞生地，就是我们那黑暗的肉体”①，因此人也几乎不可能在纯精神王国中去实现自我认识。只有回到黑暗的肉体，通过世俗生活的炼狱，人方有可能通达自我认识的生存境地。在这个意义上说，像哈姆雷特、浮士德和K这些经典作品中的人物尽管身陷无以自拔的存在困境，但他们实现精神腾飞的动力，却首先与羁绊人类灵魂的世俗生活息息相关。而世俗生活也因此具有了锤炼人类意志、强化精神自我的价值内涵。就此而言，残雪在复述与重写经典的过程中，为了彰显文学大师对于人类精神矛盾的深刻揭示，首先剥离了经典作品中最为醒目的社会学因素，转而着力强调世俗生活的工具论价值。这就意味着残雪尽管仍然关注着经典作品所反映出来的社会现实，但她却仅仅将其视为促成人物精神觉醒的某种手段，至于反映现实和再现历史等经典作品所具有的社会学功能，则在残雪的复述与重写中付之阙如。由此形成的一个结果，便是残雪对经典作品中叙事情境的选择性复述。

譬如在解读鲁迅的小说《铸剑》时，残雪就有意忽略了该作的精神发生学背景，转而重点复述了主人公眉间尺因复仇事业而感受到的存在两难。对于鲁迅而言，《铸剑》其实是一部喟叹启蒙失败的感时之作。因有感于国人的蒙昧愚顽和启蒙者自身的精神弱点，鲁迅才会在《铸剑》等作中借助油滑嬉戏的笔调，不无嘲弄地展开了某种思想自剖。隐含其间的怀疑精神和关怀意识，处处传达了启蒙者无地彷徨的思想困境。在这个意义上说，《铸剑》其实是鲁迅情绪郁结之产物，其中潜藏了大量可供玩味的社会与时代因素。但在残雪的复述与重写中，作品的历史背景

① 残雪：《艺术复仇》，广西师范大学出版社2003年版，第276页。

已被全然抽空，转而将笔力集中转向了对人物存在困境的深入探讨。在此基础上，残雪将《铸剑》解读成了一部人物如何追求自我认识的心灵寓言。

在《铸剑》中，鲁迅通过讲述主人公眉间尺的伦理处境，深刻描绘了自我灵魂的撕裂景象。作为一个肩负着复仇重任的孝子，眉间尺却因复仇的艰难而陷入了一种伦理困境：出于孝心，他必须以暗杀楚王的方式为父报仇，但事实却是他根本不可能接近楚王。就在眉间尺进退两难之际，黑色人适时而出，他以先知的姿态告诉眉间尺，要想实现复仇的愿望，就必须以头换头。这个看似荒诞的复仇故事，在残雪的复述与重写下，变成了鲁迅对人物精神矛盾的寓言化书写。在残雪看来，《铸剑》中的王、眉间尺和黑色人其实是一个人，他们只不过是人类不同精神层次的代表：王是所有世俗人物的代表，他的贪婪与欲望遮蔽了人的自我认识，眉间尺则是理性的化身，他从自身的伦理困境中感受到了生存的两难，而那个从“汶汶乡”走来的黑色人，则是洞察了人类生存困境的先知。他告诉眉间尺，由于人不可能永远处于善或恶的境地中，因此认识自我也不可能在世俗生活中完成。只有通过头换头的交易，在灵魂的分裂中，人才有可能真正成人。这三个人其实就是一个人不同精神层次的代表：他们头颅互混的结局，暗示的正是这种三位一体的精神结构。因此，当王和眉间尺、黑色人的头互相咬啮时，人类灵魂的搏斗景象也随之展开。[①] 在残雪的复述中，眉间尺以头换头的壮举，其实就是人类在追求自我认识过程中所开展的一项伟大事业，即勇于抛弃世俗生活的羁绊，在直面自我精神矛盾的基础上，借助灵魂不同层次之间的斗争，去实现人的自我认识。而对眉间尺来说，世俗生活

---

① 参见残雪《艺术复仇》，广西师范大学出版社 2003 年版。

的羁绊即表现为他对善恶问题的形而下思考，世俗意义上的道德观，影响、阻碍乃至遮蔽了眉间尺对于自我认识的持续叩询——毕竟唯有抛弃世俗的善恶观念，他才有可能借助复仇事业去实现自我认识。就此而言，残雪实际上用一种超越启蒙和革命话语的伦理叙事，在回避作品社会学因素的基础上，复述和重写了小说人物的精神历史。若深入分析，当可发现残雪的这一做法实际上与其文学经验密切相关。对她来说，现代小说就是一种特殊的“精神操练”：“它的触角伸向灵魂的内部，它所描绘的是最普遍的人性。”① 只有将笔触始终集中于人类的精神机制，揭示其矛盾性结构和精神层次之间的搏斗景观，现代小说才能回归其艺术本源。由此也不难理解，为何残雪只瞩目于鲁迅对精神矛盾的书写方式，却不去思考造成其精神困境的社会原因。在这个意义上说，残雪对《铸剑》一作的复述与重写，尽管存在着明显的思想误读，但这种以写作者自身文学经验为依据的批评方式，却充分体现了残雪叩询人类精神之旅的文学理想——“文学笔记”也因此成为了一种艺术化的书写方式。

三

值得注意的是，如果说残雪早年的文学经验决定了她在“文学笔记”中的叙述方向，那么对于经典的复述与重写则深刻影响了残雪自身的文学观念。这方面的一个突出例证，就是残雪在“文学笔记”中通过对早年“先知者/沉沦者”叙述模式的精

① 残雪：《永生的操练——解读〈神曲〉》，北京十月文艺出版社 2004 年版，第 1 页。

神内化，重申了现代小说的艺术本源。

在解读莎士比亚、但丁、歌德和卡夫卡等人的作品时，残雪不仅依据自身的文学经验对其内容进行了选择性复述，而且也重构了哈姆雷特、浮士德和K等人物的精神之旅。与早年在先锋小说创作中依靠“先知者/沉沦者”的叙述模式，从不同类型人物的对比中去揭示人类精神矛盾的方式不同，残雪在创作“文学笔记”时，深刻领悟了人类的精神矛盾其实就潜伏于每个人的精神世界中：那些将精神矛盾集于一身的人物，便是具有丰富精神层次的生存艺术家，他们对自我精神矛盾的关注，最终促成了灵魂的分裂。残雪对这些人物精神层次的解读，不仅表达了对于卡夫卡、莎士比亚和歌德等伟大艺术家的敬意，更在追随他们的写作中，用自己独特的文学经验揭示了人类精神世界的浩渺无边，以及灵魂绽开之后的辉煌风景：在残雪的解读中，我们看到了K、哈姆雷特、浮士德等人物如何从现实生存的地狱出发，在惊心动魄的精神炼狱中追求永生的过程。在此过程中，残雪不仅向我们讲述了伟大的艺术家如何向读者表演着绝境中的“精神操练”，更在凸显灵魂张力、展示灵魂机制的写作中，不断深化着自己早年的文学经验。

由拷问逼仄的世俗生活开始，借助纯艺术的形式去展示人追求自我认识的精神之旅，业已成为残雪复述与重写所有经典作品的叙事逻辑。她相信，由于人几乎不可能在纯精神王国中去实现自我认识，因此只有回到黑暗的肉体，通过世俗生活的炼狱，方有可能实现精神的腾飞。有鉴于此，残雪在解读哈姆雷特、K和浮士德等人物时，首先复述了他们在世俗生活中的精神炼狱。在她看来，这些生存艺术家对于存在问题的切身体验，以及向着精神王国不断进军的生存勇气，都是人类在死中求活的原始生命力的绽放。譬如在复述和重写哈姆雷特的复仇故事时，残雪就着重揭示了这一经典人物自身的精神矛盾。对哈姆雷特而言，生活与外部世界似乎毫无关联，恰恰相反，“生活就是内心的两个对立面的厮杀”①。他所有的精神痛苦，皆来自于内心的灵魂撕裂。有了这一理解，残雪对于哈姆雷特形象的解读也显得分外独特。在她看来，哈姆雷特之所以陷入存在困境，是因为他在复仇过程中洞见了这一事业的两难：原来世俗意义上的复仇只是表象，真正的复仇其实是自身灵魂对肉体的复仇。然而消灭了肉体，灵魂也就无所依附。所以哈姆雷特在复仇事业中时时体会着一种精神的炼狱，他每杀死一个人，就是对自我一部分的毁灭。但哈姆雷特的“内心却没有死的冲动，只有求生的挣扎”，他最终所做的事业，就是用“自己受难的躯体来为人们做出榜样”。② 通过倔犟的灵魂搏斗，哈姆雷特最终消灭了肉体的羁绊，成为了一个新生的幽灵。这个幽灵，就是莎士比亚所塑造的集合了人性全部矛盾的生命，他以灵魂分裂的形式达到了自我认识，最终消灭了世俗生活对心灵的囚禁，从而在精神层面实现了爱与恨的辩证统一。

同样，在复述与重写卡夫卡作品的过程中，残雪也通过对《城堡》的解读，重构了K的精神之旅。在作品中，尽管K是一个被抛入生存困境的迷路者，但他却选择了对象征人类生存困境的城堡的不懈探索。“你来它就接待你，你去它就让你走”③，城堡高深莫测的内部，如同神秘的命运一样牵引着K的步伐，他走进城堡同时又不断远离的过程，充分表达了人类认识自我的艰难。但在残雪看来，《城堡》之所以伟大，就在于写出了K身处

① 残雪：《艺术复仇》，广西师范大学出版社2003年版，第28页。

② 同上书，第31页。

③ 同上书，第278页。

绝境却永不妥协的生存勇气。在此过程中，残雪有意混淆了自己和评论对象的界限，并通过写作将自己融入了他们博大的心灵世界：无论莎士比亚、但丁、卡夫卡，还是博尔赫斯和鲁迅，都只是残雪的灵魂通道。通过他们，残雪描绘了人类灵魂内部绽开的风景。而那些文学经典中的人物，则是一些死中求活的生存艺术家。他们首先在世俗生活中经历着精神的炼狱，通过灵魂的分裂，逐步意识到了躯体内不同的精神自我，而这些精神层次之间的冲撞与纠缠，又促使他们在灵魂搏斗中走向了自我认识，这就是他们在追求永生的精神之旅中所拥有的共同命运。在这个意义上说，残雪的"文学笔记"创作，既重构了经典作品中那些生存艺术家的精神之旅，同时也观照和表达了作家自我的精神追求。

值得注意的是，残雪在文学笔记的创作过程中，不仅复述和重写了经典作品的精神属性，而且还在此基础上深入揭示了现代小说的艺术本源。在她看来，真正的现代小说与艺术相通，它不仅是一项"同幽灵交流的事业"，更是"黑暗灵魂的舞蹈"。伟大的文学家同时也是艺术家，他们所有的艺术行为均指向人类的精神王国。而残雪所谓的幽灵，指的就是人类的精神自身。纯粹的文学（艺术）因其对人类尘嚣危惧、歧路频频的灵魂之旅心无旁骛，从而成为了一项"同幽灵交流的事业"。在这个意义上，无论莎士比亚、但丁、卡夫卡，还是博尔赫斯或鲁迅，都被残雪视为真正的艺术家。他们写作的起点，是人类饱受世俗生活羁绊的心灵世界，而写作的方向，则是引领人们通达自我认识、追求灵魂永生的生存境地。为实现这一目标，艺术家就必须去唤醒人类混沌未明的自我意识。然而，人的自我意识一旦苏醒，那片原始蒙昧的心灵世界就会发生分裂，由此形成的精神层次，以及它们之间的纠结缠绕，势必会形成出令人目眩的灵魂风景。而对这些精神现象的描写，几乎构成了残雪文学笔记的主体内容：无论是分析人的精神结构，还是关注灵魂分裂的景观，抑或书写精神层次之间的斗争，等等，均标识出人类精神王国的深不可测。通过对《神曲》、《浮士德》、《哈姆雷特》和《城堡》等经典作品的复述，残雪描绘了人类灵魂内部绽开的风景。那些不可思议的原始风景，在她笔下演化成了灵魂不同层次之间的争斗，由此形成的灵魂撕裂与痛苦，便是残雪倾力追求的“终极之美”。这种美被残雪形象地比喻为“黑暗灵魂的舞蹈”，它以艺术的形式呈现着人类灵魂的矛盾。由此也意味着写作其实就是一种特殊的“精神操练”：“它的触角伸向灵魂的内部，它所描绘的是最普遍的人性。”并且写作向灵魂内部发掘愈深，就愈发促成了灵魂的分裂。在这个意义上说，真正的艺术家仿佛都“自觉地生活在刀锋上”，他们“代表全人类揭示着人的真实处境，其高贵的感知风度久久地感动着读者的心，激励着他们在暗夜里孤身启程”。[①]

四

2007年，残雪推出了自己的另一部随笔集《把生活变成艺术》。与以往的“文学笔记”不同，残雪将这本随笔集命名为“我的人生笔记”。书中在讲述作家灵魂之旅的同时，也对自己的世俗人生进行了细腻描摹。乍看之下，从文学笔记到人生笔记的命名行为，似乎只与作品的叙事内容相关。然而，倘若深入分析“把生活变成艺术”这一篇名所具有的隐喻意味，就可发现

① 残雪：《艺术复仇》，广西师范大学出版社2003年版，第157页。

作家自我意识的强大。如果说在以前的小说创作和文学笔记中，残雪对于世俗生活的逼迫采用的是一种被动应战的姿态，那么，在《把生活变成艺术》中，作家已然借助自我意识的力量试图去重塑世俗人生的价值内涵。在这个意义上说，把生活变成艺术，实则是一种逆向的艺术行为。这一艺术行为的策源地，不再是逼仄的世俗生活，而是强大的自我意识。由于经历了那些惊心动魄、绝处逢生的精神操练，作家也因此对自我意识的力量坚信不疑。她说："从一开始我就隐藏着把梦境变成现实的野心，从一开始我就想如同掌握梦境那样去掌握自己的命运。"[①] 这种主动回应世俗生活的艺术行为，不同于一般意义上的将生活审美化，而是通过对世俗生活的精神化，重塑现实人生的存在价值。她的方式就是写作，写作"激发了我在这方面的巨大能量，它将我一次次带到悬崖上去体验永生的境界。"[②] 这就是说，写作这一刀锋艺术，从本质上变成了残雪的一种生存策略。借助写作，作家可以充分调动自己的精神力量，在描写自己世俗生活的叙事进程中，逐步将生活艺术化。因此，我们看到了残雪怎样讲述自己的裁缝生涯，"我觉得当我把表面的生活简单化了之后，我身上那种古老的记忆就变得比任何时候都要活跃了。它们涌动着，涌动着，急于要浮出表面"[③]，而写作就是将这些涌动着的精神现象转化为现实，生活也由此变成了艺术。在这个意义上，写作其实就是残雪对自我生命的一种完成：通过写作，作家赋予了世俗生活未曾显现的存在价值，反过来，世俗生活又催生了作家进行灵魂之旅的精神动力。由此我们才能理解，为什么残雪会

---

① 残雪：《艺术复仇》，广西师范大学出版社 2003 年版，第 10 页。

② 同上。

③ 同上书，第 61 页。

如此钟情于她所谓的刀锋艺术，因为作家已经把自己的命运托付给了写作——写作与世俗生活不过是完成作家生命历程的两个方面。这意味着写作就是命运：它不仅引领了作家向幽暗精神王国进军的方向，而且还反过来重塑了作家的生活。因此，残雪才会说“写作铸就了我的灵魂”[①]。而残雪的上述作品，无疑也在改变当代先锋写作原有面貌的过程中，反映出当代文学对于人类精神空间的深入探索。

综上所述，从早年在先锋小说创作中对“先知者/沉沦者”人物关系的考察，到写作“文学笔记”时对现代小说艺术本源的揭示，残雪一直坚守着自己对于文学的独特理解——为此她甚至不惜以牺牲情节的明晰性为代价。但偏偏就是这样一种横跨小说与文学批评的艺术创新，才能恰切地表达残雪对于早年先锋文学的深刻思考。如果检视当代文学的先锋运动，毋宁让人充满喟叹：原本以张扬人性、探索精神世界为表征的先锋文学，最终却因对社会思潮的隐喻式批判和激进叛逆的形式试验，从而日益远离了人物的内心。相形之下，残雪这位永远的先锋作家，却不单纯地以形式创新为诉求，反倒是以更为理性的思想方式，在经典作品中苦苦寻觅着现代小说的艺术本源。在这个意义上说，残雪的“文学笔记”创作，不仅规避了先锋文学习见的创作模式，而且也为当代文学开辟了新的写作方向。

（原载《贵州社会科学》2010 年第 5 期）

① 残雪：《艺术复仇》，广西师范大学出版社 2003 年版，第 269 页。

颠覆历史理性

——余华小说的启蒙叙事

20世纪80年代社会思潮的嬗变过程中，启蒙主义作为一种知识精英的文化理念，始终潜藏于中国作家的文学实践中。即使到了以书写个体存在问题为主的先锋文学阶段，这种启蒙精神仍如薪火相传，不绝于此。但问题在于，与五四时期便已形成的改造国民性、呼唤建构现代民族国家的启蒙文学相比，先锋作家抚慰个体生命破碎感的叙事呢喃，如何可能与启蒙主义争取国家富强、民族解放的宏大话语相勾连？

对于先锋作家而言，启蒙并非一个成功的故事。尽管启蒙主义允诺了一个普世化的解放诺言，但以爱和自由为终极目的的理想社会却经历百年仍未到来。更不幸的是，当启蒙主义以历史理性之名规范每一个体的生命感觉时，当历史理性以必然性和规律性为口实要求个体为之献身时，启蒙神话便在个体孤苦无告的眼泪和生命破碎感中步步后退。这种以历史使命为核心的“启蒙主义”实际上是一种不以人们意志为转移的绝对理念和形而上学的普遍性、必然性来哄骗身处不幸中的个人，以“人民”的名义漠视着个体无助的生命感觉，其极端便导致了一种政治上的极权主义，“文革”无疑成了启蒙神话的最大讽刺。但是，“文革”的发生并不意味着启蒙主义在中国业已终结，虽然作为一种事实依据，“文革”宣告了启蒙神话的破灭，但它并不足以构成中断启蒙事业的价值依据。面对历史理性的铁血法则，先锋作家重拾启蒙薪火，试图在叙述孤独个体的生命故事中照亮启蒙主义的本源含义。毕竟，如果知识分子为之奋斗的启蒙主义缺乏对个体生命体验的陪伴与呵护，那么，它所谋求的人类的终极幸福终将是一个虚妄的诺言。因此，先锋作家叙述个体的生命故事就不仅意味着反抗历史理性以人民或是历史必然性为口实的绝对理念，也标示出先锋作家关注启蒙问题的视阈转换，即放弃民族国家式的宏伟叙事，转而从讲述个体的生命故事出发，在生存论的维度重审历史理性，进而接续启蒙主义的文学传统。相对而言，在80年代的先锋作家中，余华的小说创作尤为显明了这种启蒙文学的叙事转型。

在余华的小说创作中，启蒙叙事主要指向的是对遮蔽启蒙自身的历史理性的颠覆。这种历史理性以历史规律为名书写了一部压制个体生命感觉、规范个体伦理自由的主流历史，在这一传统历史叙事中，个体生命的世俗价值取向和伦理处境都不是个体依据自身生命体验的自我决断，而是一种先验历史理性的存在规定。因此，正视个体的生命体验及伦理处境，便成为余华小说颠覆历史理性，重构历史叙事的基本方法。而这种植根于个体生命故事的启蒙叙事，虽然是对个体存在问题的书写，其中却仍然隐含着五四启蒙文学批判国民性的基本主题。

在余华笔下，历史理性书写的主流历史展现了阴郁和冷酷的一面，是暴力、欲望等个体存在的生命体验让主流历史的这一侧影浮出了水面，而暴力与欲望也是余华重构历史叙事的核心语码。简要地说，在余华的历史叙事中，历史理性织就的历史是

"暴力的历史"，文化则是欲望的温床。当血腥的暴力场景与贪婪的人类欲望共同现身时，余华对于历史理性的颠覆也悄然登场。这种颠覆性构成了余华小说启蒙叙事的主要内涵。

"历史"在余华的笔下首先以人格肉体的形式呈现，颠覆行为就是对历史这一人格肉身的暴力刑罚："他将1958年1月9日撕得像冬天的雪片一样纷纷扬扬。对1967年12月1日，他施予宫刑，他割下了1967年12月1日的两只沉甸甸的睾丸，因此1967年12月1日没有点滴阳光，但是那天的夜晚月光却像杂草丛生一般。而1960年8月7日同样在劫难逃，他用一把锈迹斑斑的钢锯锯断了1960年8月7日的腰……"（《往事与刑罚》）"历史"的人格肉身在余华的笔下鲜血淋漓，各种残酷的刑罚让"1958年1月9日"、"1967年12月1日"等历史时间伤痕累累。在这种暴力的展示中，"颠覆"行为被最直观和触目惊心的暴力场景所指认。《一九八六年》呈现了与此相似的文本特征。这部小说的主人公是一个热衷于研究古代刑法的教师，但他在"文革"之中深受刑罚之苦，当他多年以后以疯子的形象重返故乡时，自残便成为他重演自己"文革"记忆的方式。疯子悠然自得、慢条斯理的自残行为，将已然逝去的历史场景骤然之间拉回到"现在"。疯子身在现实，心在历史。他用自残这一疯癫的病理症候展示了一段血腥暴戾的"文革"历史：疯子在一九八六年的暴力演出其实是他"文革"记忆的延续。"颠覆"可以在这一层面中被简单地理解为余华对"文革"的批判。但是，疯癫还有另外的含义。在《一九八六年》中，疯癫具有沟通历史与现实的话语功能。对于疯子来说，现行时间已烟消云散，他自残的快感与他过去的历史紧密相连，疯子将历史和现实的差异在时间维度内抹去后，"历史"便再度以人格肉身的形式出场：疯子就是历史的化身，他在现实中的暴力表演其实是历史场景的现实回放。因此，疯子的自残仍然体现着余华颠覆历史理性的文本策略；疯子的形象实则是历史的隐喻，他的自残依旧是暴力刑罚解构历史肉身的方式。同时，暴力与疯癫的结合，令《一九八六年》显得格外意味深长。当疯子以暴力行为（自残）展现他的疯癫症候时，一种五四式的革命话题已出现端倪。因为“疯癫属于这样一类统一体；在这种统一体中规律受到损害、歪曲和破坏，从而表明这种统一体既是明显的和确定的，又是脆弱的和已注定要毁灭的”①。在疯癫的暴力展示中，历史理性的“规律”受到了“损害、歪曲和破坏”，它的确定性在暴力中被摧毁。《一九八六年》在此层面拥有了与五四启蒙话语相似的功能，即在疯子的自残场景中，表达了以“暴力”这种革命的激进方式颠覆历史理性的文本策略。从五四以来的启蒙传统看，当启蒙主义的劝诫无法颠覆蒙昧主义时，激进的革命话语便成了启蒙主义的最后选择，似乎唯有暴力革命，才能最终摧毁旧道德和旧伦理。可以说，余华对暴力的痴迷在某种程度上就是这种启蒙传统的延续。但是，如果余华小说的启蒙叙事仅仅停留在这一层面上，就不会有《一九八六年》中疯癫的隐喻式表达。更进一步说，余华虽然以暴力的形式摧毁了历史理性，但在这种激进的革命话语之外，他还继承了五四文学“批判国民性”的启蒙主题，这种批判不是道德批判，而是在现代性伦理层面中的人性批判。

对于《一九八六年》中的疯子而言，他的生命体验是以“疯癫”的形式展开的，这种“疯癫”既是疯子的现实存在状态，也是他独立于周围群众的标志。当疯子以自残的方式在群众面前批判历史时（即对历史施加暴力刑罚），一种启蒙主义的布

① ［法］米歇尔·福柯：《疯癫与文明》，刘北成、杨远婴译，三联书店1999年版，第8页。

道场景已横亘在了我们面前：疯子其实是一个启蒙者的隐喻，他以自身肉体的毁灭为代价，展示着用暴力颠覆历史的启蒙仪式，而周围群众的兴高采烈，又昭示了一个愚昧群众的存在。这一自残场景中的"围观"现象，与鲁迅笔下群众围观夏瑜被杀的场景（《药》）有异曲同工之妙。在"看/被看"的场景中，启蒙者与愚昧者的处境居然经历一个世纪仍未改变：无论启蒙者做出何种牺牲，招来的都只是看客们心满意足的"欣赏"，启蒙仪式成了娱人耳目的表演行为。《一九八六年》首先在此层面上获得了与鲁迅小说相似的启蒙主题。同时，余华小说中人物的存在状况，即人物个体的自由伦理又令批判国民性的启蒙主题获得了现代性品质。就《一九八六年》中疯子的存在状况而言，当"疯癫"被余华用作颠覆历史理性的核心语码时，它已不再具备道德意义上的价值判断。疯癫并不是人性恶的表征，它仅仅是疯子在现实当中的伦理处境，疯子的自残首先是这一个体生命体验的现实回放，颠覆历史才是自残行为的隐喻意义。如果把疯癫视为疯子个体生命体验的表征时，疯癫就不再具有道德意义。对于疯子来说，疯癫既是他的存在状况，也是展现他个体生命体验的"自由伦理的个体叙事"。由于现代性伦理就是个体偶在绝然属己的生命感觉，那么，"疯癫"对于疯子的伦理处境而言，就是一种正常的存在状态：疯子在现实中的病理症候，实际上是他"文革"记忆的现实再现。余华通过"疯癫"把疯子的生命体验，或者说他的伦理处境完整地呈现了出来，自残行为在疯子的生命体验中，是合乎他这一个体偶在的生命逻辑的。现代性伦理的特征在此十分明显，它"不探究生命感觉的一般法则和人的生活应遵循的基本道德观念……而是讲究个人经历的生命故事"①。它想讲述

① 刘小枫：《沉重的肉身》，上海人民出版社 1999 年版，第 4 页。

的只是“一个人的生命感觉曾经怎样和可能怎样”[①]。在这种漠视历史理性规定的普遍道德的现代性伦理叙事中，“疯癫”实际上是疯子这一自由个体的伦理叙事。因此，在现代性伦理看来，疯子生命体验的表征，即疯癫与自残具有合法性。可是，在围观的“群众”看来，疯子的自残行为又的确是疯癫的表征。那么，如果从现代性伦理的角度去窥探“群众”们的存在状况时，又会出现什么局面呢？从表面上看，群众才是清醒的大多数，他们围观疯子自残的场景，似乎表明了自身理性的健全。可是，如果疯子的存在状况在现代性伦理中是合法和正常的话，那么，群众在“围观”行为中展现的惊讶、兴奋和恐惧就是不正常的，换言之，群众对疯子正常生命体验的无法理解，恰恰表明了他们自身的疯癫（不正常）状态，这是另一种形式的疯癫。在《疯癫与文明》的开篇，福柯说：“帕斯卡（Pascal）说过：‘人类必然会疯癫到这种地步，即不疯癫也只是另一种形式的疯癫。’陀思妥耶夫斯基（Dostoievsky）在《作家日记》中写道：‘人们不能用禁闭自己的邻人来确认自己神志健全。’……人们出于这种疯癫，用一种至高无上的理性所支配的行动把自己的邻人禁闭起来，用一种非疯癫的冷酷语言相互交流和相互承认。”[②] 从福柯对疯癫史的知识考古中可以看到，在古典主义时代对疯人的禁闭，实际上展现了正常人“另一种形式的疯癫”，在我们这个时代，疯癫体验在历史理性的普遍道德中保持了沉默。医学的昌明将疯癫当做了一种精神疾病，从人们对于疯癫的日常体验中，传统伦理道德就借助医学这种知识力量压制了疯癫体验。古典主义

① 刘小枫：《沉重的肉身》，上海人民出版社 1999 年版，第 5 页。

② ［法］米歇尔·福柯：《疯癫与文明》“前言”，刘北成、杨远婴译，三联书店 1999 年版。

时代对疯人的肉体禁闭在今天已转换为伦理意义上的另一种“禁闭”，即人们用怜悯、歧视、窥探等行为将疯人从理性的大多数中排除了出去。因此，这种禁闭仍然展现了福柯所说的人类的“另一种形式的疯癫”。在《一九八六年》中，当观看疯子自残的群众，表现出惊讶与好奇的心理状态时，“群众”的存在状况便属于“另一种形式的疯癫”。在这里，疯子与群众的存在状态发生了微妙的对调：疯即是不疯，不疯即是疯。这是由现代性语境中自由个体的伦理处境所造成的。在这一层面中，《一九八六年》的启蒙主题显然具备了五四文学批判国民性的启蒙主题：当疯子以启蒙者的形象出现时，以自残为表征的启蒙仪式却遭到了一群疯人的耻笑。群众自身疯癫形式的表征，既是对于启蒙者的不理解状态，也是愚昧的国民性表征。余华从叙述个体生命感觉的现代性伦理出发，大大深化了五四文学批判国民性的启蒙主题，并使其获得了一种现代性品质。在这里可以看到，余华小说的启蒙叙事始终依附于对人物个体生命感觉的叙述，这其实已经意味着先锋作家关注启蒙问题的视阈转换：不是从民族国家的角度，而是依据个体的生命体验，在生存论的维度去颠覆历史理性书写的主流历史。

此外，余华的小说在颠覆历史理想的时候，还继承了五四启蒙文学的许多核心意象。诸如“疯癫”、“狂人”、“吃人”等意象在《四月三日事件》、《现实一种》、《古典爱情》等小说中比比皆是。这些作品几乎可以看做是鲁迅部分作品的当代演绎。而两者的区别只在于余华对这些意象冷静的叙事态度，这种余华式的叙述令他颠覆历史理性的启蒙主题获得了锐利的批判锋芒。在《现实一种》中，余华对山岗兄弟相残的暴力场景冷静叙述，使得这部小说人物的伦理处境别有深意。当山岗与山峰为儿子的死亡事件相互怀恨在心时，人物的疯癫症候似乎并未出现。但是，复仇的欲望彻底冲决了传统伦理的阈限，余华对于兄弟相残的暴力场景手术刀式的解剖，将这种种病态的暴力行为在历史性的伦理视界中演绎得无比疯狂和残酷。而余华如局外人般的冷漠，又无疑放弃了对人物的道德评判：兄弟相残已不再是一个道德事件，确切地说，这也不是一个历史理性规范下的伦理事件，也不仅仅是一次现代性叙事中的伦理事件，它彻底颠覆了“亲亲”、“爱仁”等历史理性认可的传统伦理。在这里，余华的批判锋芒无疑指向的是历史理性。他所借助的小说意象，正是鲁迅的《狂人日记》、《药》等作品中隐含的“吃人”意象，只不过鲁迅笔下臆想性的吃人被变成了现实——《古典爱情》便是明证。而在《四月三日事件》中，余华将鲁迅笔下的“狂人”意象赋予了新的生命力。

这部作品充满了许多“预见性”的叙事。与鲁迅的狂人一样，《四月三日事件》里的那个少年在性格方面具有典型的疯癫症候，他与狂人同样对外界充满了敌意，时时揣测和提防着他人的暗算，这种具有受虐倾向的妄想症候，在余华笔下却以理性的叙事呈现。少年和狂人的臆想不同，他在冷静的判断中预见到了未来岁月里他人的企图。每当少年想象未来的情形时，现实果然都如其所料。这种准确而诡异的预见，令少年惊愕不已，但他依然不动声色，在猜想逐步得到证实的过程里等待着“四月三日”这个特殊的日子，因为所有的细节都预示着那将是一个阴谋付诸执行的时刻。然而，“四月三日”在小说结尾时仍未到来，“事件”最后变成了一个悬念重重的虚拟时态。这篇小说因此具有余华先锋文本的一个基本特征，即细节真实与整体虚幻的悖谬。这种文本悖谬的意图何在呢？首先，余华确认了个体存在的真实。当少年危机四伏的存在状况以

“疯癫”的形式展开时，他者的威胁其实来源于一种少年生命体验的真实。危险并不一定以具体事件为标志，即便现实并未对个体构成威胁时，个体的生命体验都会告诉自我，世界是一个充满了他者敌意的世界，不论个体的肉身是否受到损害，他的生命体验都是惶恐和紧张的。这意味着个体生命感觉的恐慌，实际上比现实的危害更加让人感到害怕。对于少年来说，自我生命感觉的恐慌才是真实可信的，是前者的揣测与预见才造成了现实存在的惶恐与不安。这样看来，现实其实是不真实的。余华说过：“我觉得生活实际上是不真实。生活是一种真假参半的、鱼目混珠的事物。我觉得真实是对个人而言的。比如说，发生了某一个事件，这个事件本身究竟是怎么一回事，并且有多大意义。你只能从个人的角度去看这个事件是怎么一回事。”[①] 那么，什么才是真实的呢？“比如一种愿望，一种欲望，那些很抽象的东西”等[②]。所以，“四月三日事件”是怎么一回事并不重要，余华只关注少年作为孤单个体的生命体验。对于少年来说，不管现实如何出人意料，只有他的感觉，他那些预见本身才是真实的。这意味着什么呢？现实真实，用余华的话说就是“生活真实”其实并不像它的表象那样真实。而现实真实正是历史理性的真实观念，一切传统历史叙事针对的都是如何真实地反映这种现实的真实。当《四月三日事件》以细节描写生活表象时，当“四月三日事件”变成一个虚幻的整体意象时，余华实际上已经颠覆了历史理性的真实观念。在这个层面中，《四月三日事件》与《一九八六年》、《古典爱情》等作品一样，都构成了对历史理性的颠覆。

---

① 余华：《我的真实》，《人民文学》1989 年第 3 期。

② 同上。

从本文对余华早期作品的解读中，可以看到自五四以来的启蒙主义文学传统并未在80年代的先锋文学中中断。当80年代继承五四精神，为建构现代民族国家而奋斗的启蒙思潮面临着压制个体生命感觉的诘难时，先锋作家从个体生存论的维度重审历史理性，进而弥补了启蒙主义在实践形态中遗忘个体的缺失面，这本身即意味着启蒙主义的自我反思，毕竟，启蒙主义允诺的理想社会，最终须构建在每一孤单个体的幸福之上。就此而言，80年代先锋小说的启蒙叙事无疑标志着启蒙主义的渐趋成熟。

（原载《小说评论》2002年第4期）

叙事伦理的两难

——洪峰小说新论

在当代先锋小说的发展历程中，洪峰可算是一位承上启下的人物。尽管他的小说创作曾因对马原文体的模拟再造而屡受学界质疑，但洪峰对梦魇、性和暴力等主题的执迷叙述，却在一定程度上拓宽了由马原开创的先锋小说潮流。如果说马原是一位凭借形式实验去颠覆现实主义文学观念的先锋作家，那么，洪峰则将暗含于马原形式实验背后的文学观念，直接贯注在了先锋小说的显性文本层面，并由此实践着 80 年代中期先锋作家念兹在兹的启蒙理想。而洪峰对先锋小说主题的开掘，又无形中为余华、苏童、格非等后一代先锋作家的启蒙叙事提供了可资参照的本土资源。不过话说回来，尽管先锋小说的启蒙叙事源自作家对于“文革”创伤的集体记忆，但因为过度重视在观念层面对“文革”创伤的清理，反而令先锋小说在隐喻的叙事方式中与具体的历史语境渐行渐远。由此产生的晦涩难解之意，自然也令读者对先锋小说敬而远之。因此，洪峰早期的先锋小说创作因其对主题的开掘和叙事的革新，无形中也暗暗影响了先锋小说的发展走向，这不能不说是一个具有文学史意味的讨论话题。

如果检讨当代先锋小说的演变，我们会发现洪峰小说的真正特质，乃是作家对笔下人物伦理问题的关注。作为一位较早描写人物伦理困境的先锋作家，洪峰通过叙事角度的转移，将规范人们现实生活的传统伦理转换为了表达个体生命感受、具有文学想象特质的“叙事伦理”，并凭借对这种也许只存在于文学想象空间中的叙事伦理的关注，实践着先锋作家颠覆传统伦理、解放个体生命感觉的启蒙努力。因此，洪峰对伦理问题的书写，便与先锋小说的启蒙思潮息息相关。本文认为由于先锋小说叙事角度的转向，使得洪峰对伦理问题的书写，在一定程度上深化了文学启蒙的“内省”维度，但与此同时，却也因为作家对人物个体生命体验的执著，转而弱化了先锋文学对人物的叙事关怀。

在进入对洪峰小说的分析之前，首先需要认识一下先锋小说叙事角度的转向。在我看来，尽管先锋作家的创作各擅胜场，但反抗现实主义的文学的传统历史叙事，将叙事角度转向人物的内心世界，书写他们纯然属己的生命体验（感觉），并借此颠覆高居于现实主义文学之上的历史理性思想，却是所有先锋作家共同的叙事努力。

对于20世纪80年代的先锋作家而言，如何依靠叙事的力量去摆脱现实主义文学观念的困扰，无疑是一个必须面对的问题。事实上，现实主义借以压制先锋作家创新实验的因素，不是别的，而是植根于当代文学现实主义传统中的历史叙事。这一传统历史叙事实际上就是历史理性主义思想的言说方式。它根据历史理性对客观真实的迷信，信奉存在于主体经验之外的历史真实和历史决定论，将再现历史真实作为自身的最高使命，并因此使得中国当代文学，特别是“十七年文学”屈从于历史神话的束缚，只能跟随“历史”的背影作亦步亦趋的模仿（现实主义称之为“反映现实”），这对于只想讲纯然属己的生命体验的先锋作家来说，无异于让历史叙事的黄钟大吕淹没了个体生命独语的叙事呢喃。但先锋小说的启蒙叙事也由此生发开来：正是出于对历史理性铁血法则的抗争，先锋作家才不再拘泥于对客观真实的“再现”，转而将叙事角度转向了人物的内心世界，讲述他们纯然属己的生命体验，于其生命感觉的支离破碎处，倾听并抚慰人人可能面对的生存困境。这无疑是先锋小说反抗历史理性、重唤人类主体性的启蒙呼声。因此，当80年代的先锋作家在讲述个体隐秘的生命故事时，便常常以梦魇、性和暴力等边缘话语作为反抗传统历史叙事，颠覆历史理性的武器。毫无疑问，正是受这种文学思潮的影响，洪峰才会在自己的小说创作中不遗余力地解构着传统的历史叙事。不过他的解构方式却十分特别，尽管梦魇、性和暴力仍然是洪峰描写的主题，但他对小说人物“叙事伦理”的关注，才真正拓宽了先锋小说以边缘话语抗拒历史理性的写作方式。

在洪峰的先锋写作中，特别是以《奔丧》和《瀚海》为代表，我们看到了作家对人物伦理关系的书写，处处充满着颠覆传统伦理的激进和叛逆。他的写作，似乎从一开始就在解构传统历史叙事的努力中重塑着与传统伦理针锋相对的“叙事伦理”，换言之，洪峰小说的叙事角度发生了一个从传统历史叙事向“叙事伦理”的转移。如果从伦理学的角度看，洪峰小说中叙事角度的这一转向实际上意味着以表达个体生命感受、具有文学想象特质的“叙事伦理”，颠覆和反抗规范人们现实生活的传统伦理。但是从文学的角度看，这一叙事转向实际上仍是先锋小说重视个体生命体验、颠覆历史理性的启蒙思想的体现。那么，这两种看似矛盾的伦理观在洪峰的作品中究竟意味着什么呢？

传统伦理是对人类个体生命的道德规范，它以德性、善、正义等语词铸合而成的道德律令，要求人们在现实生活中

“应当怎样”，这一“应当”规范和制约了人们原本不同的生命体验。这其实是历史理性思想发展的必然结果。对于传统伦理而言，它的形成缘于历史上众多杰出的哲学家、文学家、历史学家、政治家，以及道学家们的“叙事”，是他们在漫长的历史叙事中将善、正义等观念逐渐文本化，这一套关于伦理的叙事从文本以内弥散到了人们的日常生活中，其结果是个体鲜活多样的生命体验被不同的文化传统逐步规范化：无论是西方宗教传统对德性的赞扬，还是中国文化中宋明理学的伦理法则都是这种有关传统伦理的历史叙事。显然，历史叙事规定了人们存在的伦理处境，这正是历史理性对个体生命感觉的压制。那么，如何抵抗这种体现了历史理性主义绝对意志的道德律令，从而解放个体鲜活的生命感觉呢？或者说，在传统伦理的历史叙事的压制下，解放个体生命感觉独异性的现代伦理如何可能？

从西方现代哲学的发展中可以看到，一种强调个体生命体验的“叙事伦理”是促成现代伦理出现的关键。从19世纪末尼采的酒神精神，到20世纪60年代马尔库塞对性爱自由享乐的合法化证明，一种以感性抵御传统伦理的现代伦理观已然形成。所谓的“叙事伦理”，实际上就是现代伦理话语在文学、哲学文本中的一种言说方式，它“不探究生命感觉的一般法则和人的生活应遵循的基本道德观念，也不制造关于生命感觉的理则，而是讲述个人经历的生命故事，通过个人经历的叙事提出关于生命感觉的问题，营构具体的道德意识和伦理诉求”①，“叙事伦理学想搞清楚一个人的生命感觉曾经怎样和可能怎样”②。从这一解释中

① 刘小枫：《沉重的肉身》，上海人民出版社1999年版，第4页。

② 同上书，第5页。

可以看到，叙事伦理将个体的生命体验（生命感觉）放到了首要位置。因此，所谓的叙事伦理，“其实就是以某种价值观念为经脉的生命感觉，反过来说，一种生命感觉就是一种伦理；有多少种生命感觉，就有多少种伦理。伦理学是关于生命感觉的知识，考究各种生命感觉的真实意义”①。这样的伦理观念属于现代性语境。不同个体的生命体验（生命感觉）如果各不相同，那么伦理就会以复数的形式出现。这意味着在现代性语境中，由历史理性制定的传统伦理已不再具有普遍的合法性。因此，洪峰小说对传统伦理的拒斥，实际上隐含着以个体生命体验反抗历史理性的启蒙功能。那么，洪峰小说中的“叙事伦理”又是如何抗拒历史理性，从而发挥其启蒙功能的呢？

从《生命之流》、《奔丧》到《瀚海》，洪峰似乎在讨论着生命意义这一“俗而又俗却又万古难灭的问题”②。但问题在于，洪峰关注的生命意义，已经逾越了传统历史叙事认可的范围。简单地说，历史叙事对个体生命体验的规范化，依据的是由外在于个体的社会所给定的道德律令，即个体的生命意义只有在投射于个体身外的事物，如理想、事业、爱情等时，生命意义才会放射出价值之光。这种“为……”的个体存在方式无疑属于传统的伦理观念。而且，传统历史叙事对伦理的“叙事”，其目的“是动员，是规范个人的生命感觉”③。无论以民族国家的建构，还是以传统文化的生活伦理对个体生命感觉进行规范，说到底都是以“人民”的名义在传统伦理中窒息了个体生命的喃喃自语。洪峰对于生命意义的“叙事”，即是洪峰“这一个”的叙事伦

① 刘小枫：《沉重的肉身》，上海人民出版社 1999 年版，第 3 页。

② 史铁生：《读洪峰小说有感》，《当代作家评论》1988 年第 1 期。

③ 刘小枫：《沉重的肉身》，上海人民出版社 1999 年版，第 7 页。

理，它显然有别于传统历史叙事规定的伦理要求。《奔丧》中“我”对姐姐的性想象，勾连起了“我”童年时代的生命体验。“我”与姐姐肉体的亲密接触，在传统历史叙事看来，无疑是“恶”与不道德的。然而，对于“我”而言，这又确实是真实发生过的，“我”的生命体验正是在这种姐弟间的亲密接触中初次迸发。从传统伦理的价值谱系中看，这种带有“乱伦”色彩的伦理诉求是不道德的、卑下的。然而，从现代性叙事伦理的角度来说，不管“我”性想象的伙伴是“我”的姐姐，还是其他的女性，其实并不重要。因为，无论想象何人，“我”这一个体偶在的生命体验（感觉）都是一样的。“我”只不过讲述了“我”的“生命感觉曾经怎样”。从这一层面来说，《奔丧》中“我”的叙事伦理似乎是一种“自由伦理的个体叙事”，它只是个体生命的叹息或想象，某一个人活过的生命痕印或经历的人生变故。洪峰在《奔丧》中的叙事伦理是他个体的伦理感觉，他讲述的是绝然个人的生命故事，而传统历史叙事规定的伦理在洪峰笔下被“我对姐姐的性想象”这一事件颠覆了。与此类似的“事件”在《奔丧》中并不仅此一例，“我”闻听父亲去世后的冷漠反应，“我”巴望着父亲的遗体早点火化，免得令人作呕，以及在父亲遗体的火化过程中，“我”与玲姐的片刻缠绵，诸如此类的事件无疑在叙事功能上发挥着颠覆传统历史叙事的话语功能。那么，是不是据此就可以说，洪峰的叙事伦理就纯然是记录个体生命体验的“自由伦理的个体叙事”了呢？或者说，洪峰以《奔丧》中的“我”讲述个体的生命体验，是不是已经彻底摆脱了历史理性的伦理规范呢？

这一问题的答案其实深陷于“我”这一人物的伦理困境之中。确切地说，尽管《奔丧》以许多违反人伦的“事件”颠覆了传统的伦理观念，但由于“我”的生存环境是由历史理性预先设定的，因此，“我”对传统伦理的颠覆便不得不小心翼翼。准确点说，“我”的伦理处境在传统伦理的强大压制下陷入了困境：一方面，“我”以违反人伦的事件进行着艰难的“自由伦理的个体叙事”，即“我”那种颠覆传统伦理的生命体验；另一方面，“我”又不得不屈服于传统伦理的力量，以一种人格表演的方式尽着自己作为人子的孝道。在姐姐、哥哥等亲人面前，“我”为父亲的去世悲痛得泪如雨下，以孝子的身份完成着传统伦理所规定的各种仪式——奔丧、火化、哭泣等。尽管“我”真实的感受并不像仪式表面呈现得那样悲伤，但“我”为了不至于让亲人们愤怒，只能在这些仪式中表演着自己在世的伦理处境。显然，洪峰在《奔丧》中借助“我”这一人物试图颠覆传统历史叙事并进而抗拒历史理性的努力遇到了挫折，“我”的生命体验这一现代性叙事伦理的纯粹性在传统历史叙事的压制下显得困难重重。概括地说，《奔丧》集中呈现了个体在面临传统与现代叙事时的伦理困境。因此，《奔丧》可以被视为先锋小说凭借叙事伦理而进行的现代性实验。小说人物“我”的伦理困境揭示了一个在文学语境面临现代性转型时，生命个体不得不去面对的伦理困境，这一困境乃是传统历史叙事与现代性叙事伦理之间的冲突所造成的。如果将此视角带入洪峰的另一代表作《瀚海》的话，我们还可以清晰地看到，一种个体生命体验的“形而上学陈述”还将面临着一种家族历史叙事的压制，《瀚海》所呈现的人物的伦理困境再度展示了传统历史叙事与现代性伦理叙事之间的激烈冲突。

《瀚海》表面上一改《奔丧》中对个体生命体验的叙事，转而以“我”的视角回忆了“我”的家族的历史。“我爷爷”、“我奶奶”、“我外公”等人的命运，构成了一部集体性的“家族历史”。但是，《瀚海》似乎仍然缺乏一种传统伦理的道德规范，

“我外婆”的妓女生涯，“我舅舅”的革命传奇，还有“我二哥”的爱情命运，等等，他们生命体验的迸发，无一不是欲望的产物：“我外婆”与“我外公”的结合，是“我爷爷”复仇欲望的产物。“我舅舅”与“我二哥”为各自的爱情不择手段，也是他们生命欲望的释放。在这些人物欲望的展示中，传统历史叙事的伦理道德似乎变得弱不禁风。取而代之的，是一种“家族历史”的叙事伦理。显然，这种家族历史的叙事伦理由于偏离了传统历史叙事对普遍伦理的道德规范，使得“道德”这一传统历史叙事的伦理法则不再是高悬于个体生命体验之上的绝对律令，“道德”一词的含义开始变得模糊和相对了。这无疑是一次先锋小说中的现代性事件，因为传统历史叙事中善恶分明的道德法则消逝了，笼罩在个体生命体验之上的历史理性被“家族历史的叙事伦理”篡改得面目全非。然而，《瀚海》中家族历史的叙事伦理仍然不是纯粹意义上的“自由伦理的个体叙事”。或者说，《瀚海》对传统伦理的颠覆，由于落在了“家族历史”这一叙事视点上，仍然在一定程度上压制了个体的生命独语。洪峰的先锋写作在潜文本层面依然受制于“家族历史”这一集体话语。纯然个体的生命体验的记录，即现代性语境中的“自由伦理的个体叙事”，在《瀚海》中处于何种地位呢？很明显，《瀚海》讲述的“我”的家族的历史，并不纯然是“我”这一个体偶在的生命体验，事实上“我爷爷”、“我奶奶”等亲人的生命经历，是“我”的生命体验在家族历史构成的历史空间中的想象式延续。由于小说以“我”这一有限视角进行叙事，因而决定了“我”的生命体验与亲人们生命体验的隔膜：“我”的回忆是听一位老奶奶的讲述展开的，这种回忆因此具有“想象”的成分，“我”无法真实再现“我”之外任何一位亲人的生命体验。在现代性语境中，先锋小说的叙事伦理只能是孤独的个人，

“他者”的生命体验“我”无法体验，这是由个体生命的特殊存在决定的。因此，现代性语境中的小说，只能、也只想用叙事呵护现代生活秩序中脆弱的个体生命。在这个意义上，洪峰的《奔丧》和《瀚海》可以被视作中国的先锋小说超越传统历史叙事，走向“自由伦理的个体叙事”的现代性实验。无论是以极端的反人伦叙事，还是以“家族历史”展开叙事，洪峰的小说都呈现出了一种颠覆传统历史叙事的努力。

但是，正如前文分析的那样，无论洪峰对传统历史叙事的颠覆有多么激烈和极端，都不可能完全摆脱传统伦理对叙事伦理的压制，这一压制使得洪峰小说中的叙事伦理在实践自身启蒙功能的同时，也不由自主地陷入了一种两难境地：一方面，叙事伦理借助对传统伦理的反抗，实践着先锋小说解放个体生命感觉的启蒙功能；另一方面，对传统伦理的无情解构，却最终令叙事伦理失去了道德支撑，从而无法真正实现对人物的叙事关怀。

首先需要肯定的是，尽管洪峰小说中的叙事伦理受到了传统伦理的压制，但它所具有的反抗精神却是当时所有先锋小说家启蒙理想的体现。从五四时期到20世纪80年代，中国语境中的启蒙主义历来以建构现代民族国家为己任，无论是新文化运动，还是毛泽东时代激进的“左”倾思潮，其目的都是“指向国家、社会和群体的发展和进步。即是说，启蒙的目标，文化的改造，传统的扔弃，仍是为了国家民族，仍是为了改变中国的政局和社会的面貌。它仍然没有脱离中国士大夫‘以天下为己任’的固有传统，也没有脱离中国近代的反抗外侮，追求富强的救亡主线。扔弃传统（以儒学为代表的旧文化旧道德），打碎偶像（孔子）、全盘西化、民主启蒙，都仍然是为了使中国富强起来，使中国进步起来，使中国不再受外国列强的欺侮压迫，使广大人民生活得更好一些……所有这些就并不是为了争个人的‘天赋权利'——纯然个体主义的自由、独立、平等"①。可见，在20世纪80年代之前的启蒙运动中，个体解放只不过是建构现代民族国家的手段。但是，这种情况在20世纪80年代中期却发生了变化。由于西方现代主义思潮的传播，尤其是存在主义哲学对个体存在问题的关注，使得原本清晰的启蒙主义面貌发生了变化。这一时期的启蒙主义，如果仍然以"人民"的名义为建构现代民族国家去压制个体的生命体验的话，那么它对每一个体幸福的承诺就必将落空。试想一下，为建构现代民族国家而制定出的普遍主义的道德规范，如何可能正视个体生命体验的特殊性？因此，洪峰借助叙事伦理解放个体生命体验的先锋写作，便是启蒙主义者的自我反思。这一反思由于对个体生命体验的关注，从而在"内省"的角度深化了启蒙主义思想。从深层次看，洪峰的小说创作体现的正是这样一种文学的现代性，它的叙事只是为了"呵护现代生活秩序中脆弱的个体生命"②。这意味着现代性语境中的小说，从本质上不过是关于个体伦理的自由主义叙事。这同时也说明，洪峰以叙事伦理抗拒历史理性的写作方式，体现的正是80年代中期以后先锋作家对于启蒙主义的自我反思。因此，洪峰的小说创作，就不仅仅是先锋文学形式实验的拓进，它还是80年代启蒙运动的文学记录。

不过话说回来，尽管洪峰的小说创作体现了当时启蒙主义的反思成果，但由于作家在颠覆传统伦理方面的激进态度，又在一定程度上削弱了先锋文学本应具有的对于生命个体的叙事关怀。无论是《奔丧》，还是《瀚海》，作品中的人物最终都陷入了无枝可依的伦理困境。究其原因，除了上文提到的传统伦理和叙事

① 李泽厚：《中国思想史论》（下），安徽文艺出版社1999年版，第828页。
② 刘小枫：《沉重的肉身》，上海人民出版社1999年版，第152页。

伦理的冲突以外，部分程度上还因为人物道德感的缺失。如果一味张扬自我的生命体验，固然可以冲毁道德的堤岸，但“礼崩乐坏”的恶果，却是人性的迷失。如果我们都像《奔丧》中的“我”那样陷入自欺的生存境地，而作家却没有能力做出正当的价值指引时，难免会让我们对人类的生存前景感到悲观。不过这个问题的责任却并非洪峰一人所能承担，当先锋文学在颠覆历史理性、追求个体生命体验合法性的时候，就已经遭遇了如下的历史事实，即自从尼采喊出“上帝已死”的口号之日起，现代思想家们就已然陷入了尴尬的境地：他们越是深刻地揭示人性恶，就越是无法控制人性的恶。因此，当代先锋作家对人性恶的揭示，固然有依靠生命本能抗拒历史理性的启蒙因素，但因为现代思想自身存有的深刻悖论，却始终无法凭借叙事的力量去实现对人物的精神拯救。在这个意义上说，洪峰小说中的叙事伦理，尽管深入揭示了人物的生存困境，却也因为无法遏止的解放个体生命感觉的叙事冲动，以及形而上学的思辩特质，最终陷入了两难的尴尬境地，也因此无法彻底实践对小说人物的叙事关怀。

加缪曾经说过，“我们最伟大的伦理学家们并非是箴言录的作者，他们都是些小说家”①。尽管洪峰这位写小说的伦理学家还远称不上伟大，但仅凭他在小说中对传统伦理和现代伦理价值冲突的形象揭示，就足以让我们铭记他对当代先锋小说的独特贡献。

（原载《山花》2005 年第 9 期）

---

① 转引自王威廉《做乘法的凯尔泰斯》，《读书》2004 年第 7 期。

伦理记忆与道德重构

——方方小说中的伦理问题

“家是我们出发的地方。随着我们年岁渐老，世界变为陌路人，死与生的模式更为复杂。”这是艾略特《四个四重奏》中的诗句。当1988年的方方在她的中篇小说《落日》里写下这些诗句时，也许谁也不曾料到，随着这篇小说故事的发展，当丁如虎兄弟将一息尚存的母亲送进殡仪馆时，“家”所给予我们的生存体验，竟然是生活在荒原之中的冰冷彻骨，那种感觉就像艾略特走在伦敦的街道上却感到仍然活在但丁的地狱里一样。从什么时候起，温暖感人的“家”蜕变成了冷漠无情的荒原？回想《风景》中七哥孤苦无助的童年，方方似乎在用冷酷的笔调叙述着一个个家庭伦理失范的故事。这种充满暴力与梦魇的伦理记忆同样弥漫于家庭之外的社会当中。《何处是我家园》、《这天这年》、《无处遁逃》、《言午》等作品都在讲述着人物荒原般的生存体验。

什么是荒原？荒原就是秩序消失后的人类生活本身。当规范人们日常行为和生命体验的传统伦理荡然无存时，曾经以爱维系人类生存价值的道德尺度也变得混乱不堪。对于和方方同时代的许多先锋作家而言，这种荒原般的末世图景不啻于福音降临，他们终于可以凭借叙事伦理的书写去颠覆制造传统伦理的历史理性了。这种历史理性，一度以客观规律为口实压制着人类个体的生命体验，传统伦理规定的善、德行、正义等道德尺度无一不体现着历史理性高高在上的绝对意志。先锋作家所关注的伦理问题，是讲述绝然属己的生命体验，并借这种曾经怎样和可能怎样的伦理感觉，反抗着规划个体生命体验应该怎样的传统伦理。前者便是现代伦理学家所说的“叙事伦理”：“它不探究生命感觉的一般法则和人的生活应遵循的基本道德观念，也不制造关于生命感觉的理则，而是讲述个人经历的生命故事，通过个人经历的叙事提出关于生命感觉的问题，营构具体的道德意识和伦理诉求。”[①] 因此，80 年代的先锋作家在书写亲人之间的仇视与杀戮等伦理主题时，往往以个体生命体验至上的价值准则为叙事伦理披上合法性的外衣。虽然这种创作意图具有颠覆历史理性，尊重个体生命的良苦用心，但传统伦理的价值崩溃和道德失范，毕竟无法改变我们荒原式的生存景观。而人类个体之间的交往，如果没有道德意识和伦理法则的规范，那么阴暗冰冷的生命感觉如何才可能被重新照亮？先锋作家忙于揭示人性的残酷，却对道德意识和伦理诉求有着不同程度的回避，这种态度使得冷漠无情的荒原最终变成了人类生存的真实之所。与此不尽相同的是，虽然方方在《风景》和《落日》等作品中仍旧像先锋作家一样讲述着笔下人物离奇可怕的伦理困境，但隐含于作家创作意图之中的问题意识，却具有一种道德重构的美好愿望。这种道德重构建立在作家对笔下人物生存状况的深入体察与同情当中。讲述人物的伦理困境，并不仅仅意味着展示人性恶的一面，它还传递着人类个体如

① 刘小枫：《沉重的肉身》，上海人民出版社 1999 年版，第 4 页。

何“在深渊最黑暗的所在”（波德莱尔）与命运相抗争的生存信息。而借助叙事伦理的声音去讲述这种挣扎与反抗，其意正在“揭出病苦，引起疗救的注意”[①]，从而在遍地狼藉的伦理废墟中召唤道德意识的苏醒。

但是，讲述纯然个人生命故事的叙事伦理，如果揭示的是人类生存的真实图景，那么，面对恶欲膨胀的伦理现实，方方如何能相信自己真诚而又单纯的道德理想呢？换句话说，叙事伦理在给出人类生存的荒原体验后，还能不能期待着道德理想的重归？

《风景》讲述了一个令人震惊的伦理故事。七哥从出生之日起，就在家人的毒打与谩骂中艰难地求活。他所遭遇到的生存困境，表面上看与恶劣艰苦的生活环境密切相关，诸如河南棚子的贫穷、家庭条件的简陋，等等，似乎都足以构成七哥一如动物般的生存状况。但是，来自父亲、兄长和姐姐的敌视，却是七哥童年经验中最难以抹去的伦理记忆。即使多年以后，这种伤痕累累的伦理记忆仍对七哥发挥着决定性的作用：为了更好地生活，七哥可以昧着良心向上爬，种种不择手段的反道德行径，在七哥那里都演变成为向家人报复和示威的方式。因此，当七哥出人头地后面对家人的求援时，那些充满创伤的伦理记忆便再度浮现眼前，他知道，所谓的亲人，只不过是与自己有着血缘关系的陌路人而已。相似的情形在《落日》中同样存在，只是程度更加惊人罢了。丁老太婆含辛茹苦抚养成人的儿子，居然将她活活地送进了殡仪馆。这一极具谋杀意味的伦理事件彻底撕碎了传统伦理温情脉脉的面纱。无论是七哥，还是丁老太婆，他们所遭遇的生存难题都是一种令人窒息的伦理

① 《鲁迅全集》第4卷，人民文学出版社1981年版，第512页。

困境。在方方笔下，家庭伦理这一由血缘关系构筑起来的恒定秩序几乎彻底崩溃了。从某种意义上说，伦理关系的正常（合乎传统伦理规范）是人类个体向外界证明自身理性健全的重要方式。而当方方以写实的叙事姿态将传统伦理拆解得体无完肤时，人物个体的存在状况便必定陷入一种非理性的疯狂：无论是父亲对七哥的毒打，还是七哥成年之后的报复心理，以及丁如虎兄弟谋杀母亲的罪恶行径，说到底都是传统伦理失范之后的反道德表征。这种背弃理性、违反道德伦常的伦理现实无疑揭示了人性中恶的一面。

问题在于，方方笔下人物的伦理困境，难道仅仅是贫穷的生活环境所决定的吗？虽然从一定程度上说，物质的匮乏确实造成了众多人物的伦理处境，比如《落日》中丁老太婆的死就与丁如虎沉重的经济负担有关，但这些人物的生命感觉，即一种为了更好地生活的利己主义，才是方方笔下传统伦理失范的根源之所在。这种利己主义的本质不是别的，正是人类在遵循个体化原理的前提下，满足自己欲望的方式。叔本华说："如果一个人还局限于个体化原理，局限于利己主义，只认识到个别事物和这些事物对他本人的关系，于是这些事物就成为他欲求的一些总是［花样］翻新了的动机。"① 在这里，利己主义遵循的个体化原理是滋生一切欲望和罪恶的温床。对于方方笔下的人物来说，利己主义具体表现为满足个体的生命欲求，维护、追求那种绝然属己的生命感觉。促使《风景》中家庭暴力频繁发生的一个重要根源，正在于父亲对七哥血缘关系的怀疑。当父亲的生命感觉，即一种男性的自尊在这种怀疑中受到伤害时，他必定以毒打泄愤的

---

① ［德］叔本华：《作为意志和表象的世界》，石冲白译，商务印书馆 1982 年版，第 519—520 页。

方式来维护自我生命感觉（自尊）的完整与充盈。父亲这个人物所做出的有违伦常的举动，是他以否定别人的生命感觉为前提的。同时，当父亲在这种否定中只考虑外部世界对他本人生命感觉的影响时，殴打家人便成为显现他生命意志的方式，这是一种叔本华意义上的利己主义。在这里，我们看到，利己主义产生的前提，即个体化原理，恰恰是叙事伦理推崇个体生命体验至上的原则，是叙事伦理在表达个人的生命感觉时，忽视乃至压抑了他者的生命感觉。由此可见，利己主义和叙事伦理对个体生命体验的推崇，最终使其成为引发诸多反道德行径的根本动机。同样的状况仍然存在于七哥身上，对他来说，所谓的家庭温暖永远只是幻想，而充满梦魇和暴力的创伤记忆，才是他早年的生命体验。当七哥成年后面对社会时所采取的反道德行为，都是为了满足自己生命欲望的手段，这正是他生命逻辑的延续。七哥童年充满创伤的伦理记忆，驱使他在与命运抗争的现实生活中，不再顾忌传统伦理规定的善与义，这种维护、追求自我生命感觉的叙事伦理，终于在个体化原理中为种种反道德的行径赋予了合法性。这种状况也存在于《落日》之中，隐含于丁如虎兄弟谋杀母亲这一伦理事件背后的真正根源，不仅仅是经济利益的原因，更为重要的是，当丁老太婆以家长的权威破坏丁如虎与月菊的幸福时，在丁如虎心目中，一种仇恨便不可遏制地滋长。对于丁如虎而言，他追求爱情与婚姻的生命意志遭到了损害，即意味着生命感觉的残缺，为了维护这种生命感觉的完整，丁如虎最终所做出的疯狂举动也获得了一种生命逻辑上的自足。在这里，我们看到造成传统伦理失范的利己主义，恰恰是人类个体追求绝然属己的生命体验的结果。为满足自身的生命意志，人们不惜以否定他人的生命感觉，甚至以消灭他人为代价。所以这种人“单是求自己的安乐，对于别人的安乐则完全漠然，别人的生存对于他毫不相干。和他的生存之间有着鸿沟为界”①，冷漠无情的荒原体验就存在于这种反道德的利己主义当中。因此，方方笔下人物的伦理困境，实际上是一种叙事伦理的困境。当讲述个人生命体验的叙事伦理与遵循个体化原理的利己主义趋于一致时，即使叙事伦理指出了人类生存的真实处境，它也必定会陷入一种难以避免的生存悖论：维护纯然个体的生命体验，是叙事伦理的神圣使命，但具有利己属性的叙事伦理，终难建构起以利他为基础的伦理秩序，从而无法改变人类生活在荒原之中的生存景观。

值得注意的是，方方毕竟不是一个乐于沉浸在彼岸世界的作家，她所禀有的现实主义精神以及强烈的社会责任感，都促使她不得不召唤道德理想的回归，并希冀在那片冷漠无情的荒原中寻找到一片生命的绿洲。因此，从伦理废墟上重构道德理想，便成为方方小说创作中潜在的一个主题。但是，作家真诚的道德诉求能否超越充满创伤的伦理记忆，从而在叙事伦理的阴影中重构道德呢？

对于方方来说，重构道德的方式并不那么复杂，她所寻求的道德理想是同情和爱。《风景》中的七哥，虽然常常承受着父亲的毒打，但大哥却“不把他当白痴般玩物当一头要死没死的癞狗”，他对于七哥或多或少的具有一种同情心，这是七哥伦理记忆中难得的温暖感觉。在充满暴力的家庭伦理中，大哥用自己的同情心点燃了已经衰微的道德之光。与此接近的还有二哥的生命感觉，他在与杨朗的交往中，感受到了这个女孩真挚细腻的同情心理，但是“一切仁爱（博爱、仁慈）都是同情”② 吗？这种

① ［德］叔本华：《作为意志和表象的世界》，石冲白译，商务印书馆 1982 年版，第 497 页。

② 同上书，第 514 页。

充满爱意的同情能否消除叙事伦理中隐藏的利己属性，从而建构起合乎道德的利他的伦理关系呢？一般意义上的同情，乃是“设身处地的替他人设想”，或将我之情移入他人之身。对他人感觉设身处地的情状体验，是以自己在类似境遇中经受或可能经受的感觉状态为根据的，由此生发的同情完全依据个体自己的生命体验，其目的是为了确保自己的感觉状态避免重陷类似的情感困境，看见他人陷入灾难便觉得自己也可能陷入灾难，于是产生同情感，其心理意向恰恰是为了避免自身陷入灾难的危险。这样一来，“同情就是个体生命的护身感觉、利己冲动的作用、自然生命的需要”[①]。于是，同情成为“功利性的手段，求生欲、生存欲、支配欲的表达式”[②]。说到底，一般意义上的同情仍是个体生命感觉自我保护的心理机制，从本质上依旧是利己主义的叙事伦理。因此，这种依据自我生命体验的同情，仍然难以达到道德重构的目的。尽管《风景》中大哥对七哥禀有一种同情心，但这种同情的利己动机，却始终无法改变七哥的生存处境。大哥的同情心理，浅一点说是对生命的尊重，但何尝不可以说是他自己护身感觉的向外投射呢？他的同情永远无法契入七哥的生命世界，使他免受痛苦与磨难。同样的道理，杨朗对二哥的同情，仍然也是一种利己的护身感觉，她不能给予二哥需要的爱。因此，二哥自杀时所说的“不是死，是爱”便具有了双重的象征意义：一方面，这是二哥对美好人性的呼唤，他希冀以爱的方式建立与别人的伦理关系；另一方面，又表明隐含在以利己主义为本质的同情中的爱感却始终无法建构起合乎道德的利他的伦理关系。二哥的自杀行为其实就是对杨朗同情心理的拒绝。因为，隐藏在同

---

① 刘小枫：《拯救与逍遥》，上海三联书店2001年版，第153页。

② 同上。

情中的利己主义的属性，终究无法把爱引入二哥荒凉的内心世界。这表明，只有当同情中所隐含的爱感意向彻底脱离个体生命的叙事伦理，并身处不同个体之间的伦理关系中时，它才能够克服利己主义，趋向利他的道德重构。说到底，爱不植根于人，人才植根于爱，只有建立在两个任何差异性个体之间的爱，才能消除同情具有的利己属性。爱即意味着一种相互性，当我不依据自身的生命感觉，而是契入对方的生命体验时，爱才会显示出无私的一面，进而实现伦理意义上的道德重构。对于方方笔下的人物而言，由于道德重构的根基建立在个体生命体验的叙事伦理之中，因此这种以维护个体生命意志为目标的利己主义的同情，终究不能成为重构道德的方式。或者说，以同情和爱建构的道德理想，在利己的伦理环境中，永远无法改变残酷的现实。其实方方本人已经在她的创作中意识到了道德理想的苍白。

在 1989 年的中篇小说《祖父在父亲心中》里，方方通过对父子两代人格的描写，进一步加深了对道德理想的认识。祖父所禀有的士人气质及刚强人格往往能够在最险恶的生存困境中绽放出生命之光。父亲同样继承了祖父的道德理想，但他却逐渐在严酷的现实面前一败涂地。是什么力量使祖父与父亲的生命历程如此大相径庭呢？祖父在父亲心中留存的伦理记忆，为何无法支撑起父亲面对生存困境时产生的价值危机？对于父亲来说，当他被严酷的外部现实所侵扰时，他的生命感觉终究不能因为道德理想的精神力量而变得充盈与自足，他只能在抄家的造反派面前，“赔着小心默默地配合或低低的答一声‘是’”。父亲生命感觉的欠缺，表明道德理想的力量毕竟有限，它改变不了父亲心中荒原式的生存体验。方方在这部小说里对道德理想业已有所反思，虽然她仍在真诚地期待着道德理想的光芒，但道德理想无法改变人们可怕的现实处境却已成为一个不争的事实。小说叙述的祖父与父亲的故事，仍然是关于伦理的故事，父亲是祖父生命的延伸，而祖父是父亲生命的历史。在这两个人物之间的伦理关系中，祖父始终无法将自己面对残酷现实时的抗争，作为一种生命感觉通过伦理记忆传递给父亲。这表明，人们身处险恶生存环境时的伦理记忆，始终无法以道德重构的方式救度自身。

至此，我们对方方小说创作中伦理问题的关注，便可整理出一条较为清晰的线索。作为具有现实主义精神的作家，方方在面对伦理失范后的现实环境，更准确一点说，是人与人之间的伦理关系时，必然会从道德层面去寻求教化的支持。但单纯的道德说教往往于事无补，要想寻求伦理关系中的善与义，就必得去直观我们置身其间的伦理现实。当方方通过体察人物个体的存在状况和生命感觉的方式认识现实时，却发现现实中的伦理记忆都充满了创伤，人们为了维护自己的生命感觉，所做出的一切反道德行为都只不过是利己主义的生命冲动。面对这种道德失范的局面，方方如何可能从笔下人物的伦理记忆中去重构道德？比如同情与爱，终将因其叙事伦理的利己属性，从而在伦理记忆的影响下陷入苍白无力的尴尬境地。但无论怎样，在遍地狼藉的伦理废墟上重构道德理想，毕竟是我们这个时代的作家们义不容辞的重要使命。就这一点而言，方方的《风景》等作品毫无疑问地具有积极意义。

（原载《小说评论》2002 年第 1 期）

开启文化寓言之门

——评贾平凹新作《高老庄》

在多元文化共生的今天，传统正面临着巨大的挑战。是在现代文明前进的狂欢中与“狼”共舞（对于传统而言，现代文明理性秩序的坍塌、伦理道德的沦丧无异于“狼来了”）。实行不得已而为之的“创造性转换”，还是继续坚守传统文化的道德体系，以之疗救工业化带来的灾难性苦果，这是19世纪末每个有良知的知识分子思考的重心所在。而当代文学正是在这种众神隐退的现代性语境中不断言说着文化冲突的窘境。当文学经历过对西方文明盲目认同的喧哗与躁动之后，有必要以理性的目光去探索当前文化冲突的深刻内涵。贾平凹的新作《高老庄》，正是以文化语言的方式，在以传统汉族文化为主体的文化冲突中探求隐藏其背后的文化内涵。

在进入对《高老庄》的文本分析之前，有必要厘清贾平凹创作的惯常思路。作为商州文化哺育出来的农家子弟，贾平凹有着无法摆脱的“商州情结”。他的“商州系列小说”奠定了其创作的一贯主题，即探讨商州土地上的人们如何在传统与现代文明的冲突中经历着痛苦的心灵之旅与灵魂嬗变。他关注的是人的精神世界，他创作"商州系列小说"的初衷也更多的倾向于探寻人如何在文化冲突的背景下栖居。而至《废都》则为之一变，文化寓言的色彩逐步加强，贾平凹已开始从对人具体生存方式的描摹转向了更为深沉的文化思索。《废都》意象中文化落日的衰颓景象，从气质上已经开始接近了《荒原》式精神拯救的命题。曾得开"寻根文学"风气之先的贾平凹，终于在《废都》斑斓而破落的文化意象中告别了对个体生存状况的精细描摹，从而沉入到对传统文化与现代文化的整体考察之中，以求在更深层次的文化寓言中开启文化冲突的本源秘密。《高老庄》正是一部以文化寓言为特征探寻文化冲突内涵的新作，同时也在一定程度上预示了贾平凹今后创作的思维向度。

《高老庄》依然继承了贾平凹"商州系列小说"的禀赋。普遍存在于后者之中的神秘魔幻活动、色彩浓郁的民俗、保持着原始风貌的山山水水以及古老的家族意识在《高老庄》中比比皆是。但本质上不同于"商州系列小说"的是，《高老庄》以近似魔幻现实主义的手法，极力营造诸多神秘意象，以期在整体上烘托出文化寓言的色彩，其终极目的在于揭示社会转型期中诸种文化类型的相互碰撞与融合。弥漫于《高老庄》整部小说的混沌意象，恰恰是这种文化冲突的形象反映。作为强化叙事功能的手段，贾平凹从小说人物的命名入手，使小说在直观上显示出独特的寓言性。小说的三个主要人物子路、西夏、蔡老黑分别代表了三种不同类型的文化。贾平凹以孔子七十二贤徒中的子路为主人公命名，而且子路的一言一行，处处体现着儒家文化的影响，子路也因此在小说中成为儒家文化的代表，同时高老庄也可看成是以儒家文化为支柱的宗法社会。对于子路的妻子西夏，作家则以古代少数民族的名称命名，而西夏本人在小说中也不属于汉族，这意味着西夏代表的文化类型是不同于传统汉文化的某种异质文化。这种异质文化是少数民族文化或者说是游牧文明在现代文明涤荡下的变形。而小说中的另一个重要人物蔡老黑，名字颇带几分江湖豪气，名如其人，他孔武有力敢作敢当。蔡老黑所代表的是传统汉文化中另一类文化形态——尚武任侠，重言诺，轻生死，有太史公所言的“游侠”之风。但是发展到极端则是诉诸暴力的原始野性，这种文化类型称得上是汉文化中的民间文化形态。它与子路代表的儒家文化一道构成了传统的汉族文化。同时，这种汉文化与西夏代表的异质文化发生冲撞融合，但这种文化冲突并不激烈。相反，当传统文化与以苏红等地板厂员工代表的现代文明相遇时，则发生了剧烈的文化冲突。贾平凹在小说中就这样设置了四种文化类型，而与之相对应的是汉文化与异质文化、汉文化内部之间和传统文化与现代文明冲突这样三条线索。

汉民族文化由于历史的悠久而具有极其丰富的文化积淀。作为汉民族文化的正宗代表，儒家文化内部的自我调节机制，如“恕道”、“仁义”等观念使其具有极强的生命力，以儒家文化为支撑的高老庄也因此获得了某种自足与稳定。小说中的高老庄，因作家一再宣称人种的纯粹性，而被当然视为一个典型的汉族文化范本。子路身上则具体和生动地反映了这种汉族文化的纯粹性。小说中许多时间的叙述意图就在于：汉文化作为主流话语，具有容纳和改造异质话语的天然禀赋，处于强势地位的汉文化对于异质文化有着不可抗拒的亲和力。就像西夏这样一个大都市的现代女性，来到偏远的高老庄，却一反常态地十分适应，无论从生活方式到情感体验都与高老庄的汉文化十分默契。她对石头慈母般的感情以及与子路前妻菊娃的和平相处，典型地体现了儒家文化中“仁义”观念的影响。而她对于高老庄古碑文物的迷恋，那种源自于心灵深处的亲近感恰恰证明了汉文化对于异质文化的吸引来自人的下意识领域，以致令人无法抗拒。而子路这样一位高级知识分子，回到高老庄后马上就变得与庄中农民一样，他身上后天习得的现代文明在纯粹的汉文化面前消失殆尽。他的情感以致生命都属于高老庄。这一切都表明，在与异质文化的碰撞交流中，传统汉族文化体现出了容纳百川的巨大兼容性。贾平凹正是借西夏这个局外人的目光，旁观了汉文化独特的文化特性以及无可挽回的文化没落。

如果说子路代表的是汉文化中持中庸之道的儒家文化，那么蔡老黑身上则闪耀着汉民族骨子里不甘妥协，反抗到底的血性之光。这种重言诺、轻生死的“游侠精神”同样是汉文化的组成部分。“三杯吐然诺，五岳倒为轻”，蔡老黑的豪侠仗义与子路的循规蹈矩恰恰形成了鲜明的对照。他们之间的冲突，实际象征了汉文化的内部冲突。蔡老黑独有的血性与意志，正是疲弱不堪的儒家文化所缺少的。它们二者互补的性质，也是汉民族文化长盛不衰的原因之一。但随着社会的前进，这两种文化常凭借自身内部的稳定性，吸纳以致同化着许多异质文化，这种兼容性经常消解了异质文化的合理因素，在很大程度上阻碍了文明的进步。而那种崇尚生命力强的民间文化形态常常发展至诉诸暴力的原始野性。当这两种文化类型与现代文明发生碰撞时，极易表现出作为传统汉民族文化的内在一致性，即子路和蔡老黑都代表着一种自足的文化体系，当它们面对即将冲破这种自足文化体系的现代文明时，便表现出对现代性进程的漠视与抵触。小说中以苏红经营的地板厂象征市场经济中的现代文明，这种文明形态无论从利益和感情上都与高老庄人格格不入。而已经习惯了风俗淳化、人性质朴的高老庄村民，在残存的封建家族思想的影响下，极易被煽动起强烈的仇恨情绪。蔡老黑适时地抓住了高老庄村民的集体心理，策动了一场旨在赶走地板厂的流血事件。在这场人性异化、野性勃发的事件中，那种高老庄人引以自豪的侠义之风终于演变成一次丧失理智的疯狂冒险。而这次冒险又令汉文化中温情脉脉的仁义让位于野蛮血腥的暴力。汉文化的原始性、落伍性以及高老庄各色人的真实本质在此得到最深入的凸显。

那么，面对如此剧烈动荡的文化冲突时，贾平凹如何以文化寓言的方式言说着自己的态度呢？显然，对于儒家正统文化，贾平凹采取了与以往不尽相同的立场。“商州系列小说”中作家对待传统文化认同多于批判，接受多于拒绝的态度发生了逆转。《废都》一曲传统文化没落的挽歌在《高老庄》中依然余音袅袅，不可断绝。正所谓“流水落花春去也”，曾经繁盛一时的汉文化在《高老庄》中以文化寓言的方式继续诉说着自己无可挽回地沉沦。贾平凹在小说中精心设计的种种神秘意象，无一例外地强化着文化没落这一小说文本的叙事功能。首先是高老庄人矮体短腿的形态特征预示着汉民族人种的退化。小说中西夏不止一次地嘲笑高老庄人的矮小。她戏言子路娶她是为了换种，而两人在高老庄打算生育的计划却一再遇到阻碍，子路性能力的退化恰恰是汉民族文化无法得到拯救的寓言。其次，小说中子路的儿子石头，具有某种神秘的预知本领，他超人的智慧与残疾的双腿组成了另一则文化寓言。石头虽是高老庄人，但由于他无法站立，因此不具备高老庄人短腿的外形特征，这是否意味着残疾的双腿与超长的智慧存在着逻辑上的因果关系，只有放弃高老庄人，也就是汉民族短腿的形态特征，才会实现真正意义上的人种进化，即拥有超常的智慧？最后，也许是最为重要的文化寓言，就是贯穿全部小说的白云湫。这个极度神秘的意象在小说中频繁出现，但谁也不知道白云湫有何种神秘的力量。唯一去过白云湫的迷糊叔却是个疯子。西夏想去白云湫的计划因种种神秘的原因而始终无法实现。石头的特异功能、迷糊叔的疯以及高老庄人多患癌症的种种奇异现象均与白云湫有关。那么，白云湫意象在小说中构成何种文化寓言呢？贾平凹在小说的后记中说：“我无论写的什么题材，都是我营建我虚构世界的一种载体，载体之上的虚构世界才是我的本真。”白云湫就是贾平凹的虚构世界，这种彼岸的、超越现实的神秘意象，除了使小说形成一种整体上的混沌意象，以气韵取胜外，还表明了一种对本真可望不可即的追求。也就是说，虚构世界的本真无法获得，而现实中的汉文化也无法让人本真的栖居，这就在文化寓言的层面表达了贾平凹对汉文化无可救药的绝望，而这种绝望的结果便是对汉文化彻底的怀疑。从对传统文化的认同到拒绝再到无法自拔的怀疑，贾平凹完成了自“商州系列小说”以来对传统文化认识的思想历程。这其中“商州系列小说”只是这种历程的滥觞，至《废都》则为之一变，而《高老庄》最终完成了这种转变。由此可以看出，贾平凹的小说创作是有其内在延续性的。也在这个意义上，《高老庄》称得上是贾平凹对此前创作的一个总结。

但是，这里所说的传统文化仅仅包括子路为代表的儒家文化，而对待蔡老黑代表的民间文化时，贾平凹却走向了另一个极端。从蔡老黑这个人物在小说中的命运来看，堪称悲剧英雄。他具有许多高老庄人所缺乏的美德，诸如仗义疏财、扶危济困、敢爱敢恨，等等。而且外形高大的蔡老黑显然寄托了作家的某种理想，以至他在率众冲进地板厂、绑架石头后，作家仍然借西夏之口称他为真正的男子汉，并准备请律师为蔡老黑辩护。或许贾平凹不满于子路代表的儒家文化的软弱与卑微，试图以野性的力量与生命意志去疗救儒家文化的诸多弊端。但贾平凹至少忽略了这样一个事实：在中国从人治社会向法制国家过渡的今天，那种盲目推崇生命强力的冲动已沦落为复古一样可悲的保守主义境地。也许是贾平凹某种根深蒂固的寻根意识在作祟，他始终无法走出农业文明培育出来的以原始强力对抗现代性进程的怪圈。同时他也步入了对“寻根”概念的误区。在现代性为科学的发展、理性的解放作出庄严承诺的今天，“寻根”不该局限于挖掘民族集体无意识中的生命强力，而应从对传统文化的全面审视与理性辨析中寻找有利于现代性进程的合理成分。从这个意义上说，沉迷于古旧传统文化之中的贾平凹依然没有实现思想的飞跃。

尽管《高老庄》并未臻完善，但它在贾平凹小说创作中的地位却不容忽视。这不仅因为《高老庄》是此前作家小说创作的总结，同时也预示着作家今后的创作方向。在《高老庄》的后记中，贾平凹以“青天一鹤见精神”来概括自己小说观念的转变。他虽然仍把“关怀和忧患时下的中国”作为自己的天职，但《高老庄》很明显地转向了更加强调“精神”的感情。那种蕴含于文化冲突之间的张力对贾平凹而言，存在着越来越无法抗拒的魅力。而作家本人更为看重的是生活原生态背后的虚构世界，即对文化失落与重构的感悟，以及由此引出的人生存处境的问题。《高老庄》“汤汤水水、黏黏糊糊”琐碎叙事的后面，掩藏着贾平凹深沉而敏锐的形上思索。但这种转向也因此形成了难以调和的矛盾：一方面贾平凹尽力抒写生活的原生状态，试图在现实世界的载体上寻找人本真存在的方式；另一面却无法逃脱这种写法带来的形下束缚。他要求读者以实入虚，从小说描写的现实世界获得超越，去领悟虚构世界的本真。但实写不足以获得这种阅读效果，于是作家又在小说中加入了许多虚妄不经的言谈。尽管这种虚写使小说承载了丰厚的文化内涵，但过度玄奥的写法往往妨碍读者的理解，毕竟他早就是一位精于此道的高手了。另外，贾平凹的叙事依然建立在对“说不尽的商州”的言说之上。作家这种无法摆脱的“商州情结”，固然可以使他的创作驾轻就熟，但过于关注某种特定地域的文化形态反而会使小说的文化寓言失去某种普遍性价值。这对于贾平凹早期描写人在社会前进中的种种精神变化或许无关紧要，但当他将寻根意识与对文化的整体考察纳入自身的创作思路时，这种情结便成为制约作家向形上思索跃升的障碍。尽管《高老庄》还存在着许多不足，但正如前所述，《高老庄》不仅容纳了贾平凹此前小说创作的多种因素，而且作家有意识地以文化寓言的方式开启文化冲突的深刻内涵，并因此获得了较高的思想价值，因而《高老庄》的面世是贾平凹创作生涯的又一个重要收获。

（原载《小说评论》1999 年第 1 期）

“她们”的命运

——林白小说的女性人物

在20世纪90年代的文学语境中，女性写作无疑是一个引人注目的文学现象。其特别之处，并不仅仅在于女作家对女性身体和隐秘内心的书写。更为重要的是，女性写作在有意无意中，主动疏离了当代文学无时或忘的“主旋律”，这一主旋律常常被革命、启蒙等意识形态话语所把持，从而或多或少地远离了人的生命意识。特别是对于女性而言，她们在这种“被叙述”的命运中，不是被当做政治游戏的附庸，便是成为妇女解放的工具。她们到底在多大程度上经受了肖沃特所说的“文学虐待”其实已不重要，重要的是女性如何叙述了自己？90年代的女性写作虽然将叙述重心放到了女性自身，但是，她们的叙事就真的完全表达了女性自我的生命意识吗？本文试图通过对林白作品的研究，来考量女性写作的这一问题。

作为一个对语言相当敏感的作家，林白曾经幻想自己“就是语词隐秘的女儿，在很久很久的以前就与语词有着某种不为人知的亲和力，语词像云一样在我的头顶悬浮着，它们准确地掉落在我的面前，落到我的纸上”①。什么是“语词隐秘的女儿”？在林白的创作中，语言其实担当了指引作家通向内心去认识和创造自我的使命。在这个意义上，林白的叙述具有了一种极其隐秘的内在逻辑。这种叙述逻辑就是生命自身的逻辑。正如林白自己所说，那些语词“来自传统和文化，但它们最终要来自生命本身，从生命的深处涌流出来，表达生命本身”②。它与古希腊意义上的“逻各斯”有着某些共同的品质，即赫拉克利特所使用的富含暗示性魔力的语词，这种语词说明了言说者的存在。在它的背后，涌动着的是人的现实的生命活动，亦即人在生命中自我认识和否定的矛盾，作家对这种矛盾的叙述，表达的永远是认识生命本真意义的渴望。写作对于林白而言，实际上是作家对女性自我生命意识的探寻。

林白小说塑造的主要人物形象，基本上都是一些在生命的成长过程中寻求自我的女性。这些人物有着类似的性格特征：她们敏感孤僻、封闭自守，从小就表现得与别人格格不入。用《瓶中之水》中意萍的话说就是“问题儿童”。这“问题”的出现固然与残缺破碎的家庭环境有关，但更重要的原因恐怕是她们对性的意识与经验。《一个人的战争》中的林多米三岁丧父，母亲性格严肃，从而使她的童年缺乏亲人的关怀与抚慰，并造成了多米对世界的恐惧。这种恐惧感在一定程度上隔绝了多米和外部世界的接触。她害怕这个世界，不知该如何抵御世界对她的伤害。然而萦绕于心，始终挥之不去的恐惧感如果无法解脱，那么多米的生命将如何存在？换句话说，如果只有恐惧，没有安慰恐惧的方

① 林白：《语言与声音》，见《林白散文》，浙江文艺出版社 2001 年版，第 100 页。

② 同上书，第 99 页。

式，多米的生命旅途必将步步维艰，无以自处。因此，多米对自我身体的抚慰（“皮肤的饥渴”），就成为她安顿支离破碎的生命的方式。她在五六岁就开始的“对自己的凝视和抚摸”，诱惑邻家女孩莉莉玩性游戏的举动，虽然隐含着性的潜在欲望，但这些行为本身却具有一种合法性。毕竟，依据个体的生命感觉去编织完全属己的生命经纬，是现代伦理认可的行为方式。但是，童年的多米却在传统伦理的重压下疑虑重重，她“知道这是一件不能让人看见的事情，是一件不好的事”，特别是与莉莉玩性游戏，更是她幼年时期内心最大的秘密，也是她最大的负担和禁忌。这无疑加重了她性格的孤僻，并逐步形成了自闭和自虐共存的心理特征。相比之下，二帕的“问题”则来得较晚，当她十二岁时身体开始发生变化的时候，继父异样的眼神和“执拗的口哨声”使她觉得性是无比的可耻与可怕，而男人则成为威胁她安全的恐怖存在。于是，一种“忧郁注进了二帕的体内，这忧郁与她孩提时代的古怪和坚硬缠绕在一起，使她脸上落落寡合的神色越发根深蒂固”，“整个中学时代二帕像外星人一样从来不笑”。在这两个人物身上，我们看到了性作为禁忌的力量。在耻于言性的男权文化传统的压制下，女性生理、心理正常的发育过程，给少女的成长带来了巨大的困扰。一方面是不可抗拒的生命冲动，另一方面则是强大到恐怖程度的外界力量，在这两个敏感的少女内心中交战、冲突，她们只有用自闭去抵御外界的压力。对于多米等人而言，自闭虽然是一种病态的心理，但它却可以消解男权社会的伦理歧视。在自闭状态下，多米用自慰的方式安顿破碎的生命感觉，就变成了一种纯粹属己的个人行为，因为她无须在与他者的交往中承受传统伦理轻蔑的眼光。在这个意义上说，多米等人的自闭，其实是一种消极抵抗男权文化、以性的方式抚慰自我生命破碎感的方式。

但是，人毕竟也是社会的人。多米和二帕虽然经历了自闭的心理过程，但她们置身其间的社会现实却逼迫她们不得不走出自我，在与他人的交往中重新寻求自我生命的本真存在。然而，就像“娜拉出走”以后一样，她们在面对种种复杂的人际关系时仍然面对了一个“怎么办”的问题。因为一种与生俱来的性格，使她们不可能像大部分人那样去“正常”地生活。所以，她们和别人的交往，也体现出了有别于常人的方式。

在面对亲情关系时，多米和二帕都表现得非常淡漠。多米害怕母亲、二帕与自己的姐妹形同陌路。作为传统伦理的核心因素，亲情是维系人与人交往的基本关系。但多米们对亲情的淡漠，却表明她们融入社会的进度是何其艰难。如果连亲情也无法治愈她们的自闭症的话，那么其他的社会关系想必也难以令多米走出自我的精神牢笼。当她们考上大学时，生活为她们提供了一个新的契机。多米意识到她虽然是一个十分孤僻的孩子，但她需要一个全新的环境去改变自我，“帮她投入人群，使她成为一个正常的孩子”。但这个机会最终还是与她擦肩而过。从小形成的对男人的冷漠和蔑视，使多米感觉不到有交男性朋友的必要。而对女性身体的迷恋，又让她陷入了同性恋的境地。但是，男权社会根深蒂固的伦理观念令多米心怀恐惧，于是对同性的依恋便成了多米更大的心理负担。女性对她来说，既是一种诱惑，也是一种更深的恐惧。因为在自闭状态下的身体自慰，虽然也是离经叛道，但那毕竟是与人无关的行为。然而，现在对女性的依恋，却不得不建构在与“她者”的交往上，因此也必得承受男权社会更为强烈的刁难。这种恐惧感让多米更深地陷入了男性社会的话语霸权。

但是，多米就一直处在和男权文化对立的境地吗？其实，在多米的同性恋倾向中，已经出现了女性不堪重负，向男权妥协的迹象。尽管多米喜欢同性，但机会真的来临的时候，她却犹豫不决。当多米和一个叫南丹的女孩相遇后，虽然彼此爱慕，但多米却最终拒绝了南丹。隐含于其中的原因，便是多米对男权文化的深深畏惧。这种畏惧感使她害怕由此会和“正常的人群永远分开”，表明了多米向传统观念的臣服。同时，自称“最善于以男性目光欣赏女性”的南丹，总是令多米在恍惚之间觉得她正是自己的“保护人和男朋友”。这种将同性对象幻想为异性的心理，只能更加证明了传统观念的强大：即使在多米这样一个厌恶男性的女人身上，渴望男性的抚慰仍然是一个根深蒂固的生命欲望。换句话说，对于多米这样苦苦寻求生命本真意义的女性而言，永远逃脱不了被男人叙述的命运，只有在对男性的心理依赖中，多米才能重新安顿自己疲惫已久的灵魂。

但是，这种灵魂的安顿在多米的人生旅途中却是困难重重。她对于男性的矛盾心理，决定了多米融入主流社会的艰辛。作为一个自闭症患者，多米如今已经害怕了孤独。她需要一种服从和压迫：“这是隐藏在深处的东西，一种抛掉意志，把自己变成物的愿望深深地藏在这个女孩的体内，一有机会就会冒出来。女孩自己却以为是另一些东西：浪漫、了解生活、英雄主义。”这是什么样的力量，迫使多米的内心充满被征服的渴望？实际上，这种力量就是男权文化的力量。多米为了它，甘愿被征服、被压迫，这种念头一旦涌现便不可遏止，甚至演化成了多米内心的受虐心理。在这种心理的驱使下，多米近乎病态地把自己的初夜轻易地交给了一个不相识的男人，这个男人提供给了多米服从别人的机会。实际上，多米外表的独立和坚强都是假象，“她是天生的柔弱，弱到了骨子里，一切训练都无济于事”。在她的内心深处，迫切地需要一个男人：“她常常不由自主地听从一个男人，男性的声音总是使她起一种本能的反应，她情不自禁地把身体转向那个声音，不管那个声音来自什么地方，她总是觉得它来自她的上方。”她就像向日葵追寻太阳一般地追寻男人。但是，这种源自内心深处的对于男性的渴望，又怎样和多米自幼就厌恶男人的心理相妥协呢？

对于多米而言，她的生活不能缺少男人。否则，“弱到了骨子里”的灵魂如何撑得起现实生活的重压？但她对男人的憎恨，使她在依赖男性的时候，总是在父亲身上寻找着男性的慰藉。尽管她的父亲已经过世，但她仍然无法忘记他。如果她能够选择，她“还是宁愿要一个父亲。谁不愿意要一个父亲呢”？父亲是男性权威的象征。在没有父亲的前提下，丈夫便成为多米宣泄“恋父情结”的对象。于是，尽管多米在“30 岁之前竟没有爱过一个男人”，但她发誓“一定要疯狂地爱一次”，因为“我必须拯救我自己”，“我的周围空空荡荡，我像一个幽灵在生活着，我离人群越来越远”。男性 N 在尚未出场的时候，就成了多米拯救自己的工具。难怪在这场“疯狂”的恋爱结束之后，多米开始怀疑“我想我根本没有爱他，我爱的其实是自己的爱情”。这就表明，爱谁其实并不重要，甚至 N 是否值得爱也不重要，重要的是 N 替代了父亲，让多米渴望男性抚慰的欲望得到了满足。但反过来说，也许正因为多米内心深处对男性的渴望，才会使她毫无保留地爱上了 N，甚至“哪怕他是个骗子，毫无真才实学，哪怕他曾经杀人放火强奸，我都会爱他”。这种盲目的爱情，与其说是爱情本身的力量，倒不如说是多米对男性的强烈依赖感使然。但是，也许正因为这种过于强烈的依赖感令 N 无法忍受，从而导致了爱情的幻灭。在多米的感情世界中，我们看到了一个女性寻找自我的悲剧。尽管她从支离破碎的生命感觉出发，妄图在对抗男权社会的行为中确认自我，但最终却因男权文化的权力过于强大，而不得不在一种隐秘的受虐心理驱使下，陷入了进退两难的生存困境。

当爱情的火焰熄灭以后，多米逃避孤独、融入社会的努力似乎正变得愈发渺茫。她喜欢写作，但写作仍然不能使多米的内心获得满足。也许多米有一天会借写作出名，但她自己知道，写作始终不能让她在男权社会的重压下寻找到自我的本真存在。从某种意义上说，写作就像 N 一样，是多米希望从男性的权力世界中搜寻自己身影的手段。抱着这种目的的写作，终将会像 N 一样地离她远去。写作永远不会温暖她孤独寂寞的心。当多米在事业和爱情中再也无法辨认出自我的面目时，命运的结局就使她成为了一个虽生犹死的幽灵。在精神死亡以后，多米和与她有过类似经验的女人终于没能真正地进入过男性统治的世界。

虽然如此，林白笔下的女性却仍不会放弃这种进入的姿态。只不过她们开始尝试着放弃那些曾经让她们深深失望的爱情和事业，转而以一种垮掉的人生态度，在调侃与游戏的生存状态中抹掉了自我的女性意识。也许只有彻底忘记自己是一个女人，林白笔下的女性才能有机会进入她们可遇而不可求的男性世界。

《玻璃虫》中的林蛛蛛，在林多米未曾完成的旅途上继续前行。在她初到电影厂的时候，既没有后台，也没有势力和根基，感觉生活“密不透风，冰冷、残酷，像一台巨大的机器，在它面前，我只是一只蚂蚁，没有任何朋友可以帮我的忙，只有我自己”。在这种情况下，林蛛蛛要生活，就必须融入这个她完全陌生的社会，此外别无选择。于是，她把自己装扮成了一个无畏的革命者，同时也是一个“我是流氓我怕谁”的无赖，这两者在她身上合二为一，使她“既坚定无畏，又胆大妄为，一个新的林蛛蛛就诞生了”！这种“流氓”、“无赖”的表象，其实隐含了蛛蛛试图进入男性社会的隐秘策略。这种策略就是剥去文明的伪装、回到原始的生存状态。在这种状态下，蛛蛛可以无视男权社会的伦理法则，在犹如婴儿般的天真中为所欲为：谁能去责怪一个不守规矩的孩子呢？这种孩子气的天真掩饰了蛛蛛对一切欲望的追寻，甚至连她无赖似的蛮不讲理都可以被男权社会所包容。这种策略表面上大获成功，蛛蛛赢得了一大群男友，她看上去大彻大悟，不断地和男性玩着爱情游戏。但是，她却为此付出了一种怎样的代价？对于林蛛蛛而言，虽然她以她的孩子气赢得了男性的宠爱，然而，这种回归原始状态的生存方式，却抹杀了她的女性身份。在这样一种状态下，女性意识已被试图获得男性认同的自渎情结所代替。从林多米到林蛛蛛，林白讲述的女性故事始终未能替女性在男权文化中谋得属于女性自己的位置：她们无时或忘的，永远是男性的抚慰与认同。

由此想到当代女性写作的一个共同问题。尽管女作家的叙述早已深入到了女性的生命意识层面，但中国宗法制度编织的生命形式，却仍旧规划着中国女性的存在方式。即便她们竭尽全力，却仍然难逃被男性书写的命运。时至今日，“女人是谁”的问题，依然缠绕着那些关注女性人格独立和自我生命意识的作家的良知。也许冲破男权文化伦理霸权的叙事努力，不仅仅存在于对男性权力的颠覆之中，它还与女性如何认识自我密切相关。毕竟在没有真正了解女性独立的意义之前，女性写作始终无法真正地“让女人成为女人”。

（原载《小说评论》2002 年第 5 期）

他的叙述维护了谁

——李锐小说的价值立场

诗人何为？这个曾经被海德格尔反复思考的问题，如今已变得越来越难以回答。中国的小说家们，也许是受了利奥塔等人的蛊惑，往往在一种“怎么都行”的后现代语境中，用文学多元论的腔调轻而易举地解决了这个问题。但是，这种价值相对主义，在抹掉作家自身使命感的同时，也无限远离了文学。一个真诚面对叙述的作家，如果不知道自己为何写作，那么他的文学叙述就永远不会通达自己的内心。可以想象，远离了作家内心的写作，会成为一幅怎样的文学图景？当代文学的历史已经告诉了我们，那样的文学不是军代表的政治报告，便是可供改编的肥皂剧剧本。所以，真诚的作家永远不会停下追寻文学本质的脚步。也许前程渺茫，路途多蹇，但他们的每一次努力都在响应着海氏的追问，同时也在灵魂的注视下检验着自己的文学良知。

1994 年，作家李锐写下了一段这样的文字：“当死亡和对死亡的自觉划破了永恒的幻想的时候，生命之火的灼烤是那样的分明而疼痛。当疼痛袭来的那一刻，我忽然渴望一张桌子，渴望一支笔，渴望面对着一张白纸倾诉自己。不是为了永恒，不是为了金钱，不是为了庄子和萨特，不是为了曹雪芹和加缪，也不是为了观众和掌声；只是为了那灼人的渴望，只是为了自己，只是为了那拂之不去的记忆。”① 如果说这就是李锐对“诗人何为”的回答，那么写作便是记忆的召唤，它源自作家内心深处对生命永恒的幻想和幻想破灭之后的悲哀。正如这篇文章的标题《留下的，留不下的》所暗示的一样，写作对于李锐而言，其实就是留下那些留不下的生命的方式。在我们每个人的生命中，留下的仅仅是活过的生命印痕，除此之外我们一无所有。相反，留不下的则是生命本身。在死亡没有降临之前，我们一直都在失去那永远留不下的生命。但是，这并不意味着我们只有失去而不会收获，因为“幸亏造化在给了我们死亡的同时，也给了我们回忆的力量和智慧”。回忆让逝去的生命在消失的同时也在重生，“每一秒钟留不住的生命，却也都会留下每一秒钟生命的记忆”②。这些记忆会在生命不断消失的过程中重新激活我们的内心，让我们在怅惘的同时感到欣慰，也令我们在无尽的回忆中重新触摸生命的印痕，并在触摸中唤起我们过往岁月的全新体验。在这一过程中，写作担当了引领作家走向记忆的重任，它会在叙述中努力挽留那些无法留下的事物。这也意味着李锐对写作的忠诚，其实就是作家对生命意识的坚守。然而，这种生命意识却绝非仅仅是对自我生命的眷恋，如果是那样的话，李锐就不会写下这样的文字，他说：“终有一天，你会有幸获得一个感人至深的故事，你会有

---

① 李锐：《留下的，留不下的》，《传说之死·跋》，长江文艺出版社 1994 年版。

② 同上。

幸在一行诗里，在一瞬间，与人共度岁月千年。”① 与谁共度？是那些被写进故事里的人，还是被故事唤起了生命记忆的人？无论怎样，在李锐用小说编织的虚构世界中，一定有某些神圣的事物，被他用写作精心呵护。那么，他的叙述，究竟维护了谁？

在许多文学研究者看来，《厚土》无疑是李锐的小说代表作。但正如李锐的写作“不是为了庄子和萨特”一样，这部小说难以让那些专好发掘微言大义的新锐批评家满意。不止是因为小说里的人物土得掉渣，还因为小说在叙述上并无“新小说”一类的技巧。与以往的许多农村题材小说不同的是，在李锐笔下，我们既看不到作家对农民政策的热衷，也很少看到吕梁山脉绵延起伏的奇峰异峦。“厚土”系列只不过是作家对自己生活中留下的某些生命印痕的书写，它始终隐含着作家对生命的记忆。在这个意义上，“厚土”系列的代表性其实不一定意味着李锐的创作高峰，它还代表着李锐在未来的岁月中将铭记于心，并不断坚守和深化的价值立场。这一立场，便是作家对个体生命意识的捍卫。从这样的价值立场出发，李锐试图依靠叙事的力量，去对抗一切戕害个体生命感觉的外部压力。从李锐的小说来看，那些干扰、损害人物生命意识的外部压力，不论以政治还是伦理的面目出现，都压制着人们遵循自我生命意识去生活的正当要求。尤为反讽的是，种种“应当”名目大行其道。在《厚土》中，李锐反对了这些理所当然的看法。他努力呈现的，其实是存留于记忆中的生命的真实。艾萨克·辛格的哥哥曾经说过：“看法总是要陈旧过时，而事实永远不会

① 李锐：《留下的，留不下的》，《传说之死·跋》，长江文艺出版社 1994 年版。

陈旧过时。”[①] 这句话说明看法靠不住的同时，也强调了事实的生命力。或许正因为事实不会像看法那样朝三暮四，所以优秀的作家才会在自己的写作中尽力追寻着事实的足迹。“厚土”系列表达了李锐认识生命的愿望，那就是抛开看法，依据自己的记忆在叙述吕梁山人民生活的过程中，捍卫生命的事实。他必须面对的敌人，就是种种掩盖、歪曲和规划生命事实的“看法”。这样一种小说的价值立场，其实从未远离李锐对那些留下的和留不下的生命的叙述。在“厚土”系列中，生命的事实就是活着的事实，它强调了在活着的事实面前一切生活形式的无能。在那些黑胡子老汉、婆姨以及学生娃的言谈中，庄子和萨特对生命哲学的思考远远抵不上面朝黄土背朝天换来的真理，他们仅仅是一群实实在在的生活的农民。不论生活多么艰辛，都无法阻拦人们对生命的热爱——艰辛的生活形式只会令他们苦中作乐，而规划人们生命的政治理想，以及一切打着理想招牌的看法，都在黑胡子老汉的戏文中被调笑着淡忘。李锐的叙述就像他笔下的农民一样，平静而又朴实。即使对政治的消解，也蕴涵在温和幽默的喜剧氛围之中。那些记录了生命印痕的文字，也许仍然留不住生命本身，但却建立了李锐对生命事实的敬意，并使他在以后的叙述中永久保持了一份温情。这份情感让他即使在叙述留不下的生命本身时，也能始终保持清醒，去面对那些破坏生命事实的形形色色的看法。

从《传说之死》开始，李锐叙述了一个个感人至深的“银城故事”。在银城这座虚拟的人生舞台上，欲望与理想、崇高与卑劣交相辉映，照耀着说不尽的银城故事。那些生活在故事里的人们，似乎从来都对生命的事实视而不见。他们的言谈与行动，

① 转引自余华《我能否相信自己》，人民日报出版社 1998 年版，第 3 页。

永远指向与生命相悖的权力与欲望。无论是崇高的革命、虚伪的伦理还是贪婪的情欲，都以禁锢生命的形式残暴地剥夺了生命的价值。直到六姑婆李紫痕毁容吃斋的那天开始，银城这座平庸世故的城市才开始了她惊鸿一现的传说。虽然这个传说与美丽无关，但六姑婆李紫痕仍然用她对生命的敬意，演绎了传说共有的高洁品质。《传说之死》的故事，其实就是被侮辱与被损害的生命的呢喃。虽然微弱无声，但仍在政治权力、家庭伦理的重重重压下展示了生命无法被彻底剥夺的尊严。六姑婆李紫痕所在的家族，几乎是银城一切权力斗争的场所，这里有地主、盐商、军阀、长工乃至共产党，亲缘关系的复杂使残酷的阶级斗争更显残酷，为了某种私欲，连亲人之间都可以互相倾轧。在生命不断毁灭的悲剧中，唯一能超越各种利益关系的人物，似乎只有李紫痕这样一个吃斋念佛的女人。她不懂政治，只是本着慈悲为怀的信念和善良的天性呵护着每一个趋于绝境的生命。为了九个，她甘愿冒着杀头的危险加入了共产党，虽然对于革命的崇高目标一无所知，却仍然为革命奉献着自己的生命。对于她而言，参加革命不过是为了保护自己的弟弟，她并不理解革命，但却比许多革命者先知先觉地洞察了生命的事实。这一事实就是生命自有的价值，它不该因时代的变迁而有所减损。用李紫痕朴实的话说："啥子时代也是一副肩膀挑起一个脑壳。"出于这种近乎自由主义的生命观念，李紫痕以自己的行为蔑视了一切蔑视生命的"理想"与欲望。她收养反革命分子后代的举动，在那些为现实利益斗得你死我活的人看来，无疑近乎愚昧。但谁能抚慰孤苦无助的生命个体，为他们轻轻拭去灵魂破碎的眼泪？不是乌托邦式的政治神话，也不是循礼守节的传统理论，而是这个爱惜生命的女性。她的行为，无疑让现实中饱受摧残的生命感到了一丝安慰。在世人的猜忌、误解与怀疑中，李紫痕的故事超越了那个时代，并最终成为了一个空谷足音式的传说。但是，传说毕竟是虚幻的，李紫痕历经沧桑的生命忧伤终究敌不过尘世中人欲壑难填的疯狂。故事的结尾，随着李紫痕的孤独离世，这个充满悲剧色彩的传说也终于昙花一现。李锐的叙述，虽然在与禁锢生命的权力抗争中试图维护生命的尊严，但仍然无法挽留那些逝去的生命。

1992 年，李锐完成了他的第一部长篇小说《旧址》。故事与《传说之死》并无二致，只不过随着小说容量的增加，人物命运的悲欢离合、生命个体所承受的侮辱与损害愈发惊心动魄。李锐的叙述，也在目睹笔下人物生命逝去的过程中更显悲天悯人的素朴情怀。小说的主人公，从《传说之死》的李紫痕扩充成了李氏家族的几代人。尽管他们的命运在形式上各不相同，但结局都无一例外地成为了各种权力斗争的牺牲品。在他们的悲剧故事当中，既有政治和伦理对生命个体的戕害，也有虚假意识对生命自由的蒙蔽。目前似乎成了历史进程中的常态：当历史以必然性的名义展现出自己不可抗拒的力量时，任何有悖历史潮流的个人和群体都不得不面对毁灭的危险。因此，尽管像族长李乃敬这样一个颇具儒家道德圣人风范的生命个体，也不得不在革命的历史洪流中被强制性地赶下了历史舞台。与之相比，那些小人物的命运就愈发显得卑贱。所以，随着 1951 年公历 10 月 24 日听鱼池畔的枪声响起，李氏家族的众多生命便成了喘息在历史洪流之下的孤魂野鬼。彼时，唯有与这些生命血肉相连的李紫痕泪如雨下。她不懂历史规律的进步意义，只知道历史以追求自由的名义剥夺了自己亲人的生命。她唯一可做的就是收养李乃敬的后人，为李氏家族保存一股血脉。类似的故事在《旧址》中随处可见，无论革命还是反革命分子，都以残酷的暴力剥夺着无辜个体的生存权。如果说这种悲剧的故事的根源是历史的权力意志所致，那么另外一些悲剧则来源于人们的虚假意识。在李乃之等革命党人的心目中，革命是神圣的解放斗争，它以自由为终极目标。但是，小说中革命自身的悲剧命运却对革命的初衷形成了反讽。和小说中无处不在的传统理论一样，革命作为一种取而代之的正统思想，具有社会学的特征，“它意味着有组织的集体对个性自由的权威，对人的自由精神的权威”[①]。革命其实就是以集体的名义使用暴力，强制性的让人们获得自由。对于李乃之等革命者而言，传统理论代表的封建主义禁锢了人们的自由，唯有暴力革命，才能拯救苦难的大众。但是，当革命的风暴席卷李氏家族的时候，许多无辜的生命也为抽象的自由付出了惨痛的代价。那些卑贱的个体，在历史的必然性铁律下发出的哀号与呼告，足以让许多像李紫痕一样珍视生命的人们感到痛惜。历史的悖论正在于此，为什么以自由为名义的正义运动，总是被无辜者的鲜血蒙上污垢？李锐的叙述并未就此展开讨论，但他讲述的故事，尤其是那些被革命剥夺了生命的故事，却形象地揭示了隐含于自由之中的罪恶。当小说的革命行动以社会学的特征规划着每一个体的生命形式的时候，实际上已经先验地漠视了生命自由的事实。对于李锐而言，无论传统理论、革命还是反革命，都是人类的虚假意识。这些“看法”几乎全部以类的形式规范着人们的生命事实，当人变成一个抽象的主体概念——“人类”的时候，当革命要求每个具体的生命个体为之献身的时候，自由也与罪恶相去不远了。

面对种种压制生命的看法，李锐的叙述展示了抗争的勇气。在李紫痕这个人物身上，寄托着李锐对生命意识的坚守。对于李

---

① ［俄］别尔嘉耶夫：《自我认识——思想自传》，雷永生译，广西师范大学出版社2001年版，第54页。

紫痕而言，根本不存在抽象的人类观念，她只懂得每个生命都具有生存的权利。在这种素朴的认识中，李紫痕以自己悲悯的情怀收容了李之生和冬哥。她的抗争，充分展示了生命自由的力量。尽管从社会实践层面来看，李紫痕的所有选择都是不自由的，她并不能够提供正义与反动的价值准则，但她却在生命意识的层面揭示了自由的本真含义：自由是人的独立性，是人的内在个性的决定性，自由是人的创造力量。在生命意识的自由中，自由不是提供给我的善与恶的选择，而是我对善与恶的创造。从毁容吃斋的那一天开始，李紫痕便创造了关于生命自由的价值准则，它是对所有政治理论的背弃。支撑起李紫痕区分善恶的标准，不是政治意义上的进步与反动，而是对待生命的态度。在李紫痕看来，凡是戕害生命的一切行为，都是她抗争的对象。她始终相信着自己的判断，即使在面对一切压制生命的强大力量面前，她也用对每一个人的爱反抗着以自由为名义的罪恶。当李紫痕完成了自己的创造以后，她的生命也进入了自由的生存状态。这种状态通过死亡的形式展现了出来，她把自己的尸体“打扮得如一个华丽无比的盛装的嫁娘”，死亡成了另一种形式的再生：她以死亡的方式成了银城独一无二的女人，并在人们代代相传的传说中，获得了永生。李锐的叙述，也终于在超越尘世的层面上留下了留不下的生命。

从《旧址》开始，李锐的叙述延续和深化了隐含在“厚土”系列中的思想。这一思想的核心，就是以生命为本位的人道主义。这种人道主义思想与抽象的概念无关，它是作家对生命个体的价值关怀，对于李锐而言，无论遵循或是反抗历史的权力意志，都不应该漠视生命自身的价值。那些禁锢生命个体的“看法”，在侵害生命事实的同时，也扭曲了自由的含义。什么是自由？在政治和社会层面的自由，是否真正捍卫了生命的自由？至少从李锐的叙述中，我们只看到了自由对生命的剥夺。当历史以争取自由的名义展示自己的权力意志时，生命个体的道德选择、政治取向早已没有任何自由可言。就连爱情也成了机关算尽的权力交易：八妹和杨楚雄、延安和歪歪之间的婚姻，不是传统理论的家长意志，便是“政治正确”的需要。在这种情形下，自由越来越远离了生命个体的内在基础。在这个意义上说，《旧址》讲述的银城故事，就是政治权力、传统理论对生命自由的戕害。李锐的写作，在揭示这种戕害生命事实的同时，也试图用叙述温暖那些被侮辱与被损害的人们的内心。他通过李紫痕这一人物的塑造，重新考量了自由的含义。自由不是别的，就是人的内在决定性。但事实果真如此的话，自由就意味着必须颠覆一切禁锢这种自由的外在力量。这种颠覆不仅仅表达的是对历史权力意志的愤慨情绪，它还必须在生命意识的层面颠覆传统的历史观念。《银城故事》就是这样一部建构在生命意识层面上的审视历史权力的作品。

在《银城故事》中，李锐展示了一种新历史主义的历史观。虽然自 20 世纪 80 年代起，反抗历史必然性、重视边缘历史叙述的众多作品业已表达了新时期文学的启蒙特征，但像《银城故事》这样完全以戏剧的偶然性编织历史叙事的作品，却仍然为当代小说颠覆历史理性的启蒙思想提供了一些崭新的质素。在小说的题记部分，李锐开宗明义地表达了对那些“漏洞百出、自相矛盾的历史文献”的怀疑。因此，《银城故事》的历史叙述就不是一部表现历史规律、描写历史进程的作品。虽然小说充分展示了 20 世纪 10 年代风云动荡的历史画面，但那些原本只是时代配角的历史潜流，却像“涨满性感河水”的银溪那样，淹没了历史的河床。相反，本应支配历史进程的历史规律，却一而再、再而三地遭受了历史偶然性的嘲弄。小说的主线是一场酝酿许久的革命暴动。但是当刘兰亭、欧阳朗云、刘振武等革命志士准备为之抛头颅、洒热血的时候，一些措手不及的意外变故却令敌人聂芹轩兵不血刃地取得了胜利。欧阳朗云自作主张的暗杀行动使暴动流产，援兵刘振武却与自己亲生父亲率领的农民起义军进行着殊死搏斗……种种情节的跌宕起伏完全背离了革命故事习见的情节模式，起义失败的根源不是敌我双方力量的悬殊，而是革命者出人意表的命运发展。假如不是因为刘三公的护犊心切间接导致了刘兰亭的自杀，又假如刘振武没有遇到天义军而遭受亲人的复仇，又或者欧阳朗云再坚强一些，没有供出刘兰亭……或许革命者还能反戈一击，不致如此一败涂地。但正是因为没有这些虚构的历史想象，小说中的革命故事才展现了截然不同的历史面貌。这种远离历史文献的另一种真实，恰恰隐藏着李锐小说一以贯之的价值立场：不是历史规律谋划着个体的生命形式，而是小说人物的个人命运左右着历史的进程。在这个意义上，《银城故事》以种种偶然事件编织的历史故事，在颠覆习见的历史叙事模式、解构历史规律的同时，也间接表达了李锐维护个体生命的价值立场。因此，在这部小说中，我们看到了李锐对历史的拷问："无理性的历史对于生命残酷的淹没，让我深深地体会到最有理性的人类所造出来的最无理性的历史，给人自己所造成的永无解脱的困境。"[①] 这种拷问始终质疑着历史无视人类生命、自在演进的本体性深化。也许是出于这种新历史主义的小说观念，李锐才为从历史规律的角度去评判自己笔下的人物，就像对待欧阳朗云这样一个事实上背叛了革命的人物来说，李锐的笔触也从未对他加以一丝一毫的责难。他尽力描绘的始终是这个人物内心的激情与怯懦。即使在叙事结构上，小说也在讲述牛屎客的故事

① 李锐：《银城故事·后记》，长江文艺出版社 2002 年版。

中有意无意地疏远着以革命故事为代表的“历史进程”。种种迹象显示,《银城故事》这部小说事实上延续了《旧址》对压制个体生命的历史理性的反叛。虽然不像《旧址》那样饱含着对被侮辱与被损害的人物的深切同情，但李锐在《银城故事》中仍然通过对历史的重构，“从个人出发去追问人类普遍的困境”[①]。更具体地说，即是从个体生命遭受历史规律压制的事实之中捍卫人类的生命自由。这样的小说价值立场，实际上是在面对留不下的生命的时候，用叙述维护着生命的尊严。这也意味着李锐的写作本身，就是作家与自己笔下受尽侮辱和损害的人们的休戚与共：在共同承受和反抗历史施加的苦难与历程中，李锐渴望与他的人物一道去超越历史织就的权力牢笼，留下那些留不下的生命本身，并与之“共度岁月千年”。

希腊诗人阿奇克洛斯有言，云“狐狸多知，而刺猬有一大知”[②]。虽然狐狸机巧百出，却不敌刺猬一计之防御。在面对“诗人何为”的良知叩问时，李锐似乎更像一只刺猬，虽然他的读者在数量上永远无法和一些“与时俱进”的狐狸型作家相比，但他“不是为了观念和掌声”的写作，却始终证明着文学的力量：“古往今来，文学的存在从来就没有减少过哪怕一丝一毫的人间苦难。可文学的存在却一直在证明着剥夺、压迫的残忍。一直在证明着被苦难所煎熬的生命的可贵，一直在证明着人所带给自己的种种桎梏的可悲，一直在证明着生命本该享有的幸福和自由。”[③] 这种价值一元论的小说立场其实是李锐用叙述展开的抗

---

① 李锐:《银城故事·后记》，长江文艺出版社 2002 年版。

② 伯林:《俄国思想家》，译林出版社 2001 年版，第 26 页。

③ 李锐:《本来该有的自信》，《银城故事·前言》，长江文艺出版社 2002 年版。

争。只有在陪伴与呵护个体生命的在世创伤中，作家才能在叙述中抚慰和安顿那些被历史权力意志所碾碎了的孤单灵魂。他的写作，永远在维护被侮辱与被损害的生命的同时，未曾片刻远离对生命本身的敬意。

（原载《小说评论》2003 年第 2 期）

第 三 辑

现代主义文学传播史论

话语、策略与权力

——20世纪70年代末西方现代主义文艺思潮在中国大陆的传播

作为一种“知识”，西方现代主义文艺思潮在中国大陆的传播可谓由来已久。自五四时期便已开始的这股传播浪潮，虽然曾因政治形势的剧变而一度归于沉寂，但随着70年代末大陆思想界的解冻，现代主义的传播又再度兴盛起来。这场传播运动的结果，最终促成了现代主义知识的合法化：80年代文学界乃至整个知识界对现代主义的异常关注，使得现代主义成为了知识分子以各种方式谈论“中国问题”时无法忽略的一个理论武器。然而，现代主义获得合法性的合法化过程却是一个隐而未彰的问题：谁为现代主义的传播颁发了许可证？谁又为现代主义的合法化制定了叙述法则？在叙述法则的制约下，现代主义的传播又采取了哪些具体策略？对于这些问题的考察，也许有助于揭开现代主义知识合法化过程的神秘面纱。

随着“文化大革命”的结束，在70年代末的中国语境中，支撑社会思想言路的话语构成发生了一个显著的变化：除了始终占支配地位的意识形态话语之外，启蒙话语也因“文革”结束后思想解放运动的高涨而日渐强大。从表面上看，启蒙话语批判和解构的对象是造成“文革”灾难的极左意识形态，但在现实环境中，由于意识形态话语的自我调整，使得启蒙主义在历史目标上与意识形态不谋而合，从而形成了两种异质话语的同构关系，这种历史目标的一致性，不仅使批判性的启蒙话语获得了意识形态许可的合法性，也为当时现代主义的传播提供了历史契机。

1978 年，意识形态话语针对自身做出了一个极为重要的调整。在这一年召开的中共十一届三中全会上，不仅肯定了“实践是检验真理的唯一标准”，还确定了停止使用“以阶级斗争为纲”的口号，提出中共全党的工作重点转移到“社会主义现代化建设”上来。从此，意识形态话语便将自身言路的核心从“阶级斗争”转向了“现代化”诉求。这一转向标志着新时期之初的意识形态话语，已将建构现代民族国家的重任，视为自己的历史目标。为了实现这一目标，意识形态话语采取了一种开放的姿态，它允许接纳一切有利于实现这一历史目标的生产力、社会思潮与文化理念。在这一背景下，西方现代思潮便顺理成章地纳入了意识形态话语的视野。并且，由于意识形态话语的“现代化”诉求集中体现在生产力的发展上，而当时社会心理中广泛存在的“落后的焦虑”，使得人们在潜意识中将生产力高度发达的西方国家作为了借鉴的对象。同时，“经济基础决定上层建筑”这一马克思主义的经典判断，又使得新时期之初的文学界在追求“文学现代化”的过程中，也在潜意识中将作为上层建筑的西方现代文学当做了赶超的对象。依据当时对西方现代文学的理解，西方现代文学是西方现代化的产物，而西方现代主义文学又被认为是西方现代文学的主流。在以西方现代化为借鉴对象的意识形态诉求中，作为现代化产物的西方现代主义文学便成了中国文学界学习的对象。因此，西方现代主义在中国大陆的传播，便隐含着中国当代文学的现代化诉求。正是在这种开放的视野中，西方现代主义的传播获得了意识形态话语许可的合法性前提。

但是，只凭借意识形态话语赋予的合法性，并不足以促成现代主义的传入，从更深层次的文化心理上来说，正是由于西方现代主义思潮适应了新时期启蒙话语的内在需求，才获得了广泛传播的历史契机。

在描述现代中国的五四运动时，“启蒙主义”是被使用得最为频繁的字眼之一。“民主”、“科学”、“改造国民性”等五四命题在当时启蒙主义者的文化想象中，曾一度超越了“民族”、“国家”的范畴。显然，这是启蒙主义话语在文化哲学层面上的反映。但问题的复杂性却不止于此，尽管五四启蒙主义运动的自我意识并非政治，而是改造国民性，摧毁旧传统的文化自救意识，但它从一开始便明确包含着或暗中潜伏着政治的因素和要素：“这个通过‘最后觉悟之觉悟’所要达到的目标，自然是指向国家、社会和群体的发展和进步。即是说，启蒙的目标，文化的改造，传统的扔弃，仍是为了国家民族，仍是为了改变中国的政局和社会的面貌。它仍然没有脱离中国士大夫‘以天下为己任’的固有传统，也没有脱离中国近代的反抗外侮，追求富强的救亡主线。扔弃传统（以儒学为代表的旧文化旧道德）、打碎偶像（孔子）、全盘西化、民主启蒙，都仍然是为了使中国富强起来，使中国进步起来，使中国不再受外国列强的欺侮压迫，使广大人民生活得更好一些……所有这些就并不是为了争个人的‘天赋权利’——纯然个体主义的自由、独立、平等。"[①] 从这段分析中可以看出，西方意义上的启蒙主义，其历史目标与历史手段已在现代中国发生了错位。五四时期的启蒙主义仍然以建构现代民族国家（"反抗外侮、追求富强"）为己任，而个体的解放反而退为启蒙主义的历史手段。李泽厚这一在20世纪80年代中国产生了巨大影响的论断，事实上为80年代中国的启蒙运动赋予了意识形态许可的合法性前提，即80年代中国的启蒙主义话语在历史目标上与当时的意识形态话语完全一致，都是为了建构一个现代民族国家，社会主义现代化就是意识形态话语的表述方式。正是由于历史目标的一致性，当代中国的启蒙主义与意识形态在话语结构上才形成了异质同构的关系。70年代末西方现代主义文艺思潮的传播，因此获得了一种必然性的历史逻辑：首先是意识形态为启蒙主义赋予了合法性；其次，由于启蒙主义对西方现代主义的内在需求，最终促使西方现代主义的传播获得了意识形态许可的合法性前提。

但是，问题的症结在于，西方现代主义文艺思潮在哪些层面上契合了启蒙主义的内在需求，从而获得了自身的合法性呢？本文认为，在70年代末的中国，现代主义已经偏离了"西方"这一特定的社会语境，并且在中国学者"实用理性"的观照下，成了一种"被叙述的传统"。换言之，现代主义的启蒙功能，并非完全在于它自身所具有的启蒙特征，而在于当时中国学者对于西方现代主义的"叙述"。

综观七八十年代之交介绍西方现代主义的文章，可以发现这样一种现象，即在中国学者看来，西方现代主义的启蒙功能，第一，来自于它的认识论特征。当时颇具代表性的观点认为，西方

① 李泽厚：《中国思想史论》（下），安徽文艺出版社1999年版，第828页。

现代主义是“富有时代特征、能够反映现代西方社会矛盾和人们心理的一个重要派别”，它总的倾向是“反映分崩离析的现代西方资本主义社会里个人与社会、个人与他人、个人和物质、自然和个人与自我之间的畸形关系，以及由此产生的精神创伤、变态心理、悲观绝望情绪和虚无主义思想”[①]。尽管这一论点具有明显的价值判断，但它的重要性却在70年代末的中国不言而喻。由于“文革”对人性的压抑和扭曲，对社会公正的践踏，使得人们很容易将它与西方的两次世界大战联系在一起。发生于20世纪上半叶的两次世界大战，彻底摧毁了西方人赖以维系精神自足的价值体系，人性异化、道德崩溃成为战后西方文明的形象写照。而现代主义恰恰是在这片文明的废墟中发展起来的，它对人性异化和理性迷误的揭示，在很大程度上迎合了70年代末人们反思“文革”的心理需要。因此，引进西方现代主义这一传播行为本身便暗含着认识“文革”、反思“文革”的启蒙功能。

第二，西方现代主义文艺思潮在“被叙述”的命运中，获得了一种“人道主义”的性质。这其中，存在主义思潮的传播是一个经典例证。由于“文革”对人性尊严的践踏，人们开始反思人性的失落，呼吁人性的复归。发生于1979—1980年间的人道主义大讨论，尽管主要是从马克思主义中汲取人道主义因子，但也有部分学者从存在主义中窥见了人性之光。出于对人道主义的渴望，中国学者较早翻译了萨特的《存在主义是一种人道主义》[②]。同时，存在主义的介绍者们还将复杂的存在主义思潮化为“存在先于本质”、“自由选择”等核心命题：“它强调了个体的自由创造性、主观能动性，这就大大优越于命定论、宿命

---

① 袁可嘉：《欧美现代派文学概述》，《百科知识》1980年第1期。

② ［法］萨特：《存在主义是一种人道主义》，《外国文学》1980年第5期。

论；它把人的存在归结为这种自主的选择和创造，这充实了人类的存在的积极内容，大大优越于那种怠惰寄生的哲学和依靠神仙皇帝的消极处世态度；它把自主的选择和创造作为决定人的本质的条件，也有助于人为获得优秀的本质而做出主观的努力，不失为人生道路上一种可取的动力。"① 这段评论中提及的"命定论"和"宿命论"，无疑与"文革"的"血统论"属于同一语义系统。肯定存在主义的"存在先于本质"论和"自由选择"论便隐含着反对"文革""血统论"（命定论）的人道主义性质。正是在这一层面上，"存在主义是一种人道主义"的命题获得了积极的启蒙功能。

第三，由于70年代末中国的启蒙运动"是一个十分复杂的思想运动，其有渴慕西方现代化的同质性诉求，又有对其进行批判和反思的潜在性格"②。因此，启蒙运动内部从一开始就存在着二元对立的紧张关系。这实际上是五四运动以来所提出的"中/西"、"现代化/民族化"等一系列思想命题的当代模式。"渴慕西方现代化的同质性诉求"是"建设社会主义现代化"的意识形态话语在社会心理中的自然延伸，而"对其进行批判和反思的潜在性格"却是意识形态话语维护其国家意志的民族主义立场的必要手段。同时，西方现代化的进程表明，"现代化"是一把双刃剑，它本身所具有的"二律背反"特征，往往使人性异化与科技进步相伴随。更为重要的是，从七八十年代之交的中国学者对于西方现代主义的"叙述"来看，"表现资本主义文

① 柳鸣九：《现当代资产阶级文学评价的几个问题》，《外国文学研究》1979年第1—2期。

② 许纪霖：《另一种启蒙》，花城出版社1999年版，第250页。

明的危机”是现代主义最基本的主题[①]。可以说，西方现代主义尤其是其中的人文主义思潮，诸如存在主义、尼采哲学、弗洛伊德主义等，都是站在批判的立场上反思西方现代化进程中的人性异化现象，以至于有论者将西方现代主义文学称为“异化文学”[②]。当时的这种认识水平使得西方现代主义获得了一种批判“现代化”的潜在性格。将这样一种“批判”思潮引进当代中国，其意义至少有两个层面：首先，现代主义对于西方现代化的批判，有利于意识形态话语维护自身的国家意志（社会主义现代化不等同于西方现代化，这是杜绝“全盘西化”的理论基础）；其次，它还有助于反思中国现代化进程中出现的人性异化现象。在这一层面中，现代主义获得了另一种启蒙功能。

当现代主义文艺思潮经过介绍者们的“叙述”之后，它所拥有的启蒙功能便得到了意识形态和启蒙主义两大话语的认可。而在现代主义的传播过程中，经过被“叙述”的现代主义到底在多大程度上偏离了自身，其实已经并不重要，正如利奥塔尔所言：“真实的知识永远是一种由转引的陈述构成的间接知识，这些转引的陈述被并入某个主体的元叙事，这个元叙事保证了知识的合法性。”[③] 对于70年代末西方现代主义的传播而言，这个“元叙事”就是意识形态话语，是它赋予了启蒙话语的合法性，并在此层面上进一步认可了具有启蒙功能的现代主义。

但是，现实的复杂性在于，意识形态的话语构成远非铁板一块，它一方面要吸纳有利于实现现代化的社会思潮；另一方面又

---

① 陈焜：《漫评西方现代文学》，《春风译丛》1981年第4期。

② 许汝祉：《异化文学与两种异化观》，《南京师范学院学报》1982年第3期。

③ ［法］让-弗朗索瓦·利奥塔尔：《后现代状态：关于知识的报告》，车槿山译，三联书店1997年版，第73页。

必须时时警惕这种思潮的破坏性，以确保自身的权威不受动摇。因此，在意识形态一元叙事的规范下，传播现代主义的中国学者便不得不遵从某种特定的叙事法则：如何叙述（介绍）西方现代主义，成了当时知识界一个无法绕开的难题。这意味着即使在谈论现代主义的进步性时，也必须以不损害意识形态话语的权威为前提。因此，在现代主义传播的过程中，讲求策略便成为现代主义介绍者们所普遍采用的方式。

从70年代末介绍西方现代主义的众多文本来看，“政治正确”无疑是评判现代主义的一个价值标准。在这一价值标准中，过去从作家的阶级身份出发评判其作品进步与否的尺度已被遗弃。取而代之的，是从一个作家的政治立场去衡量其作品的进步性。换言之，如果一个作家的政治立场与意识形态一致，那么，即便他的阶级身份不属于无产阶级，也可被视为进步作家。这种既维护意识形态话语的权威性，又避免极“左”倾向的价值标准，无疑拓宽了西方现代主义的传播路径。

具体而言，70年代末的中国学者，在维护意识形态权威的叙述法则制约下，大致采用了以下三种传播策略。

首先，现代主义的介绍者们在作家的政治立场中发掘意识形态许可的合法性因素。其具体表现就是侧重介绍那些在政治立场上与无产阶级作家较为接近的现代主义作家。“在现当代资产阶级文学中，具有进步倾向、从事过进步的政治社会活动、表现了社会主义的作家是相当多的”，如波德莱尔是“1848年革命的参加者”，他之所以“政治正确”，是因为1848年革命“虽然是资产阶级民主主义性质的，但发动者和主力军是巴黎的无产阶级”。19世纪象征主义诗人魏尔伦、兰波“都同情过巴黎公社”，法国超现实主义作家苏波、艾吕雅、阿拉贡甚至还参加了共产党，马尔罗同情中国革命，参加过国共合作。至于萨特，则参加过共产党，“反对法国的殖民主义政策”。而荒诞派作家贝克特，作为一位“反纳粹的斗士”，参加过第二次世界大战期间巴黎的地下斗争。[①] 从当时的介绍情况中可以看到，为了论证西方现代主义作家政治立场的进步性，介绍者们采取了“取其一点，不及其余”的实用主义策略，即将西方现代主义作家自身拥有的人性、良知等个人话语转化为一种政治性的集体话语，这种“叙述”方式在确认西方现代主义作家“政治正确”的同时，无疑为其介绍行为获取了合法性前提。因此，“我们”应对其给予“充分的肯定”[②]。

其次，现代主义的介绍者们还力求返归马克思主义文艺思想的“原典”，从中为现代主义文艺思潮的传播寻找理论支持。他们将马克思在《〈政治经济学批判〉导言》中提出的“物质生产的发展同艺术生产的不平衡关系”的论点作为传播现代主义的重要依据。按照这一论断，尽管20世纪的资本主义已发展到“垂死”与“腐朽”的帝国主义阶段，但西方现代主义仍有其进步性。在现代主义文学的介绍者们看来，现代主义文学首要的进步因素在于它表现了资本主义文明的危机，是资本主义社会现实的反映，它“揭示了资本主义社会的某些阴暗面和矛盾”[③]。这一判断的理论依据正是“物质生产与艺术发展的不平衡关系”，用当时的话说，就是“把一个时代的文学与那个时代或那个时代的一个阶级的历史地位完全等同起来，是完全站不住脚的”[④]。从这种阐释中可以看到，现代主义文学

---

① 柳鸣九：《现当代资产阶级文学评价的几个问题》，《外国文学研究》1979年第1—2期。

② 同上。

③ 袁可嘉：《欧美现代派文学概述》，《百科知识》1980年第1期。

④ 陈焜：《漫评西方现代文学》，《春风译丛》1981年第4期。

的介绍者们将现代主义文学对人存在普遍困境的揭示具体到资本主义的社会语境中，从而使现代主义文学获得了一种对于资本主义社会的“批判性”，因而，这种传播策略依然遵从了“政治正确”的价值尺度。

再次，从现代主义与现实主义的关系出发，在文学的文本层面肯定现代主义文学的创作方法，是现代主义传播的又一重要策略。《外国文学动态》1980 年第 1 期刊载了一篇名为《苏联社会主义现实主义理论的新阶段》的文章，其中介绍了 70 年代以来苏联社会主义现实主义理论的新发展。文章称“以苏奇科夫和马尔科夫为代表的学派”认为，“社会主义现实主义是‘真实地描写生活的历史的开放体系’”，“在艺术中达到审美效果的手段和方式是多种多样的，其中包括非现实主义的手段和方式”，“所谓开放性，对社会主义现实主义来说，就是‘客观地认识不断发展的现实生活是没有界限的，题材的选材是没有限制的，因而表现生活的真实的艺术手段也是没有限制的’”。这些论点将现实主义的创作方法视为一种开放体系，从理论上将现实主义变成了“无边的现实主义”。它的涵盖范围相当广泛，在这个意义上，现代主义文学中的创作方法，诸如意识流、心理分析、荒诞描写等都可以纳入这一无所不包的体系，以至于有学者将新时期文学中的现代主义文学理解为“心理现实主义”、“生命现实主义”、“象征现实主义”等以“现实主义”冠名的文学流派①。对于七八十年代之交的现代主义文学的介绍者们而言，这种现实主义理论符合了他们的传播策略，“现代主义和现实主义构不成一对矛盾”的理论提法在当时并不少见，“真正有价值的‘现代主义’作品也是‘反映’现实

① 参见张学正《现实主义文学在当代中国》，南开大学出版社 1997 年版。

的，其中往往也有广义的现实主义，也有广义的浪漫主义”[①]，“苏联文学的赞美机器，歌颂集体，讴歌社会主义的未来美景，西欧文学歌颂大都市、摩天大楼，强调个人，分析潜在意识，这一切五光十色的新型文学，都是属于现代主义”[②]。在这里，现实主义与现代主义似乎达成了一致，做出这种判断的卞之琳、施蛰存等人都是三四十年代现代主义文学的实践者，他们的说法也因此更具影响力。按照这种判断，西方现代主义的许多作家在被介绍进中国时往往戴上了现实主义作家的桂冠——如卡夫卡就被视为一个现实主义作家。造成这种情况的原因不难理解，现实主义作为当时的文学主潮，其哲学基础是马克思主义的历史唯物主义，它与意识形态在话语本质上具有同一性，因此，取消现代主义与现实主义的对立性和差异性，就意味着清除现代主义文学中的反意识形态话语，进而为它自身的广泛传播获取意识形态许可的合法性因素。

至此，前文提出的一些问题已基本明朗：现代主义知识的合法化，并不是一个自然而然的过程，而是诸多话语权力综合作用的结果。意识形态话语作为统摄整个传播运动的元叙事，既颁发了西方现代主义登陆中国的通行证，又制定了传播现代主义所必须遵守的叙述法则，而启蒙话语的内在需求，又使得传播现代主义的中国学者给现代主义注入了带有实用主义色彩的启蒙功能。在这个意义上说，现代主义知识的合法化过程，并不是知识学层面的求真过程，而是解释学意义上的“阅读期待”所导致的必然结果。同时，中国学者在叙述现代主义时所采用的言说方式，其主旨并非是对西方现代主义知识的原版引进，而是与认定西方

① 卞之琳：《现代主义和现实主义构不成一对矛盾》，《读书》1983年第5期。

② 施蛰存：《关于“现代派”一席谈》，《文汇报》1983年10月18日。

现代主义为资产阶级腐朽思想的极“左”意识形态的斗争，它奠定了这场传播运动的方法论基础：“说话就是斗争（意思是参加游戏），语言行为属于一种普遍的竞技。”① 这表明现代主义知识合法性的获得，实际上是中国学者在意识形态话语权力的规范下，以语言游戏的传播策略在叙述中赋予了现代主义知识的合法性。尽管这种知识的合法性更多地局限于70年代末的中国语境内，但在这场“体制为游戏规定了一些界限”② 的传播运动中，原本被视为腐朽没落的西方现代主义逐步被中国知识界所普遍接受，进而在80年代的思想启蒙运动中发挥了积极的功用。

（原载《天津社会科学》2006年第1期）

① ［法］让－弗朗索瓦·利奥塔尔：《后现代状态：关于知识的报告》，车槿山译，三联书店1997年版，第18页。

② 同上书，第35页。

“对话”与“潜对话”

——略论“现代派”论争中的文学接受

对于新时期初的大陆文学界而言，如何清理后“文革”时代的价值废墟，重建社会正义与道德秩序，业已成为当代文学一个无以回避的历史问题。由此引发的种种创作潮流，也逐步形成了以书写“文革”记忆为特征、以历史批判为指向的人道主义文学。尽管这一文学思潮对于“文革”的反思与批判贡献良多，但因其固有的社会政治学色彩而未能真正深入人性空间，从而也无法在理性层面直抵国人异化的精神根源。不过随着20世纪70年代末西方现代主义文艺思潮在中国大陆的广泛传播，这一局面也开始有所改观。

一 “现代派”论争的发生背景

发生于70年代末的现代主义传播运动，实际上是大陆新启蒙运动的有机组成部分。隐含于这场传播运动中的传播策略与权力游戏，处处展示了意识形态和启蒙主义话语的颉颃互竞。[①] 但这场传播运动的结果，却在译介、讨论、评述现代主义的诸多言路中，汇聚而成了两种不同层面的“对话”。就探索人性异化根源、发掘国民性弱点等启蒙问题而言，中国的知识分子们充分利用了西方现代主义的认识论特征，从对人类存在困境的质询和对资本主义文明的批判中，展开了关于现代主义文化的“政治对话”；但就当代文学的发展趋向等文学问题而言，现代主义的传播却在“社会主义/资本主义”意识形态的政治对话之外，形成了一场有关当代文学现代性的“文学对话”。极具讨论意味的话题正在于此，由这场“对话”与“潜对话”出发，不仅可以观察到彼时中国知识分子的文学接受，亦可一窥新时期文学现代性追求的逻辑起点。

从 1978 年到 1982 年间，全国主要报刊登载的译介、讨论、评述现代派文学的文章，有四百余篇。其中外国文学和上海译文两家出版社的“20 世纪外国文学丛书”、“外国文学名著丛书”，漓江出版社的“诺贝尔文学奖获奖作家作品集”，湖南人民出版社的“诗苑译林”，都是颇有影响的书系。此外，外国文学出版社还编译了“外国文学研究资料”专辑，除作家（莎士比亚、巴尔扎克、海明威、福克纳、加西亚·马尔克斯、萨特、川端康成等）的专集外，尚有“流派”（荒诞派戏剧、新小说等）专集。西方 20 世纪文论，以及哲学、美学、文化学、社会学、心理学等社会科学和人文学科的重要成果的译介，也受到文学界的热情关注；弗洛伊德心理学、存在主义、现象学、俄国形式主义、结构主义、阐释学、新批评、符号学、后结构主义、女性主

① 参见叶立文《话语、策略与权力——20 世纪 70 年代末西方现代主义文艺思潮在中国大陆的传播》，《天津社会科学》2006 年第 1 期。

义文学批评等，都逐一得到介绍，这些学说在中国80年代的文学发展中留下了深刻印迹。文学界对"现代派"的热情，引发了80年代初的有关"现代派"评价问题的论争。有关此次"现代派"文学的论争情况，人民文学出版社于1984年出版了上、下两册的《西方现代派文学问题论争集》（何望贤编选，内部发行）。除收入报刊上发表的代表性文章外，还附有"关于西方现代派文学问题讨论文章目录索引（1978—1982）"。该书的"出版说明"指出："在文艺战线，清除和防止精神污染的重要任务之一，就是要批评和抵制试图将反映西方资产阶级意识形态的现代主义文艺移植到我国来，以表现所谓'社会主义异化'为主题，按照形形色色的个人主义世界观来歪曲我国社会主义现实的错误主张和错误作品。"① 由此可见，"现代派"论争首先是一场涉及不同意识形态话语之间的政治论争。至于这场论争的缘起，则始于时任《外国文学研究》主编的徐迟的一篇短文。

二 "现代派"论争的"政治对话"

1982年，徐迟在《外国文学研究》上发表了《现代化与现代派》一文②，旋即引发了关于"现代派"文学的论争。徐迟的这篇文章本是为《外国文学研究》季刊发起的西方现代派文学的讨论作一小结，结果却引发了更大的一场论战。这场论争从1982年到1984年前后持续了近三年，同时被批判的还有谢冕、

① 参见洪子诚《中国当代文学史》，北京大学出版社1999年版，第228—229页。

② 徐迟：《现代化与现代派》，《外国文学研究》1982年第1期。

孙绍振和徐敬亚论述“朦胧诗”“崛起”的三篇文章①，以及发表在《上海文学》1982 年第 7 期上的冯骥才、李陀和刘心武放的“三只小风筝”②。

如果仅从印象中去描述 80 年代初文学界关于现代派的论争，结果无疑是令人失望的。在很大程度上，这次“现代派”论争多多少少掺杂着评论者的个人意气与门户之见，这一点可以从当时水平良莠不齐的论争文章中见到。但是，任何一次历史事件都隐含着当事者的思想预设，无论对于这一历史事件做出何种价值判断，都不得不考虑其思想背景的历史性。就 80 年代初的“现代派”论争而言，讨论双方都受制于当时意识形态和文学观念的影响，论争行为的演变极其鲜明地标识出了现代主义文学对于既定文学观念的冲击。

其实早在此次“现代派”论争之前的现代主义传播运动中，拥护和反对现代主义的论争就已开始。对于在 70 年代末传播西方现代主义文学的知识分子而言，他们在译介文章中的态度远非客观介绍，而是处处展开着与反对者之间的“对话”。因此，在当时译介现代主义文学的文章中，已然隐含了论争双方的对立格局：一方是急切传播现代主义文学的先行者，另一方则是固守“传统”的“现实主义者”。后者深受政治因素的影响，极力反对具有资本主义意识形态的现代主义文学。因此，推行现代主义文学的介绍者们便肩负着双重任务：一方面是客观地翻译西方现

---

① 这三篇文章分别是：谢冕：《在新的崛起面前》，《光明日报》1980 年 5 月 7 日；孙绍振：《新的美学原则在崛起》，《诗刊》1981 年第 3 期；徐敬亚：《崛起的诗群》，《当代文学思潮》1983 年第 3 期。

② “三只小风筝”指的是《上海文学》1982 年第 2 期发表的冯骥才、李陀和刘心武的通信，标题分别为：冯骥才：《中国文学需要“现代派”》；李陀：《现代小说不等于“现代化”》；刘心武：《需要冷静地思考》。

代主义文学；另一方面放弃“中立”的价值立场，在译介性质的文章中不断给出反对现代主义的论点并予以抨击，试图以这种“对话”的方式清除文学价值体系中过多的意识形态色彩。可见，所谓的“现代派”论争并非始自1982年，从现代主义文学的传播之日起，这种论争便在介绍者的译介文本中开始出现。只不过那些“给定”的反现代主义者作为潜在的对话者不断以意识形态的话语霸权去压制了现代主义这一文学“异端”。由于意识形态话语的影响，使得习惯于操持这一话语方式的反现代主义者往往从文学以外的政治、历史等视角进行批评活动，而拥护现代主义文学的一方又常常在表现技巧这一非意识形态的范畴中肯定现代主义文学，因此，这种对话并不存在一个共同的论域，唯一相通的只是维护意识形态权威的共同的思想平台：反现代主义者自不待言，而现代主义文学的介绍者们也出于传播策略的考虑，将现代主义理解为批判资本主义文明的武器，从而肯定了现代主义文学对社会主义意识形态的维护功能。但这种肯定只是为获取现代主义的合法性，并未得到反现代主义者的承认。按照巴赫金“对话”理论的思维逻辑，真正的“对话”必须具有“未完成性”，即“对话”双方都不把对方看成是自己的附属品，都反对把他人置于自己的结论中使“对话”得以完成。① 而70年代末反对现代主义文学的论者却借助意识形态的力量压制了现代主义文学的深入传播。因此，如“要社会主义文学，还是要现代派文学”的论辩思路在当时随处可见，这种凭借意识形态话语权压制现代主义文学传播的论争方式，只能令“现代派”论争停留在政治层面，从而令对话无法真正展开。因此，意识形态

① 参见［法］托多罗夫《巴赫金对话理论及其他》，蒋子华、张萍译，百花文艺出版社1999年版。

色彩浓厚的“政治对话”便成为“现代派”论争的首要特征。但在80年代初的创作实践中，随着“朦胧诗”和王蒙等人的“意识流小说”的出现，“现代派”论争开始演变成为一场有关当代文学发展方向的文学“对话”。如果在这一层面上看待发生于1982年的“现代派”论争，就有可能在“政治对话”中寻找到真正属于文学领域的“文学对话”。

三 “现代派”论争的“文学对话”

在后来评价这场论争的文章中，有学者认为此次论争是“文艺政策和文化心理的调整”，争论的焦点是“我们要不要现代派”，“至于‘现代派是什么’和‘应该怎么看’等论题，都已成了争论的手段和论据”①。从论争双方的意见来看，“我们要不要现代派”这一问题的实质在于“现代派是否等同于文学的现代化”。其实，这一问题便是“我们要不要现代派”的评判标准。将“现代派”与“现代化”联系起来考察，体现了一种“文学现代化”的诉求。可以这么说，“文艺政策和文化心理的调整”接续了此前传播现代主义文学的“对话”性质，即在超文学的政治层面中为本土现代主义文学的出现消除“传统”的习见，进而建构社会心理的接受机制；“文学现代化”则以前瞻的姿态讨论当代文学的现代化如何可能？尽管这一问题的内涵和外延在实际讨论中仍以“政治对话”为主，但问题的提法却已决定了“现代派”论争向文学自身回归的倾向。

① 许子东：《现代主义与中国新时期文学》，《文学评论》1989年第4期。

因此，隐含于“文艺政策和文化心理的调整”这一“政治对话”之中的“潜对话”，便是一场意义深远的“文学对话”——即关于“文学现代化”的论争。不管论争双方的意见如何相左，“文学现代化”都已成为双方共同认可的文学观念。因此，“我们要不要现代派”这一论争中原本属于“政治对话”层面的问题，便可转化为“文学对话”中的核心问题，即“文学的现代化是否就是现代主义化”？

在“现代派”论争的实际过程中，意见对立的双方在辩论逻辑上都表现出了惊人的一致性：他们都立足于西方语境，在现代主义文学与西方发达国家物质文明的关系中去理解“现代派”的意义与价值，进而将这种论断“移植”到中国语境，论证“文学现代化”与“现代主义化”之间的关系。因此，论争双方的思想预设都带有一定的西方中心主义色彩。从支持引进“现代派”文学的论点看，支持者大都强调了一种与社会经济进化相应的文学发展模式。徐迟的《现代化与现代派》一文，将“现代派”看做是“现代化”发展的必然产物，尽管他强调“应当有马克思主义的现代主义”，但文章的论据基本上限于西方语境，因此，当徐迟说“我们将实现社会的四个现代化，并且到时候会出现我们的现代派思想感情的文学艺术”时，他实际上把自己对于西方语境中的“现代化”与“现代派”关系的理解“移植”到了中国语境。这种判断的根据就是“西方现代派，作为西方物质生活的反映，不管你如何骂它，看来并没有阻碍西方经济的发展，确实倒是适应了它”，“我们可以相信，西方现代派文艺也将创作出有利于人类进步的信心百倍的理想主义作品，描绘出未来的新世界的新姿”。徐迟据此许诺了中国语境中“现代派”文学艺术的出现。这种论点相信“现代化、工业化”“给人以希望”，并许诺给人们带来进步。[①] 在这样的思维逻辑中，“现代派”被看成了“现代化”的标志，即文学的现代化就是现代主义化。同样，这种思维逻辑仍然体现了“经济基础决定上层建筑”的思维模式。形成这种判断的根源在于支持现代派的论者首先设定了西方“现代派”的“适应”功能，即西方现代主义文学与西方物质文明的“现代化”相一致。在这个意义上，徐迟的论点已明显偏离了70年代末中国知识分子对于西方现代主义文学的认识。在当时译介现代主义文学的介绍者看来，西方现代主义文学作为针对西方“现代化”的“批判”思潮有利于维护社会主义的意识形态，因此现代主义才能获得可供广泛传播的合法性。即使在西方语境中，这一论点也可成立，丹尼尔·贝尔将现代主义的批判性质系统地阐述为“冲突理论”，他把“现代主义”视为资产阶级“不共戴天的仇人”。[②] 而这场论争中支持现代派的论点却从反面指认了现代主义的适应功能。这种对于西方现代派的认识，表明了现代派是西方现代化的产物，其目的在于转换论辩逻辑，即以“传统/现代”这一时间维度掩盖“中/西”的空间比较，进而从历史进化论的视角认定“现代派”是“时代”发展的必然结果。这种逻辑转换淡化了不同意识形态系统之间的对抗，从而在时间维度中表达了一种走向“世界文学”的渴望。在此意义上，“文学现代化”就是“世界文学”化，一旦认定了“现代派”是“世界文学”的发展趋向，那么“文学现代化”等同于“现代主义”就构成了逻辑上的自足性。简言之，徐迟等支持引进“现

① ［美］杰姆逊：《后现代主义与文化理论》，唐小兵译，北京大学出版社1997年版，第168页。

② ［美］丹尼尔·贝尔：《资本主义文化矛盾》，赵一凡、蒲隆、任晓晋译，三联书店1989年版，第33—34页。

代派”的论者，从“中/西”比较的空间坐标中抽取“传统/现代”的时间纬度，以使中国文学走向世界文学，体现的正是“文学现代化”的诉求。在当时社会心理的“现代化焦虑”的驱动下，“民族性”这一文学的民族主义立场被降至次要地位，取而代之的是一种“世界主义”的文学观念。

针对徐迟的论点，一些反对者首先质疑的就是现代化与现代派之间的必然联系。在众多的反对意见中，李准的《现代化与现代派有着必然联系吗?》一文颇具代表性。① 李准分析了徐迟的论点，反对徐迟“把一种文艺流派、文艺思潮的出现看作以科学技术水平为标志的、物质生产力发展的直接派生物”，李准认为“每一种文艺流派、文艺思潮的产生和发展，都是以特定的社会根源（包括经济制度、政治制度及其沿革，人们的社会实践状况）和思想根源作为直接原因，而物质生产力的作用和影响则是间接的”。这一论点表明，“现代派”与“现代化”之间并无“必然”的联系。李准将徐迟的立论依据视为一种“唯生产力”论，并且认为“现代派文艺产生和发展的直接原因，应当到西方国家经济制度、政治制度及其演变中去寻找，到资本主义社会的基本矛盾和包括精神生活在内的整个社会生活的发展变化中去寻找”。可见，现代派论争的反方同样主张在西方语境中理解“现代化”与“现代派”的关系。

如果依照李准的这种思维逻辑，“我们要不要现代派”这一问题就必须在中国语境中的“经济制度”、“政治制度”、“精神生活”中去理解与回答。问题的关键在于，如果说支持引进“现代派”的论者以“物质生产力”这个具有一般性的角度去肯定“现代派”，表现出一种普遍性的话，那么反对“现代派”的

① 李准：《现代化与现代派有着必然联系吗?》，《文艺报》1983年第2期。

论者则侧重在具体语境中去阐释“现代化”与“现代派”的关系，强调的是“现代派”在中西语境中的不可通约性，即我们要不要“现代派”这一提问必须在中国的语境中才可回答。从论争双方的思维逻辑看，这一问句的背后潜伏着一种对立关系，支持现代派的论者对于现代派与现代化的关系具有“普遍主义”的思想预设，他们从物质层面的现代化追求推论出“世界文学”的文学观念，而反对者则以特殊性为其思想预设，强调现代派文学的不可通约性，试图以此抵御西方文化的进攻，这实际上隐含着文学中的“民族主义”立场。“文学现代化”作为论争双方的共同目标也存在于反对现代派的论者之中，他们认为现代派不是世界文学的主流，因而反对“文学现代化”的“现代主义化”，但其立论的依据仍从“文学的现代化”入手，只是在具体走向上与对手各有侧重。因此，这场“现代派”论争实际上隐含着“文学对话”的一个根本问题，即在当代文学走向现代化的过程中，如何解决现代化与民族化的对立，亦即“世界文学”与“民族文学”的对立。

由此次“现代派”论争中所表现出来的这两种文学观念一直纠缠着80年代初具有现代主义因素的文学创作。王蒙等号称“借鉴”西方现代派的作家，实际上在注重现代主义文学的表现技巧中体现了“民族主义”的文学观念。尽管王蒙等人的“借鉴”本身就含有走向“世界文学”的倾向，但由于现代主义文学的先行作家受到了现实主义传统的制约，在追求文学现代化的过程中总是强调本民族的因素，因而才会出现“现代主义东方化”的命题。[①] 这一命题对于理解本土具有现代主义因素的创作实践至关重要，在这个意义上，发生于1982年的现代派论争在

① 参见宋耀良《意识流文学东方化过程》，《文学评论》1986年第1期。

“文学现代化”的共同目标下，实则隐含着世界文学与民族文学的观念冲突，并进而影响了当代文学的现代主义实验，因此具有重要的文学史意义。

回顾新时期之初的这场“现代派”论争，无论其性质多么驳杂，都有一点可以肯定，即现代主义文学从一开始就成为了中国当代文学重返自身的逻辑起点与内在动力。这不仅意味着本土现代主义文学创作的兴起，也标示出新时期纯文学观念的逐步确立。审视1949年至1976年间的当代文学，其整体格局深受政治、历史等超文学因素的影响，从本质上令纯文学的文学观念遭受了深度压抑，也使得文学文本成为了政治与时代精神的传声筒。让“文学重返自身”，摆脱政治的束缚，业已成为当代文学的发展方向。就此而言，有关现代主义文学的传播与接受无疑提供了一条出路，这就是文学的“观念形态转型”，即以西方现代主义文学提供的现代“观念形态”替代传统的政治意识形态。由于现代主义包括了存在主义、弗洛伊德主义、尼采哲学等西方现代哲学中的人本主义思潮，因此在这股思潮的影响下，当代文学中的“人”的话语才能逐步从单纯呼唤人性的复归，逐步走向对人深度心理模式及存在困境的揭示。由此而来的不仅仅是对文学表现领域的拓宽，更有助于文学肩负起认识人自身的启蒙功能，后者无疑为“文学就是人学”这一历史命题提供了新的阐释。在这个意义上，现代主义文学的传播与接受，在动摇当代文学、传统文学观念的同时，也为文学向“人学”的回归开辟了道路。

（原载《中国文学的传播与接受》第一辑，中华书局2006年版）

语言的竞技

——论新时期初存在主义文学的传播策略

在新时期初的中国文学界，作为主导型文艺思潮的现实主义尽管已开始发生变革，但就其内在的精神气质和文化品格而言，却依然是一种被历史权力所异化了的文艺思潮。为改变这种局面，许多中国知识分子都极力提倡对西方现代主义文学的引进和传播。尤其是随着20世纪70年代末大陆思想界的解冻，经过一些知识分子的不断努力，西方现代主义文学的传播运动终于蔚为大观。而其结果，不仅促成了现代主义文学的知识合法化，亦深刻改变了当代文学的基本面貌：无论是反思“文革”、呼唤人性的人道主义文学，还是深入民族集体意识、探求国人精神异化现象的先锋文学，都与西方现代主义文艺思潮有着千丝万缕的联系。而在流派众多的现代主义文学中，存在主义文学的传播尤为引人注目：从长期以来被视为腐朽没落的资产阶级意识形态，到深刻改变当代文学面貌的文艺思潮，存在主义文学在新时期初经历了一个耐人寻味的知识合法化进程。值得注意的是，在这一历史过程中，那些致力于传播存在主义文学的中国知识分子，凭借实施思想启蒙的传播初衷，以各种幽微曲折的传播策略，巧妙地绕开了意识形态的权力规避，并在不违背“社会主义/资本主义”意识形态对垒原则的基础上，最终促成了存在主义文学的合法化。本文通过对存在主义文学传播策略的考察，试图探寻当时的中国知识分子在进行传播活动时的良苦用心，也希冀从中一窥知识的文化旅行究竟具有怎样的意义衍变。

“文革”结束以后，改革开放逐步成为时代的主旋律。在此政治格局下，意识形态开始吸纳一些有利于现代化建设的异域文化/文学思潮，但显然也对异域文化/文学思潮持一种审慎态度。受此环境制约，中国知识分子在撰文传播存在主义文学时，也不得不遵循一定的游戏规则，即一切文化/文学思潮的传播都必须以维护传统意识形态的话语权威为前提。因此，那些致力于传播存在主义文学的中国知识分子，便以讲求传播策略的方式参与到了一场纷繁复杂的话语游戏之中：他们必须行走在诸多历史力量的夹缝之间，既要达到传播存在主义文学的目的，使其服务于思想启蒙运动，又不能危及意识形态的根基。在这个意义上说，存在主义文学的合法化过程，并非一个知识学层面的求真过程，而是传播者们在解释学意义上实践其思想启蒙的“阅读期待”及遵循游戏规则的必然结果。因此，中国知识分子在传播存在主义文学时就采用了下文将要论及的多种传播策略，其实际状况正如利奥塔所言：“说话就是斗争（意思是参加游戏），语言行为属于一种普遍的竞技。”[①] 那么，在这场语言竞技中，存在主义文学的传播者们究竟采用了怎样的传播策略呢？

---

① ［法］让-弗朗索瓦·利奥塔尔：《后现代状态：关于知识的报告》，车槿山译，三联书店1997年版，第18页。

一

对于许多中国知识分子而言，传播存在主义文学的有利条件应包含以下两个方面：一是存在主义作家必须政治正确；二是这些作家在处理重大政治题材时没有立场问题。唯有符合这两点，方能为存在主义文学的传播打开意识形态壁垒。因此，强调西方存在主义作家政治立场的正确性，就成为中国知识分子传播存在主义文学的首选策略。

在介绍萨特及其存在主义文学时，柳鸣九充分肯定了萨特的政治立场。他认为，尽管萨特作为一个资产阶级思想家，试图用存在主义“修正”马克思主义，但“总的说来，他对马克思主义的态度还是赞赏和向往的，这就显示了他作为一个超脱了狭隘阶级局限性的思想家的风度”①。将萨特对于马克思主义的态度作为评价其政治立场的思想基础，显然有利于论证萨特的政治正确。而柳鸣九认为萨特“超脱了狭隘阶级局限性”的观点则语带双关：一面固然是以超越阶级分野的标准淡化萨特的资产阶级思想家身份；另一面实则暗讽“文革”阶级决定论的思想流毒。

作为造成中国当代社会等级制度的思想根源，阶级决定论及其附属的血统论思想无疑是新时期初思想启蒙运动的批判标靶，它不仅阻碍了社会平等和公义的实现，也在客观程度上影响了存在主义文学的传播。按阶级决定论的标准衡量，由于存在主义文

---

① 柳鸣九：《萨特研究·序》，《萨特研究》，中国社会科学出版社1981年版。

学诞生于西方社会，因而也被归入了腐朽没落的资产阶级意识形态体系。在这个意义上说，柳鸣九高度评价一位资产阶级思想家，便具有了批判阶级决定论的启蒙意义。因为萨特的例子说明，即使在资产阶级阵营内部，也有超越狭隘阶级局限性的进步思想家。柳鸣九实际上在肯定萨特政治立场的同时，间接否定了阶级决定论所标榜的普世倾向。这一做法无疑为存在主义文学的传播赋予了一种启蒙色彩。倘若细加追究，又可从柳鸣九的传播策略中一睹新时期初意识形态与启蒙话语的共谋关系。一般说来，作为倡扬理性思想、反对权威的启蒙主义，往往与主流意识形态针锋相对。但在新时期初的中国大陆，由于意识形态改变了“以阶级斗争为纲”的方针政策，转向了建设社会主义现代化的历史目标，因而与追求社会平等和公义的启蒙话语不谋而合，由此自然形成了意识形态与启蒙话语的历史共谋。在此思想语境下，柳鸣九解读存在主义作家政治立场的传播策略便具有了一定的时代特征：关注存在主义作家的政治立场是否正确，是社会主义意识形态话语的要求，而柳鸣九对于萨特政治立场的启蒙主义解读，则是思想启蒙运动的自然回应。这一做法尽管看似矛盾，但由于意识形态和启蒙话语共谋关系的存在，柳鸣九才会在不触及意识形态权威的前提下，推进了萨特及其存在主义文学的传播。由此也可看出，意识形态和启蒙话语的共谋关系，不仅为中国知识分子传播存在主义文学创造了一个相对含混和自由的语义空间，而且也为传播者们的过度阐释创造了便利条件。

实际上，为达到传播存在主义文学的目的，许多中国知识分子在介绍这一文学流派时都有意对其进行了过度阐释。如柳鸣九在论证萨特的政治正确时，就有意回避了影响萨特政治立场取向的公共知识分子品性。通过解读萨特的反法西斯斗争、支持工人罢工和学生运动等一系列政治活动，柳鸣九认为萨特“是资本主义社会现实的批判者，是反动资产阶级的非正义和罪行的抗议者，是被压迫和被迫害者的朋友，是社会主义、共产主义的同路人，是苏联社会主义、帝国主义的抗议者”①。而且萨特的“政治履历表”“充分显示出了一种不畏强暴、不谋私利、忘我地主持正义的精神和任自己的感情真挚地流露而不加矫饰和伪装的襟怀坦白的政治风格”②。这种政治风格充分说明了萨特是“社会主义、共产主义的同路人”。有鉴于此，柳鸣九认为萨特“要求作家用文学来为战斗行动服务”的“倾向性的文学”也具有充分的合理性，即便《肮脏的手》等对无产阶级政党存有“某种偏见”的作品，亦不足以掩盖萨特作为一位进步作家的历史事实。从这一观点出发，柳鸣九认为萨特的大部分作品都具有进步的政治立场：如“剧本《死无葬身之地》（1946）表现被德国占领当局逮捕的游击队员威武不屈的英雄主义，《毕恭毕敬的妓女》（1947）尖锐地揭露了美国的种族歧视和上层统治阶级的卑劣，《涅克拉索夫》（1956）对法国反动势力进行了讽刺，《阿尔托纳的隐藏者》（1960）抨击了法西斯的残余势力”③，等等。

由柳鸣九对萨特及其存在主义文学的分析中，不仅可见某种过度阐释的思维逻辑，亦可折射出中国知识分子渴望引进萨特及其存在主义文学的良苦用心。尽管柳鸣九在介绍萨特的政治活动时尚不失客观态度，但在解释其政治表现的历史原因时却有失偏颇。因为在柳鸣九的政治阐释下，萨特所有反抗强暴的政治活动均来自其进步的政治立场，而促成萨特反抗专制、不畏强暴的精神动力则付之阙如。萨特曾经被誉为“20世纪人类的良心”，他

① 柳鸣九：《萨特研究·序》，《萨特研究》，中国社会科学出版社1981年版。
② 同上。
③ 同上。

所具有的道德良知和正义感才是引发作家所有抗争行为的精神动力。这份源自公共知识分子品性的反抗冲动，其实远比作家的政治立场更能说明问题。但为论证存在主义作家政治立场的进步性，中国知识分子往往采用了“取其一点，不及其余”的实用主义策略，将西方现代主义作家的人性良知等个人话语转化为一种政治性的集体话语。这种阐释方式在确认存在主义作家政治正确的同时，也为其文学作品的广泛传播获取了意识形态的合法性。柳鸣九据此认为，“我们”应对这些具有进步政治倾向的西方现代主义作家作品给予“充分的肯定”①。他说：“萨特应该得到现代无产阶级的接待，我们不能拒绝萨特所留下来的这份精神遗产，这一份遗产应该为无产阶级所继承，也只能由无产阶级来继承，由无产阶级来科学地加以分析，取其精华，去其糟粕。”②这番言论发表在萨特逝世后不久，颇有为萨特盖棺定论的意味。不过柳鸣九的分析，使萨特的“倾向性文学”变成了一种与政治斗争密切相关的战斗文学，而其真正内涵却被深深遮蔽。事实上，有关外部世界的政治斗争只不过是存在主义文学的一个侧面，对存在主义哲学的文学演绎才是萨特等人的创作指归。在萨特的创作中，作家不仅书写着人类普遍的精神困境，还细腻描绘了笔下人物遭受现实异化的生存图景。他对人类恶心式生存体验的叙述，对人类摆脱自在生存方式后向自为境地进发的英勇举动，都倾注了远比政治斗争更大的热情。所谓的“倾向性文学”或“战斗文学”，其实质都与人类脱离存在困境的精神苦斗密切相关。柳鸣九不是没有看到这一点，但出于某种传播策略的需

① 柳鸣九：《现当代资产阶级文学评价的几个问题》，《外国文学研究》1979年第1—2期。

② 柳鸣九：《萨特研究·序》，《萨特研究》，中国社会科学出版社1981年版。

要，他不惜以误读存在主义文学为代价，希冀通过对萨特的政治解读来推进存在主义文学的广泛传播。由此引发的一个传播现象，便是语言游戏的大行其道：利用新时期初相对含混和自由的语义空间，中国知识分子凭借有意误读的传播策略，将存在主义文学本土化，并于此过程中逐步完成了存在主义文学的知识合法化。

在新时期初的政治格局中，如果按照社会主义意识形态的政治标准去衡量，大部分西方现代主义作家的政治立场都不够合格，甚至有许多现代主义作家因其阶级属性而被意识形态视为"反动"作家。因此，介绍哪些西方现代主义作家和作品就不再是一个介绍者的个人兴趣问题，它还关涉介绍者本人的政治立场。在经历了"文革"腥风血雨之后，对于政治运动的恐惧已成为知识分子的一种集体无意识。正是在这种心理的影响下，中国知识分子在介绍西方现代主义作家时，往往侧重于介绍那些在政治立场上与无产阶级作家较为接近的现代主义作家。但这些现代主义作家的政治立场大多取决于个人的价值取向，而非经过中国知识分子的过度阐释的政治立场。

二

在新时期初存在主义文学的传播过程中，利用人道主义思想潮流，论证存在主义文学的人道主义属性，也是中国知识分子普遍采用的一种传播策略。而这一传播策略的实质，就是为存在主义文学寻求启蒙和意识形态的双重合法性。

由于人道主义作为新时期初思想解放运动的重要成果，代表着当时启蒙主义的具体倾向。因此，假若能够证明存在主义文学具有人道主义属性，就能在思想解放运动的层面赋予存在主义文学一种启蒙合法性。值得注意的是，发生于1979—1980年间的人道主义大讨论，其实质就是为人道主义思想寻求马克思主义的合法性依据，当时如“马克思主义的人道主义”等提法充分反映了这场讨论的思想实质。因此，假若能够证明存在主义文学的人道主义属性，就能在论证存在主义文学的启蒙合法性之外，使其加入到争取社会主义意识形态合法性的思想潮流中。事实上，中国知识分子业已意识到了证明存在主义文学的人道主义属性是何等重要，他们通过一系列阐释，最终证明了传播存在主义文学不仅可以迎合思想启蒙的需要，同时还能间接维护社会主义意识形态的权力根基。那么，在中国知识分子的过度阐释中，存在主义文学究竟具有怎样的人道主义性质？而启蒙与意识形态的双重合法性又将如何获得？

1980年，《外国文艺》登载了萨特的《存在主义是一种人道主义》[①] 一文。该文标志着存在主义也加入了当时的人道主义大讨论。在这篇文章中，萨特批判了一切对于人的先验设定，认为人是时时刻刻都“注定要去创造自己的”。在萨特的解释中，存在主义由于对人类主体性和创造性的强调，认为“没有任何价值或命令给予我们，以规范我们的行为”，因而是一种“人道主义”[②]。由于这一人道主义思想的批判锋芒直指“文革”的个人崇拜和政治迷信，因此，《存在主义是一种人道主义》被介绍进来，便成为新时期初启蒙思想者的有力武器。

与此同时，为强化存在主义文学的人道主义属性，中国知识分子还以简化存在主义的方式彰显其人道主义品格，如以“存

① ［法］萨特：《存在主义是一种人道主义》，《外国文艺》1980年第5期。

② 同上。

在先于本质”和“自由选择”等核心命题概括存在主义，认为“它把人的存在归结为这种自主的选择和创造，这充实了人类的存在的积极内容，大大优越于那种怠惰寄生的哲学和依靠神仙皇帝的消极处世态度；它把自主的选择和创造作为决定人的本质的条件，也有助于人为获得优秀的本质而做出主观的努力”，这些思想“强调了个体的自由创造性、主观能动性，这就大大优越于命定论、宿命论”，“不失为人生道路上一种可取的动力”①。这段评论中提及的“命定论”和“宿命论”，正是“文革”阶级决定论和血统论的另一种表达。因此，肯定存在主义的“存在先于本质”论和“自由选择”论，就意味着存在主义文学具有反对“文化大革命”阶级决定论和血统论的人道主义属性。在这个角度说，“存在主义是一种人道主义”的提法本身就具有启蒙功能。事实证明，唯有推论出存在主义文学所具备的启蒙合法性，才能使其获得广泛而坚实的民间思想支持。在反思“文革”、呼唤人性的思想启蒙运动中，存在主义文学最终成为了人们表达“文革”异化梦魇、批判阶级决定论的思想武器。

不过在中国知识分子看来，若想促进存在主义文学在中国大陆的传播，仅仅具备民间思想的支持还远远不够，除非在意识形态层面证明其合法性，才能真正推进存在主义文学的广泛传播。因此，中国知识分子在讨论存在主义文学的人道主义属性时，也充分重视对其意识形态合法性的证明。

饶有意味的是，尽管对存在主义文学的人道主义属性认识歧义丛生，但中国知识分子却在理解其意识形态的合法性方面殊途同归。以柳鸣九为代表，萨特的存在主义文学被看作是一种资产

① 柳鸣九：《现当代资产阶级文学评价的几个问题》，《外国文学研究》1979年第1—2期。

阶级上升时期的人道主义思想的延续，即启蒙—理性的人道主义；而刘放桐却认为存在主义是一种“新人道主义”，其实质是对柳鸣九所谓的“资产阶级上升时期的人道主义”的反拨。尽管这两种观点南辕北辙，但它们却都在中国知识分子的阐释中，成为论证存在主义文学意识形态合法性的有力论据。

在谈到萨特的存在主义文学时，柳鸣九说：“资产阶级上升时期的思想家不少人都赞颂过人的力量、人的创造性、人的开拓精神，人是世界的主人。……我们从萨特对于存在主义的解释中，难道不能听到资产阶级上升时期思想家这类论述的某种余音?”① 由此推断，柳鸣九认为萨特的存在主义属于正统的资产阶级人道主义，也就是西欧自文艺复兴和启蒙运动以来所形成的启蒙—理性的人道主义，它以康德的名言“人是目的，而绝不能是手段”为其最高成就。尽管在中国当代社会，启蒙—理性的人道主义传统一度被视为“温情脉脉的资产阶级面纱”而屡遭批判，但它对人类自由精神的弘扬，却暗合了新时期初呼唤人性与正义的思想启蒙运动。更为重要的是，柳鸣九将存在主义文学整合到启蒙—理性人道主义传统中去的目的，固然是出于论证存在主义文学启蒙合法性的需要，但通过这一方式，柳鸣九同样也能论证存在主义文学的意识形态合法性，因为启蒙—理性的人道主义实则是封建主义的天敌，它所具有的反封建功能，恰恰是意识形态在进行社会主义现代化建设时必不可少的思想资源。因此，在谈论萨特的政治立场时，柳鸣九极力强调萨特的反封建性，目的就是要论证萨特的政治正确，而政治正确无疑是萨特及其存在主义文学具有意识形态合法性的有力证明。

① 柳鸣九：《现当代资产阶级文学评价的几个问题》，《外国文学研究》1979年第1—2期。

然而，在刘放桐看来，存在主义文学却是一种反启蒙—理性传统的“新人道主义”。他将20世纪以来的存在主义的人道主义和实用主义的人道主义、西方马克思主义的人道主义等均称为“新人道主义”。这些新人道主义批判和否定了自文艺复兴以来的启蒙—理性的人道主义思想，“要求恢复被理性主义所压抑和沉沦（也就是‘异化’）了的人性”。他认为新人道主义集中反映了20世纪的非理性主义潮流，“要剥去压抑和歪曲人的本质的物质和精神（理性）以及社会等‘虚伪的’外壳，回复到人的原始的、独特的、内在的本性”[①]。值得注意的是，如果剥离了人的社会属性，那么新人道主义就有可能被贴上唯心主义的标签。但在评价新人道主义时，刘放桐却巧妙地绕开了“唯心/唯物”的二元对立，转而在新人道主义的批判功能上大做文章。在他看来，新人道主义的颇可观瞻之处，就是对资产阶级人道主义，亦即启蒙—理性人道主义虚伪性的批判。由于萨特的存在主义与“古典资产阶级人道主义对人的那种充满信念、乐观的描述是迥然有别的”[②]，因此，存在主义文学本身就是新人道主义的集大成者，它对于启蒙—理性人道主义传统的批判，正暗合了社会主义意识形态维护自身权威、批判资产阶级人道主义的需要。在这个意义上，刘放桐认为存在主义作为新人道主义的重要流派，具有一种间接维护社会主义意识形态的思想功能。因此，存在主义文学也相应地具备了意识形态合法性。

由上述观点可以看到，尽管柳鸣九和刘放桐等人在认识存在主义文学的人道主义属性方面存有分歧，但他们通过语

---

① 刘放桐：《存在主义与文学》，《文艺报》1982年第8期。

② 同上。

言运作，为存在主义文学争取意识形态合法性的努力却不言自明：柳鸣九将存在主义文学整合到启蒙—理性人道主义传统中去的目的，是想在反封建角度为传播存在主义文学获取意识形态合法性；而刘放桐对存在主义文学“新人道主义”性质的界定，则是利用新人道主义对资产阶级人道主义的批判功能，赋予存在主义文学一种维护意识形态权威的话语功能。

三

在新时期初存在主义文学的传播过程中，中国知识分子还从存在主义文学与五四新文学的关系出发，为其传播行为寻求一种源自五四新文学的合法性依据，并以此作为传播存在主义文学的又一重要策略。

在介绍萨特的文学创作时，柳鸣九认为《恶心》这部作品在艺术形式上近似于鲁迅的《狂人日记》，尽管《恶心》没有“表现出具体的历史时代背景”，但“其中那种强烈的厌恶的情绪”，却正是“针对三十年代资本主义社会现实的、特别是针对法西斯势力开始猖獗的那样一个时代社会，这正如《狂人日记》一样，表现了一种激烈的反封建主义的精神。因此，在法国有人很自然把这种带有某种抽象性质的小说，称为‘左翼小说’”①。从柳鸣九对于《恶心》的解读方式中，明显可见一种过度阐释的痕迹。为突出《恶心》的反封建性，柳鸣九有意忽略了该作对人类生存体验的揭示，转而从反封建的角度将《恶心》与

① 柳鸣九：《萨特研究·序》，《萨特研究》，中国社会科学出版社 1981 年版。

《狂人日记》相提并论。事实上，《恶心》真正的创作目的仍然是萨特对其存在主义哲学的文学演绎。从洛根丁的生存体验出发，萨特揭示了现实世界的荒诞性，也对人类置身其间的种种精神困境做出了象征性的书写。在此基础上，《恶心》的创作主旨，就是一部象征人类存在困境的荒诞寓言。而柳鸣九彰显《恶心》反封建主题的做法，不过是依据五四新文学传播存在主义文学的一种策略性选择。

与柳鸣九相对狭小的阐释视野不同，还有学者试图通过对鲁迅作品的存在主义解读，全面揭示鲁迅思想中的存在主义因素。倘若这一推论得以成立，那么鲁迅就会成为传播存在主义文学的一个合法性依据。因此，为达到传播存在主义文学的目的，以误读鲁迅的精神哲学为代价，尝试用存在主义思想改造鲁迅的启蒙文学。

如关于鲁迅与存在主义，尽管是对鲁迅早期思想矛盾的分析，但字里行间，却处处可见对于鲁迅精神哲学的存在主义式改造：无论是以“存在先于本质”说解读“过客”形象的存在意味，还是以“自我意识”说理解鲁迅描绘的精神现象，论者均以先验的存在主义思想为阐释武器。这一阐释方式不仅遮蔽了鲁迅思想及其文学的真实面貌，同时也把作为启蒙思想家的鲁迅改造成了一位存在主义者。在误读鲁迅的过程中，《阿Q正传》被认为是最能体现鲁迅存在主义思想的作品。在论者看来，阿Q不光是国民劣根性的代表，他身上还浓缩着人类“自我意识”的变化。而这一自我意识，正蕴涵于精神胜利法之中。也就是说，阿Q在处处受辱的存在窘境下，为维护人性尊严不得不以精神胜利法来保护自己。这种通过歪曲自我意识证明自我存在的精神胜利法，“正是笛卡儿‘我思故我在’的主观唯心主义翻版，也是存在主义‘意识中存在本质’这一主导思想的真实写照”[①]。在这个意义上说，阿 Q 的“精神胜利法”本身无可指责：因为一个无论从经济和社会地位上都处于社会底层的草根人物，如果没有“精神胜利法”的自我保护，势必会失去自我意识，从而沦为“虫豸”一般的动物。“精神胜利法”只不过是一种歪曲了的自我意识，它实际上是阿 Q 在污秽现实中维护自我意识的一种精神武器，也是人类在生存困境中实施自我保护的手段。从这一判断出发，论者认为民族衰落的责任并不应该由阿 Q 负责，相反，造成阿 Q 自我意识歪曲的时代背景和社会环境，才是小说真正的批判对象。因此，《阿 Q 正传》仍然具有鲜明的历史批判和社会批判意识。

巧妙的地方在于，通过转换论述逻辑，论者尽管指出了《阿 Q 正传》的现实主义品格，但最后仍然将鲁迅归结为一个存在主义者。那么，这一结论是如何得出的呢？细究论者的叙述逻辑，隐约可见一种具有诡辩意味的思维方式：首先从存在主义的自我意识出发，认定《阿 Q 正传》并非一部“批判国民劣根性”作品，而是鲁迅对阿 Q 歪曲了的自我意识的表达，这一表达方式即是阿 Q 的“精神胜利法”。通过对“精神胜利法”造成阿 Q 自我意识歪曲现象的分析，论者试图说明鲁迅如何从存在主义的概念出发揭示阿 Q。但如果仅仅局限于这一点，就会忽视鲁迅在《阿 Q 正传》中鲜明的历史批判和社会批判意识。为弥补因对存在主义的分析而忽略的这一现实因素，论者又将阿 Q 自我意识歪曲的根源归结为社会环境对人的异化，从而使得《阿 Q 正传》回到了鲁迅对于社会历史的批判当中。通过这一叙述策略，该文作者不仅没有否定鲁迅作品中的现实主义因素，反而在存在主义的解读方式中，借助阿 Q

① 徐岱、潘一禾：《鲁迅与存在主义》，《外国文学研究》1981 年第 3 期。

自我意识的分析，进一步说明了存在主义的现实基础和时代背景。这就意味着在《阿Q正传》中，普世性的存在主义获得了一种与旧中国具体时代背景相关的现实意义。因此，鲁迅和存在主义之间的联系，就具有了一种被当时具体历史条件和社会环境所支持的现实基础。这一叙述策略的实质说明，即使是从“唯心主义（存在主义）出发，也能推导出唯物主义（历史批判和社会批判）”的结论。在《鲁迅和存在主义》一文的结尾，论者说：“列宁在1908年给高尔基的信中说：‘从唯心主义哲学出发，不仅能获得重要的、服务于人类进步的见解，并且最后会导致唯物主义的结论。’”[①] 论者对于《阿Q正传》的解读方式，仍然是一种传播存在主义文学的叙述策略。

需要指出一点，这种论点为实现其改造鲁迅精神哲学的目的，有意忽略了鲁迅启蒙文学的精神发生学——须知鲁迅的启蒙文学乃是他对中国大众爱之深、责之切的情绪郁结之产物：从“哀其不幸”出发，在透视国民劣根性的叙述过程中，旧中国儿女的愚昧和麻木深深刺痛了鲁迅的灵魂。由此引发的“怒其不争”，实实在在地表达了鲁迅对于乡土中国的赤子之心。在考察鲁迅有关国民性问题的启蒙文学时，不能不考虑这一带有具体历史背景的精神发生学。相形之下，该文对于鲁迅思想的存在主义解读，显然以先验的理论阐释遮蔽了鲁迅所受的时代影响。更为重要的是，如果将关注人类自我意识的作品都归结为存在主义，就会抹杀文学反映人类自我意识的不同方式，因为包括现实主义、浪漫主义在内的文学杰作莫不关注人类的自我意识。因此，对于鲁迅启蒙文学的存在主义解读，仍然是一种为传播存在主义文学寻找合法性依据的过度阐释。

① 徐岱、潘一禾：《鲁迅与存在主义》，《外国文学研究》1981年第3期。

值得注意的是，这种过度阐释尽管在客观效果上扩大了存在主义文学的影响，但其后果却直接造成了新时期学者对于五四新文学的深重误读。由于受到新时期初意识形态话语的规约，中国知识分子在引进和传播西方现代主义文学思潮时，也不得不戴上镣铐跳舞：他们既要响应思想解放运动的号召，通过传播现代主义文学思潮履行其知识分子的启蒙使命，又不能忽视五四新文学的现实主义传统。而在这种两难抉择中，常见的一个做法似乎就是改造五四新文学。在新时期学者的阐释下，五四新文学的现代性品格被无限放大，由此自然割裂了五四新文学与传统文化的天然脐带。这方面的典型例证数不胜数，如：为传播意象派诗歌，刻意夸大五四新诗所受的意象派影响，从鲁迅小说中解读“意识流”因素，等等，均可被视为误读五四新文学、想象现代性的典型个案[①]。从积极的角度说，这一做法在“体制为游戏规定了一些界限”[②] 的传播背景下，极大地促进了西方现代主义文学的传播。但中国知识分子启蒙主义式的阐释学立场，尽管在理论创新方面能以激进的当代姿态介入文学史格局，却无法摆脱进入西学后的理论风险，因为西学对于中国知识分子来说似乎一直是现代性的直接阶段，而未经自我理解的现代性想象，显然无法保持民族境遇的自我意识。在这个意义上说，无论是话语层面的意识形态之争，抑或文学史视野中的现代性想象，都不过是新时期初知识分子在现代主义这一“他者”中失掉自我意识的表现。而本文对于80

① 叶立文：《西方现代派文学传播的“五四”源流》，《内蒙古社会科学》2007 年第 2 期。

② ［法］让－弗朗索瓦·利奥塔尔：《后现代状态：关于知识的报告》，车槿山译，三联书店 1997 年版，第 18 页。

年代新时期文学思潮中误读现象的分析，期待的正是告别文化怀旧、从理解“他者”到自我理解的理论勇气。

（原载《文学评论》2007 年第 3 期）

被阐释的命运

——卡夫卡在新时期初的中国

对于新时期的中国文学而言，奥地利小说家弗郎茨·卡夫卡的影响力真可谓无远弗届：从1980年袁可嘉等人介绍卡夫卡开始，经历20世纪80年代中期先锋文学的“卡夫卡热”，再到当下以谈论卡夫卡为时尚的文学潮流，这位生前籍籍无名的小说家业已重塑了中国当代的文学版图。然而，身后曾以现代主义经典作家名世的卡夫卡，却在新时期初首先被阐释成了一位现实主义作家兼资本主义制度的批判者。嗣后，中国知识分子又围绕卡夫卡的现代主义身份展开了一场耐人寻味的文学论争。值得注意的是，在这种被阐释的命运中，卡夫卡不仅摆脱了原本属于敌对阶级阵营的意识形态标签，而且在由现实主义向现代主义作家的身份转换中，获得了社会主义意识形态与启蒙思想的双重合法性，从而名正言顺地登陆中国文坛。那么，卡夫卡的合法性从何而来？在此历史进程中，那些致力于传播卡夫卡及其文学的中国知识分子，又怎样在意识形态的权力规避下，推进了对于卡夫卡的文学传播？本文通过考察卡夫卡在新时期初被阐释的命运，试图探寻中国知识分子在进行传播活动时的良苦用心，也希冀从中一窥作家的文化旅行究竟具有怎样的意义衍变。

在新时期初的中国文坛，如何清理后“文革”时代的价值废墟，重建社会正义与道德秩序，业已成为当代文学一个无以回避的历史问题。由此引发的种种创作潮流，遂逐步形成了以书写“文革”记忆为特征、以历史批判为指向的人道主义文学。尽管这一文学思潮对于“文革”的反思与批判贡献良多，但因其固有的社会政治学色彩而未能真正深入人性空间，从而也无法在理性层面直抵国人异化的精神根源。不过随着20世纪70年代末西方现代主义文艺思潮在中国大陆的广泛传播，这一局面也开始有所改观。发生于20世纪70年代末的现代主义传播运动，实际上是大陆新启蒙运动的有机组成部分。隐含于这场传播运动中的传播策略与权力游戏，处处展示了意识形态和启蒙主义话语的颉颃互竞。[①] 而中国知识分子对于卡夫卡的阐释过程，尤可体现当时西方现代主义文学传播的复杂局面。

1980年，袁可嘉发表了影响颇大的《欧美现代派文学概述》一文。在这篇实际上是为西方现代主义文学争取社会主义意识形态合法性的文章中，卡夫卡被阐释成了一位资本主义制度的批判者。起因源于袁可嘉的如下观点，他认为西方现代主义文学是“富有时代特征、能够反映现代西方社会矛盾和人们心理的一个重要派别”，它总的倾向是“反映分崩离析的现代西方资本主义社会里个人与社会、个人与他人、个人和物质、自然和个人与自我之间的畸形关系，以及由此产生的精神创

① 参见叶立文《话语、策略与权力——论20世纪70年代末西方现代主义文艺思潮在中国大陆的传播》，《天津社会科学》2006年第1期。

伤、变态心理、悲观绝望情绪和虚无主义思想"①。由此得出的结论，自然认为西方现代主义文学实际上是对资本主义制度的批判，而现代主义文学也因此具有了一种间接维护社会主义意识形态的合法功能。循此逻辑，卡夫卡被阐释成了一位真正再现了社会现实的现实主义作家，他的作品如"《审判》(1914)对奥匈帝国官僚制度的腐朽作了相当深刻的揭露"②。至于卡夫卡在小说中对人类异化境地的象征性描写，以及对人类普遍生存困境的深刻观察等现代主义品格，则未被袁可嘉深入讨论。这一阐释方式说明，为清除卡夫卡身上敌对阶级阵营的意识形态标签，就有必要将卡夫卡对人类的普世性象征书写具体为一种意识形态批判，从而在塑造卡夫卡作为资本主义敌人形象的阐释过程中，为其在中国大陆的传播获取社会主义意识形态的合法性。在这个意义上说，作为一位资本主义制度的批判者，卡夫卡首先与腐朽没落的资产阶级作家划清了界限，而他的"政治正确"亦为其广泛传播打开了道路。由袁可嘉对卡夫卡的阐释方式中，庶几可见当时西方现代主义文学的传播策略，即为获取意识形态的合法性，中国知识分子首先介绍的是那些在政治立场上有进步倾向的现代主义作家。卡夫卡的传播例证说明，只有凭借策略性的误读，方能阐释出卡夫卡的"政治正确"，而"政治正确"的结果，则使卡夫卡跨越了"社会主义/资本主义"的意识形态壁垒。

与此同时，还有中国学者援引西方马克思主义理论家卢卡契的说法，试图证明卡夫卡的现实主义作家身份："卢卡契本人直到被捕的时候方才恍然大悟，意识到自己正经历着卡夫卡小说中

① 袁可嘉：《欧美现代派文学概述》，《百科知识》1980 年第 1 期。

② 同上。

描写的人的处境，深有感触地说‘卡夫卡确实是一个现实主义作家’。”[①] 值得注意的是，尽管卢卡契称卡夫卡为现实主义作家，但他所理解的“现实”显然有别于中国当代文学的现实观。在中国的现实主义文学传统中，现实通常指向的是我们置身其间的客观现实，它不仅包含了物质世界，亦指涉着本质、规律等历史理性主义思想因素。在20世纪80年代中期以前，中国的现实主义文学在庸俗社会学和机械唯物论的影响下，一味强调对客观现实的再现，不仅使文学一度沦为历史的附庸，而且还遗忘了对人物内心世界，亦即心灵现实的关注。在此背景下，卡夫卡小说对人类心灵现实异化现象的描写，显然与中国当代文学对客观现实的再现截然不同。对于卢卡契而言，当他经历了残酷现实的磨难以后，在回首个人支离破碎的生命体验时，自然会对卡夫卡所描绘的灵魂异化图景产生深刻共鸣。也只有当卢卡契置身艰难的存在困境时，才能真正明了卡夫卡笔下的心灵现实是何等的真实。不过，对于那些介绍卡夫卡的中国学者而言，客观现实与心灵现实的观念差异显然无足轻重，他们只需证明卡夫卡是一位“现实主义作家”就已足够。

但是，为什么只有将卡夫卡阐释成一位现实主义作家，中国知识分子才能推进卡夫卡在中国大陆的传播呢？由此其实涉及了新时期初西方现代主义文学的又一传播策略。

在新时期初，为推进现代主义文学的传播，许多知识分子往往刻意淡化现代主义与现实主义的界限，试图通过肯定创作技巧等方法推进现代主义文学的传播。《外国文学动态》1980年第1期登载了一篇名为《苏联社会主义现实主义理论的新阶段》的文章，其中介绍了20世纪70年代以来苏联社会主义现实主义理

① 李士勋、舒昌善：《表现主义》，《作品与争鸣》1981年第4期。

论的新发展。文章称“社会主义现实主义是‘真实地描写生活的历史的开放体系’”，“在艺术中达到审美效果的手段和方式是多种多样的，其中包括非现实主义的手段和方式”，“所谓开放性，对社会主义现实主义来说，就是‘客观地认识不断发展的现实生活是没有界限的，题材的选材是没有限制的，因而表现生活的真实的艺术手段也是没有限制的’”。这些论点将现实主义的创作方法视为一种开放体系，从理论上将现实主义变成了“无边的现实主义”。在这一文学观念中，现代主义文学的意识流、心理分析、荒诞描写等创作方法均可纳入其中，以至于有学者将新时期文学中的现代主义文学理解为“心理现实主义”、“生命现实主义”、“象征现实主义”等以“现实主义”冠名的文学流派。[①] 对于20世纪70、80年代之交的现代主义文学的介绍者们而言，这种现实主义理论符合了他们的传播策略，“现代主义和现实主义构不成一对矛盾”的理论提法在当时并不少见，“真正有价值的‘现代主义’作品也是‘反映’现实的，其中往往也有广义的现实主义，也有广义的浪漫主义”[②]，“苏联文学的赞美机器，歌颂集体，讴歌社会主义的未来美景，西欧文学歌颂大都市、摩天大楼，强调个人，分析潜在意识，这一切五光十色的新型文学，都是属于现代主义”[③]。在这里，现实主义与现代主义似乎达成了一致，做出这种判断的卞之琳、施蛰存等人都是三四十年代现代主义文学的实践者，他们的说法也因此更具影响力。按照这种判断，西方现代主义的许多作家在被介绍进中国时往往戴上了现实主义作家的桂冠——卡夫卡的遭遇说

① 参见张学正《现实主义文学在当代中国》，南开大学出版社1997年版。

② 卞之琳：《现代主义和现实主义构不成一对矛盾》，《读书》1983年第5期。

③ 施蛰存：《关于“现代派”一席谈》，《文汇报》1983年10月18日。

明，他只不过因为中国知识分子的策略性误读才背离了自己的现代主义身份。

然而，尽管现实主义作家身份为卡夫卡登陆中国打开了道路，但卡夫卡作品中荒诞离奇的存在景观，却显然无法用现实主义的文学观念加以说明。为促进卡夫卡在中国大陆的传播，同时也是为了更准确地理解卡夫卡，许多中国知识分子开始就卡夫卡小说的现代主义品格展开了讨论。

继袁可嘉介绍卡夫卡后不久，李士勋、舒昌善等中国学者便指出了卡夫卡作品中的表现主义特征。

作为西方现代主义文学的一个重要流派，表现主义在20世纪初盛行于德国、奥地利、瑞士和北欧等国，其中心在德国，鼎盛时期从1910年代一直延续到1920年代中期。由于这一流派作家的政治立场较为复杂，既有以《行动》为中心的左翼，也有以《狂飙》为中心的右翼。因此，中国知识分子首先要做的工作，就是为表现主义正名。在《表现主义》一文中，李士勋、舒昌善首先列举了针对表现主义的批评意见，如20世纪50年代的《苏联百科辞典》称表现主义是“帝国主义时代资产阶级文学和艺术中的颓废的、形式主义的流派”，“表现主义的特征是为了主观主义地‘表现艺术家的内心’，而否定或故意歪曲现实世界。表现主义是极端的个人主义、病态的紧张和对形象的歪曲。表现主义标志着资产阶级文化的瓦解和腐朽”[①]。这一观点深刻影响了中国知识分子对于表现主义的认识，直到1979年出版的《辞海》仍然重复着20世纪50年代苏联的观点。如果不澄清表现主义的真实面貌，那么这种“颓废”的现代主义文学显然无法在中国大陆传播。因此，中国学者首先要

① 李士勋、舒昌善：《表现主义》，《作品与争鸣》1981年第4期。

批驳以往对于表现主义文学的定性。他们从关注作家的政治立场出发，援引1962年前民主德国出版的《新梅耶尔氏百科词典》的解释说："表现主义有各种意识形态和美学观点迥然不同的作家。一方面因为表现主义带有小资产阶级，甚至无政府主义的基本特征，所以它对社会现状的批判往往是抽象的，不能为劳动群众所理解；另一方面也有像约翰内斯·贝歇尔这样的诗人，他们带着自己的作品站到了工人阶级一边，并且很快克服了表现主义的弱点。"[①] 饶有意味的是，约翰内斯·贝歇尔之所以受到肯定，是因为他"克服了表现主义的弱点"，单凭此逻辑恐怕很难说明表现主义的进步性。因此，为强化表现主义的进步性，李士勋、舒昌善等人又刻意将表现主义现实主义化。他们认为，表现主义主张"艺术应当干预生活"，并且援引表现主义诗人巴尔的话说，"新的艺术应当'使社会从极端的阴谋和权力的统一之中得到复兴'"[②]。按此说法，表现主义对生活的干预，以及改造社会专制局面的使命，等等，都与新时期初中国的现实主义文学较为接近。相反，"表现自我"这一表现主义的核心命题却始终未被强调。由此可见，中国知识分子在当时理解表现主义的方式，仍然是现实主义的。而卡夫卡作为表现主义的代表作家，在被阐释的命运中，仍未完全脱离现实主义的作家身份。不过在此阐释过程中，中国知识分子已经愈来愈注意到了卡夫卡作品中的异化问题，并且就此展开了广泛的论争。

值得注意的是，当卡夫卡登陆中国文坛之时，正是人道主义与异化问题方兴未艾之日。围绕卡夫卡小说异化问题的

① 李士勋、舒昌善：《表现主义》，《作品与争鸣》1981年第4期。

② 同上。

文学论争，实际上已经构成了人道主义和异化问题的讨论内容之一。因此，卡夫卡在新时期初被阐释的命运，就不仅仅受制于意识形态的权力规避，同时亦取决于中国社会思想启蒙的需要：引进卡夫卡，可以凭借其对人类异化图景的深刻观察，反衬“文革”带给国人的精神创伤。在这个意义上，传播卡夫卡及其文学本身，便具有了适应思想解放潮流的启蒙功能。如果说袁可嘉等人对卡夫卡政治立场和现实主义作家身份的确认，目的是为了获取意识形态的合法性，那么，下文将要论及的叶朗等人，便明显在阐释卡夫卡的现代主义身份时，寄托了对其启蒙合法性的寻求。

在《卡夫卡——异化论历史观的图解者》一文中，叶朗明确反对了将卡夫卡现实主义化的阐释倾向。他说：“近几年国内有些评介卡夫卡的文章认为卡夫卡‘尖锐地接触到现代资本主义社会若干带本质性的问题’，‘卓越地完成了他真实而深刻地描绘自己所生活的那个时代的任务’，‘达到了揭露和批判资本主义社会罪恶的目的’，因此，卡夫卡的作品乃是‘资本主义制度的抗议书’。……像这样一些评价，我以为并不恰当。”在他看来，卡夫卡的批判矛头并非单纯指向了资本主义制度，而是将“资本主义社会固有的矛盾形容为人类的永恒的矛盾”，在此基础上，卡夫卡批判了所有造成人类异化的内在和外在因素，叶朗称此为异化论的历史观：“主张这种历史观的人，把人（人性）的异化说成是普遍的、绝对的、永恒的规律，把人类社会说成是一个与人的本性相敌对的异化的世界，把人类历史说成是一部人（人性）的异化的历史。……他们认为，各种社会生活条件和社会关系，都是和人的本性相敌对的异己力量，它们支配人、压迫人、奴役人，使人丧失人的本质而异化成为‘非人’。他们认为这种异化论是对于人类历史的最科学的说明和最深刻的理论。”[1] 按此异化理论，卡夫卡的批判锋芒就指向了人类所有的社会制度，因为在异化论者看来，任何人类社会都是造成异化现象的罪魁祸首。这么一来，卡夫卡就不再仅仅是资本主义制度的批判者，他同样有可能威胁到社会主义制度。但如果据此就全盘否定卡夫卡，显然是一种将婴儿与脏水共同泼掉的错误做法，因为在卡夫卡的异化描写中，实则隐含着可供中国知识分子充分借鉴的启蒙因素。而叶朗对卡夫卡的阐释方式，则典型地体现了中国知识分子阐释卡夫卡的复杂心态：一方面，为维护社会主义意识形态的权威，就必须批判卡夫卡的异化论历史观，因为其中隐含着反对社会主义制度的思想毒素；但另一方面，卡夫卡对人类异化现象的描写，却有助于深化以反思“文革”为标志的思想启蒙运动，因此值得广泛传播。

或许是受这种矛盾心态的影响，《卡夫卡——异化论历史观的图解者》一文尽管以批判为主调，但在叶朗迂回曲折的叙述策略中，却分明可见作者对卡夫卡意识形态与启蒙思想双重合法性的寻求。

在叶朗看来，卡夫卡尽管不是一个单纯的资本主义制度批判者，而是一个致力于批判世界荒诞性的异化论者，但他对人类生存“梦魇感”的描写，却在批判资产阶级人道主义的同时，获得了一种间接维护社会主义意识形态的合法功能。以《变形记》为例，叶朗认为这部作品集中呈现了资本主义世界中人的异化景观，而这种异化现象被卡夫卡以书写“梦魇感”的方式呈现出来。他说：“所谓梦魇感，就是被不可知的力量

① 叶朗：《卡夫卡——异化论历史观的图解者》，北京大学哲学系编：《人道主义和异化问题研究》，北京大学出版社1985年版。

压倒、被投进无限黑暗深渊中去的恐怖绝望的感觉，以及再怎么挣扎也没有用的无能为力的感觉。格里高尔·萨姆沙的变形，就是卡夫卡内心这种可怕的梦魇感的投影。格里高尔·萨姆沙的遭遇，也表明人是孤独的，人和人的关系是极端冷漠、残酷的。人生活在一个陌生的世界里，遭遇到的是轻蔑、厌弃和迫害，而不是同情、友爱和帮助。"① 既然人生活在这样一个荒诞的世界中，那么资产阶级人道主义所宣传的自由、平等、博爱便成为了空想，因为异化的存在景观才是人类生存本质。在这个意义上，卡夫卡在《变形记》中对梦魇感的书写，便彻底颠覆了资产阶级的人道主义，它因此具有间接维护社会主义意识形态的合法功能。如果将叶朗的这一阐释方式置入当时的人道主义潮流加以考察，便可发现叶朗的阐释方式，实则是对卡夫卡"新人道主义"思想的发掘。

在新时期初，一些致力于人道主义复兴的中国知识分子将20世纪的存在主义的人道主义、实用主义的人道主义、西方马克思主义的人道主义等思想统称为"新人道主义"，认为这些新人道主义批判和否定了自文艺复兴以来的资产阶级人道主义（亦称启蒙—理性的人道主义），"要求恢复被理性主义所压抑和沉沦（也就是'异化'）了的人性"，"这种新人道主义虽然仍然要求把人作为关注的中心、出发点和归宿，但它要求重新考虑人的活动本身的实质、它的价值和意义，改变关于人与世界的关系的传统观念。总的说来，它要求把人与外部世界、他人和社会分离开来。从人本身的存在来考虑人。也就是研究人的内在心理结构，人的内心世界，即人的主观性本身。

① 叶朗：《卡夫卡——异化论历史观的图解者》，北京大学哲学系编：《人道主义和异化问题研究》，北京大学出版社1985年版。

总之，要剥去压抑和歪曲人的本质的物质和精神（理性）以及社会等‘虚伪的’外壳，回复到人的原始的、独特的、内在的本性”[①]。由于西方资产阶级的人道主义（启蒙—理性人道主义）将人与人之间的关系、人的价值和尊严、人的本质属性等均以“自由、平等、博爱”的口号予以表达，那么卡夫卡对梦魇感的书写，实际上就已戳穿了“自由、平等、博爱”的资产阶级人道主义谎言。因此，对于许多中国知识分子而言，新人道主义尽管具有荒诞虚无的思想弊端，但它对资产阶级人道主义的批判却无形中暗合了社会主义意识形态的需要。也正是在这个意义上，卡夫卡的小说具有意识形态的合法性。而叶朗论证卡夫卡新人道主义思想的阐释方式，显然也与当时人道主义和异化问题的讨论密切相关。

不过对于叶朗等人而言，阐释卡夫卡的启蒙合法性，显然与阐释其社会主义意识形态的合法性同样重要。如果说意识形态的合法性只不过为卡夫卡登陆中国文坛打开了政治通道，那么，对卡夫卡启蒙合法性的阐释，则有助于在一个更为广泛的社会思想领域内推进卡夫卡的传播。因此，在《卡夫卡——异化论历史观的图解者》一文中，叶朗还就卡夫卡的启蒙合法性展开了讨论。

在叶朗看来，卡夫卡小说的重要性并不是对资本主义制度的批判，而是对存在主义哲学异化论历史观的图解。如《审判》这部作品“也是写异化，是人和法律、人和国家机器、人和外部世界的关系上表现出来的异化，或许可以称之为‘政治异化’或‘权力异化’吧”。从此逻辑出发，卡夫卡在表现人的异化时理应将批判锋芒指向法律、国家机器等社会制度层面，但叶朗却

① 刘放桐：《存在主义与文学》，《文艺报》1982年第8期。

认为这些因素并不是卡夫卡的批判对象。在他的理解中，卡夫卡通过《审判》这部作品重点描绘了人类对于世界的梦魇感受："K的灾难是由于整个外部世界（包括国家机器和法律，但并不限于国家机器和法律）丧失了人性，成了人的异己力量。法官和法律不过是这种无法接近和无法了解的异己力量的象征而已。这种异化的图景，实质也是作者内心灾难感和恐怖感的投影。人的灾难与生俱来，无处不在……而且是无缘无故的，是荒诞的，反理性的。"① 如果法律和国家机器都不是造成K异化的根源，那么人对外部世界的灾难感和恐怖感，就不是来源于客观的现实世界，而是人与生俱来的一种本质存在。由此说明，无论政治学还是社会学的批判方式，都不可能真正追究人的异化现象从何而来，因为正是人自身的弱点才造就了悲剧的诞生。这对于新时期初的启蒙运动而言，无疑具有重大的启示意义。以对反思"文革"用力甚勤的伤痕文学为例，由于伤痕文学的许多作品都未能触及国人灵魂，因此仅凭对"四人帮"的政治控诉，显然无法真正推进启蒙运动的深入。相比较而言，叶朗对卡夫卡异化论历史观的阐释方式，不仅可以纠正启蒙运动的社会政治学倾向，亦能将新时期的思想启蒙导向更为深入的人性反思。因此，一旦经过中国知识分子的阐释，卡夫卡便具有了符合新时期启蒙运动的合法性。

从腐朽没落的资产阶级作家，到资本主义制度的批判者兼现实主义作家，再到以揭示人类异化问题为主的现代主义作家，卡夫卡在新时期初的中国经历了种种被阐释的命运。其间中国知识分子的阐释方式与传播目的皆耐人寻味：从中

① 叶朗：《卡夫卡——异化论历史观的图解者》，北京大学哲学系编：《人道主义和异化问题研究》，北京大学出版社1985年版。

不仅可见卡夫卡在中国大陆的合法化过程，亦可一窥作家的文化旅行如何受制于意识形态和启蒙话语的权力游戏。为达到引进卡夫卡的阐释目的，中国知识分子在这场“体制为游戏规定了一些界限”① 的传播活动中，巧妙绕开了意识形态的权力规避，最终凭借语言游戏的阐释方式，推进了卡夫卡在中国大陆的广泛传播。

（原载《海南大学学报》（人文版）2007 年第 3 期）

① ［法］让－弗朗索瓦·利奥塔尔：《后现代状态：关于知识的报告》，车槿山译，三联书店 1997 年版，第 18 页。

西方现代派文学传播的五四源流

回顾新时期初的当代文坛，尽管现实主义复兴已成时代主潮，但西方现代派文学的传播却同样引人注目。这场传播运动的结果，不仅促成了西方现代派文学的合法化，同时也改变了当代文学的基本面貌：无论是反思“文革”、呼唤人性的人道主义文学，还是深入民族集体意识、探求国人精神异化现象的先锋文学，都与西方现代派文学有着千丝万缕的联系。值得注意的是，为绕开意识形态的权力规避，许多致力于西方现代派文学传播的中国知识分子，都刻意在五四新文学中寻求西方现代派文学传播的合法性依据。这一传播策略的形成，显然得益于文学界在新时期初返归五四的启蒙呼声。

随着新时期的来临，中国社会对于当代文学提出了反思“文革”、呼唤人性复归和实现文学现代化的历史要求。在这一历史进程中，由于五四新文学对自由民主的渴慕和对人类主体性的重视，从而极度契合了新时期初的文学语境。因此，为实现上述目标，新时期文学便具有了一种向五四新文学传统回归的倾向，其具体表现就是对人性尊严的捍卫和现实主义复兴。在这一历史进程中，西方现代派文学的传播者们也审时度势，充分估量到了利用五四新文学传统传播现代派文学的有利历史条件。因此，在七八十年代之交介绍西方现代派文学的过程中，便出现了这样一种传播策略，即充分发掘西方现代派文学和五四新文学之间的联系，为现代派文学的传播提供一个源自新文学传统的合法性依据。这就意味着如果证明西方现代派文学与五四新文学之间存有关联，那么就能为现代派文学的传播争取到由思想解放运动赋予的启蒙合法性。而当时中国学者对意象派、意识流和存在主义文学的传播例证，则充分说明了这一传播策略的实践过程。

一

在介绍西方现代派文学中的意象派时，有中国学者充分考虑到了意象派诗歌理论及其创作和五四新文学传统之间的关联。

意象派是20世纪20年代活动在伦敦的一些英美诗人组成的小诗派。但意象派诗歌运动却对整个西方现代派文学潮流造成了巨大的影响，被认为是英美现代诗的开端。在20世纪的第一个10年，时任美国《诗刊》国外编辑的庞德为意象派的发展做出了决定性的贡献。《诗刊》1913年3月号刊登了弗林特写的“意象派某诗人”访问记，其中提出了由庞德起草的意象派“三原则”：(1) 直接处理无论是客观的还是主观的事物；(2) 绝对不使用任何无益于表现的词；(3) 至于节奏，应写成音乐性短语的连续，而不是按节拍器的节奏来写。这里的第三条即是要求使用自由诗体。将庞德的意象派诗歌理论做了进一步发挥的是奥尔丁顿、埃米·洛威尔等人，他们在庞德三原则的基础上进而提出了“六原则”，其中的第四、第五条分别为：“要写意象（‘意象派’由此得名）。……要写硬朗清晰的诗，不写模糊的不确定的诗”，等等。①

在介绍这些意象派主张时，赵毅衡等中国学者特别强调了意象派和中国新诗之间的关联，他举例说梅光迪、朱自清等人早就发现了这一点：如《学衡》派的梅光迪在1920年代攻击新文化运动时说：“所谓白话诗者，纯拾自由诗及美国近年来形象主义之余唾。而自由诗与形象主义，亦堕落派之两之，乃倡之者数典忘祖，自矜创造，亦大欺国人。”而朱自清在《中国新文学大系·诗集》的序言里也指出：新诗运动“最大的影响是外国的影响，梁实秋氏说外国的影响是白话文运动的导火索，他指出美国印象主义六戒条里也有不用典，不用陈腐的套话”②。

在引用了上述诸人的言论后，赵毅衡进一步介绍道：“这里的‘形象主义’或‘印象主义’都是‘意象派’的旧译名。梁实秋所指的另一方显然是胡适的《文学改良刍议》中的所谓‘八不主义’。1939年胡适的留学日记《藏晖室札记》发表时，人们果然发现1916年胡适在美剪录《纽约时报书评》一则转载了埃米·洛威尔的意象派宣言的评论。胡适在下面加了一条评语：‘此派主张与我所主张多相似之处。’”③ 尽管胡适的《藏晖室札记》已初步说明了意象派和中国新诗理论的关联，但为了论证胡适的“八不主义”的确是受意象派启发而提出的文学主张，赵毅衡又对胡适的《谈新诗》一文进行了分析。

1919年10月10日，胡适的长文《谈新诗》发表于《星期评论》双十节“纪念号第五号”。在这篇文章中，胡适认为，中国新诗要想实现真正意义上的变革，就必须实现“诗体的解

① 转引自赵毅衡《意象派简介》，《作品与争鸣》1982年第4期。

② 同上。

③ 同上。

放”：“做新诗的方法根本上就是做一切诗的方法；新诗除了‘诗体的解放’一项外，别无他种特别的做法。”[①] 这种诗体的解放即是采用自由体诗。在赵毅衡看来，提倡自由体诗恰恰说明了胡适所受意象派诗歌理论的影响。因为庞德曾经说过，诗歌的节奏“应写成音乐性短语的连续，而不是按节拍器的节奏来写”。这也就是主张采用自由体诗。此外，赵毅衡还认为胡适所谓的“诗须要用具体的做法，不可用抽象的说法”，正是奥尔丁顿、埃米·洛威尔等人所主张的“要写意象……要写硬朗清晰的诗，不写模糊的不确定的诗”。因此，赵毅衡推论说，在胡适的新诗理论中，意象派的影响显而易见。[②]

为进一步说明五四新诗所受的意象派影响，赵毅衡还从五四新诗人沈尹默、胡适等人的诗歌创作中论证这一判断。他说：“在五四时代的诗歌实践中，意象派的影响也是明显可见的。被人称为‘具有新诗美德的第一首自由诗’——沈尹默的《月夜》就是意象派的风格。”“我们还可以再举些例子，胡适《湖上》，刘大白《秋晚的江上》，王统照《湖心》等等。尤其是康白情，当时被人称道为‘设色的妙手’，可以说他是五四时代在创作上最接近意象派的诗人。”[③] 在赵毅衡的判断中，似乎意象派对于五四新诗创作的影响极为深远。那么，事实是否果真如赵毅衡所说呢？我们仅以康白情的诗歌创作为例，来简要分析一下赵毅衡的判断是否成立。

1922 年 3 月，康白情的诗集《草儿》由亚东图书馆出

---

① 胡适：《谈新诗》，1919 年 10 月 10 日《星期评论》双十节“纪念号第五号”。

② 赵毅衡：《意象派简介》，《作品与争鸣》1982 年第 4 期。

③ 同上。

版，内收新诗114首，附录旧体诗74首、《新诗短论》1篇，写于1919年至1920年，另有《自序》和俞平伯的《序》等。《草儿》出版以后，虽也获得了一些赞誉，但对它的批评之声却似乎更引人注意。同年8月，梁实秋作《草儿评论》一文，对康白情的《草儿》诗集进行了批评。梁实秋指出："《草儿》全集53首诗，只有一半算得是诗，其余一半是真算不得诗。"他肯定了康白情擅长于写景的诗，如《日观峰看浴日》、《江南》和《晚晴》等诗尤为值得读者鉴赏。那么，为什么说有一半的诗算不得诗呢？在梁实秋看来，有的诗像"演说词"，如《别北京大学同学》、《植树节杂诗》等；有的诗近似"小说"，如《醉人的荷风》尽是描写人物动作的话；有的诗像"记事文"，如《日光纪游》是一段简洁的"日记"。此外，梁实秋还批评康白情写诗感情太薄弱，想象太肤浅，忽视了诗的音节和韵脚等等。①

值得注意的是，赵毅衡曾经指出，正是梁实秋集中阐述了意象派对白话文运动的影响。如果康白情是"五四时代在创作上最接近意象派的诗人"的话，那么，同为肯定意象派影响的梁实秋，为什么还要批评深受意象派影响的康白情呢？答案只有一个，即梁实秋认为，受意象派影响的五四新诗，业已走上了一条错误的诗歌发展方向，这一方向的问题就体现在康白情的新诗创作中。换句话说，就算康白情真的受到过意象派的影响，那么意象派对于中国新诗的发展方向而言也不足为训。从梁实秋对《草儿》集的批评中，可以得见意象派所存在的问题。梁实秋在《草儿评论》探讨并阐发了有关诗歌艺术本身的特性问题。他认为，"诗的主要职务是抒情"，"原来诗的成

① 梁实秋：《草儿评论》，《冬夜草儿评论》，琉璃厂公记印书局1922年版。

就，即是以情感为中心的”。诗人写诗必须要有充沛的情感，“或是特别的委婉，或是特别的壮烈”，切忌在诗中说理议论，或客观的记事写景。另外，诗还要“情缘境生”。之所以在诗中不宜客观写景，是因为客观写景充其量不过是描绘出一幅“测量图”，而“情缘境生”则“把客观的景物主观的写出来”，“能把情景渗透，相融而莫分”。如杜甫的“感时花溅泪，恨别鸟惊心”等诗句便是主观写景，做到了“景真情挚，浑然莫辨”。而更重要的是，诗歌要有想象，“凭着想象，创造出美来，这是一切艺术美的原则，诗当然逃不出这个例去”①。

如果结合意象派的理论主张，可以发现梁实秋对于诗歌的认识恰好暗暗构成了对于意象派理论的反拨。在由庞德起草的意象派“三原则”中，所谓“直接处理无论是客观的还是主观的事物……绝对不使用任何无益于表现的词”，等等，都要求诗歌“硬朗清晰”，绝对不可“模糊”和“不确定”，这与梁实秋所谓的“诗的主要职务是抒情”，诗人写诗必须要有充沛的情感，“或是特别的委婉，或是特别的壮烈”，切忌在诗中说理议论或客观的记事写景等恰好背道而驰。因此，梁实秋对于康白情《草儿》集的评论，毋宁可以看做是对意象派的一种批评，这就意味着至少在梁实秋看来，意象派的诗歌理论无益于中国新诗的进步。

以上所述均可证明这样一个问题，即就算五四新诗受到意象派的影响可以成立，那么这种影响也是受到了中国新诗理论家的反对的。五四白话诗以后新格律体诗的兴起，充分说明了意象派影响的式微。但这还不是问题的全部，赵毅衡在《意象派简介》这篇文章中承认，在中国早期新诗中，唯一有证据可以断定直接

① 梁实秋：《草儿评论》，《冬夜草儿评论》，琉璃厂公记印书局1922年版。

受意象派影响的新诗，只有闻一多早年留美时所写的长诗《秋色》一首。[①] 实际上在比较文学中的影响研究中，如果没有实际例证可以说明被比较双方的共同点，那么根据研究者的阅读体验而得出的许多结论，都难免有捕风捉影之嫌。但话说回来，这些问题对于传播西方现代派文学的中国学者来说并不重要，重要的则是强化意象派与中国新文学之间的联系，如此方能促进意象派在中国大陆的传播。因此，中国学者有关意象派的介绍，可以被视为新时期初西方现代派文学传播讲求策略的一个经典个案。

二

在介绍西方现代派文学中的意识流时，王蒙等人同样充分发掘了意识流与五四新文学的关联。在《关于“意识流”的通信》一文中，王蒙首先介绍了意识流的一个基本特点，就是“写人的感觉”。但是，如果意识流只写人的感觉，那么它岂不是就变成了唯心论的文学流派了吗？王蒙显然注意到了这个问题，他指出：“如果作家是一个很有头脑、很有思想、很有阅历（生活经验）的人，如果革命的理论、先进的世界观对于他不是标签和口头禅，不是贴在脸上或臀部的膏药，而早已化为他的血肉，他的神经，他的五官和他的灵魂，那么，哪怕这第一声，也绝不是肤浅的和完全混乱完全破碎的。……其实，任何人的哪怕是单纯的、转瞬即逝的直觉，也都或多或少、或深或浅地反映着感觉者的内心，反映着感觉者的思想、观点、倾

① 参见赵毅衡《意象派简介》，《作品与争鸣》1982 年第 4 期。

向、教养、趣味、性格、人品。心灵这一面镜子，毕竟比玻璃镜复杂得多。"[①] 在这里，王蒙显然从反映论的思维模式出发，将意识流解释成了一种理性的对于自我意识的反映，而自我意识的形成在王蒙看来，如"思想、观点、倾向、教养、趣味、性格、人品"等无不受到了社会现实的影响。因此，意识流在王蒙的理解中，便与纯粹进行自我表现的唯心主义文学划清了界限。毫无疑问，只有解决了意识流的意识形态属性问题，王蒙才可以将它与五四新文学作进一步的联系。在王蒙看来，鲁迅的《野草》正是一种意识流文学，他说："例如鲁迅先生的散文诗《野草》中，就有许多写感觉，在某种意义上，也可以干脆说是'意识流'的篇什。《秋夜》、《好的故事》、《雪》都是这样的……鲁迅写的是他的感觉，'只可意会，不可言传'的感觉。但最后仍是可以'言传'——可以分析的。"[②] 将鲁迅的《野草》说成是"'意识流'的篇什"，显然可以为意识流的传播打开道路：既然意识流早在新文学的开山祖师鲁迅那里就已存在，那么还有何理由反对意识流呢？因为在当时的许多中国知识分子心目中，鲁迅的创作无疑代表着中国文学的发展方向。

应该说，王蒙看到了鲁迅在《野草》中对于自我意识的隐喻表达，这显然是一种认识上的进步。在相当长的一段时期内，中国学者都认为《野草》"是在帝国主义和北洋军阀的黑暗统治之下产生的。这些作品的战斗性是作者对于当时黑暗势力的反抗和斗争的表现，作品的思想情绪也都是对于当时时代环境的反

① 王蒙：《关于"意识流"的通信》，《鸭绿江》1980 年第 2 期。

② 同上。

应”[1]。不过，在王蒙的认识中却存在着一个将意识流理性化的趋势。

从文学史的角度看，意识流盛行于20世纪二三十年代，它是借助自由联想、内心独白等手法所表现出的一种“心理内容”。这种心理内容经过意识流的筛选、改造，将人类某种悟性的东西还原为活生生的感性经验。尤其随着弗洛伊德对人潜意识领域的发现，意识流得到了生理学和哲学观念的支撑。由于人大脑中意识流活动的无序性和朦胧性，小说家在表现这种意识流时不惜通过时空跳跃、剪接、拼贴等手法将“意识流”的心理流程仿造成可见的“语言流”。但无论方法多么新奇，“意识流”都处处体现了作家非理性的潜意识世界。而王蒙对于意识流的理性化解释，不能不说是受制于唯物主义认识论的结果。这一处理方式不仅改造了意识流的非理性程度，也在很大程度上偏离了《野草》的真正内涵。其实对于鲁迅而言，《野草》就是他灵魂自剖的产物——污秽不堪的现实世界只不过是鲁迅进行自我认识的起点。由《野草》的写作中，鲁迅意识到了人的局限性，意识到了人对外部世界的无处遁逃，由此产生的对于价值无根基性的喟叹，以及浓重的虚无思想，都处处显示了鲁迅艰难的精神之旅。可以这样说，《野草》正好与主张疗救国民性的《呐喊》和《彷徨》相对，是鲁迅生命困境的本能流露，带有强烈的非理性主义色彩。王蒙虽然没有正确地指出这一点，但他对于意识流和鲁迅创作之间关系的思考，却有助于意识流获得一种被新文学发展所支持的合法性依据，因而有利于意识流的传播。

---

① 冯雪峰：《论〈野草〉》，《文艺报》1955年第19—20期。

三

其实，将西方现代派文学和鲁迅的创作联系起来考察，并非王蒙一人所为。许多中国学者都致力于发掘现代派文学和鲁迅创作的关系。

在《鲁迅与存在主义》一文中，徐岱、潘一禾认为萨特和鲁迅这两位作家在生活道路和人生选择，乃至文学创作等方面都有相似之处："萨特反映了法国战后左翼资产阶级知识分子的精神面貌，他们在荒谬的资本主义社会孤独彷徨；鲁迅则表现了五四运动以后中国进步的小资产阶级知识分子在封建主义、殖民主义专制势力压迫下的苦闷，以及他们追求光明和真理的愿望。"因此，徐岱和潘一禾认为"相似的生活道路和共同的选择使得这两位思想家的思想有许多共同观点"。正是从这些共同点出发，《鲁迅与存在主义》一文通过对萨特存在主义的分析，试图"从一个新的角度认识鲁迅早期思想的一些矛盾"[①]。如果真如作者所言，那么《鲁迅与存在主义》一文就应是作者对于鲁迅早期思想"矛盾"的评论剖析。但综观全文的字里行间，却处处流露出该文作者为鲁迅的文学创作寻找存在主义哲学依据的叙述意图。因此，《鲁迅与存在主义》一文与其说是为了剖析鲁迅早期的思想"矛盾"，倒不如说体现了该文作者为传播存在主义文学，努力寻找五四新文学依据的传播策略。

值得注意的是，《鲁迅与存在主义》一文在讨论存在主义文学和鲁迅创作之间的关系时，采用了一种简单类比的论证方式。

① 徐岱、潘一禾：《鲁迅与存在主义》，《外国文学研究》1981 年第 3 期。

由此带来的一个问题是，无论该文作者如何谈论存在主义对鲁迅创作的影响，都不过是一种主观阐释，其客观性颇为可疑。然而，正是这一主观性的论述方式，却暗暗传递出了中国学者为西方现代主义文学的传播寻找新文学合法性依据的良苦用心。

在文章的开篇，徐岱和潘一禾将萨特的存在主义基本原则概括为“存在先于本质”说，认为人生的意义只存在于后天的行动之中，而且“这也是贯穿鲁迅早期作品的基本思想”。从存在主义哲学的“前理解”出发，该文作者试图赋予鲁迅作品存在主义的哲学意味。如在分析鲁迅的《过客》时，徐岱和潘一禾就认为《过客》是鲁迅早年的具有存在主义意味的思想小结。从过客的“走”这一行动中，徐岱和潘一禾解读出了过客用行动赋予自身意义的存在主义内涵，因为“过客正是这样在不断地把自己‘投向未来’，从‘走’中确立了他的生存价值”。这“就把鲁迅与萨特的存在主义思想相互沟通了”[①]。此外，在解读鲁迅的其他作品时，徐岱和潘一禾还借助了萨特的“自我意识”自圆其说。他们认为鲁迅对于人类精神现象的重视，恰好证明了存在主义的“自我意识”也是鲁迅早年的思想核心，其具体表现就隐含于《狂人日记》、《祝福》、《故乡》和《药》等作品中，因为在这些作品中，鲁迅将主人公的悲剧命运“都集中在‘精神意识’这个焦点上”。因此，从鲁迅作品对于人物精神意识的关注出发，结合存在主义的“自我意识”说，徐岱和潘一禾便认为鲁迅的大部分作品都具有存在主义内涵[②]。

需要指出的是，徐岱和潘一禾虽然阐明了鲁迅作品所具有的精神属性，但将其简单归结为存在主义思想的影响，却忽略了鲁

---

① 徐岱、潘一禾：《鲁迅与存在主义》，《外国文学研究》1981 年第 3 期。

② 同上。

迅启蒙文学的精神发生学——须知鲁迅的启蒙文学乃是他对中国大众爱之深，责之切的情绪郁结之产物：从“哀其不幸”出发，在透视国民劣根性的叙述过程中，老中国儿女的愚昧和麻木深深刺痛了鲁迅的灵魂。由此引发的“怒其不争”，实实在在表达了鲁迅对于老中国儿女的一颗赤子之心。在考察鲁迅这类对待国民性问题的启蒙文学时，就不能不考虑其带有具体历史背景的精神发生学。相形之下，徐岱和潘一禾对于鲁迅启蒙文学的存在主义解读，往往以普世性的存在主义哲学替代了鲁迅具体可见的精神发生学。更为重要的是，关注人的自我意识本为文学的天职之一，如果据此就认为鲁迅的创作属于存在主义，那么几乎所有关注人的自我意识的作品都可被归结为存在主义，包括现实主义、浪漫主义文学概莫能外。因此，徐岱和潘一禾对于鲁迅启蒙文学的存在主义解读，便不能不说体现了他们刻意为存在主义传播寻找合法性依据的传播策略。

在具体阐释鲁迅作品的存在主义内涵时，徐岱和潘一禾特别以《阿Q正传》为例，试图说明这部作品与萨特存在主义之间的联系。他们认为在《阿Q正传》中，“鲁迅的存在主义思想表现得最为显著，它构成了这部划时代作品的结构和思想基调”。为什么会得出这种结论呢？因为在徐岱和潘一禾看来，萨特的存在主义“为人类打开了选择的可能性”，“而且这种可能性是永远存在的，即懦夫可以振作起来，不再是个懦夫；而英雄也可以不再成为一个英雄”①。与此相类似，尽管鲁迅在谈到《阿Q正传》的成因时，称这部作品的创作目的是企图揭示“国民的劣根性”，但按照徐岱和潘一禾的解读方式，阿Q却不仅仅是国民劣根性的代表，在他身上其实浓缩着人的“自我意识”的变化：

① 徐岱、潘一禾：《鲁迅与存在主义》，《外国文学研究》1981年第3期。

“结论是很明确的……阿Q一直试图维护他的自尊心，但处处受侮辱，人的尊严被踩得粉碎，因而他不得不依赖‘精神胜利法’这歪曲了的自我意识来保护自己。……这种自欺欺人的阿Q主义正是笛卡儿‘我思故我在’的主观唯心主义翻版，也是存在主义‘意识中存在本质’这一主导思想的真实写照。”[①] 这就意味着阿Q的“精神胜利法”，实际上是他在污秽现实中维护自我意识的一种武器。在这个意义上说，“精神胜利法”就不仅仅是国民劣根性的反映，它还是人类在艰难的生存处境下保护自我意识不受侵害的一种生存方式。如果这一判断成立，那么阿Q的“精神胜利法”就无可指责：作为一个无论从经济和社会地位上都处于社会最底层的草根人物，如果没有“精神胜利法”的自我保护，那么阿Q必将会失去自我意识，从而沦为他自己所说的“虫豸”一般的人物。因此，尽管“精神胜利法”是一种歪曲了的自我意识，但鲁迅对此反复强化的结果，却至少说明了阿Q这一人物自我意识的存在。徐岱和潘一禾据此认为：“民族衰落的责任并不能简单地归在阿Q身上，人是环境的产物，并不能脱离他的生存条件而存在。”[②] 环境对于阿Q而言，就是歪曲他自我意识的罪魁祸首。因此，在徐岱和潘一禾的论述逻辑中，尽管民族衰落的责任不在阿Q，但他所处的生存环境却造成了他自我意识的歪曲，故而鲁迅的批判锋芒最终指向的仍然是具体的社会环境，《阿Q正传》也因此具有鲜明的历史批判和社会批判意识。

巧妙的地方正在于此，通过论述逻辑的转换，徐岱和潘一禾表达的仍然是对鲁迅作品的存在主义分析。那么，他们是如何转

① 徐岱、潘一禾：《鲁迅与存在主义》，《外国文学研究》1981年第3期。

② 同上。

换论述逻辑的呢？其实在徐岱和潘一禾的论述逻辑中，隐含着这样一种潜在的叙述方式：即他们首先从存在主义的自我意识出发，认定《阿Q正传》并非一部“批判国民劣根性”的作品，而是鲁迅对阿Q歪曲了的自我意识的表达，这一表达方式即是阿Q的“精神胜利法”。通过对“精神胜利法”造成阿Q自我意识歪曲现象的分析，徐岱和潘一禾试图说明鲁迅如何“从存在主义的概念出发揭示阿Q”。但如果仅仅局限于这一点，就会忽视鲁迅在《阿Q正传》中鲜明的历史批判和社会批判。为弥补因对存在主义的分析而忽略的这一现实因素，徐岱和潘一禾又将阿Q自我意识歪曲的根源归结为社会环境对人的异化，从而使得《阿Q正传》回到了鲁迅对于社会历史的批判当中。通过这一叙述策略，徐岱和潘一禾不仅没有否定鲁迅作品中的现实主义因素，反而在存在主义的解读方式中，借助阿Q自我意识的分析，进一步说明了存在主义的现实基础和时代背景。这就意味着在《阿Q正传》中，普世性的存在主义获得了一种与老中国具体时代背景相关的现实意义。因此，鲁迅和存在主义之间的联系，就具有了一种被当时具体历史条件和社会环境所支持的现实基础。这一叙述策略的实质说明，即使是从“唯心主义”（存在主义）出发，也能推导出“唯物主义”（历史批判和社会批判）的结论。在《鲁迅和存在主义》一文的结尾，徐岱和潘一禾说：“列宁在1908年给高尔基的信中说：‘从唯心主义哲学出发，不仅能获得重要的、服务于人类进步的见解，并且最后会导致唯物主义的结论’。”[①] 这充分说明了徐岱和潘一禾对于鲁迅存在主义解读的叙述策略。这一解读方式，无疑为存在主义文学的传播寻找到了源自鲁迅文学的合法性依据，从而必然会促进存在主义文

---

① 徐岱、潘一禾：《鲁迅与存在主义》，《外国文学研究》1981年第3期。

学的传播。

综上所述，通过对于西方现代派文学和中国五四新文学关系的考察，中国学者赋予了西方现代派文学传播的合法性依据，体现了他们传播西方现代派文学的策略性考虑。如在考察西方现代派文学和中国五四新文学的关系时，中国学者充分发掘了意象派、意识流和存在主义文学的理论及其创作和五四新文学传统之间的关联。在这当中，中国学者对于意象派诗歌理论和五四新诗理论关系的考察，充分说明了中国学者通过夸大意象派对中国新文学运动的影响，传播意象派诗歌的策略性行为。而在探讨鲁迅与西方现代派文学的关系时，则通过对鲁迅思想及其作品的现代派解读，赋予了鲁迅一种现代派品格，并在此基础上，将西方现代派文学与中国新文学的创始人鲁迅相勾连，进而为西方现代派文学的传播赋予了一种源自鲁迅文学的合法性依据。由此可以看出，中国学者在介绍西方现代派文学的过程中，往往从本土的新文学传统出发，通过梳理西方现代派文学与中国五四新文学的关系的方式，实践着他们对于西方现代派文学的传播策略。

（原载《内蒙古社会科学》2007 年第 2 期）

"无边的现实主义"

——论新时期初西方现代主义文学的传播策略

在新时期初的中国文坛，为推进西方现代主义文学的传播，许多知识分子都在规避意识形态影响的前提下，运用了各种迂回曲折的传播策略，其结果是不仅巧妙跨越了"社会主义/资本主义"的意识形态壁垒，而且还在同启蒙话语等历史力量的颉颃互竞中，推进了现代主义文学的知识合法化①。

综观新时期初西方现代主义文学的各类传播策略，尤以现代主义文学的现实主义化最为引人注目。在此传播策略中，中国知识分子为达到传播现代主义文学的目的，往往从现代主义与现实主义的关系出发，在创作技巧层面肯定现代主义文学的创作方法，同时刻意混淆现代主义和现实主义的区别，将西方现代主义文学现实主义化。促使这一传播策略出现的历史原因，实与现实主义文学主潮的意识形态属性密切相关。由于当代中国的现实主义文学以马克思历史唯物主义为哲学基础，因

---

① 参见叶立文《话语、策略与权力——论20世纪70年代末西方现代主义文艺思潮在中国大陆的传播》，《天津社会科学》2006年第1期。

此这一文学潮流先天就具有意识形态的合法性。而取消现代主义与现实主义的对立和差异，便意味着清除现代主义文学中的反意识形态因素，进而为现代主义文学在中国大陆的广泛传播争取社会主义的意识形态合法性。本文通过对现代主义文学传播实例的考察，试图探寻中国知识分子将现代主义文学现实主义化的传播策略，也希冀从中一窥知识的文化旅行究竟具有怎样的意义衍变。

《外国文学动态》1980 年第 1 期登载了一篇名为《苏联社会主义现实主义理论的新阶段》的文章，其中介绍了 70 年代以来苏联社会主义现实主义理论的新发展。文章称“以苏奇科夫和马尔科夫为代表的”学派认为，“社会主义现实主义是‘真实地描写生活的历史的开放体系’”，“在艺术中达到审美效果的手段和方式是多种多样的，其中包括非现实主义的手段和方式”，“所谓开放性，对社会主义现实主义来说，就是‘客观地认识不断发展的现实生活是没有界限的，题材的选材是没有限制的，因而表现生活的真实的艺术手段也是没有限制的’”。这些论点将现实主义的创作方法视为一种开放体系，从理论上将现实主义变成了“无边的现实主义”。在这个意义上，现代主义文学中的创作方法，诸如意识流、心理分析、荒诞描写等都可以纳入“现实主义”这一无所不包的体系，以至于后来有中国学者将新时期的现代主义文学冠之以“心理现实主义”、“生命现实主义”、“象征现实主义”等名①。对于新时期初西方现代主义文学的传播者而言，这种现实主义理论无疑符合了他们的传播策略，因此，“现代主义和现实主义构不成一对矛盾”的理论提法在当时并不少见：“真正有价值的‘现代主义’作品也是‘反映’现实

① 参见张学正《现实主义文学在当代中国》，南开大学出版社 1997 年版。

的，其中往往也有广义的现实主义，也有广义的浪漫主义。”①“苏联文学的赞美机器，歌颂集体，讴歌社会主义的未来美景，西欧文学的歌颂大都市、摩天大楼，强调个人，分析潜在意识，这一切五光十色的新型文学，都是属于现代主义。”② 在新时期初中国学者的阐释下，现实主义与现代主义达成了一致。做出这一判断的卞之琳、施蛰存等人本身就是三四十年代现代主义文学的实践者，因此他们的说法也更具影响力。

与此同时，为更进一步肯定西方现代主义文学，中国学者还借助经典现实主义作家对于现代主义文学的评价，努力发掘蕴涵于西方现代主义文学中的合理性。如中国学者就曾经以高尔基对于西方现代主义文学的评价为参照依据，推断出了西方现代主义文学在创作技巧层面的进步性。1913 年，高尔基在写给德·尼·谢苗诺夫斯基的信中谈到了西方现代主义文学。他说：“不用说，小儿病在我国的现在的条件下是一定会害上的，但是像模仿——哪怕是不由自主地模仿——现代主义这样的流行病，是可以想办法避免的。因为现代主义在我国并不是如通常所设想的那样受到人们的重视的。”③ 高尔基在信中提到的“现代主义”，是指“十九世纪末和二十世纪初同现实主义相对抗的各种文学流派。在许多场合下，他用‘颓废派’这个术语。就所论及的文学现象、作家、创作风格来看，高尔基是把现代主义和颓废派视为一体的。到了后期，他又用形式主义这个术语来论述这些流派”④。如果仅从上文来看，高尔基对于现代主义文学无疑

① 卞之琳：《现代主义和现实主义构不成一对矛盾》，《读书》1983 年第 5 期。
② 施蛰存：《关于“现代派”一席谈》，《文汇报》1983 年 10 月 18 日。
③ 转引自白嗣宏《高尔基论现代主义》，《外国文学研究》1981 年第 3 期。
④ 同上。

持否定态度。事实上，在《保尔·魏伦和颓废派》(1896)、《还是一名诗人》(1896)、《文学札记》(1900)、《论未来主义》(1905)等文章中，高尔基对西方现代主义文学都做出过批判性的评价，诸如西方现代主义文学中的悲观主义、唯心主义、神秘论和个人主义思想，等等，均成为高尔基的批判对象。高尔基认为“脱离现实”的现代主义文学仅仅是为了“掩饰心灵的空虚与贫乏”[①]。毫无疑问，作为一位经典现实主义作家，高尔基自然会反对现代主义文学中有悖于马克思主义世界观和认识论的创作因素，但这并不代表他对于现代主义文学的态度就是全盘否定。中国学者在谈到这一问题时特别指出，高尔基在1931年写信给女诗人拉丽莎·巴雷舍娃的信中这样说道：“您还不太了解勃柳索夫、勃洛克等十九世纪90年代到二十世纪最初十年诗人所锻炼出来的诗歌语言。在我们这个时代，不依靠这种语言来写诗几乎是不行的。”[②] 信中提到的勃柳索夫、勃洛克等人均为现代主义诗人。据此，中国学者认为高尔基“对现代派的态度，除了批评的一面以外，还有肯定的一面。作为一种资产阶级社会主义文化危机的产物、作为一种文艺倾向，现代主义遭到了高尔基的严厉批评。但是，如果把高尔基对现代主义的态度仅仅局限于这一方面，是不公正的”[③]。那么，高尔基究竟肯定了现代主义文学的哪些因素呢？从高尔基的评价方式中，充分可见他一贯主张的辩证法态度，即在批判现代主义文学思想内容的同时，高度肯定现代主义文学的创作技巧。中国学者据此认为：“他（高尔基）对现代派作家的艺术技巧一贯是称赞的，而且建议青年

① 转引自白嗣宏《高尔基论现代主义》，《外国文学研究》1981年第3期。
② 同上。
③ 同上。

作家学习他们驾驭语言的能力。"[①] 在肯定现代主义作家的才华时，高尔基认为巴尔蒙特和勃柳索夫"使诗歌在形式、技巧上丰富起来"，巴尔蒙特"固然是一个颓废派，可是他把语言掌握得好极了。语言就是文学的武器，正如步枪是士兵的武器一样"。在此基础上，尽管高尔基不喜欢索洛古勃这个人，但承认他"确实是一个出色的诗人"，"一个才华横溢的诗人"。在对索洛古勃作品中所宣扬的思想持批判态度外，高尔基肯定了索洛古勃作品的形式魅力，他说："我认为您的作品《炽烈的圆圈》是形式方面的典范，我常常向初学写作者推荐这本书，认为它在形式方面是极有教育的意义。" 至于西方表现主义戏剧大师斯特林堡，高尔基更是推崇备至。他在评价斯特林堡时说："这是一个伟大的人物，他的心灵是勇敢的，他的头脑是清晰的，他不掩饰自己的恨，也不隐匿自己的爱。我认为，现代的牲畜们因为他是会整夜睡不着的。他是一个心灵伟大的人物。"[②] 由此可见，高尔基在严厉批判现代主义文学思想内容的同时，也高度肯定了现代主义文学的艺术实验。在这种"一分为二"的辩证态度中，现代主义文学必然会获得现实主义者有选择性的认可。中国学者援引高尔基对于现代主义文学的评语，无非是想说明这样一个道理，即在经典现实主义作家的眼中，西方现代主义文学因其在形式方面的有益探索，必然会有助于促进现实主义文学的发展。这就意味着引进现代主义文学，实际上可以在文学技巧层面促进现实主义文学的发展。

不过在许多中国学者看来，尽管现代主义和现实主义构不成一对矛盾，但这种单纯从技巧层面肯定现代主义文学的传播策

① 转引自白嗣宏《高尔基论现代主义》，《外国文学研究》1981 年第 3 期。

② 同上。

略，显然不足以真正促进现代主义文学的传播。原因就在于，如果一味强调现代主义文学的创作技巧，势必只能让现代主义文学的影响停留在形式主义层面。为了让现代主义文学被中国大众普遍接受，就有必要进一步肯定现代主义文学的思想内容。但最为棘手的问题也隐含于此，既然现代主义文学在当时还被许多人视为腐朽没落的资产阶级意识形态，那么中国学者又将如何肯定它的思想内容呢？对于新时期初的中国知识分子而言，这一方法就是将西方现代主义文学现实主义化。只有在思想内容方面与现实主义文学不谋而合，现代主义文学才有可能真正得到广泛传播。为达此目标，许多中国学者从70年代后期便开始了将西方现代主义文学现实主义化的阐释工作。

在新时期初的大部分中国学者看来，西方现代主义文学是一种“反映”了现代西方资本主义社会现实的文学流派，它反映了“分崩离析的现代西方资本主义社会里个人与社会、个人与他人、个人和物质、自然和个人与自我之间的畸形关系，以及由此产生的精神创伤、变态心理、悲观绝望情绪和虚无主义思想”①。很明显，将西方现代主义文学对资本主义社会现实的反映置于对人类精神困境的表现之上，无疑会使西方现代主义文学获得一种认识西方社会历史进程的再现功能。这一阐释方式将西方现代主义文学变成了一面认识资本主义社会的镜子，它因此具有了一种现实主义的反映论特性。中国学者因此在介绍西方现代主义文学时做出了这样一种判断，即“大多数西方现代派作家虽说以象征手法为主，（但）目的还是在反映现实生活，只是侧重从内心世界来写”②。这就意味着现代主义文学和现实主义文

① 袁可嘉：《欧美现代派文学概述》，《百科知识》1980年第1期。
② 同上。

学在本质上都是反映现实生活的，它们的区别仅仅在于反映生活的手法不同。循此逻辑，中国学者批判了这样一种观点，即"贬低现代主义，把它笼统地斥为反浪漫主义或反现实主义，这是很不全面的"[①]。因此，西方现代主义文学与现实主义文学在反映生活方面的一致性，便使西方现代主义文学获得了某些现实主义品格。而在传播具体的西方现代主义作家和文学流派时，中国学者更是将现代主义文学现实主义化的传播策略贯彻始终。

按照当时的认识，如果西方现代主义文学是反映资本主义社会现实的文学流派，那么许多现代主义作家在被介绍进中国时就自然被阐释成了现实主义作家。一个较为典型的传播例证，就是中国学者对于卡夫卡的现实主义化。作为西方现代主义的文学大师，卡夫卡在小说中对人类异化境地的象征性描写，以及对人类普遍生存困境的深刻观照，历来就被视为一位经典的现代主义作家。但中国学者在介绍卡夫卡时，却按照反映论的思维模式，认为卡夫卡是一位真正再现了社会现实的现实主义作家，他的作品如"《审判》（1914）对奥匈帝国官僚制度的腐朽作了相当深刻的揭露"[②]。甚至有中国学者援引西方马克思主义理论家卢卡契的说法，试图证明卡夫卡的现实主义作家身份："卢卡契本人直到被捕的时候方才恍然大悟，意识到自己正经历着卡夫卡小说中描写的人的处境，深有感触地说'卡夫卡确实是一个现实主义作家'。"[③] 值得注意的是，尽管卢卡契称卡夫卡为现实主义作家，但他所理解的"现实"显然有别于中国当代文学的现实观。在中国的现实主义文学传统中，现实通常指向的是我们置身其间

① 袁可嘉：《欧美现代派文学概述》，《百科知识》1980 年第 1 期。

② 同上。

③ 李士勋、舒昌善：《表现主义》，《作品与争鸣》1981 年第 4 期。

的客观现实，它不仅包含了物质世界，亦指涉着本质、规律等历史理性主义思想因素。在80年代中期以前，现实主义文学在庸俗社会学和机械唯物论的影响下，一味强调对客观现实的再现，不仅使文学一度沦为历史的附庸，而且还遗忘了对人物内心世界，亦即心灵现实的关注。在此背景下，卡夫卡小说对人类心灵现实异化现象的描写，显然与中国当代文学对客观现实的再现截然不同。对于卢卡契而言，当他经历了残酷现实的磨难以后，在回首个人支离破碎的生命体验时，自然会对卡夫卡所描绘的灵魂异化图景产生深刻共鸣。也只有当卢卡契置身艰难的存在困境时，才能真正明了卡夫卡笔下的心灵现实是何等的真实。不过，对于那些介绍卡夫卡的中国学者而言，客观现实与心灵现实的观念差异显然无足轻重，他们只需证明卡夫卡是一位“现实主义作家”就已足够。实际上，卡夫卡在新时期初的各类介绍性文章中，同时还被看作是一位表现主义作家。但由于卡夫卡的现实主义化，也使得表现主义文学在部分程度上被现实主义化了。如有中国学者在概括表现主义的基本特征时认为，表现主义主张“艺术应当干预生活”。他们援引表现主义诗人巴尔的话说“新的艺术应当‘使社会从极端的阴谋和权力的统一之中得到复兴’”[①]。在这种说法中，表现主义实际上具有了两种现实主义性质：一是对生活的干预；二是让文学承担改造社会专制局面的功能。这两点都与中国新时期初现实主义文学的使命较为接近。颇堪玩味的地方正在于此，“表现自我”这一表现主义的核心未被中国学者强化，反而是外在的社会改造功能被极力加以肯定。由此可见，将表现主义文学现实主义化也是中国学者的一种传播策略。

---

① 李士勋、舒昌善：《表现主义》，《作品与争鸣》1981年第4期。

同样的例子还存在于对法国意识流作家普鲁斯特的介绍中。尽管普鲁斯特的鸿篇巨制《追忆往昔》是意识流文学的经典之作，但中国学者却仍然按照反映论的思维模式，将《追忆往昔》现实主义化："《追忆往昔》不仅细腻地描绘了人物的精神世界，并且刻画了人物所生活的社会。有人称它为二十世纪的《人间喜剧》型的社会画幅。但是《追忆往昔》只限于前后二十年左右的资产阶级上流社会的变迁，无论从社会阶级的多样复杂性还是从作品所蕴含的社会意义来看，《追忆往昔》都不足以与《人间喜剧》相抗衡。但是它却真切地反映了资产阶级高等社会的衰朽和没落，反映了生活在这个社会里的人们思想上的彷徨、苦闷、空虚以及其他种种病态的心理特征。从这一点上说，《追忆往昔》是资产阶级社会某些侧面的忠实写照。"① 在这段评论中，隐含着如下几个重要的价值判断：首先，按照反映论的思维模式，《追忆往昔》实际上与巴尔扎克的《人间喜剧》一样，都是对资本主义社会的忠实写照。但与宏大的《人间喜剧》相比，《追忆往昔》再现的社会场景仅局限于资产阶级的上流社会，它不像《人间喜剧》那样，如马克思所说是"资本主义社会的百科全书"。因此，《追忆往昔》与《人间喜剧》无法抗衡。这种比较方式显然将意识流杰作《追忆往昔》等同于现实主义的鸿篇巨制《人间喜剧》了。尽管它不如《人间喜剧》那样伟大，但它却凭借对资产阶级上流社会的忠实写照而获得了一种现实主义品格。其次，这段评论在比较《追忆往昔》和《人间喜剧》时，还认为《追忆往昔》在再现社会阶级的多样性和复杂性方面较为薄弱。这一阐释方式显然没有摆脱此前阶级决定论的影

① 冯汉津：《法国意识流小说作家普鲁斯特及其〈追忆往昔〉》，《外国文学报道》1982 年第 5 期。

响。在阶级决定论看来，那些反映社会阶级构成和阶级斗争的作品才符合优秀现实主义文学作品的要求，按此标准，《追忆往昔》当然也有不足。从这一传播实例中可以看到，不论是依据反映论，还是阶级决定论，都说明了中国学者习惯用现实主义的文学标准去介绍和评价现代主义文学，而这一倾向的实质就是对现代主义文学的现实主义化。

此外，在介绍当代拉丁美洲的小说流派时，中国学者也异常注重其现实主义特性。他们把拉丁美洲文学概括为两大类：即浪漫主义和现实主义。按照中国学者的理解，拉美的现实主义文学根据不同的风格和特征，可以在"'现实主义'这个名词之前常冠以不同的形容词，像'魔幻现实主义'、'恐怖现实主义'、'结构现实主义'、'电影现实主义'、'心理现实主义'、'新现实主义'、'动物心理现实主义'、'神奇现实主义'等等"①。将所有和传统现实主义不同的拉美小说流派都理解为现实主义的变形，实际上是中国学者将现代主义文学现实主义化的一贯做法。如在讨论拉美的"结构现实主义"文学时，中国学者一方面从创作技巧和创作观念等层面分析结构现实主义与传统现实主义的不同，但同时也坚持认为结构现实主义文学仍然属于现实主义文学的范畴，只不过它在艺术上的创新"借鉴了西方现代派的一些表现手法"，如深刻受到了意识流文学的影响。② 因此，在为结构现实主义文学定性时，中国学者依旧认为"这种表面上看来趋于混乱和无逻辑的表现方法仍是现实主义的创作方法"③。他们援引拉丁美洲文学界的看法，称："阿尔维托·桑切斯写

① 陈光孚：《"结构现实主义"述评》，《文艺研究》1982年第1期。
② 同上。
③ 同上。

道：‘严格地讲，它还是属于现实主义的范畴，尽管有些地方违反了或是改变了现实主义创作的一些条条框框，而且还超出了客观现实的发展规律。这正使我们认识到世界上本来就存在着两种现实：一种是客观的、外在的现实，另一种则是文学的和美学的现实’。‘人们能够接受这种现实的再创造的一些虚构和不符合客观叙事规律的场景。’”① 从拉美文学界的认识中寻找依据，进而确定结构现实主义文学的现实主义特性，业已成为当时介绍拉美各种“现实主义”文学的常见方法。

饶有趣味的是，尽管阿尔维托·桑切斯非常明确地阐释了两种不同的现实观，但中国学者在介绍拉美“现实主义”文学时却没有对此加以更大关注，反而依旧在“客观的、外在的现实”方面大做文章，如认为结构现实主义作家“在思想上受资产阶级民主思想的影响，在社会地位上又属于受剥削和受压迫的阶层，所以他们主要的政治表现是反对帝国主义，反对封建主义，反对军事独裁政权，同情下层人民和不满现实的社会。他们的作品也多以此为目的，所以大多有着积极的社会意义。阿斯图里亚斯的《危地马拉周末》是义愤之作，把矛头直接对准了帝国主义侵略者。略萨深受军事独裁政权和军事学校的迫害，以《城市与狗》和《潘达雷昂和女客服务队》揭露军事独裁统治下的种种黑暗和腐败。《绿房子》暴露了秘鲁下层社会的种种时弊，对处于水深火热之中的穷苦妇女寄予着同情。《胡利娅姨妈和作家》控诉了社会的种种不公。这些作品颇为强烈的时代精神由此可见一斑，在广大读者中引起很大的反响也就成为理所当然的了”②。这种以反映论为指导的认识方式，将结构现实主义再现

① 陈光孚：《“结构现实主义”述评》，《文艺研究》1982 年第 1 期。

② 同上。

拉丁美洲苦难历史的现实主义品格揭示得淋漓尽致。但是，在阿尔维托·桑切斯看来，结构现实主义显然更看重“文学的和美学的现实”，这一现实观念带有明显的精神烙印，它对于作家的文学观念起着决定性的作用。在现代主义文学和现实主义文学的众多区别中，有关现实的界定无疑最为重要。简要而言，现代主义文学注重对人类的精神现实的探寻，它以表现人的精神状况和内心世界为己任，这种现实观其实就是阿尔维托·桑切斯所说的“文学的和美学的现实”。而现实主义文学恰恰相反，它始终把外部世界，亦即“客观的、外在的现实”作为再现对象。正是由于中国学者淡化了这两者的区别，才会一味在反映论的思维模式中强调外在现实的重要性，从而完全将结构现实主义文学现实主义化。

值得注意的是，将结构现实主义等拉美文学向中国的现实主义文学靠拢，固然是出于一种传播策略的考虑，但这种做法显然是对中国现实主义文学传统的一种臣服：莫非所有异域的文学潮流，都必得披上现实主义的外衣才能进入中国吗？如果是这样的话，那么传播西方现代主义文学到底还有何价值？在介绍拉美文学的过程中，中国学者间接表达了传播这种文学潮流的目的，这一目的就是促进中国现实主义文学的发展。在介绍拉美各类现实主义文学的时候，陈光孚认为该文学潮流的发展预示着现实主义文学的现代化。他说：“拉丁美洲文学界普遍认为，现实主义文学应随着时代的发展有所进步，十九世纪现实主义的艺术手法已不能完全适应今天创作的需要，于是，便纷纷寻求新的表现形式。拉美今天发展起来的形形色色的现实主义流派便是试验和摸索的结果。‘魔幻现实主义’和‘结构现实主义’是其中获得明显成就的两个流派。它们借鉴西方现代派的文艺理论和艺术手法，运用现代化宣传工具的表现手段，把现实主义文学的表现形式推向现代化的道路。"陈光孚的言论充分反映了中国学者对于文学现代化的极度渴望：他们实际上已将拉美文学的成功看做第三世界国家文学走向现代化的样板。并且，从拉美文学向现代主义学习的成功经验中可以得出这样一个结论，即中国文学要像拉美文学那样走向现代化，就必须学习和借鉴西方现代主义文学。因此，在中国学者对于拉美文学的现实主义理解中，庶几可见国人向西方现代主义文学学习的急切心情。就此而言，中国学者对于西方现代主义文学的现实主义化，实在包含着渴望中国文学实现现代化的良苦用心。

（原载《长江学术》2008 年第 1 期）

论加西亚·马尔克斯在新时期初中国大陆的传播

在20世纪80年代的先锋文学运动中，哥伦比亚作家加西亚·马尔克斯的影响至为深远。尽管中国作家尽可能地发挥了自身的创造力，但始终难以摆脱因马尔克斯而生的“影响的焦虑”。若追寻这一影响的起源，可从1977年《世界文学》杂志介绍加西亚·马尔克斯谈起。不过在彼时的介绍文本中，殊难见到中国知识分子对于马尔克斯的准确定位。因拘泥于主流意识形态的话语规范，马尔克斯在中国大陆的信徒首先将他阐释成了一位资本主义制度的批判者，而嗣后围绕马尔克斯文学身份所展开的种种论争，亦能反映这位作家在中国大陆的传播历史。饶有意味的是，在经历了一段被阐释的命运之后，加西亚·马尔克斯不仅摆脱了早年“小资产阶级知识分子”的意识形态标签，而且在文学身份的不断转换中，获得了社会主义意识形态与启蒙思想的双重合法性，从而名正言顺地登陆中国文坛。那么，加西亚·马尔克斯的合法性从何而来？在此历史进程中，一些致力于传播加西亚·马尔克斯及其《百年孤独》的中国知识分子，又是怎样在意识形态的权力规避下，推进了加西亚·马尔克斯在中国大陆的广泛传播？

以时间而论，加西亚·马尔克斯在中国大陆的传播历史可大致划分为三个阶段：从1977年至1982年是第一阶段。彼时由于受政治环境制约与启蒙运动影响，许多中国学者都致力于发掘加西亚·马尔克斯在意识形态与启蒙话语层面的双重合法性；从1982年至1983年，是中国知识分子传播加西亚·马尔克斯及其作品的第二个阶段。在经历了政治层面的拨乱反正之后，中国文学界在此期开始讨论当代文学的现代化问题。受这一问题意识影响，中国知识分子在传播加西亚·马尔克斯及其《百年孤独》时，很容易将其视为文学现代化的成功典范。因此，这段传播历史与中国知识分子的文学现代性想象密切相关；至1984年开始，随着寻根文学与先锋文学等现代性实验的兴起，中国知识分子也开始更加关注当代文学的民族性问题。在此阶段，传播者更为侧重讨论“第三世界”中的加西亚·马尔克斯，其间隐含的民族身份认同，深刻影响了中国知识分子对于加西亚·马尔克斯的文学阐释。本文拟以上述历史分期为序，试图澄清加西亚·马尔克斯在中国大陆的知识合法化进程。

一

1977年，《世界文学》杂志第2期在“书界译评”一栏中，率先介绍了《家长的没落》与《百年孤独》这两部加西亚·马尔克斯的代表作。而在1979年西班牙葡萄牙拉丁美洲文学研究会的成立大会上，学者沈国正初步介绍了加西亚·马尔克斯的生平与创作情况。嗣后，《读书》、《外国文艺》、《外国文学研究集刊》等杂志均纷纷发文评介加西亚·马尔克斯的作品。据不完全统计，从1977年至1982年，仅介绍《百年孤独》的文章总数便在60篇以上。

在评介加西亚·马尔克斯的过程中，肯定加西亚·马尔克斯政治立场的正确性，是当时中国知识分子普遍采用的一种传播策略。陈光孚《论拉丁美洲中等阶层作家的创作实践》[①] 一文颇具代表性。在这篇文章中，陈光孚从政治层面论述了作为小资产阶级知识分子代表的拉美作家，他认为加西亚·马尔克斯和博尔赫斯等人"目前是民主革命的重要力量，也将是社会主义革命的同盟军"。据此，陈光孚充分肯定了加西亚·马尔克斯等人的"政治正确"。在这一阐释过程中，陈光孚沿用了当时颇为流行的一种传播策略，即在介绍外国文学时，首先侧重介绍那些在政治立场上与无产阶级作家较为接近的外国作家。这一传播策略缘起于柳鸣九的文章，在《现当代资产阶级文学评价的几个问题》[②] 中，柳鸣九认为"在现当代资产阶级文学中，具有进步倾向、从事过进步的政治社会活动、表现了社会正义感的作家是相当多的"[③]，诸如波德莱尔、萨特和贝克特等人，都可因其政治立场而被视为"进步作家"。相比于这些资产阶级作家，作为社会主义革命"同盟军"的加西亚·马尔克斯在政治立场上显然更为正确。在中国学者看来，加西亚·马尔克斯的"政治正确"主要体现在对帝国主义的批判上，他"在揭露反动独裁统治、抗议帝国主义侵略、控诉社会的黑暗和抨击时政流弊等方面，是

---

① 陈光孚：《论拉丁美洲中等阶层作家的创作实践》，《外国文学研究集刊》第三辑，中国社会科学出版社1981年版。

② 柳鸣九的《现当代资产阶级文学评价的几个问题》连续两期在《外国文学研究》上连载，《现当代资产阶级文学评价的几个问题（续篇）》，参见《外国文学研究》1979年第2期，第77—87页。

③ 柳鸣九主编：《未来主义、超现实主义、魔幻现实主义》，中国社会科学出版社1987年版，第13—14页。

深刻有力的"[①]。如王华在《"拉美之镜"加西亚·马尔克斯——1982年诺贝尔文学奖获得者》[②]中指出，《百年孤独》通过对马孔多小镇"人世沧桑的精心刻画，间接地鞭挞了拉美右派军人集团和独裁政权的暴政，有力地抨击了美帝国主义政治上奴役、经济上剥削拉美各国的新殖民主义政策，揭露了封建迷信、社会偏见和保守思想"。除却对加西亚·马尔克斯作品中进步思想的发掘，中国知识分子还致力于从作家本人的政治行为中去确认其"政治正确"：诸如加西亚·马尔克斯肯定社会主义制度、声援和支持古巴革命、保护政治犯、谴责美国干预拉美内政，以及对于中国没有任何不友好的言论等等，[③]均成为中国学者论证加西亚·马尔克斯"政治正确"的充分论据。相比较而言，加西亚·马尔克斯在《百年孤独》中对人类存在困境的历史寓言，以及对民族命运进行细致观察的文学现代性品格，则未被中国学者深入讨论。

事实上，许多中国学者为贯彻"政治正确"的传播策略，都在评介加西亚·马尔克斯时对其进行了过度阐释。这种阐释方式在曲解阐释对象的同时，也暗暗传递了阐释者们的主观诉求。如林旸与陈光孚等人在论证加西亚·马尔克斯的"政治正确"时，就有意回避了影响加西亚·马尔克斯政治立场取向的人道主义品格，转而在拔高其政治觉悟方面曲为比附。通过解读加西亚·马尔克斯的一系列政治活动，林旸与陈光孚等人认为，加西

① 赵德明：《加西亚·马尔克斯与诺贝尔文学奖》，《外国文学动态》1982年第12期，第25页。

② 王华：《"拉美之镜"加西亚·马尔克斯——1982年诺贝尔文学奖获得者》，《环球》1983年第1期。

③ 参见林旸《哥伦比亚魔幻现实主义作家加西亚·马尔克斯及其新作〈家长的没落〉》，《外国文学动态》1979年第8期。

亚·马尔克斯不畏强权、为民请命的正义之举，实与其政治立场密切相关，至于真正支配加西亚·马尔克斯进步举动的人道主义思想和公共知识分子品性，则在中国学者的政治阐释下付之阙如。[1] 按理说，宣扬加西亚·马尔克斯的人道主义思想，本该是这些中国学者在进行传播活动时的当然之举，但为了赋予其意识形态合法性，就必须在强化加西亚·马尔克斯的政治正确性方面大做文章。这一阐释方式说明，为促进加西亚·马尔克斯在中国大陆的意识形态合法化，就有必要将作家对人类孤独命运的普世性象征书写具体为一种意识形态批判，从而在塑造加西亚·马尔克斯作为资本主义敌人形象的阐释过程中，为其在中国大陆的广泛传播获取意识形态合法性。在这个意义上说，经由中国学者阐释之后的加西亚·马尔克斯，首先与腐朽没落的资产阶级作家划清了界限，而他的"政治正确"亦为其广泛传播打开了道路。

值得注意的是，在为加西亚·马尔克斯争得意识形态合法性的同时，中国学者还必须为传播加西亚·马尔克斯赋予一种启蒙合法性。前者是新时期初外国文学在中国大陆传播的必经之途，因为所有外国文学的传播，都首先要获取社会主义的意识形态合法性，如此方能在不损害意识形态权力根基的前提下进入中国大陆；后者则取决于新时期初的思想启蒙运动，由于作为传播主体的中国知识分子本身就是启蒙运动的实践者，因此他们对传播对象启蒙合法性的发掘也格外重视。若细读上述评介文章，便可看到中国知识分子在论证加西亚·马尔克斯的"政治正确"时如何语带双关：一方面，他们通过论证"政治正确"为加西

① 参见陈光孚《论拉丁美洲中等阶层作家的创作实践》，《外国文学研究集刊》第三辑，中国社会科学出版社 1981 年版；林旸：《哥伦比亚魔幻现实主义作家加西亚·马尔克斯及其新作〈家长的没落〉》，《外国文学动态》1979 年第 8 期。

亚·马尔克斯获取意识形态的合法性；另一方面，则借此暗讽“文革”阶级决定论的思想流毒，以期为传播加西亚·马尔克斯获取一种启蒙合法性。作为新时期初思想启蒙运动的批判标靶，阶级决定论不仅阻碍了社会平等和公义的实现，也在客观程度上影响了外国文学的传播。按阶级决定论的标准衡量，由于大部分外国文学都是非无产阶级的文学形态，因此它们也常常被归入腐朽没落的资产阶级意识形态体系。在这个意义上说，中国学者高度评价加西亚·马尔克斯这样一位小资产阶级作家，便具有了批判阶级决定论的启蒙意味。因为加西亚·马尔克斯的例子说明，即使在资产阶级阵营内部，也有超越狭隘阶级局限性的进步作家。中国学者实际上在肯定加西亚·马尔克斯政治立场的同时，间接否定了阶级决定论以作家阶级属性评判作品内容的普世化倾向，这一做法本身就具有一种启蒙功能。

综上所述，在1977—1982年间，为推进加西亚·马尔克斯在中国大陆的传播，中国知识分子以论证作家“政治正确”的传播策略参与到了一场纷繁复杂的话语游戏之中：他们必须行走在诸多历史力量的夹缝之间，通过对加西亚·马尔克斯及其作品的策略性解读，既要使其服务于思想启蒙运动，又不能危及意识形态的权力根基。在这个意义上说，加西亚·马尔克斯的合法化过程，并非一个知识学层面的求真过程，而是传播者们在解释学意义上实践其“阅读期待”及遵循游戏规则的必然结果。

二

1982年，加西亚·马尔克斯凭借《百年孤独》荣获诺贝尔文学奖。以此为契机，中国学者将加西亚·马尔克斯在中国大陆的传播推进到了一个新的历史阶段。据不完全统计，从 1982 年 10 月加西亚·马尔克斯获得诺贝尔文学奖，到 1983 年 5 月首届“魔幻现实主义及加西亚·马尔克斯学术研讨会”的召开，仅在半年时间内，评介加西亚·马尔克斯的文章就有 50 余篇。如果说 1977—1982 年间的传播历史，主要是为加西亚·马尔克斯获取意识形态与启蒙话语的双重合法性，那么在这一阶段，中国学者则更加注重传播行为对于中国文学的有效性，这一有效性面向的主要是中国当代文学的现代化问题。在经历了政治层面的拨乱反正以后，中国文学界从 1982 年起，开始有意识地探讨当代文学的现代化问题，同年兴起的西方现代派文学论争，可被视为中国文学界展开现代性诉求的标志性事件。在这一论争中，中国学者大致因文学方向性问题而分为两派：一派以徐迟等人为代表，认为现代主义是中国文学实现现代化的必由之路，主张“文学现代化就是现代主义化”[①]；另一派则以李准等人为代表，认为现实主义道路仍然是中国文学实现现代化的唯一出路。[②] 前者秉承一种文化激进主义的态度，唯新是上；后者则不愿舍弃传统，期望现实主义浴火重生。但在新时期初的文学实践中，这两条道路都因其决绝的文化态度而备受质疑。

对于大部分中国知识分子而言，尽管他们并不承认文学现代化就等同于现代主义化这一简单模式，但新时期初西方现代主义文学的强势影响，却已然对中国知识分子构成了巨大威胁。因为若想实现中国文学的现代化，就必须反对和颠覆日趋僵化了的现

---

① 徐迟：《现代化与现代派》，《外国文学研究》1982 年第 1 期，第 115—117 页。

② 李准：《现代化与现代派有着必然联系吗?》，《文艺报》1983 年第 2 期，第 65—70 页。

实主义。然而走出现实主义之后，中国文学的现代化莫非只有现代主义化这一条道路？现实主义抑或现代主义这一非此即彼的文学方向性问题，深深困扰了新时期初中国知识分子的文学抉择。有鉴于此，李陀等学者提出了“现实主义/现代主义”之外的第三条道路。这一主张要求中国文学能在符合世界文学的发展潮流中葆有中华民族的自我意识，如此方能在现代化进程中不失民族自我[①]。而拉美文学的适时出现，至少在理论层面指明了中国文学的现代化方向。后有学者撰文总结说：“融现代主义精神、社会政治热情与民族文化传统于一体的拉美文学，对那些力图写出表现当代中国人深层精神危机的真正具有现代主义品格的作品的新时期作家而言，是一种鼓舞，亦是一种借鉴和参照。”[②] 在此背景下，加西亚·马尔克斯及其《百年孤独》的广泛传播可谓时势使然。

值得注意的是，在这一阶段的传播过程中，许多中国学者为达到自身的传播目的，都有意使用了一种将加西亚·马尔克斯现实主义化的传播策略。早于前一阶段，陈光孚就坚持认为加西亚·马尔克斯的作品是具有强烈政治觉悟的现实主义小说流派，[③] 这其实仍是一种为加西亚·马尔克斯获取意识形态合法性的传播策略。作为传统文学主潮，现实主义的哲学基础是马克思主义的历史唯物主义，它与意识形态在话语本质上具有同一性。

---

① 李陀：《现代小说不等于“现代化”》，《上海文学》1982 年第 2 期，第 91—94 页。

② 远浩一：《现实主义的新发展——读拉美魔幻现实主义有感》，柳鸣九主编：《未来主义、超现实主义、魔幻现实主义》，中国社会科学出版社 1987 年版，第 446 页。

③ 陈光孚：《“魔幻现实主义”评介》，《文艺研究》1980 年第 5 期，第 138 页。

因此，将加西亚·马尔克斯现实主义化，即意味着在哲学基础上确认其政治正确。至1982年后，陈光孚的这种传播策略仍被中国学者广泛采用，但其内涵却发生了变化。如前所述，主张走“现实主义/现代主义”之外第三条道路的中国学者，一旦将加西亚·马尔克斯树立为中国文学实现现代化的借鉴样板，就必须在传播过程中证明加西亚·马尔克斯既非现代主义作家，也非传统意义上的现实主义作家。因此，证明加西亚·马尔克斯新现实主义作家的文学身份就成为这一传播阶段的核心问题。对于中国学者而言，所谓的“第三条道路”其实就是对现代主义与现实主义的融合，他们将此称为“心理现实主义”、“生命现实主义”和“象征现实主义”等等，① 从创作方法上讲，这些称谓将现实主义变成了一种“无边的现实主义”。尽管这一理论看似中庸，但细究之下却仍与传统的现实主义理论一脉相承。在所谓的新现实主义中，“内容”多为社会历史等客观现实，只不过在作为表现手法的“形式”方面有所创新，“内容/形式”的等级秩序依然森严。正是基于这样一种理论参照，本该被阐释成新现实主义作家的加西亚·马尔克斯，才会在中国学者的解读下变成了一位传统意义上的现实主义者。在解释学意义上说，尽管中国学者试图从阐释加西亚·马尔克斯的过程中去提炼出某些对中国文学可资借鉴的现代性经验，但在其期待视野与阐释后果之间，却因所持理论武器的暧昧而无法实现视界融合。

在1982年8月出版的《拉丁美洲名作家短篇小说选》中，编者认为“魔幻现实主义小说所表现的并不是魔幻，而是现实，是通过魔幻世界的折射间接地反映历史的或者是当前的社会现实……魔幻现实主义是现实主义文学，是具有现实主义文学艺术

① 参见张学正《现实主义文学在当代中国》，南开大学出版社1997年版。

基点的文学流派”[①]，这就是说，加西亚·马尔克斯的表现对象是一种客观现实，只是在表现手法上不同于传统的现实主义。为将加西亚·马尔克斯新现实主义化，中国学者显然误读了拉美作家对于现实的复杂认识。加西亚·马尔克斯在谈到魔幻现实主义时说：“我相信现实生活的魔幻。我认为卡彭铁尔就是把那种神奇的事物称为‘魔幻现实主义’的，这就是现实生活，而且正是一般所说的我们拉丁美洲的现实生活。”[②] 卡彭铁尔也认为魔幻现实主义所表现的神奇现实，只有“在一种精神状态达到极点和激奋的情况下才被强烈地感觉到”[③]。与传统现实主义相比，由于加西亚·马尔克斯等人强调作家主体的感知能力，唯有在理性、感觉和潜意识世界的交互作用下，那些荒诞离奇的魔幻现实才会成为自在之物，它其实是一种精神真实。但中国学者在传播加西亚·马尔克斯时，却并不高度关注形成拉美文学的文化语境，对所谓的“神奇现实”也不置可否，反而将现实单纯理解为拉丁美洲的殖民历史。这种对于现实世界的政治认知方式，显然与加西亚·马尔克斯等人大相径庭。在区分现代主义和现实主义时，作家的现实观念至关重要。简单来说，现代主义文学注重对人类的精神现实的探寻，它以表现人的精神状况和内心世界为己任，这种现实观其实就是阿尔维托·桑切斯所说的“文学的和美学的现实”[④]，而现实主义文学则把外部世界，亦即“客观

① 沈根发编选：《拉丁美洲名作家短篇小说选》，长江文艺出版社 1982 年版，第 415 页。

② ［古巴］卡彭铁尔：《小说是一种需要》，陈众议译，云南人民出版社 1995 年版，第 169 页。

③ 同上书，第 85 页。

④ 转引自陈光孚《〈结构现实主义〉述评》，《文艺研究》1982 年第 1 期，第 89 页。

的、外在的现实”作为再现对象。正是由于中国学者忽略了上述不同，才会以反映论模式凸显拉美民族的殖民历史问题。因此，在无法辨析现实观念差异性的前提下，中国学者始终未能区分出加西亚·马尔克斯与传统现实主义作家之间的实质差别，因而也在一定程度上背离了将加西亚·马尔克斯阐释为新现实主义作家的传播初衷。

与此同时，还有部分中国学者试图在文学形式层面去论证加西亚·马尔克斯的新现实主义作家身份。需要指出的是，尽管这些学者注意到了加西亚·马尔克斯所受的西方现代主义文学影响，但出于对文学现代化第三条道路的渴求，他们仍然对加西亚·马尔克斯进行了某种策略性阐释。这一阐释方式的悖论在于：一方面，为突出加西亚·马尔克斯的“新”现实主义身份，中国学者着重肯定了加西亚·马尔克斯在形式创新中的现代主义色彩；另一方面，则在强调加西亚·马尔克斯的新“现实主义”身份时，又刻意回避加西亚·马尔克斯的现代主义属性。如朱景冬认为，加西亚·马尔克斯通过融合借鉴，在文学形式上创造了一种“具有现代主义特征的魔幻现实主义手法”①。但如果据此就认定加西亚·马尔克斯是一位现代主义者，显然有悖于将加西亚·马尔克斯阐释为新现实主义作家的传播初衷。因此，朱景冬在《浅谈当代拉美魔幻现实主义小说》、《拉丁美洲“爆炸文学”的思想艺术倾向》等文中，又着重分析了加西亚·马尔克斯的现实主义品格。② 这一自相矛盾的做法表明，在被阐释的命运

① 朱景冬：《当代拉美小说概观》，《外国文学报道》1983年第5期，第7页。

② 参见朱景冬《浅谈当代拉美魔幻现实主义小说》，《十月》1983年第5期，第245—249页；《拉丁美洲“爆炸文学”的思想艺术倾向》，《当代文艺思潮》1984年第3期。

下，加西亚·马尔克斯的文学身份和创作流派到底“是什么”已不再重要，重要的是经由中国学者阐释了的加西亚·马尔克斯，究竟可以提供给中国文学怎样的现代性经验。与前一阶段相比，1982—1983 年间的传播历史，充分反映了中国知识分子念兹在兹的文学现代性想象，如何超越了对于加西亚·马尔克斯真实面貌的廓清。

三

进入 1984 年以后，随着寻根文学与先锋文学现代性实验的全面展开，加西亚·马尔克斯也愈来愈受到了更多中国作家的关注，由此形成的“《百年孤独》热”轰动一时，余波所及，令诸多当代名家也趋之若鹜，借鉴、吸收甚至是抄袭加西亚·马尔克斯创作观念与方法的文坛事件层出不穷。与此背景相适应，中国学者对于加西亚·马尔克斯的文学传播也进入到了一个多元发展的历史阶段。在这一时期，因有感于以往学界对加西亚·马尔克斯的理论“误读”，部分中国学者开始对加西亚·马尔克斯的文学创作展开了正本清源式的学术研究。但这一讲求学理的研究方式，却在辨析加西亚·马尔克斯及其文学创作“是什么”的同时，无意间忽略了此前隐含于中国知识分子“误读”行为中的思想启蒙因素，以及文学现代性诉求等复杂问题。与之相比，还有许多学者秉承了上一时期对于中国文学的现代性想象，希冀能够从阐释加西亚·马尔克斯的活动中汲取更多的文学现代性经验。不同之处在于，中国文学的现代主义化在这一阶段已渐成历史事实，而困扰中国知识界甚久的现代性焦虑也愈发挥之不去。受此影响，中国知识分子也在注重当代文学现代化追求的同时，更加倾向于关注中国文学的民族性问题。而彼时方兴未艾的寻根文学，便是中国作家缓释现代性焦虑、面向西方现代主义的一个祛魅过程。然而，因受制于自身现代性经验的薄弱，中国作家始终无法解决现代性与民族性的悖论问题。

相比之下，加西亚·马尔克斯等拉美作家却能在师法西方现代主义文学的同时另辟蹊径，不仅能突破地域界限去索求人之价值，亦能持之以恒地叩问民族自我意识，这种融民族认同于魔幻历史的现代文学样式，自然会激起中国知识分子的普遍关注。因此，传播加西亚·马尔克斯等拉美作家，不仅可以表达中国知识分子对于第三世界民族文学成功的天然渴慕，亦有借其缓释自身现代性焦虑、叩询中国文学现代化前景的潜在追求。在这个意义上说，中国学者在 1984 年之后的传播历史中，更为侧重讨论“第三世界”中的加西亚·马尔克斯，其间隐含的民族身份认同，处处影响了中国知识分子对于加西亚·马尔克斯的文学阐释。其中的一个突出特点，就是在强调加西亚·马尔克斯第三世界民族身份的同时，总结和归纳中国文学与拉美文学的类通性。如李欧梵的《世界文学的两个见证——南美和东欧文学对中国现代文学的启发》①、《外国文学》1985 年第 5 期《当代拉丁美洲文学专号》等文，均表达了对于加西亚·马尔克斯等第三世界作家的民族身份认同。尽管这一传播行为还是为了实践中国文学的现代性诉求，但李欧梵等人关注加西亚·马尔克斯民族身份的阐释策略，却为 80 年代中后期兴起的后殖民批评提供了某些本土经验。有鉴于此，可以说从 1984 年开始的传播历史，不仅从加西亚·马尔克斯及其文学创作中汲取了更多的现代性经验，

① 参见李欧梵《世界文学的两个见证——南美和东欧文学对中国现代文学的启发》，《外国文学研究》1985 年第 4 期，第 42—49 页。

同时也深刻影响了当代文学思潮的观念与方法。

从小资产阶级作家到资本主义制度的批判者，再到第三世界民族文学的现代性典范，加西亚·马尔克斯在新时期初的中国经历了种种被阐释的命运。其间中国知识分子的传播意图与阐释方式皆耐人寻味：从中不仅可见加西亚·马尔克斯在中国大陆的合法化历史，亦可一窥作家的文化旅行如何受制于意识形态和启蒙话语的权力游戏。与此同时，为实践本民族文学的现代性诉求，中国知识分子在这场“体制为游戏规定了一些界限”[①] 的传播活动中，巧妙地绕开了意识形态的权力规避，最终凭借策略性的阐释方式，推进了加西亚·马尔克斯在中国大陆的广泛传播。

（原载《外国文学研究》2007 年第 5 期）

---

① ［法］让－弗朗索瓦·利奥塔尔：《后现代状态：关于知识的报告》，车槿山译，三联书店 1997 年版，第 18 页。

第四辑

五四文学及其他

五四小说的伦理叙事

在中国现代文学史上，小说的每一次革新几乎都与社会思潮的嬗变息息相关：从五四感时忧国的启蒙传统，到二十年代后期革命小说的政治诉求，中国现代小说所发生的历史流变，莫不折射出时代风尚和社会变迁对于文学的深刻影响。所谓“文变染乎世情，兴废系乎时序”[①] 一说，庶几可解释现代小说的这种话语转型。然而，倘若论及20世纪20年代五四小说向革命小说转换的深层原因，却不可不提及萦绕于五四作家心中的伦理关怀意识。正是他们对于自身伦理记忆和道德责任的念兹在兹，才造就了五四小说反抗传统伦理、追求自由伦理的伦理叙事；反过来，这种伦理叙事又深刻影响了二十年代后期革命小说的书写方式——那种革命加恋爱的叙述模式，不过是革命作家力求遗忘和无法遗忘五四时期伦理记忆的结果。这意味着在五四小说转向革命小说的历史进程中，除却“救亡压倒启蒙”的社会思潮影响之外，[②] 亦隐含着一条与伦理叙事相关的逻辑线索。有鉴于此，若能澄清五四小说的伦理叙事问题，当有望在文学社会学的阐释

---

① 刘勰：《文心雕龙·时序》。

② 参见李泽厚《中国现代思想史论》，安徽文艺出版社1999年版。

思路之外，寻绎出五四小说在1920年代发生历史转换的深层原因。

一

一般而言，伦理叙事（ethical narrate）指的是小说中被叙述出来的伦理故事，作者或叙述者在叙事情境中所传达的某种伦理思想和价值判断等，都构成了现代小说的伦理叙事，它也可以被看做是一种“伦理文本”（ethical text）。在一部意蕴丰赡的作品中，伦理文本不过是诸多叙事话语中的一类。但在五四小说中，作家有关伦理问题的思考与体验却往往构成了一部作品最为显在的叙事话语。这种伦理叙事，不仅呼应了新文化运动中伦理革命的价值诉求，而且也深刻影响了五四小说的叙述模式。比如在问题小说和乡土小说中，就存在着一种习见的代际冲突模式：青年一代为追求个性解放，常常和家长之间发生了激烈的矛盾冲突。对立双方分别代表着传统伦理和现代伦理两种截然不同的伦理观，而冲突的结果，又往往以青年人的失败告终。在冰心的小说《斯人独憔悴》中，像颖铭和颖石兄弟这样的反抗者，最终都在对自由的向往中萌发了一种潜在的弑父情结：父亲即为传统伦理的权威代表，家则在这一权力人物的领导下，成为了一种压制个体生命自由伦理的监狱式场所。所以反抗父亲，将家庭描绘成一种罪恶滋生地的叙述模式便常常出现在五四小说中。直至三四十年代，巴金和张爱玲等人的家族小说还依然延续了五四小说的这一代际冲突模式。

很显然，这是一种以反抗传统伦理为主旨的伦理叙事，其中不仅传达了五四作家的反封建意愿，而且也蕴涵了他们对于注重个体生命感受的现代伦理的追求。受启蒙运动感召，五四作家普遍重视传统伦理对于年轻一代个性自由的压制，由此也引申出了一种以个性解放为表征的伦理思想。他们所呼吁的新道德，实际上就是一种关注自我伦理处境的道德意识。而在这种道德意识的驱动下，五四小说的伦理叙事不论是反抗传统伦理，还是思索人物在个性解放之后的自我出路，均表现出了一种具有内省意味的道德关怀主题。在这个意义上说，即便是五四小说中最为常见的社会改革诉求，亦不过是五四作家实践其道德关怀的一种伦理后果：因为唯有推动社会的进步，才有可能真正改善人们的伦理处境。与二十年代后期具有自觉政治意识的革命小说相比，五四小说的这种伦理叙事显然更倾向于描写人物，特别是青年一代身处伦理困境中的生命感觉：他们因遭受传统伦理压制所产生的生命破碎感，以及“娜拉走后怎么办”的存在之殇，业已成为五四小说伦理叙事的主要书写对象。这种“感时”甚于“忧国”的伦理叙事，不仅在作品中具化为青年一代对自我存在处境的关注，而且也造成了五四文学在美学风格上的感伤与颓唐。从这个角度说，五四小说以代际冲突模式为表征的伦理叙事，首先表达了一种反抗传统伦理的解放意识。而对于青年一代伦理处境和生命感觉的书写，则充分折射出五四作家在颠覆传统伦理之后为青年人寻求存在价值的道德责任感。

但引人注目的是，五四青年一代对于传统伦理的反抗并未取得成功，他们中的大多数人要么像《伤逝》中的子君一样成为传统伦理的牺牲品，要么就堕落为片面追求个人享乐的新派青年。前一类人物在五四小说中较为常见；至于后者，则已不再是陈独秀当年所冀望的拥有独立人格和自主意识的新青年，[①] 他们

① 参见陈独秀《敬告青年》，《青年杂志》1915 年 9 月 15 日。

只不过是一群追求感官刺激、耽溺于物质享乐的新派青年。这类“新青年”无论在思想意识还是生活方式上，都成为了日后老舍在《离婚》中所讥笑的张天真式的人物。直至革命思潮兴起，五四作家所描绘的青年一代才走上了一条与大众相结合的革命道路。从本质上说，五四新青年走上革命道路，并非是一种单纯的意识形态转向问题，而是一种伦理抉择的结果。

如何理解这一问题？事实上五四时期的青年人，如果要想在传统伦理的强大压制下获得个性解放，就必须摆脱以往动辄便离家出走的单纯反抗方式。但更重要的一点，却是如何解决青年一代因反抗传统伦理而带来的虚无之殇：毕竟传统伦理曾凭借其自成体系的道德秩序，为人们提供了一套虽不自由但却有据可循的生命形式。而五四青年对于传统伦理的极力颠覆，却在一定程度上造成了自我存在的迷失。就像鲁迅提出的“娜拉走后怎么办”的问题：那些极力反抗传统伦理压制、试图表达自我生命意识和自由伦理的新青年，却在反抗途中不幸堕入了更深的虚无，由此造成的生命创伤，不仅给青年一代留下了一种与存在命题相关的痛苦的伦理记忆，也大大逾越了他们的心理承受能力。而随着五四落潮和革命事业的兴起，青年一代的命运又出现了新的转机，这条道路便是将自我生命完全投入到革命事业中去，如此方有可能缓解自身的私人痛苦。在这个意义上说，革命其实就是一剂疗救“私人痛苦”、为个体生命寻求存在理由的价值良药。由此也可以理解，五四作家之所以在二十年代后期纷纷转向革命叙事，实际上是一种试图遗忘创伤记忆、疗救私人痛苦的伦理抉择的结果。在这一过程中，革命叙事是工具，遗忘是手段，而作家创作的最终目标依旧是一种道德关怀。这说明从五四时期直至二十年代，真正影响现代小说叙事话语转型的因素，仍然是现代作家的伦理叙事。不过，五四作家这种借助革命叙事去实现道德关怀的伦理叙事方式，却在一定程度上背离了他们张扬人之主体性的创作初衷。

二

郁达夫的《春风沉醉的晚上》典型代表了五四小说一种共有的伦理叙事模式：即一方面通过颠覆传统伦理去展开自由伦理的个体叙事；另一方面则又以人民伦理的大叙事，去实现对自我伦理记忆的遗忘。在这个意义上说，五四小说的伦理叙事其实具备了两个书写向度：一是对传统伦理的颠覆；二是对伦理记忆的遗忘。

但问题在于，基于革命行为的自我疗救是否就必然能够解决私人的痛苦？或者说，以革命叙事的方式去实现对伦理记忆的遗忘，是否能真正解决青年一代因堕入存在的虚无深渊而产生的生命破碎感？从茅盾的《蚀》三部曲和叶圣陶的《倪焕之》等作品中可以看到，那些投身于革命洪流的青年人依旧无法摆脱痛苦的生命感觉：像静女士、张曼青和倪焕之等小资产阶级知识分子，原本希望借助革命去实现对自我的救赎，但最终却发现革命给予他们的是血与火的磨炼，而远非罗曼蒂克式的理想的胜利呈现。这意味着原本作为救赎手段的革命事业，不仅未能真正解决这些青年人的私人痛苦，反倒令他们在一种不自由的生存状态下，激发起了早年个性解放的伦理记忆。而此时爱情生活便成为了革命青年缓解自身痛苦、重温早年伦理记忆的重要途径，似乎只有通过对爱情的体验，才能表达出他们对于个体生命感觉的自由追求。由此也不难理解，为何革命加恋爱的叙述模式会如此盛行于蒋光慈等人的笔下：因为对于革命的浪漫想象，业已成为革命作家重温五四伦理记忆的一个创作途径。但这一叙述模式的流行，却也印证了五四作家的某种失败，他们主动借助革命叙事去遗忘创伤记忆的做法，并不能真正实现对私人痛苦的疗救。由此引发的一个问题，便是五四作家在其伦理叙事中所体现出来的一种遗忘的两难：一方面，他们希冀借助革命叙事去遗忘因反抗传统伦理而形成的虚无之殇；另一方面，又因革命对个性自由的束缚而无法真正遗忘早年以追求个性解放为标志的伦理记忆。

值得注意的是，如果以上述视角去反观五四小说向革命小说的历史转型，就可梳理出一条与伦理叙事相关的逻辑线索：五四作家从反抗传统伦理和追求自由伦理的道德诉求出发，不仅借助代际冲突的叙述模式充分书写了青年一代的伦理困境，而且也在弑父失败的存在之殇中表达了一种企图借助革命手段去实施自我疗救的道德关怀意识。因此可以说，正是五四作家对于自身伦理记忆和道德责任的念兹在兹，才造就了五四小说反抗传统伦理、追求自由伦理的伦理叙事；反过来，这种伦理叙事又深刻影响了二十年代后期革命小说的书写方式——那种革命加恋爱的叙述模式，不过是革命作家力求遗忘和无法遗忘五四时期伦理记忆的结果。

三

与大多数五四作家相比，鲁迅在他的小说创作中也面临了一个类似的难题。不过和其他作家从伦理叙事转向革命叙事不同，作为思想家的鲁迅，终其一生都纠结缠绕于这种遗忘的两难，痛之所至，竟令其笔下的伦理叙事呈现出了一种有别于时代潮流的独特风采。简单地说，尽管鲁迅小说的伦理叙事同样起步于对传统伦理的反抗，但因其对个体存在之殇的深切体验，却最终造就了鲁迅内心的灵魂撕裂。由此引发的存在之思，不仅使鲁迅小说逸出了启蒙和革命等具有历史实践形态的叙事话语，而且也为中国现代文学奉献了一种充满艺术想象力的伦理叙事。

在鲁迅的小说创作中，反抗传统伦理是其伦理叙事的首要方面，但在颠覆传统伦理的创作过程中，鲁迅却深刻感受到了一种源于伦理困境的创伤体验。从《狂人日记》开始，在《呐喊》和《彷徨》的许多作品中，鲁迅小说都讲述了一些饶有深意的伦理故事。其中所隐含的一个叙事模式，即为主人公和他者的伦理冲突。在有些作品中，这种伦理冲突具体表现为一种代际冲突：如《狂人日记》中“我”与大哥的冲突，《伤逝》中子君和父母的冲突等等，[①] 都直接或间接造成了主人公的伦理困境。而造成人物伦理困境的原因，则不外乎传统伦理的压迫和人与人之间的隔膜这两个方面，前者构成了鲁迅小说的启蒙叙事（借助国民性批判去实现反封建的启蒙诉求），后者造就了鲁迅小说的隔膜主题。事实上，探讨人与人之间的隔膜现象，在鲁迅小说中的重要性并不亚于国民性问题。甚至可以说，正是国民愚昧麻木的劣根性方才导致了人与人之间的隔膜。而这种隔膜现象的本质，其实就是启蒙者和被启蒙者双方对自我道德义务的遗忘：那些被启蒙者完全忘记了自己所应承担的道德义务，如倾听启蒙者的教诲，从道德自律的层面去实现国民性的改造——毕竟庸众的得救还得依靠自身独立人格的建构方能完成；另一方面，启蒙者也常常在严酷的社会现实面前放弃了自我的启蒙使命，这其实是对自我道德责任的放弃。从这个角度说，鲁迅描写人与人之间的

① 《伤逝》中子君和父母的代际冲突虽未成为故事主线，但它却是推动故事情节发展的基本因素。

隔膜，实际上就是对国人遗忘自我道德意识的一种伦理批判，这也表明了鲁迅对于自我道德责任和伦理记忆的不愿遗忘。

以《狂人日记》为例，尽管这是一部寓言作品，但透过狂人和封建主义的斗争表象，我们仍可看到鲁迅对于国人道德意识的伦理批判。从伦理叙事的角度来说，作品中文言小序和白话正文之间的结构张力具有十分复杂的叙事内涵。狂人最终的复归清醒，在文言小序中就表现为狂人对自我道德责任的遗忘：他赴某地候补的人生结局，既说明启蒙的失败，也预示了狂人主体道德意识的丧失。值得注意的是，狂人丧失其自身道德意识（启蒙责任）的原因首先来自于他人，正是“我”与他者之间的伦理冲突，才造就了狂人道德意识的丧失。比如在大哥和医生治疗狂人疾病的过程中，作为一种逼迫狂人遗忘自我道德意识的手段，治疗疾病在作品中其实起到了一种外力强迫的叙事功能。从某种程度上说，“我”本来具有清醒的冷眼，不仅洞穿了历史的吃人本质，而且出于一种伦理责任和道德意识（因为“我”相信自己也参与了吃掉妹妹的伦理悲剧），“我”才会产生一种挥之不去的道德内疚感，也正是因为这一道德意识，“我”才会发出“救救孩子”的苍凉呐喊。这说明狂人的启蒙呼声其实是一种由伦理记忆所催生的道德责任感，而启蒙的动力就来自于“我”的伦理记忆。但这一切却都因为他者的逼迫而趋向终结：“我”病愈以后，不仅无力承担救救孩子的启蒙重任，而且还以赴某地候补的人生选择，施施然遗忘了一位启蒙者的道德责任。鲁迅对此问题的深入描写，说明了他对于国人，尤其是启蒙者和被启蒙者双方的伦理现实都有着极为清醒的认识，《狂人日记》也因此成为了一部不愿遗忘创伤记忆的启蒙之作。与此同时，鲁迅在这部作品中还扮演了一个道德法官的角色：他讽刺狂人最终的清醒，也将最为尖锐的批判矛头指向了大哥和医生一干庸众。作为一名道德法官，鲁迅对于自我的伦理责任显然无法遗忘。就像他誓言要肩负起黑暗的闸门，引领国人冲出铁屋子一样，明知结局会注定失败，但他也要为此奋斗一番，这当然体现了鲁迅反抗绝望的勇气与良知。

不过耐人寻味的是，尽管出于一种伦理责任，鲁迅不愿遗忘自己作为启蒙者的道德义务，但当他面对启蒙失败的无奈结局时，却又不得不以遗忘的方式去缓解自身内心的痛苦。换句话说，虽然鲁迅试图通过自己的伦理批判去唤醒国人的伦理记忆与道德担当，但残酷的现实却让他所有的努力都归于失败。面对这一结局，鲁迅只能以力求遗忘的方式，希望通过卸下肩上的道德责任去解决自身的痛苦。由此引发的一个创作现象，便是鲁迅在自己的小说创作中已将遗忘主题内化为了一种自我的伦理诉求。需要说明的是，促使鲁迅遗忘自身启蒙责任的原因并不仅仅局限于庸众的无可救药：那种因怒其不争而引发的绝望感和挫败感，固然是逼迫鲁迅陷入虚无的一个重要原因，但他的思想自剖，却同样促成了鲁迅小说中遗忘主题的形成。

四

在1906年的幻灯片事件后，鲁迅以道德法官的身份深刻批判了国民的愚昧与麻木。但问题在于，那些围观砍头事件的庸众们，却在《药》和《阿Q正传》等作品中用一种既怕且爱、又闹又笑的围观场面，无形中消解了当权者为砍头大刑所赋予的伦理学内涵：作为过去极刑的一种，砍头实际上是当权者警示民众的一种仪式，唯有在大庭广众之下执行砍头大刑，方能起到杀一儆百的阻吓功能，其中对于社会伦理秩序的铁面维护，无疑具有充分的伦理学内涵。但让当权者始料不及的是，那些本该从中汲取教训的民众，却以观看娱乐表演的游戏心态，大大消解了当权者的伦理警戒。在民众们看来，砍头不过是一场给围观者带来感官刺激的娱乐表演。相形之下，鲁迅却把砍头真当一回事，他的叙事位置是“观看”中国人“观看”杀头的好戏。这一游离位置引发了某种道德的歧义性。当他斥责中国人忽略了砍头大刑真正、严肃的意义时，鲁迅却成为了一个高级看客。[①] 实际上，道德法官与高级看客的这种身份冲突，不仅加重了鲁迅的精神痛苦，而且也迫使他转向了对启蒙责任的遗忘。在《祝福》这部作品中，祥林嫂作为一个试图遗忘自我痛苦伦理记忆的孤独者，始终都处于丧子的痛苦之中。为了缓解和消释这种伦理记忆，祥林嫂竭尽全力地想融入那个冷遇了她的小镇：她盼着老爷们能够接纳自己，似乎只有融入吃人的封建礼教，她才能遗忘痛苦，否则祥林嫂也不会因此承担上如此沉重的心理包袱，生怕自己行差踏错。然而，祥林嫂最终也无法融入到传统的伦理秩序中去，她也因此近乎疯狂，转而想从“我”那里寻求一种精神安慰。在向“我”询问生死命题的过程中，祥林嫂拥有了一种奇怪的思想深度，而作为知识者的“我”，原本更应该去思索生与死的意义问题，但“我”却是一个消极的看客，尽管对祥林嫂的遭遇怀有同情，却无法真正解答她有关生命意义的追问。作为一个启蒙者的知识分子，“我”不仅无法疗救“庸众”的创伤记忆，而且还支吾以对，无所适从。很显然，鲁迅在这部作品中已经深刻洞察到了启蒙者固有的看客身份，而在《孤独者》和《在酒楼上》等作品中，知识分子作为启蒙者和看客的身份纠结同样得

---

① 参见王德威《从“头”谈起——鲁迅、沈从文与砍头》，《想象中国的方法》，三联书店1998年版，第138页。

到了深入表达。

值得注意的是，我们从祥林嫂身上已经看到了一种以遗忘为主题的伦理叙事。鲁迅清楚地意识到，当启蒙无法获得成功时，唯有遗忘才是缓解自身痛苦的唯一方式。而作为人物个体自我保护的精神武器，遗忘在《阿Q正传》中更是得到了充分展示。在这部作品中，鲁迅以一种共时性的叙事结构，深刻展现了以精神胜利法为标志的遗忘主题如何实现了对记忆创伤的根治。精神胜利法的本质正是忘却，忘却所有的创伤，在一种自我麻醉中获得安慰。因此有评论家说，阿Q其实是一个“遗忘王国的快乐王子”[①]。需要强调的是，作为国民劣根性的寓言式象征，阿Q的精神胜利法几乎存在于每一位国民身上，即便是鲁迅也不例外。当他面对现实的残酷时，也不得不希望以遗忘的方式去缓解自身的痛苦。在《伤逝》中，鲁迅便借助涓生之口明确表达了自己的遗忘愿望：“我要向着新的生路跨进第一步去，我要将真实深深地藏在心的创伤中，默默地前行，用遗忘和说谎做我的前导。”这何尝不是一种精神胜利法，只不过与阿Q懵懂无知的自我安慰相比，鲁迅的遗忘毋宁说更具有一种自审的悲壮意味——他从反抗传统伦理出发，在唤醒国民道德意识和伦理责任的写作事业中，深刻洞察了启蒙的失败结局，由此引发的自我否定（遗忘启蒙责任），终使其堕入了虚无的极致。但引人注目的是，随着鲁迅因遗忘的两难而堕入虚无，他的写作也开始变得漫无目的，由此也形成了一种游离于启蒙和革命之外的伦理叙事，它不仅使鲁迅释放出了耽溺于幽暗心灵的原始欲望，而且也让他的一些作品，特别是《故事新编》中的某些篇什，完全超越了社会学层面的伦理思考，转而在幽暗的精神王国中去重新认识自

① 参见张旭东《批评的踪迹》，三联书店2003年版，第274页。

我的生命价值。

在《铸剑》这部作品中，鲁迅通过讲述主人公眉间尺的伦理处境，深刻描绘了自我灵魂的撕裂景象。作为一个肩负着复仇重任的孝子，眉间尺却因复仇的艰难而陷入了一种伦理困境：出于孝心，他必须以暗杀楚王的方式为父报仇，但事实却是他根本不可能接近楚王。就在眉间尺进退两难之际，黑色人适时而出，他以先知的姿态告诉眉间尺，要想实现复仇的愿望，就必须以头换头。这个看似荒诞的复仇故事，深刻反映了鲁迅的某种思想自剖。在他看来，《铸剑》中的王、眉间尺和黑色人其实是一个人，他们只不过是人类不同精神层次的代表：王是所有世俗人物的代表，他的贪婪与欲望遮蔽了人的自我认识，眉间尺则是理性的化身，他从自身的伦理困境中感受到了生存的两难，而那个从“汶汶乡”走来的黑色人，则是洞察了人类生存困境的先知。他告诉眉间尺，由于人不可能永远处于善或恶的境地中，因此认识自我也不可能在世俗生活中完成。只有通过头换头的交易，在灵魂的分裂中，人才有可能真正成人。这三个人其实就是一个人不同精神层次的代表：他们头颅互混的结局，暗示的正是这种三位一体的精神结构。因此，当王和眉间尺、黑色人的头互相咬啮时，人类灵魂搏斗的景象也随之展开。在鲁迅笔下，眉间尺以头换头的壮举，其实就是鲁迅向自我灵魂开刀的过程。他通过这三个人物之间的斗争，不仅展示了自我灵魂的撕裂景象，而且也用一种超越启蒙和革命话语的伦理叙事，为中国现代文学奉献了一种充满艺术想象力的书写方式。

（原载《小说评论》2010 年第 1 期）

五四精神:文化启蒙,还是个人自由?

作为一次历史事件,五四运动早已终结,然而,作为一场思想领域的革命运动,五四似乎仍在本世纪的思想迷雾中沉浮不定。80 年的漫长历史不仅未能廓清五四的本来面目,反而在新起的诸多思潮中愈发搅得五四原貌晦暗不彰,其外在表征就是各家各派对于五四运动的种种不同阐释,这些阐释活动足可构成一部历史。但令人困惑的是,作为一个客观存在的历史事件,五四运动何以如此扑朔迷离?溯其本源,五四运动的史实似乎已无可争辩,唯其难以定论,恐怕仍在于阐释者对五四精神的难以确认。然而,说其难以确认,乃是就总体而言,实质上各家各派的阐释者都认为真理尽在其掌握之中,五四精神“独此一家”矣。正是带着这种“前理解”返归五四,不同阐释者的种种结论才会如此殊异。在这众多的阐释者中,自由主义、文化守成主义和激进主义是其各自归属的三面旗帜,但是,这种三分法的尺度却并非属于同一层面。就自由主义和激进主义来说,前者以其文化反传统的特征而带有文化激进主义的色彩;后者的激进主义色彩是指其政治立场而言,如左翼知识分子的革命理论和国民党民族主义者的极端保守立场。他们对五四的阐释带有最为鲜明的政治取向,这决定了他们关注五四的兴趣集中在政治领域而非思想领域。至于文化守成者，则对五四持一种普遍的否定态度，他们力求返归中国传统文化本身，试图接续被五四运动拦腰斩断的文化传统。尽管文化守成者对于五四运动的阐释有其合理性，如批判文化激进主义，但由于其侧重点仍在文化传统的延续性上，故而有意无意地回避了对五四精神学理上的讨论。因此，本文试图通过对自由主义者阐释五四活动的评价，追寻五四精神的渺茫踪迹。

在进入对自由主义者阐释活动的评述之前，有必要确认自由主义者的文化理念及社会角色。塔尔科特·帕森斯在论及知识分子的社会角色时指出："尽管作为社会一员他理所当然地扮演了复杂的社会角色，但在他被期待（一个他自己也正式分担的期待）的主要角色资格上，在确定其投身时，他把文化关注置于社会关注之上。"① 这段话同样适用于描述自由主义者的社会角色。一个自由主义者，他所扮演的社会角色具有两重性：即作为信奉自由主义文化理念的知识分子和影响社会舆论导向的知识分子。这其中，自由主义文化理念决定了自由主义者对于文化启蒙的关注和个人自由的捍卫；同时，它也决定了自由主义者的社会行为，即以舆论的力量实施其社会关注。反过来，个人自由的捍卫则不仅仅是文化理念的启蒙召唤，更重要的还是舆论导向下社会民主制度的切实保障。由此可见，自由主义的文化理念构成了文化启蒙和个人自由甚至是民主制度建立的逻辑起点。本文所谓的自由主义文化理念，其实就是作为一种社会思潮的自由主义在思想领域的体现，它促成了文化启蒙行为的发生和个人自由的诉求。自由为此种文化理念的目标，倡导理性与民主的文化启蒙则为实现自由目标的手段，这是就一般

① 沈卫威：《自由守望——胡适派文人引论》，上海文艺出版社。

意义上的自由主义而言。相较之下，在前后出现的中国自由主义者则对自由主义这种舶来品实施了“创造性的转换”，其表征就是中国的自由主义者以浓烈的功利主义色彩，将其文化理念中目的与手段进行了互换，即个人自由隐匿于文化启蒙之中。这种互换行为中既暗含了中国自由主义者冲破封建桎梏的启蒙策略，也昭示了中国传统文化中“士志于道”的入世精神。或许，从自由主义者阐释五四历史中，讨论这种互换行为将有助于我们理解五四精神的要义。

对于中国的自由主义者而言，五四运动是一场文艺复兴和启蒙运动。1919 年 6 月，也就是在五四运动爆发后仅时隔一月，蒋梦麟声称，最近的五四运动是朝着欧洲文艺复兴的方向迈进，是中国人走向解放的第一步；人们借此机会将改变对人生的态度，促成中国的文艺复兴。[①] 显然，蒋梦麟从直观上断定五四运动便是“文艺复兴”，尽管这种判断过于简单，却暗含了五四解放思想、争取人权的民主精神。20 年代后许多自由主义者在论及五四时都持此观点，其中最著名的人物当首推胡适。他 1934 年在《中国的文艺复兴》一文中宣称，中国的文艺复兴是“一场有意识地反抗传统文化中许多思想习俗的运动，和一场有意识地把个体的男女从传统力量的束缚中解放出来的运动”；“一场理性反对传统，自由反对权威，以及颂扬生活与人的价值与反抗对它们的压制的运动”。胡适的结论是：“最后，非常奇异的是，这场新的运动都是由那些懂得他们的文化遗产而且试图用新的现代历史批评和探索的方法来研究这个遗产的人来领导的。在这个意义上说，它也是一场人文主义运动。”因而，胡适充满信心地论断，中国的文艺复兴的目标和前途就是一个古老民族和古老文

① 蒋梦麟：《改变我们对人生的态度》，载《新教育》1919 年第 5 期。

明的再生。[1] 1944 年，另两位自由主义者李长之、何干之则将五四定性为“中国式的法国 18 世纪启蒙运动”。[2] 他们倡导用批判和摧毁的精神反对传统价值，以明晰的思想和功利主义的标准进行价值重估，并据此认为自由主义知识分子的使命就是解除旧习惯、旧风俗的束缚，改变人们的思想和情感，摧毁旧的传统，使人们对于改革持更开放的思想。而明确界定五四运动为一场文化启蒙运动的则是罗家伦。他在 1950 年发表的《“五四”的真精神》一文中，通过回忆五四来鼓吹文化启蒙。他认为五四不仅仅是一场民族主义运动和语言的改革运动，更重要的是，五四是一场包括中国生活各个方面的思想觉悟运动，即一场文化启蒙运动。[3] 继罗家伦之后，1957 年，台湾《自由中国》杂志社一批年轻的自由主义者发出了“重整五四精神”的口号，他们宣称五四运动显示了觉悟的知识分子有能力在中国发动一场名副其实的启蒙运动。与此同时，自由派文人殷海光、徐复观（后转向保守主义立场）等都提倡五四启蒙精神。60 年代末，台湾《大学杂志》的年轻编辑们在国民党当局的政治高压下重新提出振兴五四启蒙精神的要求。进入 80 年代以后，自由主义者对五四运动的评价发生了变化，这其中比较有代表性的人物是大陆学者甘阳。他在文章中明确鼓吹“个人自由原则”至上，批判了五四运动是将个人自由置于文化启蒙之下的价值取向。[4] 甘阳所激烈抨击的正是所谓在价值一元论的体系中，原本作为启蒙运动终

① 胡适：《中国的文艺复兴》，转引自格里奇《胡适与中国的文艺复兴》，江苏人民出版社。

② 周策纵：《“五四”运动：现代中国的思想革命》，江苏人民出版社。

③ 罗家伦：《“五四”的真精神》，转引自微拉·施瓦古《中国的启蒙运动知识分子与五四遗产》，江苏人民出版社。

④ 甘阳：《自由的理念：“五四”传统之阙失面》，载《读书》1989 年第 5 期。

极目标的个人自由却被堂而皇之的启蒙借口所遮蔽，因此，甘阳否定了五四运动的文化启蒙精神，转而提倡个人自由，这实际上是确认了个人自由为五四的真精神。

从以上对自由主义者阐释五四的历史来看，文艺复兴、文化启蒙和个人自由是其阐释活动的关键词。有论者致力于辨别文艺复兴和文化启蒙之间的细微差别，反而因此使五四的面目愈发模糊不清。事实上，文艺复兴和文化启蒙作为两种源自西方的社会思潮，在历史逻辑上有其延续性，宗教改革则是这两者之间的过渡性社会思潮。18 世纪的欧洲启蒙运动之所以成功，主要得力于此前的文艺复兴运动和宗教改革运动。因此，彼得·盖伊明确指出："启蒙哲学家们向之讲道的欧洲……他们所在进行的战争是一场在他们参战之前已取得了一半胜利的战争。"[①] 这说明文艺复兴、宗教改革和启蒙运动三者的顺时承继性和文化变异的渐进性。因此，在中国的自由主义者胡适等人眼里，文艺复兴与文化启蒙实际上是同一概念。启蒙的任务就是胡适所说的再造文明。文化启蒙的精神实质是对理性和科学的推崇，对宗教神学、封建主义思想体系的批判，并且在理性地认识神学和否定传统权威中，给人以应有的自由。很显然，个人自由在此逻辑顺序中应是文化启蒙的终极目标。但由于中国的自由主义者对文化启蒙概念的"创造性转换"，个人自由这一终极目标却被文化启蒙的浪潮所淹没：在民主政治得以建立的诸多基本要素，如经济基础、政治体制等尚远不具备时，最务实的态度显然是改造国民性，此乃文化启蒙的题中之意。因此，相对虚幻的个人自由被明扬实抑也就不足为怪了。

在五四时期，尽管文化启蒙成为一种社会思潮，但对于启蒙

① ［德］E. 卡西勒：《启蒙哲学》，顾伟铭等译，山东人民出版社 2007 年版。

的界定却十分宽泛。康德在1894年对启蒙的解释是："启蒙就是人类脱离自己所加之于自己的不成熟状态。不成熟状态就是不经别人的引导，就对运用自己的理智无能为力。当其原因不在于缺乏理智，而在于不经别人的引导就缺乏通过勇气与决心去加以运用时，那么这种不成熟状态就是自己所加之于自己的了。Spacre aude（要敢于认识）！要有勇气运用你自己的理智！这就是启蒙运动的口号。"① 可见，启蒙的首要任务就是运用理智，即推崇理性。然而，中国的自由主义者在为理性鸣锣开道时却采取非理性的激进主义态度，这体现在他们激烈的反传统上。另一方面，为使被启蒙者从情感上更能接受文化启蒙，自由主义者又从中国传统文化中去发掘启蒙因素。胡适在《中国的文艺复兴》中将宋人大胆疑古、小心考证的新精神视为"中国文艺复兴"的第一时期，把明代王学之兴，尤其是市民文化中戏曲、小说的新精神视为第二时期，清学的勃起则为第三时期，1915年以后的新文化运动为第四时期，这是真正意义上的"文艺复兴"。胡适据此充满信心地确定了文艺复兴的终极目标：再造文明。在这个意义上说，中国的自由主义者在文明重建中又采取的是一种理性态度。也就是说，中国的文化启蒙运动具有两种属性：即非理性地反传统和理性地再造文明。由此可见，相对于西方启蒙运动是以个人自由为其奋斗目标的特征而言，中国的文化启蒙则视再造文明为这场运动的终极目标，个人自由从西方启蒙运动的目标下降为一种启蒙策略。与此同时，作为再造文明思想准备的文化启蒙则成为自五四以来延续在整个20世纪中国的集体意识。换言之，中国的启蒙运动进程依次为个人自由、文化启蒙和文明的再造。五四启蒙者的这种逻辑思维有两方面的原因：首先是胡适等启蒙

① ［德］E. 卡西勒：《启蒙哲学》，顾伟铭等译，山东人民出版社2007年版。

者的实验主义态度，为了再造一个不同于传统文化的新文明，胡适等人保留了卡西勒所说的启蒙特征，即分析还原和理性重建的启蒙方式，个人自由则从韦伯所说的价值理性下降为工具理性；另一方面，五四启蒙者为贯彻理性重建的启蒙方式，试图在接受西方文化和整合传统文化中再造文明，而整合传统文化就是以儒家“士志于道”的精神重新阐释历史，并在这种阐释中将现在与过去联结起来，以图在西方文化的背景下将传统文化再度激活，从而达到再造文明的目标。从这个意义上说，个人自由的淡化与文化启蒙的凸显实质上是启蒙先驱者有意为之。所以，与其说自由主义者心目中的文化启蒙是一种时代精神，倒不如说是一种在当时历史环境中改造国民性以达到再造文明目标的运作方式，这当然不能代表各种思潮风起云涌的五四精神的全貌。

那么，是否可以说个人自由就是五四精神呢？甘阳在《自由的理念：“五四”传统之阙失面》一文中，激烈抨击五四启蒙者将个人自由置于文化启蒙之下的做法，鼓吹一种个人自由原则至上的学说，这实际上是80年代一股反启蒙传统，解构启蒙神话思潮的极端做法。甘阳所依据的理论就是韦伯的价值理性与工具理性。他认为在五四启蒙者的眼中，似乎总有一个终极性的合理价值存在，即集体主义至上原则。在这种价值一元论的指导下，个人自由沦为工具理性，五四启蒙者对于个人自由的鼓吹实际上是为了达到集体拯救这一价值理性的目标。然而，甘阳最后将个人自由视为至高无上的价值理性时，文化启蒙又沦为工具理性，这实际上仍未走出他所反对的价值一元论。甘阳所认为的个人自由原则至上，从本质上看，其实是一种极端的个人主义，它有悖于自由主义的原理。米歇尔·塞尔说：“要善于摆脱窒息思想和清规戒律，但是也要善于调节这样的自由。在有创造性的理性面前，只有针孔大小的余地能够通过，这是严格规定的有节制的自由。”[①] 所以，自由是有限度的自由，你如果有干涉他人自由的自由，他人的自由就无从保障。哈耶克在《自由社会秩序原理》中认为，民主政治是实现个人自由的手段。他这种自由产生秩序的洞见也说明个人自由绝非一种极端的个人主义。而五四时代的个人自由本身便是一种缺乏秩序规范的自由。“新青年”们轰毁一切偶像，冲破一切教条的自由诉求导致了对个人主义的偏执。那种高调亢奋之态，具有李欧梵所说的浪漫主义时代的乌托邦色彩。它并不是可以产生民主秩序的自由，甘阳却将之视为五四精神，这种论调中反映更多的只是一种情感冲动，民主秩序的建立却无所归依。如果说文化启蒙作为一种再造文明的策略被提出因而具有积极现实意义的话，那么五四时代的个人自由就只能作为一种乌托邦而长存于中国知识分子的心中。它只是指向未来的梦想，并不具有现实意义。因此，个人自由也不能等同于发生过积极现实作用的五四精神。

那么，五四精神所指究竟是什么呢？通过对自由主义者关于五四的阐释活动的讨论，我们可以说五四精神不是一种思想体系或社会理论，它仅仅是一种时代的精神气质。具体地说，它是一种理性地怀疑与激进地反对传统的时代风度。因为怀疑传统，所以反对传统，其终极目标是文明的再造，个人自由是这种新文明成熟的标志。理性地怀疑指的是对传统权威的怀疑，权威包括法律权威与文化权威。启蒙者对于法律权威的怀疑导致革命行为（如左翼知识分子）和改良行为（如自由主义者），而对于文化权威的怀疑则导致对占主导地位的传统文化的反抗。这种反抗由于针对的传统文化处于强势地位，因此必须采取激进主义的态度，自由主义者眼中的文化启蒙就具有这种特征。具体到文化启

① 于海：《西方社会思想史》，复旦大学出版社 1993 年版。

蒙的各个领域，如五四新文学就像梁实秋所论，新文学运动是推崇情感，轻视理性的。这正是新文学运动反抗古典文学传统时所采取的激进主义态度。当新文学走向重建时，理性的态度又主宰了文坛，这与文化启蒙的进程并无二致。也就是说，五四启蒙者以非理性的态度反传统，以理性的态度再造文明，而推动这场启蒙运动的则是五四精神，它源源不断地给启蒙运动提供动力。但这种动力主要不是一种思想资源，而是一种对反抗权威的勇气和永不妥协的精神的高扬。因此，贯穿于文化启蒙运动之中，以个人自由为启蒙策略的五四精神主要在道义上支持着五四先驱者的启蒙重任，而这正是五四精神的要义之所在。

（原载《荆州师范学院学报》1999 年第 4 期）

理解五四

在现代中国的思想历程中，五四运动无疑是一次最为壮丽的精神日出。

关于五四，似乎有太多话要说，以至各种类型的知识分子对于五四都有着不同的理解，若想在八十年的漫长历史中勾勒出一条评价五四的线索绝非易事。也许，我们只有在历史的迷雾中线性地去理解五四，才能勉强辨认出那些若隐若现的思想潮流。

在二三十年代对于五四的评价，大致有自由主义者和民族主义者的不同阐释，1939 年之后随着毛泽东为五四所下的著名论断，各种评价才汇集于斯。就中国的自由主义知识分子而言，五四运动是一场文艺复兴、宗教改革和启蒙运动。1919 年 6 月，也就是在五四运动爆发后仅时隔一月，蒋梦麟声称，最近的五四运动是朝着欧洲文艺复兴的方向迈进，是中国人走向解放的第一步，人们将借此机会改变对人生的态度，促成中国的文艺复兴。显然，蒋梦麟从直观上断定五四运动便是“文艺复兴”，尽管这种判断过于简单，却隐含了五四解放思想、争取人权的民主精神。1920 年 12 月 5 日，中国的基督教徒号召借五四的声威，开展一场“基督教文艺复兴”，可叹的是，在中国人连“做稳了奴隶”的资格尚不具备（鲁迅语）的时代，还谈何虚幻不定的宗教复兴？二十年代后许多自由派知识分子在论及五四运动时都持类似的观点，这其中最著名的当推胡适，他1934年在《中国的文艺复兴》一文中宣称，中国的文艺复兴是“一场有意识的反抗传统文化中许多思想习俗的运动，和一场有意识的把个体的男女从传统力量的束缚中解放出来的运动”，“一场理性反对传统，自由反对权威，以及颂扬生活与人的价值与反抗对它们的压制的运动”。胡适的结论是“最后，非常奇异的是，这场新的运动都是由那些懂得他们的文化遗产而且试图用新的现代历史批评和探索的方法来研究这个遗产的人来领导的。在这个意义上说，它也是一场人文主义运动”。因而，胡适充满信心地论断，中国的文艺复兴的“目标和前途就是一个古老民族和古老文明的再生”。作为在五四运动中起过关键性影响的人物，胡适始终怀念着五四那个激情与梦想交织的时代，他终其一生都在五四的影响中存在，我们可以理解那种真挚的情感，就如同梁启超当年提倡少年中国一样，胡适一直梦想着在文艺复兴的辉煌中让老大中国得以再生。然而，如果理智地看待自由主义者关于五四的评价时，我们不难发现，五四运动与欧洲文艺复兴并不相同。欧洲文艺复兴在某种意义上是对古代文明兴趣的复活，是寻求以古希腊和古罗马的思想取代中世纪思想，而五四运动却不是一个复辟运动，它的目的是在一个古老国家中植入一种现代文明，并伴随着对旧文明的严厉批判。当时的时代精神是“打倒孔家店”，五四运动的主流从来不是要恢复古代的精神，科学与民主也绝非古代中国的特征。除去这种解释外，也有人提出五四运动是中国式的法国十八世纪启蒙运动，如李长之在1944年、何干之在1947年写就的文章中都表达了这一观点，提出这种看法的理由是五四运动中盛行理性主义和自然主义。事实上，五四知识分子以一种批判和摧毁的精神进行价值重估，以明晰的科学思想和功利主义标准评价一切，相对于法国的启蒙运动而言，五四运动由于是各种新兴社会势力反对传统文化的联盟，从而与法国以推翻封建贵族为目的的启蒙运动区分开来，尽管如此，启蒙这一概念却被普遍接受，并逐步演化成贯穿于本世纪的启蒙呼声。

与自由主义知识分子相映成趣的是，保守的民族主义者和传统派却认为五四运动是中国的一场灾难。孙中山曾以政治的理由对学生和新文化运动给予了支持，但是，由于孙中山与保守派的章太炎、刘师培曾有过长期交往，使他成为深受国故概念影响的革命民族主义者，他坚信维护传统文化是民族生存的关键，所以孙中山在对待五四运动的态度上犹疑不决，并直接影响到他的后继者蒋介石。和孙中山相比，蒋介石对文化反传统的态度更加游移不定，他试图切断爱国的五四政治运动和最初推动五四运动兴起的启蒙运动之间的联系，他将自己对新文化运动的怀疑变成了官方的方针。1941 年蒋介石在《哲学与教育对于青年的关系》一文中，将五四运动的意义缩小为学生的爱国示威，而他对五四运动的赞同主要是在爱国主义和民族主义方面，但对于西方思想则采取拒斥态度。在蒋介石这种态度的影响下，国民党退向带有道德说教和简单化烙印的儒家思想专制。这对于五四运动所提倡的民主和科学精神，无异于背道而驰。很显然，蒋介石如此评价五四自有其政治理由，在学理上并无太大的讨论价值，但由于蒋介石本人的政治地位，使他对于五四的评价从客观事实上影响了中国历史的进程。因此，这也可以说是对待五四运动的态度，足以影响中国现实的典型个案。

事实上，从孙中山开始，对于五四的评价就紧密地与政治现实相联系，不同政党都对五四运动发表了自己的见解。这其中，影响最大以至关乎历史全局的对五四的阐释，则毫无疑问的是由共产党人完成的。然而，即使在共产党人内部，对于五四的评价起初也不尽相同。曾被毛泽东称为“五四运动总司令”的陈独秀在1938年撰文指出，五四运动是一场“民主革命”，五四时期民众所要求的是民主和民族独立。与胡适一样，作为五四运动的风云人物，陈独秀始终沉浸在五四寻求科学与民主的回忆之中，他有意无意地忽略了当时日趋激烈的阶级对抗，从中表现出的只是一种并不成熟的书生意气。1939年5月初，为纪念五四运动二十周年，毛泽东在延安的报纸上发表过一篇题为《五四运动》的文章，他明确指出了三点：第一，五四运动是“反帝反封建的资产阶级民主革命”中一个新时期的起点；第二，民族资产阶级可以而且也确实与无产阶级和知识分子在一个统一战线内参加了革命；第三，知识分子担当了这条革命统一战线的领导。毛泽东还在这篇文章中强调，知识分子如果不和工农相结合，则将一事无成，革命的或不革命的或反革命的知识分子的最后分界，是看其是否愿意并且实行和工农相结合。而在1940年发表的《新民主主义论》当中，毛泽东再次系统地阐述了他对五四运动的评价，他指出，五四运动是中国旧民主主义和新民主主义的分界限，五四运动后，无产阶级成为独立的政治力量，共产主义的宇宙观和社会革命论也在这场运动后诞生。最后，毛泽东强调了五四运动反帝反封建的性质，并称“五四运动是在当时世界革命号召之下，是在俄国革命号召之下，是在列宁号召之下发生的。五四运动是当时无产阶级世界革命的一部分”。自此以后，毛泽东关于五四运动性质的这种观点，逐步占据了主导地位。作为一个革命家，毛泽东充分认识到了五四运动的政治意义，并积极评价了这次运动的政治后果，这对于我国新民主主义革命的胜利起到了巨大的作用。然而，随着共产党内"左倾"思潮的发展，毛泽东这种观点逐渐被教条化和庸俗化了。1949年，时值五四三十周年纪念，陈伯达邀请了包括茅盾、叶圣陶、杨振声、俞平伯在内的三十六位五四老战士写了一部回忆五四的专辑，在这个专辑中，茅盾等人认为五四和共产党的胜利之间存在着必然联系。陈伯达重申了毛泽东对五四的评价，同时提醒知识分子，由知识分子发起的思想运动注定要失败，陈伯达据此写道："五四运动最伟大的成果，是知识分子和工人运动的联合。"如此一来，当前的功利主义思想压倒了历史逻辑。许多知识分子纷纷表现出切断与五四传统的联系，转而将五四运动的光荣完全归于无产阶级的迫切愿望。显然，这已经违背了毛泽东关于知识分子是五四运动中革命统一战线领导者的基本判断。

1949年以后，对于五四运动的评价海峡两岸的差异越来越大。在台湾，国民党当局用更加保守的文化概念支持蒋介石的所谓"爱国主义"，阻止对于五四的赞美活动。由于回忆五四有导致回忆文化反传统的危险，宣传当局几乎禁止在一切公共场所谈论五四。作为五四运动时期北大"新潮社"的骨干，罗家伦和国民党当局展开了激烈的辩论。他通过回忆五四运动来告诫国民党不要走向"反动"。在这场辩论中，罗家伦表现出了一个五四战士的使命感，即鼓吹文化启蒙。1950年，罗家伦发表了《五四的真精神》一文，他试图说明，五四不仅仅是一场民族主义运动和语言改革运动，更重要的，五四是一场包括中国生活各个方面的思想启蒙运动。1957年，台湾《自由中国》杂志因为发表纪念五四的社论被当局查禁。国民党当局认为此时的首要目标是民族救亡，即“光复大陆”，而《自由中国》则要求恢复五四自由争论的宽容气氛，并表明了继承五四精神的决心。1960年《自由中国》编辑雷震被指控犯有阴谋颠覆罪而被捕入狱，《自由中国》再遭查禁。然而，五四精神一旦复兴就不会泯灭。几年之后，新创刊的《大学杂志》编辑在政治高压之下又重新提出复兴五四精神的要求。

与此同时，新中国对于五四运动的阐释仍在继续。这种阐释活动的特点在于，以毛泽东关于五四性质的论述为纲要，在此前提下展开对五四运动的具体回忆和知识分子的自我批判。然而，仍有一部分五四知识分子，在自我批判的同时不完全抛弃自己当年所信奉的观念。其中最著名的是历史学家顾颉刚。他在五十年代初期发表了《从我自己看胡适》的文章，这篇文章既是对五四的回忆，又是对五四的再认识，他客观描述了五四运动中知识分子的精神状态，并承认胡适在五四运动中的积极作用，而在1957年4月，张申府也发表文章，他确信五四全面复兴为期不远。尽管此时正是“双百”运动的高潮，但党内“左倾”思潮仍然十分严重，写下任何有悖于官方对于五四解释的言论都会危及人身安全。然而，顾颉刚和张申府等人却以自己的言行实践了五四知识分子的自由精神。和这批知识分子相比，许多纪念五四的文章越来越走向极端化，即教条主义地理解和遵循毛泽东关于五四的评价。1969年，红卫兵在全国各地开展了纪念五四运动的活动，他们宣称：“像今天的文化革命一样，五四创造了一个新纪元，即使像资产阶级知识分子的代表胡适那样的右派分子也不能公然反对五四。”在这群充满狂热冲动的少年心目中，五四就是反传统，于是他们集中全力向旧文化进攻，其结果是可悲的，中国文化数千年的伟大传统连同五四老战士奋斗不息的五四精神，就在这群无知少年的口号与皮带中坠入了“文革”的无底深渊。

然而，历史终究不是任人打扮的玩偶。1979年5月，在纪念五四运动六十周年的学术讨论会上，周扬发表了《三次伟大的思想解放》一文，文中确认五四运动是一场思想解放运动，是“打破已经存在了几千年的旧势力，推动社会的进步的思想解放”。尽管周扬对于五四运动的评价还缺乏思想史家的眼光，但是，在经历了十年的“文化大革命”后，重提五四，确实具有开启国人心智的积极作用。80年代的思想解放运动中，对于五四所做的种种阐释，其意正在于寻求五四的思想资源，为当前的思想解放运动提供理论参照。这样，80年代对于五四的种种阐释也就更加具有了现实性。从时间上看，1985年至1989年是对五四文化阐释的高潮时期，其特点是注重对五四运动本身及其引发的对待传统文化态度的反思。在各家的评说中，有两条基本对立的线索，其一是认为五四运动是民族文化的虚无主义，造成了中国文化发展的“断裂带”。持这种观点的有作家阿城和郑义等。而学者汪晖等人则持与此相反的观点，他们认为五四运动是中国文化的新发展而不是断裂。随着讨论的深入，许多思想界的知识分子纷纷卷入了这场讨论。如李泽厚在1987年出版的《中国现代思想史论》一书中指出，五四运动是一场启蒙运动，但这场运动包含了两个性质不同的运动，即新文化运动和学生反帝爱国的救亡运动。五四初期，启蒙与救亡相互促进，最终救亡压倒了启蒙。李泽厚指出，我们今天要继承五四，但不能重复五四，必须进行“转换性的创造”，即从传统文化中去发现自己，认识自己，从而改换自己。他的结论是，五四运动的巨大功绩正在于从深处震撼了中国人的文化心理结构，从而为“转换性的创造”创造了条件。刘再复从人与文学的关系中去反思五四，认为五四首先发现了我国封建社会是非人的社会，传统文学是非人的文学，这正是五四运动的伟大发现。针对80年代流行的关于五四的评语，即唯有使中国文化维系儒家精神才称得上是继承发扬了中国文化的传统，甘阳撰文指出，必须把儒道文化都带入一个新的更大的文化系统中去理解五四，五四不仅消解了过去的中国文化系统，而且开辟创造了新文化。他反对李泽厚关于“启蒙与救亡双重变奏”的观点，认为五四以来中国只有“社会改造”这一个主题，而五四的“科学”和“民主”口号，并未切中中国问题的要害，最后甘阳认为必须确立“个人自由”绝对优先的原则，甚至近乎危言耸听地宣布：如果不竭力推崇自由优先，“二十一世纪必将与中华无缘”，显然这种缺乏理性的呼唤反映出来的只是80年代知识分子试图走出“文革”专制的阴影，走向民主与自由的渴望。但过分急切的要求往往会演化成激进的口号，历史早已证明，自由主义在中国终究难以立足。在1989年，为纪念五四运动七十周年，学者赵一凡作《海外祭五四》一文，称颂五四运动是一场“由中国新进知识界共同倡发的思想革命”，五四运动的基本意义和历史任务在于，以知识改造和精神启蒙为前导，由此推进中国的全盘变革。刘小枫则称五四知识分子是“解放的一代”，从知识社会学的角度而言，这代人的知识类型及价值意向在一开始“就被有效地纳入意识形态的话语织体和组织机制之中”，“五四运动”使社会发展有历史规律可循的话语受到挑战。相对而言，刘小枫较之甘阳等人保持了较为清醒的理性意识，他将五四的文化考察纳入了80年代的话语体系，借此反思中国文化。如果说80年代关注的重心在于文化本身，那么，进入90年代以后，对于五四的阐释则与当前的社会状况分析紧密地联系了起来。

发生于1994—1995年间的“人文精神”大讨论，可以被视作对于当前文化品格及文人处境的探讨。其中，非常重要的一点就是对五四运动的认识。1993年1月，作家王蒙发表《躲避崇高》一文，认为自五四以来，我们的作家“自以为是”，以“殉道者”、“教师”和“思想家”自居，选择了先知先觉的“精英”形象，他借此推崇作家王朔的小说创作，认为他对于知识分子的嘲弄是颠覆“伪道德伪崇高伪姿态”，是对文坛偏颇现象的纠正。这种观点引发了关于人文精神的讨论，学者王晓明认为，文学由于注重对形式的探讨，放弃作家的使命感，导致了对精神价值的否定，而这种否定则是人文精神危机的表现。王蒙则反击这种论点充满了“斥责和教训的贵族式的优越感”。随着讨论的扩大，有些人将鲁迅当做一种“文化神话”予以解构，这实际上针对的是五四精神。作家李锐对此表示了极大的愤慨，他竭力推崇鲁迅的精神空间，借此强调五四的启蒙精神。作家张炜则认为“五四是有光芒的”，“如果要从根本上遮去这种光芒，就未免有点意气用事和昏聩”。讨论双方的分歧十分尖锐，其根本原因是商品化大潮对知识分子使命感的冲击。当退居边缘的知识分子无力承受汹涌的商品化大潮时，当他们也无力拯救日趋堕落的社会道德时，知识分子不得不进行选择，或是认同，或是反抗。对于那些不甘做大众文化工业体制的奴隶的知识分子而言，五四一代崇高的启蒙意识无疑是他们内心最坚实的支柱。所以，就这一点而言，人文精神讨论既是对当前文化品格的思索，也是对五四运动的世纪回眸。

关于五四，我们永远有难以割舍的情结。也许五四精神的光芒已不再夺目，但我们仍然无法忽视它的存在，尤其在当前文化反思的语境中，五四的意义与价值也许正在逐渐凸显。而经历了八十年风风雨雨的任人评说后，五四依然肃穆地矗立在中国历史的长河之中，所以，关于五四，你可以认同，也可以拒绝，但你永远无法忘却……

谨以此文纪念五四运动八十周年。

（原载《天涯》1999 年第 5 期）

重读《我在霞村的时候》

小说叙述了一个村女贞贞的遭遇：身为女革命者的“我”，因病到霞村休养。刚抵霞村，“我”便耳闻了村民的种种议论，原来村女贞贞突然从日军营中归来，并且染上了花柳恶疾，由此招致了村民的唾弃。“我”经过一番侦探式的调查，方知贞贞并非自甘堕落，她原来是我方派往敌营的密探，以牺牲肉体的方式为我军获取敌人的情报。真相大白之后，“我”随之对贞贞的高尚行为及自我牺牲精神深感钦佩。然而，正所谓“众口铄金，积毁销骨”，贞贞在经历了村民的种种闲言碎语之后已是身心俱疲，她最终决定离开霞村这个是非之地，去延安治病、学习，以便“重新做一个人”（贞贞语）。

若以常理而论，作者丁玲的创作意图比较明显：她在这篇小说中努力想达到的无非就是对贞贞这一革命者形象的成功塑造。因此，透过丁玲略显粗疏却不乏激情的叙述笔调，我们可以清晰地辨认出丁玲对于贞贞的激赏态度；为了谋求崇高的革命利益，贞贞不惜以牺牲自己的贞洁为代价，这恰恰体现了她灵魂的圣洁与高贵，对此丁玲不惜笔墨地大加赞颂。同时，将革命这一终极目标推至前台，丁玲毫不迟疑地指认了这部小说的政治色彩，也为小说贴上了醒目的政治文本标签。但是，当丁玲尽其所能地想把贞贞塑造成一个中国的圣女贞德时，她却无法回避这样一个问题：如何在叙述中处理为革命利益而丧失女性贞洁这一事实。或许，从女性的贞洁与革命的关系中去塑造人物正是丁玲的独具匠心之处，但作为一个女性作家，丁玲无法漠视女性贞洁的丧失给女性心灵造成巨大伤痛的私人体验。她只能以这样的内在逻辑展开叙事，即在赞颂贞贞的牺牲精神时，也对她贞洁的丧失寄予了深切的同情。在此，丁玲不可避免地陷入了由于自己"匠心独运"所带来的悖论：相对于崇高的革命利益，女性贞洁的丧失实际上算不上什么；相反，女性贞洁的丧失又是一个严重的事件，它招致了村民的谩骂与鄙夷，同时又令人深感同情。这表明，丁玲在革命与贞洁的悖论面前犹疑不决：一方面，她认为革命利益高于一切；另一方面，她骨子里却对女性心灵的惨痛创伤无法释怀。前者确定了小说文本的政治基调，后者却将丁玲的叙述焦点集中在了贞贞贞洁的丧失这一客观事实上。同时，这也意味着女性身体（贞洁）成为丁玲演绎其政治理念（革命利益高于一切）的叙事要素。将女性身体从革命的外衣下凸显出来，并借此展开叙述。丁玲的这种做法使《我在霞村的时候》不再是单一的政治文本，它同时还沾染了某些女性文本的气息。因此，这部小说事实上具有政治文本与女性文本共存的特征。并且，由于异质文本之间存在的文本间性（不同文本间的矛盾与对立），使这部小说从整体上充满了矛盾与对抗，并进而展示了如下的基本事实：政治文本统治和压抑着女性文本，而女性文本又绝非沉默不语，它时时体现着颠覆与反抗政治文本的力量。

在描述女性文本遭受压抑这一事实之前，有必要将小说中的两类叙事视角予以揭示。以小说中作为被阅读者（被评判者）的贞贞的处境而论，她一直默默承受着两类阅读主体的阅读，一个是作为革命者的“我”，一个是作为普通群众的村民。这也正是小说借以展开叙事的两类叙事视角。问题在于，贞贞如何受到了这两类阅读主体的阅读？首先，“我”对贞贞的阅读是革命者的阅读。尽管贞贞的身体受到了伤害，但她是为革命才牺牲了贞洁，因此，贞洁的丧失丝毫无损于贞贞作为一个革命者的光辉形象。溯其源头，存在于这种阅读策略之后的正是一种宏大的政治神话，其思维逻辑较为简单，即政治利益高于一切，为实现这一崇高的终极目标付出何种牺牲也在所不惜，即便是女性贞洁这一女性经验的本源。其次，村民对贞贞的阅读代表了相对于革命者的群众的阅读。在村民这一阅读主体的眼中，由于贞贞的失身和疾病，她成了淫荡和不祥的象征。村民们执拗地以贞洁作为对女性道德判断的尺度，凭借的无非是延续了数千年的道德传统。这个传统在男性社会中萌发、成熟以至定型，它只能是男性的道德传统。在这一传统中，女性的贞洁与否只有在男性的判断中才会被赋予意义。换句话说，女性的身体在传统道德中是夫家的私有财产，如果违背这一规定，女性就会被视为不贞。以此而论，村民对于贞贞的阅读事实上是一种男权主义的阅读。至于“我”在阅读贞贞时埋藏于潜意识深处的政治神话，本质上仍属于男权话语，因为政治从根本上就是男性政治，尽管自古就有女性参政，却无一例外被人视作红颜祸水。因此，“我”对贞贞的阅读与村民的阅读殊途同归，都是以男权主义的眼光在阅读贞贞（“我”赞美贞贞，因为她替男权政治作出了贡献；村民们蔑视贞贞，因为她违背了男权道统）。本来稍具女性主义色彩的贞贞始终以男性的“他者”而存在，这本身就意味着女性文本在小说中遭受着整体压抑。本文试图揭示，女性文本如何经受着压抑以及女性文本为此显示了何种颠覆与反抗力量。

首先，从对小说人物贞贞的命名来看，命名行为本身便体现着文本间性的颠覆与反抗力量。为贞贞命名的主体通常有两种情况：其一是小说中贞贞的父母，他们属于村民的形象；其二是小说作者丁玲。“贞贞”这一命名即意味着贞洁，两类命名主体的命名行为因此暗含了不同的女性贞洁观。贞贞父母这一命名主体的命名意味着，命名“贞贞”是希望女儿贞洁，这种命名行为体现的正是男性社会的道德传统，即女性的身体只能属于夫家，除此便为不贞。在“村民看贞贞”这一叙事框架内，由于贞贞贞洁的丧失，使得最初的命名失去意义。换言之，女性身体被玷污这一客观事实对命名行为的最初动机构成了颠覆，同时也意味着，贞贞以其在男性眼中的不贞对男权主义的女性贞洁观形成了反抗。与此不同的是，丁玲作为另一命名主体，她的命名行为表明，贞贞为革命牺牲贞洁是可贵的。丁玲以小说中的“我”作为叙述的代言人，因此，在“‘我’看贞贞”这一叙事框架内，存在着两种颠覆力量：其一，“我”对贞贞贞洁的重新确认，是以崇高的政治目标颠覆了道德意义上的贞洁观；其二，“我”对政治终极价值的肯定，从本质上漠视了贞贞的女性特征。她的身体是其女性经验的本源，这一本源在被亵渎后又遭漠视。尽管“我”为贞贞失去贞洁做辩护，但这种辩护的真实目的却是以革命的名义重构政治神话，贞贞仍然不是作为一个女人被“我”阅读。因此，贞贞的形象构成了一种自我颠覆的关系：她（贞贞）既是恶魔（村民眼中的贞贞），又是天使（“我”眼中的贞贞），却始终无法成为一个“女人”。这种人物形象的分裂特征印证了美国女性主义批评家肖沃特所说的“对女性的文学虐待”，即女性在被书写的命运中始终无法获得女人的称号。这种人物形象的分裂性深深颠覆了丁玲塑造革命者形象的初衷。

其次，小说中的女性形象本身也体现了文本间性的颠覆与反抗力量。在小说里，女性形象（主要是贞贞和“我”）都在不同程度上处于被压抑的状态。贞贞作为被阅读者，在小说文本中被多种阅读主体包围。按小说自身的叙事顺序，贞贞首先是作为村民的阅读对象遭到蔑视，其次是作为“我”的阅读对象受到张扬。而村民与“我”这两类贞贞的阅读主体又是作者丁玲的阅读对象。是丁玲赋予村民道德传统，又赋予“我”政治神话，凭借这两种不同的价值体系，村民与“我”才读出了形象上截然对立的贞贞。因此，贞贞在小说文本中是以被阅读者（“我”与村民）的阅读对象而出现，同时，贞贞还永远是各个时代读者的阅读对象，不论是利用小说中的“我”或村民的阅读策略，还是依赖自身的“前理解”，读者始终是贞贞的阅读主体。这样，贞贞就处在丁玲、“我”、村民及读者这四重阅读主体的包围之下。从某种意义上说，贞贞的形象因多个阅读主体的不同阅读方式而变得模糊不清了，她因此处于一种遭受压抑的状态。文本间性的颠覆与反抗力量也在贞贞这一人物形象上得以凸显：丁玲的本意是张扬贞贞的形象，树立一个典范的政治文本，但贞贞形象的被压抑性却构成了对“张扬”这一作者本意的颠覆，它也是对政治文本的颠覆。这里体现了女性文本作为边缘文本总是试图对抗中心文本的本质。此外，小说中的另一女性形象“我”虽然是作为强化小说叙事功能的角色而出现。但“我”仍然处于被压抑的状态。作为贞贞的一个阅读主体，“我”也是丁玲的阅读对象。丁玲的阅读策略属于20世纪40年代战争环境下左翼作家的集体认知方式，这种认知方式是以革命利益为核心的。因此，“我”只不过是时代的传声筒，问题在于，依赖时代风尚进行阅读活动的丁玲，将“我”的女性身份变得晦暗不彰了：“我”被丁玲赋予了时代的价值体系，据此，“我”对贞贞的阅读是一种政治的阅读，同时也是男权主义的阅读。“我”的女性外衣被革命者的外衣所替换。这种换装的隐喻意味着“我”性别的异化，“我”对贞贞的阅读尽管不乏温情与怜悯，但“我”依然无法洗脱男权主义者同谋的罪名，“我”同样参与了对贞贞形象的扭曲。因此，“我”这一人物形象的男性化同样是女性文本遭受压抑的表征之一。

再次，作为小说里主要的被阅读者，贞贞在被阅读的过程中同时经历着自我阅读。这种自我阅读也构成了对政治文本的颠覆与反抗。当小说结尾处写贞贞决定去延安学习以便“再重新做一个人”时，这种决定实际上意味着贞贞试图通过去延安这一方式来重申自己。它表明，在贞贞对自己的遭遇进行反思时，她摆脱不了因失身造成的心灵创伤。贞贞说“重新做一个人”意味着她对以往经历的忏悔。在贞贞身上，革命信念并未全盘压倒她的女性意识，无论多么高尚的政治动机也无法成为掩饰贞贞身体遭到亵渎这一事实的借口。值得注意的是，贞贞是在先遭日军强暴的情况下才出卖身体换取情报的，也就是说贞贞并非完全出于自愿才决定这么做的，她的痛苦完全来自于贞洁这一女性本源经验的丧失。因此，只能说贞贞对过去经历的忏悔完全建立在对贞洁的珍视之上，她并未否定革命的神圣性。但是另一方面，正是她的痛苦才将女性贞洁从革命外衣下解放出来，如此才使小说呈现了女性文本的色彩，这实质上是以女性经验对政治神话实施了颠覆与反抗。

最后，小说文本自身的叙事结构也体现了文本间性的力量。丁玲的正常叙事应当是：“我在霞村的时候，遇见了一个刚从日本人手里逃出来的女子贞贞，她遭到了凌辱并且染上了病……”然而，小说的叙事结构却并非如此，丁玲设置了一个侦探式的故事：“我”首先听到了村民的议论，然后经过一番调查，才明白了整个事件的来龙去脉。丁玲如此设置叙事结构，用意绝非仅仅是制造悬念，引发读者阅读的“期待视野”。她的深意还在于，以叙事的先后顺序来证明“我”对贞贞的价值判断高于村民对贞贞的价值判断。换言之，丁玲在小说中试图构造“我/村民”这种等级关系。在“我/村民”（革命者/群众）这一价值等级中，丁玲的叙事顺序符合了某种传统的叙事模式，即按照由浅入深、由低到高的叙事顺序展开叙述，同时也是一种从现象到本质的思维模式，由现象叙事转入本质叙事方为叙事的正道。因此，“我/村民”（革命者/群众）这一价值等级构成了一种二元对立的关系，后一等级永远低于前一等级。但问题在于，“我/村民”（革命者/群众）这一价值等级是否成立？如前所述，“我”对贞贞的阅读建立在政治神话之上，村民对贞贞的阅读则依赖道德传统。无论政治神话还是道德传统均可化约为男权主义，故此，构成“我/村民”这一价值等级的基础都是男权主义的，而这一价值等级关注的焦点——女性身体却始终无法得以凸显，这意味着构成这一价值等级的基础具有同构性。但同构性难以形成差异，差异不存，何来等级？这样一来，丁玲精心营造的叙事结构本欲制造出“我/村民”这一等级关系，进而证明革命的神圣性，树立一个典范的政治文本，但这一等级的构成本身却存有疑问，因此小说的叙事结构又失去了意义，这同时也意味着，小说文本的叙事结构本身暗含着自我颠覆的力量。

或许，《我在霞村的时候》这部小说中文本间性的力量还不仅于此。但无可争议的是，正是由于文本间性的存在，读者才有可能在新的批评语境中发现小说文本内的颠覆与反抗力量。而颠覆与反抗又绝非仅仅意味着推翻既有的定论，它同时还表明：颠覆与反抗构成了对历史记忆的挑战。小说中的“我”和村民，无论依赖政治神话还是道德传统，都只是一种对历史的集体记忆。在这种集体记忆中原本丰厚的历史积淀被简单化约为某种政治文本，历史发展的多样性被一笔抹杀。在政治话语的干涉下原本可拓宽阐释空间的女性文本却给这部小说造成了授人以柄的命运。重读《我在霞村的时候》意味着以私人体验去拓展对历史记忆进行阐释的空间，从而在文本间性的颠覆与反抗中重现历史发展的多种可能性。

（原载《中国现代文学研究丛刊》2000 年第 3 期）

文化与政治的双重批判

——老舍话剧创作的批判精神

在时代风云激荡的历史关头，传统文化自身所固有的劣根性便常常暴露出来，羁绊着时代前进的步伐。这就必然遭致具有现代意识作家的猛烈挞伐。而终生致力于传统文化自我批判的老舍，便是这其中的佼佼者之一。

老舍的小说通过对市民社会的描写，深刻地批判了过熟的传统文化，批判了因循守旧、自私懦弱和敷衍苟且等国民劣根性。这种浓厚的批判精神在他的话剧创作中被完整地承继下来，并因话剧艺术本身的形式和创作背景而呈现出新的形态，即文化与政治的双重批判。其特征是文化批判为主体，政治批判寓于文化批判之中。作家的忧患意识和参与意识是这种批判精神的内驱力。而老舍新中国成立后的大部分作品呈现出"颂歌"的特质，文化主题相对地统摄于政治主题之下。故此，本文论及的主要是老舍抗战时期及新中国成立后《茶馆》等批判精神较为突出的作品。

文化的概念具有极大的兼容性。老舍认为所谓文化，即是一个国家民族"古往今来的精神与物质上的生活方式"，教育、伦理、宗教、礼仪与衣食住行都在其中”，“有文化的自由生存，才有历史的繁荣与延续——人存而文化亡，必系奴隶”。（《大地龙蛇·序》）因此，老舍文化批判的锋芒主要指向儒家思想影响下国民的生活方式、生存原则及伦理道德。其重点是对文化载体——人的精神世界的深入剖析，展示传统文化痼疾对国民心灵及人类社会发展的严重危害，并在政治批判的层面上干预现实生活，将文化批判与现实相契合，赋予文化批判以实际内涵。从总体上看，老舍文化批判的锋芒主要指向了顺民思想、伪善人格及与之密切相连的传统伦理道德观。

首先是对顺民思想的批判。传统文化中的“修齐平”思想并不强调个体生命力的张扬，而是以儒家的守常观念灌注于人体自身，使其丧失个性，沦于平庸。在国难当头、民族危急的时刻，这些“顺民”们不去抵御外侮，却空自留恋于传统文化的生活氛围中。老舍对此进行了猛烈的抨击。话剧《谁先到了重庆》成功地塑造了一个深受北平文化熏陶的小市民典型章仲箫的形象，作为“老北平”的章仲箫，沉迷于北平传统的生活方式，且贪生怕死，愚昧麻木。老舍借助这一形象，深刻批判了传统文化所养成的人们自足平稳的惰性心态。这种心态易于使人自我满足、自我安慰，常常回避现实政治斗争。章仲箫内心虽然痛恨日本人剥夺了自己许多生活乐趣，但又不愿逃离故土，生怕丢了“我的北平”。这种强烈的恋乡情结与怯懦卑微的人格合力造就了章仲箫逆来顺受、甘受异族奴役的悲剧性格。当侵略者的铁蹄踏碎了人们平和有序的生活时，“顺民”们不去抗争，反而甘做奴隶，使中华民族面临着亡国灭族的危险。老舍在此寄寓了对传统文化的深深悲哀。而在《茶馆》中，老舍借助王利发这一形象，使对传统文化的批判闪耀出理性的光芒。王利发一生恪守“人缘儿顶要紧”的祖训，一辈子“谁也不得罪”，并且在经营方式和手段上不断改良，但他的社会地位、经济实力和思维方式却决定了他永远无法摆脱传统文化的束缚。他中庸胆小、忍耐屈从，最终在困惑和迷惘中含愤死去。王利发不同于章仲箫，他毕竟有过挣扎，有过奋斗，最终依然劫数难逃。王利发的悲剧命运是蕴涵着传统劣质文化的专制政治直接造成的。这里文化批判寓于政治批判之中，直接造成现实悲剧的文化内涵，二者达到了水乳交融的佳境。

其次是对伪善人格的批判。《面子问题》、《残雾》是老舍这类批判的代表剧作。《面子问题》解剖了中国人死要面子的文化实质。佟景铭这个国民政府某机关的秘书，不为抗战尽力尽责，反而为“面子问题”终日忙碌。在他看来，面子是顶重要的事，是与钱权紧密相连的。老舍批判了传统文化中注重名利的陋习。剧中佟秘书渴望获得权势与金钱，却又死要面子，表现出一种人格伪善的特征。鲁迅曾尖锐指出：中国人讲的“面子”，就是把自己的过错加以隐瞒，而勉强做出一派正经的面孔，“不以坏事为坏，不省悟，不认错，而摆出道理来掩饰过错”。（《“面子”和“门钱”》）这正是“伪善”的特质。《残雾》中的洗局长则是另一类伪善人格的代表。佟秘书虽死要面子，但毕竟只是传统文化侵蚀下虚荣心理作祟的结果。洗局长则口口声声为抗战尽职，背地里却勾结间谍，拐骗难民，大发国难财，这类人格的伪善性在抗战现实环境中更显其危害性，因而也愈见老舍的批判深度。在这两部剧中，老舍将文化批判置于现实政治批判之中，既是抨击国民政府的黑暗腐败，更是直指造成这种腐败局面的个体人格特征——传统文化对名位推崇所带来的对金钱权势的贪欲，并因之形成的人格伪善。

在深刻批判顺民思想与伪善人格的同时，老舍还将笔触伸向传统的伦理道德观。他突破了“文明戏”以来家庭剧的婚恋模式，在抗战的现实环境下将家族制度和血缘亲情的弊端揭示出来。《残雾》中的洗老太太，是传统伦理道德的化身。她毫无政治理想，沉溺于旧有文化模式中，注重家庭内部的等级秩序。在她的心理世界中，“官本位”思想非常牢固，“官”就是政治，就是真理。她恪守长子嫡传及三纲五常的传统伦理道德，置儿媳的痛苦于不顾，在洗局长纳妾一事上反而责怪洗太太。她所维护的传统伦理道德，就是儒家的“存天理，灭人欲”，把个体的自由与幸福扼杀于家族制度的等级之中。在后来的《大地龙蛇》中，赵庠琛夫妇虽然开明，但仍未挣脱传统伦理道德的束缚，一心想让子女们围绕膝下，延续香火，老死家中。中国人对家庭的眷恋，是传统文化拘囿人性自由的产物，尤其在国难当头、民族危亡的严重时刻，这种传统伦理道德势必给国家民族带来巨大的灾难。老舍清醒地认识到传统文化的这种自我毁灭性。他批判传统伦理道德既是为了抗战现实的需要，同时也隐含着保护民族文化精华的良苦用心。

既然老舍对于传统文化的批判暗含着文化体的重构期盼，那么他的批判精神必然呈现出爱恨交织的独特风貌，即在批判锋芒掩盖下的深切同情。这源于他对传统文化的挚爱与惯有的幽默风格。老舍深深挚爱着优秀的传统文化，爱之愈深，责之愈切。正是“爱”的基调，使他无论是哀其不幸，还是讽其弱点，笔底都流溢着极大的同情。《茶馆》中的王利发，《谁先到了重庆?》中的章仲箫，都深受传统文化与腐败政治的危害，从精神到人格都饱受双重压迫的苦痛，因而老舍对他们的同情，能够在情感上引起读者的共鸣。同样，老舍的幽默亦渗透以时代的真挚同情，趣意中带着一种温和的格调。他对闾阎市井民间的小人物饱含着爱恨交织的情感，在洗去油滑的幽默中，老舍对传统文化桎梏下人性的愚昧，发出了无奈的慨叹与强烈的批判。

文化与政治主题的双重批判是老舍忧患意识与参与意识结合的产物。老舍一生注重对传统文化和社会现实的关注。他挚爱着中华民族的传统文化，同时又意识到在新的社会现实中它所面临的困境及自身的劣根性。在忧患意识驱使下，老舍为传统文化的新生进行了勇猛的自我批判。而深厚的爱情主义思想，又使老舍具有强烈的历史使命和社会责任感。所以，文化批判是老舍批判精神的基本点所在，而政治批判则使其批判精神有了明确的现实指南。即以文化批判为“体”，政治批判为“用”，“体用合一”，这使老舍的批判精神闪耀出辩证的理性光芒。因此在众多具有现代批判意识的中国作家中，老舍以态度的决绝和下笔的力度，赢得了学界的赞誉与认同，而他终其一生为传统文化重构所做的巨大努力，也使得他最终无愧于“人民艺术家”的光荣称号。

（原载《戏剧之家》1997 年第 3 期）

“我”与“你”

——湖北当代作家主体意识的类型分析

发生于20世纪80年代中期的“文学主体性”论争，实际上是人道主义文学潮流的理论产物。值得注意的是，尽管人道主义文学以弘扬人性为目标，但因其受制于再现历史规律的现实主义文学观念，故作家的人之主体性依然无法得以真正高扬。这一局面直至80年代中期的先锋文学实践才开始有所改观。不过先锋作家执持甚久的主体意识，却在嗣后兴起的新写实文学中不复多见，取而代之的，则是以世俗生活消融人之主体性的相遇哲学。在这一历史过程中，湖北作家主体意识的价值变迁颇具代表性。

若以湖北当代文学的历史流变为参照，则湖北作家的主体意识大致可分为三个类型：一是以传统现实主义作家为代表的自失哲学；二是受八五新潮影响的部分作家所具有的自圣哲学；三是在文学世俗化进程中逐步凸显的相遇哲学。需要指出的是，所谓自失、自圣与相遇哲学，都不过是湖北作家凭借其主体意识而持有的生存哲学。换言之，作家的主体意识并不是一种纯粹的精神现象，它往往筑居于作家的生存哲学之中。不同的主体意识，决定了作家不同的生存哲学。唯有通过对作家与其笔下人物关系的考察，方可领悟作家的主体意识究竟以怎样的存在形式展开。这一现象体现在文学作品中，就是作家利用叙事者与周围在者的交往方式来展现其主体意识或生存哲学。不同的交往方式传达了作家不同的主体意识，同时也规划和制约了人物的存在状况：如现实主义作家为达到再现历史规律的创作目的，常常以无所不能的全知叙事主宰和控制了小说人物的存在状态，小说人物自失于客观现实的历史进程之中，由此沦为叙述者的工具；而 80 年代中后期具有文学实验色彩的湖北作家，则通过全知叙事张扬"我"之价值，处处表达了对于现实主义文学的反拨，作家作为叙述者，为颠覆客观现实对自我意识的压制，常常通过讲述"我"的生命体验，以书写精神现象的方式实施其反抗功能，周围在者皆成为"我"的感觉产物；尔后，在新写实小说的创作潮流中，湖北作家的主体意识开始消隐于世俗生活的相遇哲学中。这三种交往方式，最能说明湖北作家主体意识的类型分野。

一

受内陆省份的地域文化环境制约，湖北作家历来以现实主义创作方法名世。不论是姚雪垠的《李自成》、李尔重的《新战争与和平》，抑或杨书案的系列历史小说，均可被视为传统现实主义的文学名作。而这些作家的主体意识也深深受制于传统现实主义的文学规范。在传统现实主义以历史再现为目标的文学观念中，隐藏着一种自明的哲学依据。这一哲学依据就是历史理性主义，它确信历史是存在于人类主体之外的自在之物，可以按照自己的客观规律曲折前行，文学的要务就是再现这种不以人的主观意志为转移的客观规律。为达此目标，姚雪垠等现实主义作家往往采用了全知叙事的叙事视角。这种全知叙事的便利之处在于，作家可以通过叙事者自由控制人物的言谈、行动与思想，使其服务于再现历史规律的创作目标。然而，真正促使现实主义作家使用全知叙事的深层原因，却是一种可被称之为"自失"的主体意识。

德国宗教哲学家马丁·布伯在论及人与周围在者的交往方式时，曾将其概括为"我—它"模式和"我—你"模式，不同的交往模式反映了不同的主体意识。"我—它"模式乃是现代人最为基本的价值观，将"它"（包括人与自然）视为"我"以外的在者，即"我"筑居于"它"之世界时必然会招致这样一种结果："我"之外的在者全都成为"我"利用的对象，布伯称之为"我—它"关联。就现实主义作家而言，"我"就是那个无所不能的全知叙事者，"它"则包括了"我"之外的所有在者。当历史理性主义规划了现实主义文学再现历史进程的创作理念时，小说的所有人物，自然也包括作为全知叙事者的作家本人，都会沦为历史的附庸。在这种"历史/人"等级秩序森严的现实主义文学中，人如何才能实现超越？毕竟文学创作不等同于历史记录，现实主义作家一定会在再现历史的同时寻求自我超越。由是，便产生了自失的生存哲学：只有投身于至大无外的历史，人才能通过把自身的有限性投入到历史的无限过程来获得自我超越，实现生命的不朽。这就是说，自失源于人对自身意义的渴求，唯有将"我"置身于永恒的历史时，人才能够获得自我价值的超越。它发端于人对无意义的反抗，但其后果却是对现有价值秩序的肯定与维护，因为在自失的生命进程中，"我"投身于浩瀚无垠的历史，"我"以及他人皆成为实现历史进程的工具，最终向历史俯首称臣。就现实主义作家而言，使用全知叙事可以将叙事者与周围的在者完全投入历史，因为叙事者的无所不能，小说的每一人物才能在历史的客观规律中顺者昌、逆者亡，并由此彰显历史进程的不可逆转性。而且，从心理学的角度来看，使用全知叙事对于现实主义作家亦能起到心理代偿的作用：尽管作家无力干预历史的发展进程，但凭借叙事者洞悉历史规律、任意安排人物命运的方式，却可在部分程度上实现作家对于主体意识的自我认同。

不过，在现实主义文学全知叙事所代表的“我—它”交往模式中，由于“我”自失的存在状态，作为叙事者的现实主义作家早已深陷于历史神话的权力牢笼。至于那些本就为反映历史客观规律而设的小说人物，更只能在历史理性的铁血法则下陷入孤立无援的生存境地。这就意味着现实主义文学因其再现历史的创作理念，已完全压制了生命个体的存在价值。在历史理性主义面前，任何个人的生命印痕或命运变故，都得屈服于永恒不变的客观规律，人沦为了历史的附庸。

饶有意味的是，尽管现实主义的文学观念规范了湖北作家的主体意识，但湖北楚文化对原始生命力的推崇，却在部分程度上弥补了这一缺陷。楚地自古物产富饶，民无衣食之苦，加上天然地不受中原礼教的束缚，楚人才赋有了活泼热烈的生命活力，由此而生的主体意识也自然蓬勃遒劲。这一点尤其体现在湖北中青年作家身上，刘醒龙、邓一光、熊召政等湖北作家尽管以现实主义为其主要的艺术追求，但在《凤凰琴》、《我是太阳》、《张居正》等作品中，作家的主体意识却大大提高，由此形成的创作观念和美学追求显然有别于老一辈的现实主义作家。不过与上述现实主义作家相比，深受八五新潮影响的湖北作家在张扬主体意识方面则更为醒目。

二

进入 80 年代中期以后，尽管湖北文学界在尝试新的美学观念、新的艺术手法方面略显滞后，但八五新潮的影响却依然存在。方方、张执浩、刘继明、陈应松等作家都在不同程度上尝试了有别于现实主义文学的创作方法。虽然与先锋文学新奇怪诞的形式实验有所不同，但湖北作家却在提升主体意识方面与其他省份的先锋作家殊途同归。对于上述具有先锋意识的湖北作家而言，讲述纯然属己的生命故事，陪伴与呵护个体生命破碎感的叙事呢喃，远比反映历史理性的黄钟大吕更为动听。因此，反对客观现实，表达人物的生命感觉，确认个体生命的存在价值，便成为上述作家共有的创作理念。为强化作家的主体意识，上述作家大多惯于讲述纯然属己的生命故事，通过揭橥那些蜷缩于历史边缘的个人话语，逐步在反抗历史规律的叙述进程中重新树立了“我”之价值。因此，那些人之为人的本质，诸如欲望、梦想与记忆，便成为上述作家不懈书写的客观对象。换言之，湖北作家表达创作主体精神意识的真正用意，无非是借助叙事者的心理体验，去张扬远比历史规律更为重要的人之主体性。这一叙事实验，彻底改变了现实主义文学的“历史/人”之关系，曾经作为历史客体的人得以返归本源，成为文学表现的真正叙事主体。不过，上述作家对人之主体性的提升，却大多局限于自我的主体意识，除此以外，“我”周围的在者全都面目混沌、举止无常，“我”之叙事依然没有改变周围在者饱受压迫的生存状况。例如在《风景》和《落日》等作品中，方方为表达自我意识对于现实世界的心理感受，往往通过讲述一些伦理失范的家族故事，最终造成了小说人物的变态存在。在这种表达主体意识的创作过程中，作家周围的在者往往成为其试验和利用的对象，“眼前的这个世界只是在我写作时才敞开着，而一旦写作过程完结，它便又重新回复到了原来的幽闭状态”①。写小说之于张执浩，其实是作家对自我主体意识的一个寻求与确认过程。在此过程中，小说人物常常沦为作家主体意识的附庸。

在马丁·布伯看来，人生不是及物动词的囚徒。那总需事物为对象的活动并非人生之全部，“我感觉某物，我知觉某物，我想象某物，我意欲某物，我体味某物，我思想某物——凡此种种绝对构不成人生”②。若以此衡量，受八五新潮影响的湖北作家与现实主义作家其实并无二致，他们皆以“我”或历史之名筑居于“它”之世界，“它”沦为“我”或历史的附庸。然而，如果人的价值既不在于人之外的历史中，又不存于人之主体性内，那么它应当栖居何处？按照马丁·布伯的说法，真正的人生理应存在于“我—你”关系中，因为“凡称述‘你’的人都不以事物为对象。因为，有一物则必有他物，‘它’与其他的‘它’相待，‘它’之存在必仰仗他物。而诵出‘你’之时，事物、对象皆不复存在。‘你’无待无限。言及‘你’之人不据有物。它一无所持。然它处于关系之中”③。马丁·布伯所称颂的“我—你”关系，实则是一种相遇哲学，当“我”筑居于“你”之世界时，“我”能够充分进入“你”的世界，理解融化于“你”之生命，“你”不再成为“我”的经验和利用物，反之亦然。这就是说，当人不再利用他人、将他人物化时，“我”与

① 张执浩：《隐秘的乐趣》，《芳草》1997年第10期。

② ［德］马丁·布伯：《我与你》，陈维纲译，三联书店2002年版，第2页。

③ 同上书，第2—3页。

"你"皆可在人生相遇的契机中，去领悟自我的生命价值。如果"我—你"关系成为人的生存哲学，那么无论自失还是自圣的主体意识，都将让位于一种平等的生存态度。事实上，在大部分湖北作家笔下，这种"我—你"关系的相遇哲学业已在文学世俗化的过程中悄然出场。

三

从80年代后期开始直至今日，湖北文学越来越具有一种世俗化的创作趋势。尽管这一趋势曾备受争议，但却充分见证了当代文学消解神话思想的祛魅过程。在世俗化的文学浪潮中，无论现实主义文学的历史神话，抑或早年先锋文学的启蒙神话均被加以解构，湖北作家也在凡俗人生的书写中重新体认着自我的主体意识。而承载这一主体意识变化的文学潮流，当以发轫于80年代后期的新写实小说为主力。无论《烦恼人生》、《不谈爱情》，抑或《都市谣言》、《定数》等作品，都在市民生活的描写中传达了一种"我—你"关系的相遇哲学。乍看之下，马丁·布伯推许的相遇哲学颇有些神秘主义色彩，与湖北作家笔下的世俗生活似乎格格不入。但若深入体会，却会发现"我—你"关系的相遇哲学本身就是神秘主义的天敌。因为只有充分介入世俗生活，人才能凭借和周围在者的相遇领悟"我"之价值："倘若你穷究万物及限在之生命，则你趋近无底深渊；倘若你无视万物及限在之生命，则你面对无限空虚。"① 马丁·布伯此语批判的正是自失与自圣的主体意识。反之，人只有介入世俗生活，与周围

① ［德］马丁·布伯：《我与你》，陈维纲译，三联书店2002年版，第68页。

在者建立起一种平等的“我—你”关系，方能在与“你”的相遇中“充实现在”。[①] 相遇哲学并不追求彼岸世界的意义，即不执持于那些虚无缥缈的神话思想，反而看重人在此世的生存价值。这就是说，人若要追寻自我的生命价值，就必得将希望寄托于和他人的交往之中。“我”的生命价值，从此不再存留于神圣化的彼岸世界，而是栖居在人与人的关系，亦即此岸的生活世界中。如果在这个意义上来看待“我—你”关系的相遇哲学，那么它本身就是一种具有世俗性质的生存哲学。事实上，湖北的新写实作家对这一问题也有着较为深刻的理解。如池莉就曾发出过“我们谁能够不是小市民”的感慨，她说：“‘俗’这个字在中国文学当中本意不俗，意思是有人有谷子，有了人有了粮食岂不是一个美好世界？……我当然认为文学的因素在他们（普通市民）这里，几千年以来就在他们这里，今天依然在他们这里。更重要的是，他们不仅仅是他们，其实也就是我们。”[②] 基于这一认识，池莉在她的《烦恼人生》、《不谈爱情》等作品中充分表达了对于市民阶层的情感认同：印家厚、庄建非和吉玲等人的生活世界，尽管没有浪漫爱情和崇高价值的点缀，但那些鸡毛蒜皮的生活琐事，却处处映射出作家念兹在兹的自我意识，因为“他们”也就是“我们”。

其实，“我—你”关系的相遇哲学并不仅仅体现在人与人的交往中，它也同样存留于人和自然的关系之中：“人观察一棵树或一片树林，可以估算其木材数量，只关心利用之或出售之以获

---

① 何光沪：《“我与你”和“我与它”——读布伯〈我与你〉》，《读书》1987年第9期。

② 池莉：《创作，从生命中来》，参见於可训主编《小说家档案》，郑州大学出版社2005年版，第295页。

利。这当然是‘我—它’关系。”但人也可以悠然仰卧于树木的浓荫之下，“凝神观照，心旷神怡，甚至‘物我合一’……这一切都表明人与树进入了‘我—你’关系。”[①] 类似的情况说明，一旦人将自我周围的在者全都视为平等相待的“你”时，那么“我—你”关系的相遇哲学就会无处不在。这一思想显然不仅仅局限于生态学范畴，它实际上仍旧是对现代人类自圣意识的反拨，其中对于人之主体性神话的消解功能自有积极价值。在湖北当代文学中，李传锋的动物小说和陈应松的神农架系列小说最能说明这一相遇哲学。

在文学史上，动物作为一种角色进入文学作品十分常见，但李传锋却能机杼独出，将动物的主体性提升到了与人类相当的地位。他认为文学作品中的动物可分为“自在的动物”和“拟人的动物”两类：“自在的动物，出现在作品中，是写实的，有个性的，兽形兽语”；拟人的动物则是“作者借用兽的形式来进行人的思维与表达，直接抒发人的情绪和倾向”。[②] 后者将动物降为物中之一物，它只不过是人在表达主体意识时的利用对象而已。相反，前者由于“剥去了文学中的动物作为‘物’的假借性（例如借物言志、借物拟人等），使其作为文学的直接表现对象（或主角）获得了应有的主体地位”[③]。在这个意义上说，李传锋的动物小说由于高度提升了动物的主体性，从而令动物不再是一个被作家主体加以利用的物中一物，反而成为“我”所称颂的“你”，一个“无待无限”的“你”。因此，在李传锋的动

① 何光沪：《“我与你”和“我与它”——读布伯〈我与你〉》，《读书》1987年第9期。

② 李传锋：《小说林中的动物》，转引自於可训《批评的视界》，中国文学出版社1994年版，第105页。

③ 於可训：《批评的视界》，中国文学出版社1994年版，第105页。

物小说中，人和动物的关系由以往的主从关系已变为“我”与“你”的平等关系，那些“自在的动物”不再是作家主体意识的经验和利用物，反而成为小说叙事的真正主体。值得注意的是，如果动物和人类一样具有主体意识，那么作家在表达动物的主体意识时就必须祛除动物的“物性”。在《毛栗球》、《牧鸡奴》和《最后一只白虎》中，李传锋凭借对动物性情的深入体悟，写出了那些具有主体意识的动物所拥有的“个性”特征，从而实现了对于动物“物性”的祛除过程。在这一过程中，李传锋通过对动物主体性的张扬，暗暗批判了惯于以自圣姿态筑居于“它”之世界的现代人类。因其对生命万物怀有敬畏之情，故作家才不会以弘扬人之主体性的名义去侵扰动物的自在之在。这就是说，李传锋在动物小说中所讲述的生存哲学，实则是一种“我—你”关系的相遇哲学，它要人们既非以自失安于命运，亦非以自圣亵渎自然，而是一种在“我”与“你”的相遇中，去期待人生迷途的得救。由此出发，我们才能理解李传锋的动物叙事，为什么会始终传达着一种沐浴了生命光辉的价值关怀。

由上述分析可见，尽管湖北作家所受的地域文化滋养大体雷同，但因其纷繁各异的主体意识，却令荆楚大地的文学创作从此绚烂多姿。

（原载《小说评论》2007 年第 4 期）

绵延:生命之维*

——评《为什么总是忧伤?》

这是一部关于绵延的作品。小说中，绵延指向了悠远的童年，从一个孩子懵懂的内心开始，生命的长度被恍如流水般的叙述淹然铺写：那些若有若无的思绪、时断时续的倾诉，无不暗示着“绵延”这一生命的基本形态。而我们探究绵延内涵的途径，则不得不绕开逻辑推演式的哲学，因为理性的哲学思辨在面对小说的叙述机理时，往往会破坏蕴藉于绵延之中的生命体验。唯有通过对于作家叙述的追随，方可一窥生命的秘密如何潜伏于绵延之中。然而，言说的困境也由此而生，正是作家冉正万对于绵延的叙述导致了我们追随的困难，因为叙述的进程远非一帆风顺，它往往通过和人物命运的叠合，展示着写作与生命的同构关系。但这就是写作，它将使我们在艰难的阅读中领悟作家与命运相连的高尚境界：对于一位优秀的作家而言，叙述不再只是一个单纯的技巧问题，在更高的意义上，叙述其实是展现写作与人物命运重叠关系的通道。借助叙述的力量，作家可以穿越生活和艺术的

---

* 冉正万:《为什么总是忧伤?》(中篇小说),《大家》2006 年第 2 期。

界限，敞开虚无的内心，并指引笔下的人物和自己一道，超越时空，通达自由的生存境地。这意味着在很多时候，当小说人物陷入生存困境时，叙述艺术都会挺身而出，担负起解救人物内心的重任。事实上，在《为什么总是忧伤?》这部作品中，作家通过对于绵延的叙述，充分印证了现代小说的某种优秀品格，即借助写作，作家可以实践自己对于人物命运的叙述关怀。

毫无疑问，作家对于人物的叙述关怀，首先来自于小说采用的童年叙述视角。在某种程度上，这一叙述视角的选择实际上预示了作家后来的价值立场：唯有从孩子的眼睛观察世界，作家才能融入孩子的灵魂，感同身受那一丝丝莫名的忧伤，以及随着叙述进程不断绽放的灵魂内部的风景。由此而生的叙述关怀，便是作家呵护孩子命运时的脉脉温情。不过这种叙述的温情却绝非廉价的情感抚慰，它是描摹孩子灵魂分裂之后写作经验的苦痛升华。在此过程中，作家向人物灵魂内部进军的勇气，决定了小说对于生命绵延形态的叙述方向。

小说的叙述从一片原始混沌的内心世界起步：那片雨中的原野和灰暗的天空虽非疏朗明快，但却无比准确地折射出了孩子混沌的内心。此时孩子的内心还远未分化，伺机寻枪的小小阴谋，以及对于新鲜事物的强烈渴慕，皆是孩子生活的最高理想。温情的叙述便从这里蔓延开来，无论是天真的童年伎俩，还是胡思乱想时的惴惴不安，都能让我们会心一笑。然而，这片原始混沌的灵魂风景必将伴随叙述的进程有所绽放，因为叙述的方向不会让作家向美丽的童话故事靠拢，相反，随之而来的叙述，将会在苦难与忧伤交织的叙述基调中见证生活对于人类灵魂的摧残。当孩子在苦思冥想自己的计谋时，叙述的脚步开始在蛇贩子和母亲的交谈中暗暗迂回：那些断断续续的私语，恍如浮在水面上的冰山一角，暗示出将要缠绕孩子灵魂的身世之谜。两个人物的暧昧相逢，触发了孩子内心宿命般的忧伤，他感觉到了自己心里的不好受，很想干些调皮捣蛋的事情来排遣忧伤，于是一窝老鼠便成了孩子攻击的目标。踩杀老鼠的叙述场景奇异诡秘，近乎本能的杀戮欲望让孩子内心的欢乐与恐惧交相辉映。然而，忧伤的情绪却并未远去，它只不过潜伏在孩子的内心一隅，等待机会适时而出。于是，当孩子得知小蛾的死讯时，忧伤便在女人凄厉的哭声中再度出场。而小说的叙述，也从这里开始和孩子的忧伤如影随形。踩杀老鼠的快感很快便消失殆尽，孩子感觉预示死亡的黑点已经在自己的腿上四散开来，恐惧与忧伤紧紧缠绕了孩子的内心。然而，糟糕的事情才刚刚开始，冉姓坝上发生了鼠疫，所有的人似乎都在劫难逃。正当我们等待鼠疫的残酷杀戮时，小说叙述的进程却出人意表，如同所有聪明的叙述者一样，作家通过叙述节奏的变化，戏弄了我们期待死亡事件的阅读心理。在寻找药引的一段叙述中，作家用孩子挖老鼠窝时的兴致勃勃，将鼠疫的不祥之兆暂时搁置了起来。这一叙述的中断，暗含的其实是作家悲悯的价值立场。或许是不想让这个天真的小孩过早陷入灵魂分裂的困境，作家利用叙述节奏的变化缓解了孩子日益紧张的内心。事实上，当小说人物在承受着内心紧张的同时，作家也与人物一道面临着同样的生存困境。如何结束这令人忧心的内心之旅，不仅是一个叙述技巧的难题，同时也是作家如何帮助人物逃离生存困境的过程。每当作家和人物共同面临困境的时候，叙述便成为摆脱这些困境的方式。就像这段寻找药引的平静叙述一样，当平静的叙述出现在紧张的高潮之后，那种平和耐心的叙述进程其实缓解了孩子内心的紧张，这就是作家借助叙述帮助孩子逃离困境的方式。小说叙述由此开始和人物的命运密切相关。然而，尽管暂时的欢愉可以缓解内心的忧伤，但绵延不绝的忧伤却如宿命般让孩子的内心动荡不安。

经历了片刻的停顿后，叙述的脚步便立即奔跑起来。当孩子回到家中时，父母已经因为蛇贩子的出现而闹成一团。母亲自杀的威胁紧紧缠绕住了孩子的内心，为了平息家庭争端，孩子甚至悲壮地希望自己染上鼠疫，他天真地以为，那样父母就不会没完没了地争吵了。但对于家庭争端的恐惧和忧虑，还不足以让一个孩子当真去实践死亡的片刻冲动。相形之下，真正困扰孩子内心的仍然是他的身世之谜。在蛇贩子去世之后，孩子的内心开始向混沌未开的童真挥手告别。这是孩子灵魂分裂的开端，他下意识地希望“我就是我，和任何人都没有关系”。他不知道，这便是生命个体告别童真之后的艰难跋涉，因为“我就是我”的孤独意识，已经幻化成永远的忧伤，深深渗入了自己的血液——从此他将注定孤独。而宿命般的忧伤也在此驻足，成为了孩子存在困境的证明，在内心深处，他已经不知道自己到底是谁。这一人类生存问题的痛苦经验，势必会在未来的岁月中绵延开来。随后的叙述进程也证明黑夜即将来临，当孩子的母亲自杀身亡后，小说的叙述开始变得步履蹒跚。作家的语言在此发挥了惊人的能量，那些胶结纠缠的意识流动将孩子内心的痛苦涓滴成河，并在重复叙述的强大力量下会聚成了一片孤独之海。其实早在母亲被送往医院之前，小说的叙述已进入高潮，等待母亲消息时的紧张与焦虑，早已压抑得孩子透不过气来。因此，当母亲死亡的噩耗传来之时，孩子极度绷紧的内心之弦突然断裂，柔弱的灵魂顿时陷入了虚无。

值得注意的是，当虚无这一不可承受的生命之轻涌现之时，作家的叙述也变得轻快起来。从为母亲送行直至偷枪得逞，孩子终于实现了自己的生活理想，他如愿尝试了开枪之前的激动，也再次品味了枪声响过后的空空荡荡，现实生活的理想居然无法填补内心的虚无。阅读的进度在此陷入胶着。对于一颗柔弱的灵魂而言，这一虚无的内心之旅究竟意味着什么？叙述的脚步在这片安宁的虚无中将走向何方？

几乎可以肯定，当母亲去世之后，孩子虚无的内心并非一无所有，它是人物经历极度痛苦之后内心的敞开。在这种敞开中，作家把人物的命运托付给了虚无。诚如另外一位作家余华所言："艺术家是为虚无而创作"的，因为"虚无就是从自身中解放了的内心"①。当孩子的内心在作家的叙述中变得虚无起来时，他也因为自己的虚无获得了内心的解放。就像博尔赫斯那个著名的比喻一样，孩子的解放如同"水消失在水中"，他的恐惧与焦虑消失在了虚无当中，从而让自己的内心变得安宁与祥和起来。这是作家对于一颗柔弱灵魂的叙事关怀，也是无力承受持久地紧张后所采取的一种犬儒姿态：他不忍心让一个曾经混沌未开的灵魂因为现实生活而逐步破碎，也不希望让生活的残酷扼杀了孩子单纯的生活理想。因此，作家试图用虚无解放孩子那日趋幽暗的内心。在这个意义上，写作就是叙述对人物内心敞开的过程，在这种敞开中，作家借助写作将人物的内心虚无化，从而令人物的内心获得解放：叙述已不再是一个单纯的技巧问题，它变成了写作通向人物命运的途径。借助叙述，作家在写作过程中实现了对人物命运的叙事关怀，并将写作和命运重叠了起来。

不过，虚无的内心却远非人类生存的终点。尽管虚无可以缓解生存的紧张与焦虑，但这种犬儒的叙事姿态却只是一种权宜之计。优秀的作家往往在描画人类现实生存的痛苦之外，还不吝向虚无挺进的决心和勇气：因为只有深入虚无的内心，才能感同身受人物如影随形般的生存痛苦，并在一种与自己相关的叙述姿态

---

① 汪晖：《我能否相信自己·序》，见余华《我能否相信自己》，人民日报出版社 1998 年版。

中义无反顾。随着叙述的行进，写作让作家不再置身事外，他也和人物一道，踏上了解放虚无内心的精神之旅。然而，向人类幽暗精神王国的进军却绝非易事，因为他必得承受内心中善良与勇气之间的斗争，这也是作家精神层次中两个对立面的斗争。在这部作品中，善良让作家在孩子最痛苦的时候递给了他一颗糖果，而勇气则让作家的叙述在稍事停留后继续一往无前。当孩子开枪之后，作家说“一声巨响，枪管里冒出一股蓝烟。我心里空空荡荡”。此时，孩子内心的虚无状态已经与现实生活无关，因为开枪的生活理想也填补不了他内心的虚无，虚无已经成为这个孩子的宿命。从混沌未开的幼小心灵到陷入虚无的内心之旅，作家借助一个孩子的故事逐步泄露了自己写作的秘密：写作伸张了作家探索人类幽暗精神王国的欲望，那些在现实生活中无法表达的欲望可以在写作中得以实现。如果把作家的精神探索看做是人生的组成部分，那么写作其实就是作家对于自我生命的一种完成。通过写作，作家完成了生活无法给予的生命体验，他在虚无的内心之旅中与孩子悲欢与共，共同踏上了与虚无抗争的人生旅途。

当母亲去世以后，孩子的生活开始愈发艰难起来。旁人的嘲笑，以及父亲的毒打，都让孩子陷入了日复一日的苦闷当中。渐渐的，如何逃离生存的困境已经成为孩子新的生活目标。他开始用自己的方式展开抗争，但内心的忧伤却依然杂草丛生。他抑制不住对于母亲的思念，开始背着父亲去给母亲上坟。在母亲的坟前，这个承受了太多苦难的孩子终于找到了片刻的安慰：“这坟上的一切，我觉得都和她有关系，它们是她的一部分，是她在这个世上的另一种表现，是她在坟墓里的感受。躺在坟阴沟里，半眯着眼睛，我听见落叶在唧唧喁喁地说话，像一群即将放学的孩子，当轻风吹来，它们便各自回家；搬运种子的鸟儿给人笨重的感觉，也许是因为在秋天里吃得太饱了。”然而，这段温情的叙述却并未让孩子的生存困境有所缓和，既然失去母亲的空虚连生活的理想都无法满足，那么美丽的田园景色又如何填补他内心的焦虑与绝望呢？在小说的某一处细节，孩子用最质朴的语言倾诉了自己对于命运的揣测，他说“我喜欢的东西总是转眼即逝，这不仅让我惆怅，也隐约感到，这将是一生的痛苦所在”。事实上，孩子的预见准确无比，母亲的去世已经让他痛苦难耐，而喜欢的枪支带给他的却是父亲的毒打，孩子为实现自己的生活理想付出了沉重的代价——他变成了一个瘸子。叙述的进程到此又如流水般蔓延开来，卖鸡等琐碎的生活小事置换了孩子在瘸腿之后的内心活动。在某种程度上，作家让叙述远离了孩子的内心。令人吃惊的阅读经验在此逐步涌现，每当我看着孩子经历的生活琐事时，头脑里却对他残疾的忧虑挥之不去。这种阅读经验的往返纠结，无疑让孩子的残疾深入到了每一位读者的心中。我不知道孩子的不幸还将持续多久，也不知道这些生活的不幸是否还会继续发生？我只知道在余下的篇幅中，我将为这个孩子的命运提心吊胆，并且与他患难与共。作家用他的叙述紧紧抓住了读者，也将艺术世界与生活世界的现实合二为一。

在我看来，这种遗弃心理描写的叙事策略证明了这样一个事实，即孩子的内心世界其实无比宽广，它往往在最需要被叙述的时刻抗拒着心理描写，因为那样会令叙述远离内心，而不是接近。说到底，任何心理描写都只是叙述者对于人物内心的揣测与想象，这样的叙述无法真实呈现人物的内心。相比之下，只有孩子的言行，才能更为准确地揭示他的内心体验。当作家放弃了对于孩子残疾后内心状况的描写时，也将叙述锁定在了对孩子言行的描述当中。就在我们小心翼翼追随孩子的生活轨迹时，写作与每个生命个体的命运联系已经渐渐浮出水面。说到底，写作对于人物言行的关注，其实就是一种对生活过程的叙述。只有叙述出人物具体的生存状态，他们的命运也会自然呈现。而作家将艺术世界与生活世界的现实合二为一，则充分证明了写作永远不可能高于生活，它就是生活的组成部分。优秀作家的使命，就是对于生活过程的叙述。只有对生活有着深刻的理解的作家，才能跃入笔下人物的内心世界，描绘那细腻丰富的灵魂风景。在这个意义上说，作家用他优秀的叙述见证了写作就是命运的深刻内涵。

然而，写作与命运的重叠关系只能让我们感同身受人物的命运起伏，却无法弥合孩子内心那深广的忧伤。因为对于这个不幸的孩子来说，假如生活世界无处不在，他也将无法摆脱生活的残酷。叙述行进到此，孩子的命运也昭然若揭。在他出走以后，叙述的进程终于陪伴着我们的忧虑走向了终点，孩子最终选择了与他母亲共同的命运。此时，作家用一种近乎解脱的姿态叙述了孩子那即将解放的内心："我不慌不忙地，像黄昏里回家的老人一样，慢三理四地这里摸摸，那里拍拍，然后才舒服地坐下去。但我的心却不那么慢，它像江河决堤一样迅猛，我差不多都要控制不住了。瞬间的终身感觉是难忘的：就像修拱桥时最后放上龙门石，咔嚓一声，归位了，整合了，心尖上不再发痒，一股热乎乎的血喷在上面，身上忽然一热，世界离我远去了，我重新回到了妈妈的肚子里面。"生命的长度似乎就此断裂，一切都已终结。然而生命又将出现新的轮回，因为孩子最终远离了忧伤，重新回到了母亲的怀抱，这便是生命的绵延。其实，生命的绵延既没有终点，也同样没有起点，那个悠远的童年，只不过是生命绵延的一个侧影。从那片原始混沌的内心出发，我们对于作家叙述的追随经历了同样的轮回，当我们目睹孩子向母亲的回归时，会翻然理解绵延的真正本质，它就是不掺杂任何空间要素的时间，恍如流水般不择而入，汩汩而出。生命的绵延就是时间的流逝与再生，那个不幸的孩子在这个意义上凭借绵延获得了永生。既然生命以绵延的形态生生不息，那么作家为何还要讲述这样一个令人忧心的生命故事呢？其实所有的答案都蕴藉于小说的篇名之中。为什么总是忧伤？是因为假若人不经过一番与生活的精神苦斗，也就无法真正了解生命的绵延——忧伤在小说里成为了引领人物去进行生命认识的契机。通过忧伤情绪的指引，人才有可能在与现实的搏斗中完成对于生命绵延的认识。这就是说，只有回到黑暗的现实，通过世俗生活的炼狱，才能真正达到认识生命的精神腾飞。因此，作家对孩子生命故事的叙述，关注的就是世俗生活对于他的精神折磨。而这个人物对于生存问题的切身体验，则处处证明了人类认识生命的过程是何其艰难。不过所幸的是，他最终消灭了肉体的羁绊，在母亲的怀抱中成为了一个新生的灵魂。

（原载《文艺新观察》2006 年第 6 期）

后　记

以学界的惯例而论，似乎每到了一个年龄的节点，就有必要停下脚步，对自己的学术生涯瞻前顾后一番。瞻前自然是为了顾后，不过怎么摆正自己瞻前的姿态却很有讲究。若是瞻前瞻得顾盼自雄，浑然不知天地之大，便有在方家面前班门弄斧之嫌；若是有自知之明，晓得天外有天人外有人的道理，那么瞻前就能瞻出点什么名堂来。对我这样的学界小辈来说，自然不敢给本书取个某某自选集之类的书名，因为天性愚钝，又不知笨鸟先飞，故而在检视旧作时，竟赫然发现完全没有可供选择的余地。短文随感之类的批评文字倒是写了不少，但出于著书体例的考量，又不能鱼目混珠地掺和进来，所以只能将这些学究气十足的高头讲章结集成篇，晦涩乏味处自会比比皆是，还望读者海涵。在瞻前的这段时间中，除了痛恨自己的懒惰，同时还发现书中的某些文学观念和批评实践，其实早已陷入了一种思维的窠臼，即把创新当成了学术研究的最高目标，极端之处甚至忽略了某些文学史的客观事实。套用黄子平先生的话说，研究者有时也会被创新这条狗追得连停下来撒尿的工夫都没有。为创新而创新的“维新论”，很不幸曾一度左右了我的学术研究。好在人到了一个年龄阶段，总有悔其少作之时，此刻再去梳理自己的学术道路，就会少一份狂妄，多一份自省。在这种心态下进行反思，难免会发现自己曾引以为傲的创新思维，有时不过是一种拿来的解构主义。那份颠覆的激情和破坏的欲望，恰恰最易置文学史的客观事实于不顾。打个比方，这种情形就像是德里达和福柯给了我一把手术刀，我却拿它当菜刀使，只晓得在创新激情的驱使下挥刀乱砍，刀锋所及，难免会误伤行人，于是有的批评文字就这样成了冤假错案。不过事实已定，拨乱反正也只能寄望于顾后的工作了。有鉴于此，本书取名为《解构批评的道与谋》，仅仅是为了表达对自己学术研究的某种反思与期待之情，舍此之外，无他。

衷心感谢我的老师於可训先生为本书作序，感谢我的学生王琨、陈霞、游迎亚等人在校对工作中所付出的艰辛劳动。

叶立文

2011 年国庆前夕